SCHERBEN EINER ZERBROCHENEN SEELE

DANIEL RUCZKO

SCHERBEN EINER ZERBROCHENEN SEELE

ROMAN

Mind Pollution Publishing

www.mindpollutionpublishing.com

Originaltitel: *Pieces of a Broken Mind*

Erste Ausgabe: Juli 2023

Zweite Ausgabe: Oktober 2023

Erste Deutsche Ausgabe: Februar 2025

Cover-Design: Daniel Ruczko

Lektorat: Luisa Griebner

10 9 8 7 6 5 4 3 2 1

ISBN 979-8-9925639-0-0

Stimmen über *Scherben einer zerbrochenen Seele* von Daniel Ruczko

"Brutal ehrlich, düster melancholisch und voller Sätze, die wie Klingen schneiden." - **Max Hollinger, The Page Turner**

"[...] Letztendlich dient *Scherben einer zerbrochenen Seele* als eine befriedigende Warnung, ein kunstvolles Porträt unserer menschlichen Fähigkeit zur Selbstzerstörung. Tatsächlich hat Ruczko eine zutiefst menschliche Reise geschaffen - die jede Sekunde wert ist." - **Larry Cedar**

"*Pieces* trifft dich mitten ins Herz, und du wirst es lieben!"
- **Shelby Olsen**

"[...]Ruczko liefert eine emotionale Achterbahnfahrt, die von der ersten bis zur letzten Seite fesselt. Dem Autor gelingt es hervorragend, eine kathartische Geschichte zu erzählen, die gleichzeitig mitreißt und unter die Haut geht." - **The US Review of Books**

"Daniels Debüt ist zu 100 % er selbst. Es wird dich verführen, begeistern und dein Herz erobern - nur um es dann mit einem charmanten Lächeln zu brechen.
Es hat mich völlig umgehauen - aber auf die beste Art und Weise - Ich liebe es" - **Emily Correro**

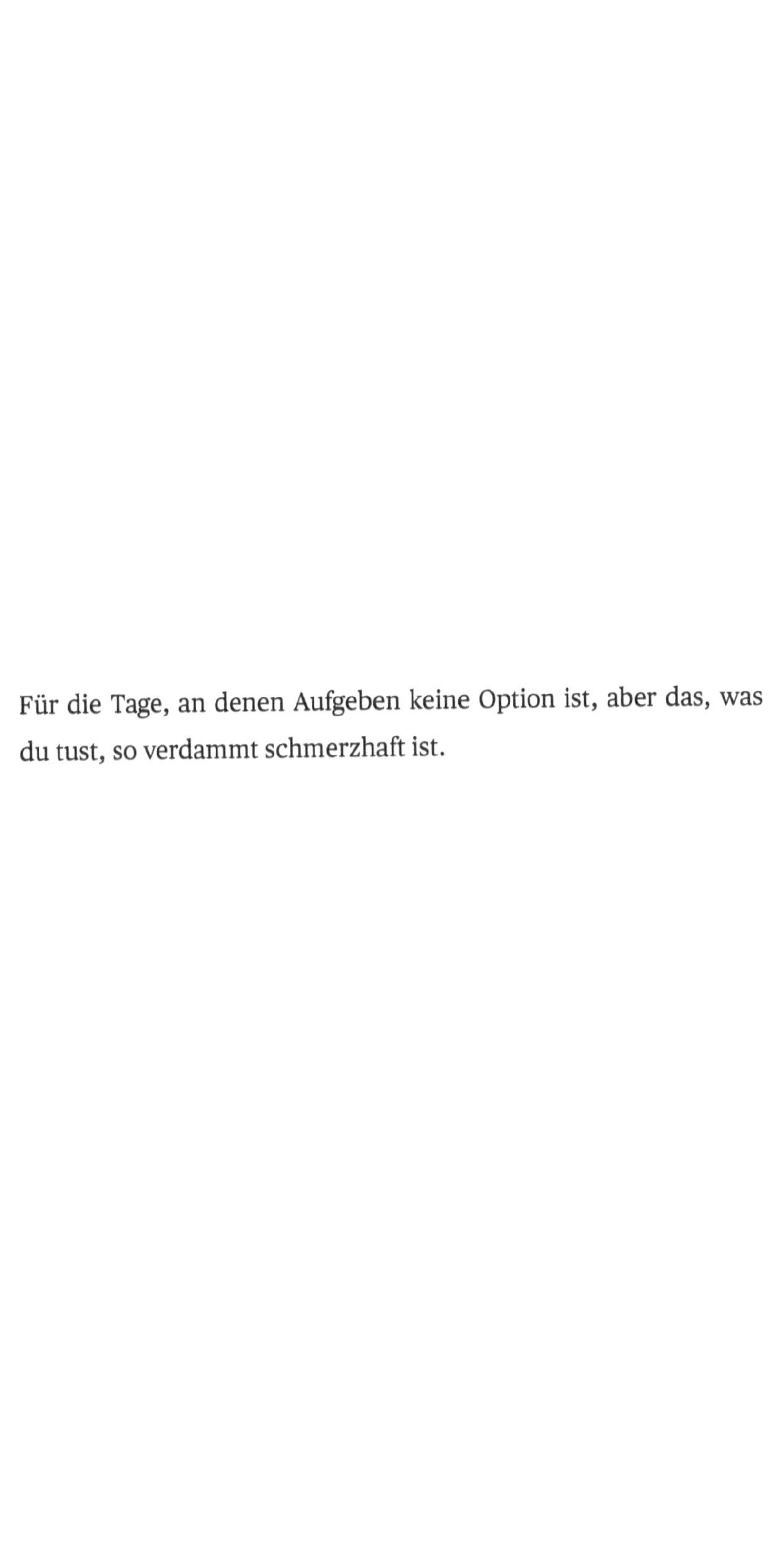

Für die Tage, an denen Aufgeben keine Option ist, aber das, was du tust, so verdammt schmerzhaft ist.

VORWORT

Ich hätte nie gedacht, dass ich jemals einen Roman veröffentlichen würde - geschweige denn, dass er eines Tages in meinem Lieblingsbuchladen in LA im Regal steht. Doch genau das ist passiert. Und jetzt sitze ich hier und schreibe das Vorwort für die deutsche Übersetzung - verrückt!

Genauso wenig hätte ich gedacht, dass LA irgendwann zu meinem Zuhause wird. Aber das wurde es. Irgendwie. Manchmal führt das Leben einen an Orte, von denen man nicht einmal zu träumen gewagt hätte.

Hier wacht man morgens auf und hat keine Ahnung, wo man am Abend landen wird. LA fühlt sich an wie ein Film, bei dem niemand das Drehbuch gelesen hat.

Ich bin so dankbar für all das, was ich bis jetzt erlebt habe. Dankbar für die Menschen, die ich getroffen habe, die Freunde, die geblieben sind, die Orte, die ich gesehen habe. Für die Zufälle, die zu große Zufälle sind, um noch Zufall genannt zu werden. Die Nächte in Villen, die Partys, die Absurdität und das pure Leben, das diese Stadt in sich trägt. Für die Hoffnung, die hier in der Luft liegt - für die Träume, die geboren, zerstört und wieder neu entfacht werden. Kein Wunder, dass jeder hierherkommt, um seinen Traum zu jagen.

Und obwohl Deutsch meine Muttersprache ist, denke ich seit Jahren hauptsächlich auf Englisch - da ich mich in dieser Sprache oft klarer ausdrücken kann. Aus diesem Grund empfehle ich, dieses Buch (wenn möglich) in seiner englischen Originalfassung zu lesen, da einige Wortspiele und Witze in der Übersetzung möglicherweise verloren gehen könnten. Dennoch war es mir sehr wichtig, auch eine deutsche Version von *"Pieces"* zu veröffentlichen. Und jetzt, da sie fertig ist, kann ich ehrlich sagen: Ich bin verdammt zufrieden mit dieser Version.

Ein besonderer Dank gilt meiner Freundin Lui, deren Liebe zur deutschen Sprache und unermüdlicher Einsatz diese Version überhaupt erst möglich gemacht haben - weit besser, als ich es je gekonnt hätte. Wir sind die ersten 50 Seiten noch gemeinsam durchgegangen, doch dann hat sie mich zu Weihnachten mit einem unglaublichen Geschenk überrascht, denn sie hat den Rest komplett alleine fertiggestellt - und das neben ihrem Job und all den anderen Herausforderungen, die sie täglich meistert. Wow.

Ich bin auch froh, dass ich ihr viele Orte, über die ich in diesem Buch geschrieben habe, live in LA zeigen konnte - wodurch meine Fiktion sich mit meiner Realität vermischt hat.

Umso mehr freut es mich, dass Lui, eine so bedeutende Person in meinem Leben, dadurch nun untrennbar mit diesem Buch verbunden ist, das mir so viel bedeutet.

Menschen, die mich persönlich kennen, werden vielleicht die eine oder andere Parallele entdecken - sei es in der Beziehung zwischen dem Protagonisten und seiner Mutter oder in bestimmten Momenten, von denen ich vielleicht erzählt habe. Doch auch wenn Teile von realen Erlebnissen inspiriert wurden, bleibt dieses Buch eine stilisierte, fiktive Geschichte. Roh, schonungslos und ungefiltert - es beschönigt nichts, hält nichts zurück.

Aber am Ende bin ich ein Autor. Ich erfinde Geschichten, verdrehe die Realität, übertreibe, lasse Dinge weg oder füge sie hinzu, bis sie genau so sind, wie sie sein sollen.
Wo die Realität endet und die Fiktion beginnt? Wer weiß das schon. Aber ist das überhaupt wichtig? Jede Geschichte trägt auf ihre Weise eine Wahrheit in sich - auch wenn sie sich manchmal in den Zwischenräumen der Fantasie versteckt.

Vielleicht ist die einzige Wahrheit, die zählt: Alles ist erfunden. Und trotzdem ist nichts davon gelogen.

Halte den Atem an.
Standbild.
Klick.

SCHERBEN EINER ZERBROCHENEN SEELE

0

Folge deinem Herzen, und du wirst jeden Tag sterben.

Das sterile Glühen des Neonlichts lässt mein Gesicht im Spiegel blass aussehen und ich bin überrascht, als ich eine Träne über meine Wange laufen sehe. Ich habe seit Monaten nicht mehr geweint, vielleicht sogar noch länger. Aber es fühlt sich gut an, befreiend.

Niemand kann dich jemals auf das Leben vorbereiten, das du dir selbst vorstellst, vor allem, wenn es sich genau so entfaltet, wie du es geplant hast. Gefangen in einer sich selbst erfüllenden Prophezeiung.

Aber was wäre nötig, um dorthin zu gelangen? Was ist, wenn du an der Spitze der Welt stehst und absolut nichts fühlst? Ich starre in meine Augen im Spiegel, bis sie mir fremd erscheinen. Mit einem tiefen Atemzug spritze ich Wasser in mein Gesicht und verlasse den Raum.

Das Schlafzimmer ist in schummriges Licht gehüllt, das nur von den Strahlen der Skyline von L.A. erhellt wird, die durch die grauen Vorhänge fallen. Ein Polizeihubschrauber kreist in der Ferne über einem kleinen Gebiet irgendwo im Laurel Canyon, aber was draußen passiert, ist gerade unwichtig. Nur was im Innern passiert, zählt. Zwei verschmutzte Gläser und eine leere Weinflasche stehen auf dem Nachttisch an meiner Seite.

Ihre Silhouette in meinem Bett liegen zu sehen, fühlt sich immer noch surreal an, als würde sie verschwinden, wenn ich das Licht anmache, und das Bett wäre wieder leer. Mit ihr zu sprechen war noch vor weniger als einer Woche absolut undenkbar. Ich lege mich neben sie, küsse ihren Hals und lege meinen Arm um ihren Körper. Sie greift nach meiner Hand und hält sie fest.

In den letzten Wochen gab es Momente, in denen ich alles dafür gegeben hätte, sie nur noch einmal zu riechen. Und jetzt ist sie hier, gibt mir eine weitere Chance, und ich möchte einfach nur neben ihr einschlafen. Ich wusste es vorher nicht, aber genau dieser Moment hier ist es, worum es geht; er vervollständigt mich.

Man wird sich an mich erinnern.

Man wird sich an mich erinnern.

Man wird sich an mich erinnern.

Ich atme tief ein und schließe meine Augen.

Halte den Atem an.
Standbild.
Klick.

TEIL I

1

Dannys Gesicht strahlt immer vor Begeisterung. Sogar in so banalen Momenten wie diesem: bei einem kalten Bier, während er sich in einer überfüllten Bar ein Basketballspiel anschaut. Ich interessiere mich einen Scheiß für Sport, das habe ich noch nie getan. Aber er sieht das Außergewöhnliche im Gewöhnlichen. Oder, während die meisten von uns versuchen, dem zu entkommen, schätzt er das Alltägliche. Und das liebe ich an ihm.

Es ist eine typische Kneipe mit grell schimmernder Neon-Reklame, die für billiges Bier und Schnaps wirbt. Die Wände sind mit verschiedenen Sport-Requisiten und Trophäen bedeckt und ein großer Flachbildfernseher dominiert den Raum. Aktuelle Charts durchdringen das Lachen und die Gespräche der Gäste, ihre monotonen Melodien eine quälende Ablenkung, die nur noch mehr zum Lärm beiträgt, während ich auf einem Notizblock kritzele.

An manchen Tagen sprudelt mein Gehirn nur so vor Ideen über, Szenenfragmenten oder Dialogfetzen. Normalerweise sind sie für mich kaum greifbar, wenn sie mir einfallen, aber irgendwann ergeben sie immer einen Sinn. Heute ist einer dieser Tage. Jedes Wort ist ein stiller Aufschrei gegen den Wahnsinn des Alltags. Aber gerade als ich mich in meiner kreativen Blase verliere, vibriert mein Handy neben mir und eine Nachricht von der Arbeit erscheint auf dem Bildschirm. Ich werfe einen Blick darauf. Es ist schon nach neun - Stunden, nachdem ich das Büro verlassen habe.

„Man, ich hasse diesen Ort...", murmle ich, ohne aufzuschauen.

Dannys braune Augen, die zum tiefen Farbton seiner Haut passen, bleiben auf den Fernseher gerichtet „Sorry, aber das ist die einzige Bar, in der das Spiel läuft", und meint damit das Basketballspiel.

Ich neige meinen Kopf. „Was? Nein, ich meine das scheiß Büro..." Und denke an den Ort, der mir meine Lebenszeit raubt.

Danny dreht sich zu mir um, „Ja Mann, geht mir genauso." Er nimmt einen Schluck von seinem Bier, bevor er sich wieder dem Spiel widmet.

Ich schaue auf und bemerke drei Männer, die in identischen, dunkelblauen Geschäftsanzügen an unserem Tisch vorbeigehen.

Sie sehen aus wie Klone. Ihre Krawatten sind perfekt geknotet, jeder Schritt ihrer polierten Schuhe im Rhythmus des anderen, und ihnen allen mutet ein Hauch von professioneller Strenge an. Sie verkörpern alles, was ich an dieser Business-Kultur hasse, alles, was ich nie sein will.

„Ich kann mir einfach nicht vorstellen, den Rest meines Lebens so zu verbringen", sage ich, als sie anfangen, sich in die Menge zu mischen. Danny wirft ihnen einen flüchtigen Blick hinterher, bevor er sich wieder auf den Fernseher konzentriert „Ich weiß, Alter, und das solltest du auch nicht."

Ich nehme gerade einen Schluck von meinem Sugar Free Red Bull, als mein Blick mitten im Meer von Gesichtern in der Bar auf sie fällt. Die wunderschöne Brünette an der Theke, die mir zulächelt. Ich erwidere ihr Lächeln und widme mich wieder meinem Schreiben. In diesem Moment dreht Danny sich zu mir um.

„Du weißt schon, dass du nicht wie sie bist, oder?", sagt er und zeigt auf die drei Klone.

Ich schaue sie an und dann wieder zu ihm, bevor er fortfährt „Dieser Job ist für dich nur vorübergehend."

Ich lache, „Naja, er ist schon seit über acht Jahren nur vorübergehend." Er nimmt einen weiteren Schluck von seinem Bier und sagt „Ja, aber du bist eine Art Genie, Mann."

Ich schüttele den Kopf. Bevor ich zu Ende denken kann, wie sehr ich es hasse, wenn man mich so nennt, fügt er hinzu

„Und ich weiß, dass du es hasst, wenn man dich so nennt.".

Lächelnd über seine Fähigkeit, Gedanken zu lesen, beobachte ich, wie die drei Typen ihre Drinks austrinken und ihren Abend genießen.

„Keine Ahnung", sage ich zu ihm, „Es fühlt sich nicht so an. Ich arbeite immer noch in diesem beschissenen Büro. Es hat sich nichts geändert. Ich bin nicht anders als die."

Danny macht eine abwehrende Geste. „Nein, alter, du hast eine Gabe, leugne das nicht. Du reißt dir jeden Tag den Arsch auf. Und ich meine nicht im Büro." Er zeigt auf mein Notizbuch. „Guck dich an, sogar hier, du sitzt in einer Bar und schreibst Ideen auf. Das ist Hingabe und du hast nicht mal eine Wahl; es ist wie atmen für Dich. Und das ist es, was dich ausmacht!" Er lässt das einen Moment sacken, bevor er hinzufügt „Aber du weißt das alles, und ich weiß, dass du es satt hast, das zu hören", und wendet sich wieder dem Fernseher zu.

Ich trinke einen Schluck meines Red Bulls und denke über seine Worte nach. Manchmal frage ich mich, ob ich wirklich Talent habe - oder ob ich einfach nur zu stur bin, um aufzuhören.

„Aber ich verdiene kein Geld damit," sage ich schließlich. „Eigentlich ist es nur ein Hobby."

Danny schüttelt den Kopf. „Nein, es geht um mehr als das, und das weißt du. Es ist deine verdammte Bestimmung. Du hast etwas erreicht, wovon die meisten Menschen nur träumen können. Wie viele Leute können von sich behaupten, einen Roman veröffentlicht zu haben?"

"Selbstveröffentlicht!", korrigiere ich ihn. „Wahrscheinlich ziemlich viele Leute…"

„Das ist egal." besteht er. „Wie viele hast du verkauft?"

Ich schaue auf mein Telefon und sage „Fünfzehn."

Danny grinst. „Also haben diverse Frauen, mit denen du etwas hattest, ein Exemplar gekauft, um herauszufinden, ob es um sie geht."

„Ja, wahrscheinlich. Aber nur eine von ihnen hätte Recht."

Er schaut sich das Spiel weiter an, seine Augen sind auf den Bildschirm fixiert.

Danny ist mein bester Freund und der Einzige, der mich mühelos versteht. Als er neunzehn war, wurde bei ihm eine klinische Depression diagnostiziert. Aber das Anafranil, das ihm verschrieben wurde, hat seinem Gehirn mehr Schaden zugefügt als Heilung gebracht - also hat er es nach einem Jahr wieder abgesetzt. Jetzt sucht er seinen Weg durch das Labyrinth des Lebens, auf der Suche nach einer Lösung, was nicht immer einfach ist. Manche Leute unterschätzen ihn, aber er ist scharfsinnig hinter seiner unscheinbaren Fassade. Und so wie ich das sehe, muss jeder, der den Mut hat, seinen Dämonen ins Auge zu schauen und seine Verhaltensmuster zu analysieren über eine ernsthafte emotionale Tiefe verfügen.

Ich bemerke, dass die Frau, die am Tresen sitzt, an ihrer Jacke herumspielt und sich zum Gehen bereitmacht.

Danny lässt locker und wendet sich mir zu. „Du kannst doch nicht ernsthaft behaupten, dass du bei der Veröffentlichung deines Buches nicht einen kleinen Funken Glück empfunden hast", beharrt er, wobei seine Stimme von den Geräuschen in der Bar fast übertönt wird.

Ich schmunzele „Naja, ich denke schon, aber ich habe noch nicht mit meinem Vermieter gesprochen."

„Worüber gesprochen?", fragt er.

„Darüber, ob ich zukünftig nicht einfach mit Glück bezahlen kann."

Danny stößt einen spöttischen Seufzer aus und sagt „Vollidiot", bevor er sich wieder dem Fernseher widmet.

Wie aufs Stichwort nähert sich die Frau von der Bar mit zögerlichem und schüchternem Blick unserem Tisch. „Entschuldigung", sagt sie zurückhaltend.

Danny dreht sich um, sein Gesichtsausdruck ist freundlich und einladend. „Oh, hallo!" Aber ihr Blick wendet sich nicht von mir ab.

Ich schaue hoch und begrüße sie mit einem einfachen „Hey." Aus der Nähe bemerke ich ihre schönen, leuchtend grünen Augen, die es mir schwer machen, wegzuschauen.

„Ich wollte dir nur das hier geben", lächelt sie und reicht mir ein gefaltetes Stück Papier. Ich nehme es und erwidere ihr Lächeln.

„Ruf mich an", sagt sie.

„Klar, kann ich machen", die Worte kommen aus meinem Mund, bevor ich nachdenken kann.

„Schönen Abend euch noch", sagt sie und wendet sich zum Gehen. Dannys Augen folgen ihr, als sie die Bar verlässt, und ich falte den Zettel, den sie mir gegeben hat, auseinander, und sehe, was sie geschrieben hat - ihren Namen und ihre Nummer. „Sarah", lese ich leise vor.

Er dreht sich wieder zu mir und sagt: „Ich habe keine Ahnung, wie du das machst, alter. Sie hat mich nicht einmal angeguckt!"

Ich lache und sage „Was soll ich sagen. Vielleicht ist sie ein Rassist."

Er grinst und schüttelt den Kopf „Du Wichser..." Er wirft einen Blick zurück auf den Fernseher und stößt einen frustrierten Schrei aus, als er den Spielstand seines Teams sieht. „Fuck!" Stöhnt er und richtet seinen Blick wieder auf mich. „Was willst du machen?"

Ich überlege einen Moment, bevor ich antworte „Dude, ich will einfach nur schreiben und dafür bezahlt werden. Ziemlich einfach." Aber manchmal ist die größte Lüge, die wir uns erzählen, dass wir wissen, was wir wollen.

Danny grinst. „Alles klar, Bukowski, ich meinte eigentlich, was du jetzt machen willst, aber...", er hält kurz inne, sein Blick ist durchdringend, „...ich verspreche dir, es wird verdammt noch mal passieren! Es ist eher überraschend, dass es noch nicht passiert ist. Und ich kann kaum erwarten, neben dir zu stehen, wenn alle Welt sieht, was du kannst. Und du ihnen zeigst, was ich schon seit Jahren weiß."

Ich nicke, ohne zu wissen, was ich sagen soll. Manchmal kommt er mit solch überraschenden Aussagen, wenn man es am wenigsten erwartet. Aber es ist beruhigend, jemanden zu haben, der wirklich an einen glaubt, vor allem an Tagen, an denen man an sich selbst zweifelt oder es einfach nur leid ist, darauf zu warten, dass die eigenen Träume in Erfüllung gehen. Erfolg soll nur eine Frage der Zeit sein. Aber was, wenn meine Zeit einfach nie kommt? Die Grenze zwischen Selbstverwirklichung und Selbstzerstörung ist oft erschreckend dünn

Folge deinem Herzen und du wirst jeden Tag sterben.

Wenn man sehr aufmerksam ist, weiß man, wann ein Moment außergewöhnlich ist, während er geschieht.

Und an diesem Moment, in dem Danny mich wie kein anderer unterstützt, ist nichts gewöhnlich.

2

Als ich nach meinen Supplementen greife, nehme ich eine Modafinil mit 400 mg Alpha GPC, Inositol und Lions Mane. Es ist die generische Version mit dem Markennamen Provigil, die ich auf einer dubiosen Website aus Indien bestellt habe. 100 Pillen, je 200 mg für 99$ plus Versand.

Als ich das erste Mal davon hörte, nannten es alle die „Limitless"-Pille. Eine Referenz auf den Film von 2011 mit Bradley Cooper. Die Wirkung soll ähnlich wie die von Ritalin sein, aber ohne die Langzeitschäden, die man davon bekommt, da es keine Amphetaminsalze enthält. Außerdem ist es auch viel günstiger. Zu schön, um wahr zu sein? Vielleicht.

Zu Zeiten von AlphaBay bekam ich es dort, bevor dieser illegale Marktplatz hochgenommen wurde, und der Gründer tot in seiner Gefängniszelle auftauchte. Laut offiziellen Meldungen war es Selbstmord, aber vermutlich wird niemand je erfahren, was wirklich passiert ist. Ich habe seit 2017 nicht mal mehr ins Dark Web geschaut.

Im Zuge einer kürzlich erfolgten Unternehmensfusion arbeite ich jetzt für eine der größten Remote-IT-Support-Firmen in Seattle. Sie bietet eine verwirrende Bandbreite an Dienstleistungen an, die von Datenwiederherstellung,

Netzwerksicherheit, Cloud-Lösungen bis zu allem, was dazwischen liegt, reicht. Wie bei Mr. Robot. Aber in neun von zehn Fällen liegt das Problem nicht in einem komplizierten Algorithmus oder einem obskuren Code; oft ist es einfach die Person, die vor dem Bildschirm sitzt. Ich bin nicht gerade begeistert, hier zu sein. Die Arbeitszeiten sind lang, die Aufgaben monoton und die Neonbeleuchtung des Büros lässt meine Augen bluten. Aber wenn man gut in dem Job ist, hat man seine Ruhe.

Und ich bin verdammt gut darin.

Dank Covid arbeiten viele Leute immer noch im Home Office, aber ich komme gerne ins Büro, jetzt umso mehr, seitdem es hier wie eine Geisterstadt ist. Der Kaffee ist ziemlich gut, und Danny arbeitet auch hier.

Er leitet unsere Abteilung, beaufsichtigt alles, was vor sich geht, sorgt dafür, dass wir unsere Deadlines einhalten, und hält den Laden am Laufen. Alle mögen ihn und es ist im Prinzip ein ziemlich einfacher Job, denn IT-Leute lieben Deadlines. Er sagt, er habe keine Ahnung, wie er die Stelle überhaupt bekommen habe und dass er sich nicht qualifiziert fühle. Aber ich habe ihm gesagt, dass eigentlich niemand so richtig weiß, was er tun sollte. Wir spielen alle nur unsere Rollen, lernen im Prozess und agieren, als ob wir wüssten, was wir tun.

Mein Büro ist ein trister und seelenloser Ort, ganz in Beige. Beige Wände, beiger Teppich, beige Möbel. Es ist, als hätte jemand die ganze Farbe aus dem Raum gesaugt und mir diese deprimierende, leblose Hülle hinterlassen - und sie dann meinen

Arbeitsplatz getauft. Aber zumindest ist es keine scheiß Bürokabine. Das Einzige, was die Monotonie unterbricht, ist das Fenster mit seinem Blick in die Außenwelt. Aber es ist ein grauer Morgen, an dem man nicht einmal ansatzweise weiß, wie spät es ist. Statt 50 Shades of Grey am Himmel gibt es nur eine. Ich hasse das Wetter hier so sehr. Vielleicht ist das hier mein Leben: Eine Reihe von Tagen, die sich exakt gleich anfühlen, unterbrochen von gelegentlichen Momenten, in denen ich mich frage, ob das alles war.

Meine Augen wandern zum Bildschirm; ich bin in meinem Ingramspark-Account eingeloggt und schaue, ob sich mein Buch in letzter Zeit verkauft hat. Ich habe eine Weile nicht nachgesehen und stelle fest, dass eins vor zwei Wochen bestellt wurde.

Damit bin ich jetzt bei sechzehn Verkäufen. Es ist ein Zeichen, dass ich vielleicht, nur vielleicht, auf dem richtigen Weg bin. In der Ruhe liegt die Kraft, aber ich bin viel zu ungeduldig für den Scheiß.

Danny stolpert in mein Büro, offensichtlich verkatert von gestern Abend. Ohne ein Wort zu sagen, greife ich in meine Schreibtischschublade, hole das Alpha GPC heraus und werfe ihm die Packung zu. „Hier, nimm das", sage ich. Er fängt sie und schaut skeptisch auf die Dose. „Ich versuche nicht, mein Gehirn zu boosten, Alter, ich habe einfach nur zu viel getrunken", sagt er und reibt sich die Schläfen.

„Alkohol regt das Gehirn an, GABA zu produzieren, was den Bedarf an Cholin erhöht. Das hier gibt dir einen Cholinschub und hilft dir, deinen Kater zu lindern", erkläre ich und versuche, nicht wie Bill Nye zu klingen.

„Er nun wieder...", sagt er und lacht.

Danny spült die Tablette mit einem Schluck Wasser hinunter. „Danke", sagt er und ich nicke nur als Antwort.

Er geht zum Fenster und betrachtet die graue, trostlose Landschaft draußen. „Ich hasse dieses Wetter, man", murmelt er mit tiefer und rauer Stimme.

„Mittelmäßige Köpfe denken gleich", antworte ich.

Danny schüttelt den Kopf, als wolle er die Düsternis abschütteln. „Ich glaube, ich brauche einfach tropisches Wetter oder so", dann dreht er sich zu mir um und fragt „Was hast du nach der Arbeit vor?"

Ich sage ihm „Ich besuche meine Mutter, aber danach hätte ich Zeit."

„Wollen wir danach noch was machen?", fragt er.

„Yes, sir."

„Ok, cool, ich versuche jetzt, mich durch diesen scheiß Tag zu kämpfen", sagt er mit einer grimmigen Entschlossenheit in der Stimme. „Wir sehen uns später", und er verlässt den Raum.

Ich wende mich wieder meinem Monitor zu, dessen Leuchten den Raum in ein gespenstisches Licht taucht. Ein Teil von mir möchte einen Auftrag erhalten, die technischen Probleme irgendeines Idioten zu beheben, nur damit ich etwas zu tun habe, etwas, das die Monotonie des Tages unterbricht. Aber der andere Teil von mir will einfach nur in Ruhe gelassen werden.

Ein Typ, dessen Namen ich immer wieder vergesse, klopft an die offene Tür meines Büros. Es ist eine dieser Beziehungen, in denen wir irgendwann vorgestellt wurden, aber jetzt ist zu viel Zeit vergangen, um ihn nach seinem Namen zu fragen, ohne dass es unangenehm wäre. Und ich glaube, er erinnert sich auch nicht mehr an meinen.

Also benutzen wir einfach Wörter wie „Alter" oder „Dude", wenn wir uns gegenseitig ansprechen, um jegliche Seltsamkeit zu vermeiden, was an sich schon ziemlich seltsam ist.

Ich glaube auch, dass er eine Form des Asperger oder eine andere neurodivergente Störung hat, und er sieht mir nie in die Augen, wenn er mit mir spricht. Aber seien wir ehrlich: Die meisten Menschen in der IT-Branche sind auf die eine oder andere Weise auf dem Spektrum. Es ist wie ein Magnet für die Skurrilen, die Unkonventionellen, die, die sonst nirgendwo reinpassen - versteckt hinter Bildschirmen und Zeilen voller Code. Und glaub' mir, ich schließe mich hierbei nicht unbedingt aus. Camus hat es am besten gesagt: *„Wir sind alle Sonderfälle"*.
Er schlurft in mein Büro, seine Haltung gekrümmt, seine Augen niedergeschlagen. Er sieht aus, als würde er nur darauf warten, dass jemand kommt und ihn aus seinem Elend befreit.

„Hey, wie geht's dir heute?", fragt er in einem schüchternen Ton.

Ich schaue zu ihm hinüber, wie er unbeholfen im Türrahmen steht und den Blickkontakt vermeidet. „Was geht ab, Mann?", frage ich und versuche, mir nicht anmerken zu lassen, dass ich mich genauso unwohl fühle wie er. Ich kann es nur besser verstecken.

Anhand seiner Körpersprache wird deutlich, dass er sich in seiner eigenen Haut nicht wohlfühlt. Was echt scheiße ist. Es ist, als ob er in einer Welt gefangen ist, die ihn nicht versteht. Und ich will immer nett zu ihm sein. Einige der anderen Kollegen machen sich ständig über ihn lustig, nur weil sie „etwas weniger merkwürdig" sind.

Und er ist definitiv ein seltsamer Typ, aber ist das etwas Schlechtes?

Er will ständig mit mir über Bitcoin, Ethereum und andere Kryptowährungen sprechen. Und obwohl ich im Moment nicht wirklich Geld übrig habe, um selbst zu investieren, kann ich nicht leugnen, dass ich das Thema faszinierend finde. Ich habe Kryptowährungen von Anfang an verfolgt. Als ich 2012 meine Steuerrückzahlung erhalten habe, habe ich beschlossen, einen kleinen Betrag zu investieren, nur so zum Spaß. Damals war ein Bitcoin 13 Dollar wert - Peanuts im Vergleich zu den astronomischen Preisen, die heute erzielt werden. Leider habe ich die Partition auf meiner Festplatte verloren, die meine Wallet-Datei enthielt.

Dann stellt Co-Worker-Dude mir die Frage, die ich am häufigsten zu diesem Thema höre: „Glaubst du, es ist jetzt zu spät, um in Krypto zu investieren?"

Ich zucke mit den Schultern und fühle mich wie eine kaputte Schallplatte. „Ich weiß es nicht, es ist schwer vorherzusagen.

Aber die Leute, die vor zwei Jahren gezögert haben, bereuen es jetzt." Das Gleiche, was ich immer sage, und es stimmt - es gibt keine richtige Antwort.

Ich kann sehen, wie er diese Information verdaut und auf seinen Nägeln kaut, als würde er versuchen, sich durch das Problem hindurchzubeißen. „Ich glaube, ich mach's!", sagt er und nickt mit dem Kopf, als hätte er sich bereits entschieden.

Ich werfe einen Blick auf mein Handy, das vibriert und eine neue Arbeitsanfrage ankündigt. „Viel Erfolg, man!", sage ich geistesabwesend.

Als ich zu ihm aufschaue, passiert etwas Ungewöhnliches - er nimmt tatsächlich Blickkontakt mit mir auf und sagt: „Danke!"

Bevor er geht, zeige ich ihm den Daumen nach oben und sage „Klar, jederzeit".

Obwohl das, was ich gesagt habe, vielleicht nicht wie eine bedeutsame Offenbarung erschien, glaube ich, dass es für ihn wichtig war. Und allein die Tatsache, dass er etwas anderes als seinen eigenen inneren Dialog geführt hat, hat ihm geholfen, eine Entscheidung zu treffen.

Wir sind alle Sonderfälle.

DANIEL RUCZKO

3

Die Wohnung meiner Mutter hat einen ganz eigenen Geruch. Es ist ein süßlicher Geruch, wie eine Mischung aus frischen Rosen und Vanille-Duftkerzen. Es hat schon immer so gerochen und weckt sofort Erinnerungen. Sobald ich durch die Tür komme, fühle ich mich sowohl nostalgisch als auch leicht unwohl.

Ich ziehe die Tür hinter mir zu.

„Richard?" ruft meine Mutter aus der Küche.

„Ja, Mom, ich bin's", antworte ich und ziehe meine Schuhe aus.

„Hey, willst du was trinken?" ruft sie.

„Nein, danke. Alles gut."

Ich höre, wie sie Schubladen auf- und zuzieht, wahrscheinlich sucht sie etwas. Die Luft im Zimmer fühlt sich warm und stickig an. Sie hat immer die Heizung an, sogar im Sommer. Alle paar Minuten gibt sie ein rhythmisches Klacken von sich.

Klack, klack, klack. Pause. Klack, klack, klack.

Ich gehe zu einem alten Familienfoto, das auf einem Regal im vollgestopften Wohnzimmer steht. Das Foto zeigt meine Mutter, meinen Vater und mich als Neunjährigen im Urlaub, irgendwo in den Bergen während der Weihnachtsferien. In diesem Urlaub hatte ich das Buch *Es* von *Stephen King* dabei. Es war eine lange Fahrt, und als wir ankamen, war ich schon so in die Geschichte von *Derry* und *Pennywise* vertieft, dass ich es nicht mehr aus der Hand legen konnte.

Ich habe sehr gute Erinnerungen an diesen Urlaub. Wir haben in einer Hütte in der Nähe eines großen Waldes gewohnt, die Umgebung war idyllisch.

In der gemütlichen Hütte wurden meine Eltern und ich vom prasselnden Feuer gewärmt, das Knistern der Flammen erfüllte den Raum. Während der Schnee sanft am Fenster vorbeirieselte und die malerische Winterlandschaft draußen Schicht für Schicht, Schneeflocke für Schneeflocke, vervollständigte.

Und ich konnte einfach den ganzen Tag lesen. Es war ein perfekter Winter.

Vielleicht war diese Reise der Grund, warum ich Schriftsteller werden wollte. Um dazu beizutragen, die Erinnerungen anderer Menschen zu formen, genau wie die, die in mir gerade aufsteigen. Doch manchmal frage ich mich, ob Erinnerungen real sind oder ob wir sie mit jedem Rückblick neu schreiben, sie uns zurechtbiegen, bis sie sich so anfühlen, wie wir sie brauchen.

Als ich nach dem Foto greife, bemerke ich eine leere Wodkaflasche, die tief dahinter versteckt ist.

„Hast du ein Feuerzeug?", fragt meine Mutter aus der Küche.

„Nein, habe ich nicht."

„Ich weiß, dass ich irgendwo eins hatte...", sagt sie über das Klappern aus der Küche hinweg.

Als meine Oma krank wurde, wurde sie süchtig nach Pillen - nach jeder Art von verschreibungspflichtigen Pillen - bis meine Tante sie in ihrem Nachttisch fand und sie wegwarf.

Meine Mutter begann zu trinken, nachdem bei ihr Alzheimer diagnostiziert worden war. Sie denkt, ich wüsste es nicht, aber sie versteckt die Flaschen immer wieder und vergisst, wo sie sie hingestellt hat.

Ich schätze, jeder sucht nach Möglichkeiten, den eigenen Schmerz zu lindern.

Sie kommt aus der Küche und hebt triumphierend ihren Arm. „Ich habe das Feuerzeug gefunden!"

Sie trägt ein Paar verwaschene Jeans und einen blauen Baumwollpullover, der von unzähligen Wäschen abgenutzt aussieht. Es scheint ihr Lieblingsoutfit zu sein, denn in diesem Outfit sehe ich sie am häufigsten. Es ist praktisch zur Ihrer Uniform geworden.

Als ich sie genauer beobachte, fallen mir ihre unterschiedlichen Socken auf.

Sie sieht mich kurz an und lächelt, als sie sagt „Es ist so schön, dich zu sehen."

Ich lächle zurück „Dich auch, Mom. Wollen wir gehen?"

„Warte... ist kalt draußen? Ich muss meinen Mantel finden", sagt sie und beginnt, den Raum zu durchsuchen.

Sie wendet sich mir zu und fragt „Brauchst du Geld?"

Das tue ich, aber ich will es ihr nicht sagen.

„Nein, danke."

Sie fängt an, ihr Portemonnaie zu durchsuchen „Ich kann dir etwas geben, kein Problem", beharrt sie.

Ich schüttle lächelnd den Kopf und sage „Das weiß ich zu schätzen, aber ich brauche nichts."

Als ich zum Sofa hinüberschaue, sehe ich einen zusammengefalteten grauen Mantel. Ich zeige auf ihn und frage „Der da?"

Sie eilt herbei. „Ja", sagt sie, hebt ihn auf und enthüllt einen Laptop, der darunter liegt.

„Oh, und hier ist auch mein Computer!"

Es ist ein altes Acer-Notebook, das ich ihr vor Jahren geschenkt habe. Zuerst hat sie es benutzt sie, um mit mir zu skypen und online nach Rezepten zu suchen, aber dann hat sie ihr Passwort vergessen und hat es seitdem nicht mehr benutzt.

„Kannst du das nächste Mal einen Blick drauf werfen? Es ist wichtig", sagt sie.

Die seltsamsten Dinge werden plötzlich „wichtig" für sie; ich weiß nicht, ob es an der Krankheit liegt oder einfach daran, dass sie alt wird. Aber wer bin ich schon, das zu hinterfragen?

Ich nicke einfach und sage „Klar, Mom, aber wir müssen erst dein Passwort finden."

Sie schaut sich besorgt um. „Ich weiß, dass ich es irgendwo aufgeschrieben habe. Ich werde es finden."

Als meine Mutter anfängt, sich anzuziehen, hebe ich den Laptop an. Als ich ihn umdrehe, sehe ich ein gelbes Post-it auf der Unterseite, auf dem in meiner Handschrift „Lilly2013!" steht.

„Hey, guck mal!" sage ich und zeige es ihr.

Sie dreht sich zu mir um „Sehr gut! Dann kannst du es ja reparieren."

„Ja, mach ich."

Meine Mutter kann mich manchmal richtig nerven, aber mir ist klar, dass ich mir in ein paar Jahren diese scheinbar lästigen Momente zurückwünschen werde. Und jedes Mal, wenn ich sie sehe, sage ich mir, dass ich sie öfter besuchen sollte.

Den geistigen Verfall meiner Mutter mitzuerleben, ist vielleicht das Herzzerreißendste, was ich je erlebt habe.

26

4

Der Himmel ist immer noch grau und wolkenverhangen. Es ist ein kalter Winternachmittag kurz vor Einbruch der Dunkelheit und die knackige, beißende Luft jagt einem Schauer über den Rücken. Trotz der Kälte zeigt sich zu dieser Tageszeit eine gewisse Schönheit. Die Stille und Ruhe wirken friedlich und beruhigend und die gedämpften Farben der Landschaft rufen eine ganz eigene Stimmung hervor.

Mit meiner Mutter an meiner Seite gehen wir durch das große Friedhofstor und folgen einem kleinen Weg, der zum Grab meines Vaters führt.

Als wir weitergehen, greift meine Mutter in ihre Handtasche und kramt darin herum.

„Wonach suchst du?", frage ich.

Sie dreht ihren Kopf zu mir „Nach dem Feuerzeug."

Ich ziehe es aus meiner Tasche und zeige es ihr „Ich hab's hier."

Sie lächelt erleichtert „Ok, gut."

Ich bin diesen Weg seit meiner Kindheit so oft mit ihr gegangen, dass ich ihn mit verbundenen Augen finden würde. Vorbei an Reihen von Grabsteinen in verschiedenen Formen, Größen und Stilen. Ich lese die Inschriften, von denen jede die

Geschichte eines früheren Lebens erzählt. Und ich kann nicht aufhören, daran zu denken, dass in ein paar Jahren auch meine Mutter darunter sein könnte.

„Wie geht's deiner Freundin?", fragt sie.

Sie vergisst immer wieder, dass meine Ex und ich uns vor über einem Jahr getrennt haben. Was die Sache nicht einfacher macht.

„Wir haben uns getrennt, Mom. Schon vor einer Weile."

Ihr Gesichtsausdruck zeigt Verwirrung, als hätte sie sich selbst ertappt „Oh, stimmt, das habe ich vergessen. Tut mir leid."

„Alles gut", sage ich und zwinge mich zu einem Lächeln.

Ich erinnere sie immer wieder daran und denke immer noch, dass ich sie dazu bringen kann, diese Informationen zu speichern. Aber vielleicht muss ich akzeptieren, dass es dafür bereits zu spät ist. Es ist seltsam, jemanden zu verlieren, während er noch da ist.

Wir erreichen das Grab meines Vaters. Es ist eine bescheidene, aber gut gepflegte Grabstelle mit einem einfachen grauen Grabstein, auf dem in klaren Buchstaben zu lesen ist: „Stephen Bryght. Geliebter Vater und Ehemann." Daneben steht eine kleine Vase, gefüllt mit ein paar Tage alten Blumen, deren Blütenblätter verwelkt sind.

In der Mitte des Grabes steht ein goldfarbener Kerzenhalter mit einem ausgebrannten Teelicht, das meine Mutter regelmäßig wechselt.

Mein Vater ist gestorben, als ich elf Jahre alt war. Er hatte psychische Probleme und wurde Therapeut, weil er dachte, er könne sich selbst helfen, indem er anderen hilft. Aber das erwies sich als Trugschluss oder lenkte ihn von seinen eigenen Problemen ab, indem er Leuten zuhörte, denen es schlechter ging als ihm.

Egal wie schlecht die Dinge stehen, es gibt immer jemanden, der noch beschissener dran ist als du.

Meine Mutter warf viele seiner Sachen weg; vielleicht war die ständige Erinnerung daran zu schmerzhaft. Das Einzige, was mir von meinem Vater blieb, war ein altes, ramponiertes Exemplar des DSM-III, des *Diagnostic and Statistical Manual of Mental Disorders*. Einige Seiten waren lose oder zerrissen, aber wann immer ich mich einsam fühlte, las ich darin. Ich habe es so oft gelesen, dass ich wahrscheinlich das einzige elfjährige Kind war, das alles über die Klassifizierung psychischer Störungen und deren Behandlung gelernt hat.

Ich begann, jeden um mich herum zu analysieren. Ich fühlte mich wie ein Detektiv.

Meine Tante Olivia mit ihrem Muster instabiler Beziehungen: Borderline-Persönlichkeitsstörung.

Unser Nachbar, Herr Idris, der jeden Schritt zählen muss, den er macht: Zwanghafte Persönlichkeitsstörung.

Einmal bekam ich in der Schule Ärger, weil ich die Kinder in meiner Klasse analysierte. Und ich sagte einem Mädchen, dass sie sich vielleicht auf Autismus testen lassen sollte. Ich glaube zwar nicht, dass ich falsch lag, aber ich denke, man kann Leuten so etwas nicht einfach sagen.

Nach dem Tod meines Vaters gab es nur noch meine Mutter und mich.

Und während mir das Schreiben während des Trauerprozesses half, hatte sie kein vergleichbares Ventil, um mit ihren Gefühlen umzugehen.

Ich weiß, dass es nicht leicht für sie war, aber sie hat alles gegeben, und trotz allem kann ich wirklich sagen, dass ich eine tolle Kindheit hatte.

Sie hat immer an mich geglaubt, auch wenn sie es nicht hätte tun sollen. Und ich glaube, ihr Vertrauen in mich übertraf das einer typischen Mutter, die an das Potenzial und die Fähigkeiten ihres Kindes glaubt.

Sie sagte mir immer „Du kannst alles tun, was du willst!" Und ich habe ihr geglaubt, aber was noch wichtiger ist, sie hat es auch wirklich geglaubt.

Ich beobachte, wie meine Mutter den Docht eines frischen Teelichts anzündet und es vorsichtig in den Kerzenständer stellt.

„Brauchst du Hilfe?", frage ich.

Sie greift nach der Vase und sagt „Nein, danke."

Mit einem unzufriedenen Blick auf die alten Blumen fügt sie hinzu „Aber ich habe vergessen, frische Blumen mitzubringen."

Ich sage „Ich bin sicher, Dad würde das nicht stören."

Sie kichert und sieht mich an; ich liebe es, sie zum Lachen zu bringen.

Schweigend starrt sie auf den Grabstein.

Da ich nicht weiß, was ich tun soll, tue ich einfach dasselbe.

Meine Mutter sagt „Weißt du...", sie hält einen Moment inne, dann wendet sie sich mir zu, „...ich bin so stolz auf dich!" Und lächelt.

Ich lächle zurück und frage „Wofür?"

„Du bist so talentiert, das warst du schon immer." Sie wendet ihren Kopf wieder dem Grabstein zu „Und ich weiß, dass dein Vater auch stolz auf dich wäre."

„Danke, Mom. Das bedeutet mir sehr viel."

Dann schaut sie mich an und sagt „Ich habe dein Buch gelesen."

Ich spreche meinen ersten Gedanken sofort aus und sage „Ach du Scheiße!"

Und sie lacht.

Mein Buch ist nicht unbedingt etwas, das ich meiner Mutter zum Lesen geben würde. Und obwohl es auf wahren Begebenheiten "basiert", ist es in erster Linie eine Liebesgeschichte, die mit fiktiven Elementen durchsetzt ist, um sie interessanter zu machen. Kann meine Mutter also zwischen meiner Fiktion und mir als Person differenzieren?

Es sind deine Eltern, aber wie gut kennen sie einen wirklich? Vor allem, wenn man nicht bei ihnen wohnt und sie nur alle paar Tage oder Wochen sieht, wenn man älter wird. Man geht sie besuchen, lässt seine Probleme außen vor und versucht, den bestmöglichen Eindruck zu hinterlassen. So dass sie sich keine Sorgen um einen machen müssen. Denn schließlich sind sie ja deine Eltern.

„Wie fandest du es?", frage ich.

Sie lächelt und sagt „Es hat mir sehr gut gefallen, du bist ein großartiger Autor und es ist sehr lustig."

Ich kann nicht glauben, dass ich mit meiner Mutter über ein Buch spreche, das ich geschrieben habe, und in dem es auch eine Gangbang-Szene gibt.

Und ja, dieser Teil ist fiktiv.

Ich wiederhole mich immer wieder und sage einfach „Danke."

„Sollen wir zurückgehen? Es wird bald dunkel", sagt sie.

„Yes, Ma'am." antworte ich und strecke meinen Arm aus, damit sie sich einhaken kann. Und wir machen uns auf den Rückweg durch die Kälte.

Eines Tages werden meine Mutter und ich diesen Spaziergang gemeinsam machen, ohne dass einer von uns weiß, dass es das letzte Mal sein wird. Zumindest für einen von uns.

5

Der Fernseher in meinem Wohnzimmer hat einen nervigen weißen Fleck in der Mitte des Bildschirms, der wie eine gefangene Fliege summt. Jedes Mal, wenn ich mir etwas ansehe, stört mich das in den ersten Minuten. Aber ich will kein Geld, das ich nicht habe, ausgeben, um ihn zu reparieren. Mit einer alten Playstation 3, die als Blu-ray-Player dient, sehen Danny und ich uns *Fight Club an.*

Er liegt bequem auf meiner braunen Couch und isst Chips. Seine Augen sind auf den Fernseher gerichtet, während ich auf der Couch ihm gegenüber sitze. Der Glastisch zwischen uns ist mit Notizbüchern, Rechnungen und Zetteln übersät und in der Mitte steht mein MacBook Air.

Trotz der Unordnung hat das Chaos auch einen Zweck. Meine Wohnung ist nie wirklich unordentlich, aber es gibt Anzeichen dafür, dass ich in letzter Zeit viel mehr geschrieben habe als sonst. Wenn ich so fokussiert bin, schlafe ich weniger, mein Gehirn wird von Ideen überflutet und ich versuche, mit dem Strom meiner Gedanken mitzuhalten. Alles andere wird zu weißem Rauschen und ich tue nur das Nötigste. Aber ich liebe diesen Scheiß.

„Wie geht's deiner Mutter?", fragt Danny, bevor er sich eine Handvoll Chips in den Mund schiebt.

„Ihr geht es gut, Mann. Nichts Neues."

Er nickt. „Das freut mich zu hören", sagt er kauend und schaut weiter.

Fight Club ist zu unserem Lieblingsfilm geworden. Wir haben ihn so oft zusammen gesehen, dass wir sogar den Ton ausschalten und trotzdem jede Zeile auswendig mitsprechen könnten.

Ich zeige auf den Fernseher und frage „Hast du je das Buch gelesen?"

„Warum sollte ich das Buch lesen, wenn es einen Film gibt?"

Ich zucke mit den Schultern und antworte „Es hat ein anderes Ende."

„Echt? Wie geht es aus?"

„Kann ich dir nicht sagen, du musst es lesen", sage ich.

„Scheiß drauf, der Film ist geil."

Ich gucke zum Tisch vor mir und bemerke eine Rechnung, die ich übersehen habe. Das Papier fühlt sich kalt an, als ich nach dem Umschlag greife.

„Ach, Fuck", murmle ich vor mich hin, dann greife ich nach meinem MacBook und klappe es auf.

Ich logge mich in mein Online Banking ein und versuche, nicht auf meinen Kontostand zu achten. Mit einem Seufzer beginne ich, die Details für die Überweisung einzugeben.

„Was ist los?", fragt Danny.

Während ich noch tippe, sage ich "Manchmal möchte ich einfach hinter den Vorhang schauen, um zu sehen, ob ich noch auf dem richtigen Weg bin, weißt du?"

Er denkt einen Moment lang nach. „Fuck. Ja, ich weiß, was du meinst", und greift nach seinem Getränk.

Während ich bereits an meinem Computer sitze, wechsle ich zum Tab meines Ingramspark-Accounts, aktualisiere es und stelle fest, dass eine Bestellung über 20 Exemplare meines Buches eingegangen ist.

„Oh Scheiße!", sage ich und richte mich auf. Ich kann es kaum glauben.

Danny sieht mich an. „Was?"

Ungläubig sage ich „Es sieht so aus, als hätte jemand gerade 20 Exemplare meines Buches bestellt!"

Er pausiert den Film und sein Gesicht erhellt sich. „Ohne Scheiß?"

„Ja, Mann."

Danny ist viel zu aufgeregt und sagt „Siehst du, du bist auf dem richtigen Weg! Heute sind es 20, nächsten Monat werden es 20.000 sein."

Ich lache „Ja, es sind nur noch 19.964 bis dahin!"

„Nein, sieh es positiv. Das sind 36 verkaufte Bücher!", korrigiert er mich.

Ich gebe zu „Ja, du hast Recht", und fühle mich etwas optimistischer.

„Du musst den Scheiß manifestieren."

Danny glaubt an das „Gesetz der Anziehung" und sagt mir immer, ich solle manifestieren und mir vorstellen, dass ich das, was ich mir wünsche, bereits habe. Und obwohl ich seinen Optimismus und seinen Enthusiasmus schätze, fällt es mir schwer, dem ganzen Konzept nicht etwas skeptisch gegenüberzustehen. Er sagt mir, ich solle die Dinge, die ich mir wünsche, ständig in meinem Kopf wiederholen, als ob sie bereits „passieren" würden, fast wie ein Mantra.

Ich werde ein professioneller Autor sein.

Ich werde ein professioneller Autor sein.

Ich werde ein professioneller Autor sein.

Aber ich frage mich, ob Erfolg wirklich so funktioniert. Führt der bloße Wunsch und Glaube dazu, dass Dinge geschehen? Erfolg fühlt sich immer an wie etwas, das anderen passiert. Irgendwann. Später. Aber nie heute.

Während ich darüber nachdenke, unterbricht Danny meinen Gedankenstrom „Du weißt ja, was man sagt, Mann. Gedanken werden zu Dingen." Als hätte er wieder in meinen Kopf geschaut.

Lächelnd nicke ich ihm zu.

Ich betrachte die goldene Trophäe, die neben mir auf der Kommode steht. Ich habe sie vor etwa einem Jahr bei einem Kurzgeschichtenwettbewerb gewonnen. Ich dachte, das würde mir irgendwie den Weg zu einem Beruf als Autor ebnen, aber außer einem Artikel und einem Foto in unserer Lokalzeitung kam nichts weiter dabei raus.

Meine Mutter hat es immer noch irgendwo eingerahmt, aber meine Begeisterung hielt nur zwei Tage an. Der perfekte Kontrast: Ein Beweis dafür, dass ich als Autor existiere - und ein Beweis dafür, dass es nicht reicht.

Als der Abspann des Films zu laufen beginnt, steht Danny auf. „Na gut, ich muss los.“

Ich gebe ihm einen Daumen hoch. „Klingt gut“, sage ich und begleite ihn zur Tür.

Danny stößt mich mit der Faust an. „Schreib weiter, Alter!“

„Ich habe keine andere Wahl“, sage ich.

Er nickt und sagt „Later“, während er geht.

Als ich nach unten schaue, entdecke ich einen Umschlag auf meiner Fußmatte. Ich öffne ihn und stelle fest, dass es ein Brief meines Vermieters mit der Ankündigung einer Mieterhöhung ist.

38

6

ir schliefen zusammen ein, und als ich aufwachte, war sie nicht mehr da. Es war einfach perfekt.

In meinem dunklen Zimmer springt plötzlich ein Schatten auf mein Bett wie ein Ninja, gefolgt vom Rascheln der Laken. Mein Kater Salem, der versucht, meine Aufmerksamkeit auf sich zu lenken. Als ich aufstehe, um ihn zu füttern, sehe ich einen Zettel auf meinem Nachttisch.

„Letzte Nacht hat Spaß gemacht." - Sarah

Die Nacht hat in der Tat Spaß gemacht und ich weiß es zu schätzen, dass sie sich die Mühe gemacht hat, eine Nachricht von Hand zu schreiben, anstatt einfach eine am Handy zu tippen. Ebenso wie andere Bemühungen, die sie gestern im Schlafzimmer mit Begeisterung vollbracht hat. Aber ich merke schon, dass sie mich für meinen Geschmack ein bisschen *zu sehr* mag. Für die meisten Frauen, mit denen ich Zeit verbringe, bin ich wie ein kleiner, liebenswerter Welpe, den man nicht behalten darf, weil jemand in deiner Familie allergisch ist. Sie können mit mir spielen und mit mir kuscheln, aber letztendlich müssen sie mich wieder abgeben. Die gleiche Art von Aufregung und Enttäuschung. Doch irgendwann würde ich wahrscheinlich ins

Bett scheißen oder ihr Lieblingspaar 800-Dollar-Schuhe zerkauen und sie wären es sowieso leid, hinter mir herzuräumen.

Wie Bukowski sagte: „Kunst zu schaffen bedeutet, für immer verrückt und allein zu sein.'

Und ich liebe es, allein zu sein. Ich hasse es nur, einsam zu sein.

Als sie mir gestern Nachmittag eine SMS schrieb, stand ich vor einem Scheideweg: Sex oder Schreiben? Vielleicht habe ich mich einsam gefühlt, und offensichtlich habe ich mich für den Sex entschieden. Aber das bedeutet auch, dass ich die Zeit, die ich gestern nicht dem Schreiben gewidmet habe, aufholen muss.

Salem miaut ungeduldig und erinnert mich an seinen Hunger. Er hat einfache Bedürfnisse: Fressen, Schlafen, Aufmerksamkeit. Manchmal beneide ich ihn darum. Meine sind etwas komplexer: Kaffee, Sex, Erfolg - begleitet von der ständigen Angst, dass es nie genug sein wird. Ich nehme seinen Futternapf und gehe in die Küche. Währenddessen schalte ich die Kaffeemaschine ein und fülle etwas Katzenfutter in den Napf. Die warme Luft ist jetzt von einer Mischung aus dem Duft von Salems Futter und frisch gebrühtem Kaffee durchdrungen. Ich setze mich an den Küchentisch und scrolle durch mein Handy.

Der Dezember naht und mein Geburtstag steht vor der Tür. Das erinnert mich auch daran, dass ich jetzt älter bin, als mein Vater es je geworden ist. Ich werde 39, kurz vor der „Mitte" meines Lebens, und ich habe vielleicht nicht die Höhen erreicht, die ich mir früher erhofft habe, aber ich verfolge immer noch meine Träume - und vielleicht ist das genug. Nein, fuck it. Vielleicht sind meine Träume auch einfach so verdammt groß, dass sie in ein einziges Leben nicht hineinpassen. Möglicherweise liegt es daran, dass ich älter werde, aber in letzter Zeit bin ich besessen von Zeit und dem Sinn des Lebens. Wenn ich an einem bestimmten Tag nichts erschaffe, dann ist dieser für immer verloren. Es bleiben nur Erinnerungen übrig, die irgendwann verblassen werden. Erschaffe ich aber täglich etwas, ist kein Tag vergeudet; Zumindest bleiben Fragmente übrig. Falls sich denn *überhaupt* jemand dafür interessiert. Und ich weiß, dass das ein bisschen extrem klingt.

Aber wir machen uns so viele Gedanken darüber, wie wir mehr Geld verdienen können, während wir mit dem Wertvollsten, was wir haben, so leichtfertig umgehen: Zeit.

Wir ersticken sie im ständigen Strom unsinniger Internetvideos, dummer Fernseh Serien und bedeutungslosen Hintergrundrauschens mittelmäßiger Unterhaltung und beschweren uns darüber, wo die Jahre geblieben sind, während wir eigentlich nur ein bisschen zu viel „chillen". Wir werden unser Potenzial nie wirklich ausschöpfen, weil es „zu schwer" sein könnte.

Also schieben wir es weg, begleitet von Sprüchen wie „Eines Tages werde ich es tun" und fangen gar nicht erst an.

Aber wer weiß, vielleicht bin ich ja der Idiot, der darüber urteilt, wie andere ihre Zeit verbringen. Schließlich ist es ja *ihre* Zeit. Und wer bin ich, das infrage zu stellen? Während die meisten

Menschen eine Familie gründen und sich ein glückliches Leben aufbauen, verbringe ich meine Zeit damit, scheinbar tiefsinnige Gedanken zu formulieren, um mich überlegen zu fühlen, und hoffe, eines Tages damit Geld zu verdienen. Vielleicht ist alles einfach nur subjektiv, und jeder von uns versucht auf seine ganz eigene Weise, verdammt noch mal das Beste zu geben, was er, oder sie kann.

Ich nehme einen Schluck von meinem Kaffee und verdränge diesen Gedanken. Währenddessen klappe ich meinen Laptop auf und beginne, an meinem neuesten Projekt zu arbeiten. In dem Versuch, diesen Tag unsterblich zu machen. Die Worte fließen leicht und ehe ich mich versehe, bin ich in meiner eigenen Welt versunken. Es fällt mir schwer nicht daran zu glauben, dass ich dorthin gehöre, in das Reich meiner Gedanken und meiner Kreativität.

Wie könnte ich einsam sein? Wenn man Kunst macht, ist man dann wirklich einsam? Selbst wenn man es ist, fühlt es sich nie so an. Man ist in der Gesellschaft seiner Kreationen. Aber ich glaube nicht, dass „normale" Menschen das verstehen oder nachvollziehen können.

Wir sind alle Sonderfälle.

Salem, der jetzt, nach dem Fressen, zufrieden ist, rollt sich an meinen Füßen zusammen und schnurrt leise. Während ich weiter tippe und versuche, diesen Tag festzuhalten - ein Wort nach dem anderen.

7

ch liebe die Nächte - einige meiner besten Tage waren Nächte. Danny war fest entschlossen, mit mir an meinem Geburtstag wegzugehen, und obwohl ich manchmal misanthropisches Verhalten zeige, bin ich gerne unter Menschen, besonders mit ihm. Zumindest manchmal. Er schlug vor, in eine Bar in der Innenstadt von Seattle zu gehen, die *Sip Sip Hooray* heißt, und der Name ist so bescheuert, dass ich zustimmte. Den Scheiß muss ich sehen.

Als unser Uber an den Bordstein fährt, muss ich über das Neonschild mit dem lächerlichen Namen schmunzeln.

Das Äußere ist unscheinbar, mit freiliegenden Ziegeln und großen Fenstern, die einen Blick auf die Menschenmenge im Inneren erlauben.

Wir steigen aus, danken dem Fahrer und gehen zum Eingang. Die Nachtluft ist kühl und erfrischend.

Auf der anderen Straßenseite sticht mir eine weitere Bar ins Auge, die den Namen *Questionable Choices* trägt. Es muss hier irgendwo eine Werbeagentur mit kreativen Köpfen geben, die sich so einen Mist einfallen lassen.

Danny freut sich mehr über meinen Geburtstag als ich, was irgendwie ansteckend ist. Und er sorgt dafür, dass auch jeder, an dem wir vorbeikommen, davon weiß.

Als ich die Bar betrete, bin ich von der Hipster-Atmosphäre, die den Raum erfüllt, überwältigt. Edison-Glühbirnen baumeln von der Decke und werfen ein warmes Licht auf die alten Holztische darunter. Der Klang obskurer Indie-Musik erfüllt die Luft und vermischt sich mit Gesprächen über die neuesten Craft-Biere und Entdeckungen aus dem Secondhand-Laden.

Danny bestellt ein Bier, während ich den Barkeeper, der einen beeindruckenden Schnurrbart und einen Arm voller Tattoos trägt, um eine Coke Zero bitte. Wir suchen uns einen Platz, um uns zu setzen und die Szenerie zu beobachten. Obwohl die Atmosphäre ausgesprochen hipsterhaft ist, hat sie einen gewissen Charme und das Potenzial für einen interessanten Abend.

Außerdem sind Hipster in der Regel eine friedliche Spezies.

Ich drehe mich zu Danny um und sage „Wow, Alter, du hast die weißeste Bar in Seattle gefunden."

Er bricht in Gelächter aus „Ich weiß! Das ist zu lustig."

Als wir uns auf unseren Plätzen niederlassen, bemerken wir eine Gruppe von Leuten in der Nähe, die lautstark den Geburtstag von jemandem feiern. Der Ehrengast, ein gut genährter, bärtiger Mann in einem alten T-Shirt namens Johnny, ist von seinem bunt gemischten Freundeskreis umgeben, der eine Vielzahl von süßen Leckereien für diesen Anlass mitgebracht hat. Es gibt bunte Teller mit Kuchen, Brownies und Keksen, die alle schön auf einem mit

Lichterketten geschmückten Holztisch arrangiert sind. In einer verdammten Bar!

Danny und ich gucken uns kurz an, bevor er in trockenem Tonfall sagt „Ich will Kuchen!" und aufsteht. Als wir uns der Gruppe nähern, fragt ein großer, schlaksiger Typ mit einem stilvoll ungepflegten Bart, einer Mütze und einer dickrandigen Brille „Kennt ihr Johnny eigentlich?" Danny antwortet schnell und selbstbewusst „Klar, Johnny und ich kennen uns schon ewig!" Damit sind wir in der Gruppe willkommen, bedienen uns am Kuchen, plaudern mit den freundlichen Hipstern und blenden nahtlos in die Menge ein. Aus unerfindlichen Gründen geben wir ihnen sogar falsche Namen - Danny stellt sich als Sebastian vor, und ich werde zu Tristan. Wir fühlen uns wie Ninjas oder Auftragskiller auf einer Undercover-Mission für kostenlose Backwaren.

Eine junge Dame mit einer Blumenkrone, einem Oversize-Pullover und Doc Martens beginnt mit mir zu flirten. Ihr langes, gewelltes Haar ist in einem leuchtenden Grünton gefärbt, und sie hat ein kleines Herz auf ihr Handgelenk tätowiert.

Nachdem Danny ruft „Hey, Tristan hat heute auch Geburtstag!", wird die Gruppe besonders freundlich und aufmerksam. Sie überhäufen mich mit Geburtstagswünschen und bestehen darauf, dass ich von allem auf dem Desserttisch ein bisschen probiere. Ich fühle mich ein wenig unwohl, aber ich weiß nicht genau, warum. Vielleicht zu viel Zucker. Während ich weiter esse, fühlt sich mein Kopf ein wenig benebelt an. Dann finden wir heraus, warum: Alle süßen Leckereien sind mit Cannabis versetzt. Ich bin so am Arsch.

Es stellt sich heraus, dass jeder, der Johnny wirklich kennt, weiß, dass er ein großer Kiffer ist. Aber da wir ihn überhaupt nicht kennen, geht dieser Witz auf unsere Kosten. Und ich schätze, als wir gefragt wurden „Kennt ihr Johnny eigentlich?", war das ein Code für „Dieser Scheiß ist voller Gras - seid vorsichtig." Im Gegensatz zu Danny habe ich keinerlei Erfahrung mit Cannabis. Normalerweise esse ich nicht einmal Süßigkeiten oder Zucker, aber dieses Mal stürze ich mich voll rein. Ich probiere den saftigen Red-Velvet-Kuchen mit Frischkäseglasur, die Schokoladenkekse und die Himbeer-Zitronen-Riegel. Alles sehr reich an THC. Als wir es herausgefunden haben, ist es bereits zu spät. Die Wirkung kommt in Wellen, die nahtlos von „Ok, ich glaube, es geht mir gut" zu „Scheiße, ich werde sterben" übergeht.

Mit 39 Jahren erlebe ich also zum ersten Mal Cannabis, ohne es zu wollen. Umgeben von meinem besten Freund und einer Gruppe freundlicher Hipster, die erstaunlich gute Bäcker sind, während ich mich auf der Geburtstagsparty eines Fremden als jemand anderes ausgebe. Das Leben hat scheinbar einen seltsamen Sinn für Humor.

Als das THC seine volle Wirkung entfaltet, beginnt meine Sicht zu verschwimmen und die Indie-Folk-Musik verzerrt sich in meinen Ohren, die Melodien verwandeln sich in ein beunruhigendes Durcheinander von Lärm. Die Gesichter um mich herum werden zu Karikaturen, ihre Züge dehnen sich wie in einem Spiegelkabinett. Ihr Lachen wird schrill und spöttisch.

Mein Herzschlag beschleunigt sich und ich spüre, wie ich paranoid werde. Ich schaue mich im Raum um und bin plötzlich überzeugt, dass jeder weiß, dass wir nicht hierher gehören, dass man uns durchschaut hat. Johnny wird so sauer sein, dass wir seinen Kuchen gegessen haben.

Eine plötzliche Welle der Übelkeit überkommt mich und ich fühle mich schwindelig, orientierungslos. Der Raum beginnt sich zu drehen und die leuchtenden Farben der Partydekoration verschwimmen zu einem schwindelerregenden Wirbelwind. Meine Atmung wird flach und schnell, und ich habe das Gefühl, keine Luft mehr zu bekommen.

Inmitten dieser Reizüberflutung werde ich mir meiner eigenen Gedanken plötzlich überdeutlich bewusst. Sie geraten außer Kontrolle und nehmen ein Eigenleben an, während sie durch meinen Kopf rasen.

Aus irgendeinem Grund habe ich das Gefühl, dass ich auf die Toilette gehen und dort warten muss, bis dieser Albtraum vorbei ist. Ich gehe zu einer Person, die ich für Danny halte. Fuck, ich meine Sebastian. Und erzähle ihm, oder ihr, von meinem Plan.

„Alter, ich gehe auf die Toilette."

Die Person oder die Stehlampe, die eindeutig nicht Sebastian ist, zeigt mir den Daumen nach oben. Oder auch nicht. In diesem Moment bin ich mir über gar nichts mehr sicher.

Alles fühlt sich langsam an, als würde *ein* Atemzug zwischen zehn Minuten und einem Monat dauern.

Und ich kann meinen eigenen Gedanken nicht mehr folgen; ich vergesse ständig, was ich vor zwei Sekunden gedacht habe. Also fange ich an, alles in meinem Kopf zu wiederholen.

Gehe auf die Toilette.

Gehe auf die Toilette.

Gehe auf die Toilette.

Wie ein Mantra.

Mein Gehirn ist ein Browser mit zehn offenen Tabs - und in jedem läuft dasselbe Video in Dauerschleife.

Auf meinem Weg werde ich von der jungen Dame mit der Blumenkrone "überfallen", die sich mir aus dem Schatten nähert. Sie packt mich am Kopf und beginnt mich zu küssen. Ihr Atem riecht nach Zucker und Cannabis - eine merkwürdige Mischung aus Kindheit und Verdorbenheit. Und es fühlt sich an, als ob sie drei Zungen hätte. Auch wenn es nicht unangenehm ist, muss ich mich auf meine Mission konzentrieren. Während ich also mit einem schönen, dreizüngigen Blumenkronenmädchen rummache, wiederhole ich mein aktuelles Mantra in meinem Kopf.

Gehe auf die Toilette.

Gehe auf die Toilette.

Gehe auf die Toilette.

Sie fängt an, sich an mir zu reiben, und ich bin einfach viel zu high, um irgendetwas auf die Reihe zu kriegen. Also fange ich an, mein Gedankenmantra laut zu wiederholen, in der Hoffnung, zu entkommen, aber alles, was ich herausbringe, ist ein gemurmeltes "Toilette".

Was offenbar wie eine Einladung für sie klingt. Sie packt sofort meine Hand und zieht mich mit sich, wie einen Welpen. Einen sehr bekifften Welpen.

Als sie mich in die Damentoilette führt, scheint sich alles zu verselbstständigen. Das gedimmte, warme Licht scheint zu pulsieren und wirft hypnotische Schatten auf den Boden, der mit einer Explosion aus wild gemusterten Fliesen bedeckt ist. Die Vintage-Blumenmuster-Tapete scheint zu tanzen, als ob die Blumen lebendig wären. Während sie mich weiterzieht, schaue ich auf ihren Arm, und das Herz-Tattoo an ihrem Handgelenk scheint im Rhythmus meines Atems zu schlagen.

Wir gehen in eine Kabine und sie küsst mich weiter, drückt ihren Körper fest an meinen. Sie beginnt, meinen Reißverschluss zu öffnen, und ich bin völlig hilflos. Meine Hose fällt auf den Boden, und während sie sich hinkniet, schaut sie mich mit ihren Reptilienaugen an und sagt „Happy Birthday, Tristan", bevor sie mein Glied in ihren Mund nimmt. Ich glaube nicht, dass ich jemals zuvor einen Blowjob von jemandem mit drei Zungen bekommen habe.

Die junge Dame mit der Blumenkrone gibt alles, aber ich kann weder meinen Körper noch meinen Geist spüren. Das Badezimmer um mich herum beginnt sich zu drehen und zu verzerren, die pulsierenden Lichter scheinen immer greller und verwirrender zu werden. Panik macht sich breit, während mein Herz unkontrolliert rast. Das Gefühl ihrer vielen Zungen an mir ist immer noch in vollem Gange, aber ich kann mich nicht darauf einlassen.

Ich versuche, mich zu konzentrieren, mich zu beruhigen und vielleicht sogar diesen seltsamen Moment zu genießen, aber das scheint alles nur noch schlimmer zu machen.

Spuren meines Höhepunkts laufen an ihrem Kinn herunter, doch ich kann mich nicht daran erinnern, dabei irgendeinen Genuss empfunden zu haben. Sanft schiebe ich sie von mir weg, ziehe den Reißverschluss meiner Hose zu und murmele ein „Danke", während ich schwankend aus der Kabine taumle. Meine Beine zittern wie verkochte Nudeln und der Raum dreht sich weiter, sodass mir übel wird. Ich muss hier raus, weg von diesem Chaos.

Als ich endlich aus dem Bad komme und zurück in die Bar gehe, komme ich an vier Leuten vorbei, die potentiell alle Danny sein könnten. Oder Sebastian.

Mein Handy vibriert in meiner Tasche, das plötzliche Brummen erschreckt mich. Ich ziehe es heraus, nur um es durch meine zitternden Gummifinger gleiten zu lassen. Auf Händen und Knien suche ich blind nach dem Gerät, während das Chaos von Schatten und pulsierenden Lichtern um mich herum tanzt. Als ich es endlich finde, hebe ich es auf, und meine Sicht verschwimmt, als ich versuche, mich auf den Bildschirm zu konzentrieren. Die Nachricht ist von meiner Ex, Maria. „Alles

Gute zum Geburtstag. Ich hoffe, du hast einen tollen Tag." Ihr Name auf dem Display trifft mich wie ein Schlag in den Magen. Die Person, die man am meisten liebt, kann zur Person werden, die man am wenigsten liebt. Und ich weiß nicht, ob es der surreale Albtraum ist, in dem ich gefangen bin, oder die Tatsache, dass wir seit Monaten nicht gesprochen haben, aber diese einfachen, beiläufigen Worte treffen mich wie tausend Nadeln.

Mein Herz rast. Immer noch umgeben von verzerrten Geräuschen und schattenhaften Gestalten, bleibt mein Auftrag derselbe.

Ich muss hier raus.

Ich muss hier raus.

Ich muss hier raus.

Während ich versuche, aus diesem Labyrinth der Verwirrung herauszufinden, dringt eine besorgte Stimme zu mir durch. „Tristan? Geht es dir gut?"

Vor mir steht ein großer Mensch, den ich nicht erkenne. „Wer bist du?", schaffe ich es zu fragen.

„Ich bin's, Johnny. Du siehst nicht so gut aus."

Ich wiederhole die Worte des Mantras in meinem Kopf und übertrage sie dann auf meinen Mund: „Ich muss raus."

Johnny legt seinen großen Arm um mich und sagt „Ich kümmer' mich um dich, Kumpel" und begleitet mich aus der stickigen Bar.

Draußen ist die Luft erfrischend und die Abwesenheit des ohrenbetäubenden Lärms in Verbindung mit der Weite des Raums, bringt sofortige Erleichterung.

„Bleib hier", schlägt Johnny vor, „und ich rufe dir ein Uber, okay?" Ich nicke zustimmend.

Wie aus dem Nichts taucht Danny auf, als wäre er durch ein Portal gekommen. Er eilt zu mir herüber, die Sorge steht ihm ins Gesicht geschrieben, und fragt „Alter, geht's dir gut?"

Wenn dich Leute ständig fragen, ob es dir gut geht, dann tut es das vermutlich nicht.

Ich sehe ihn an, unfähig zu sprechen, und Danny sagt nur „Lass uns dich nach Hause bringen, Geburtstagskind."

Mir geht es nicht gut.

Mir geht es nicht gut.

Mir geht es nicht gut.

DANIEL RUCZKO

8

Willkommen in der Vergangenheit, dem Reich des Montags.

Ein Tag, den die meisten Menschen lieber meiden würden. Allein der Gedanke an den Beginn einer neuen Arbeitswoche reicht normalerweise aus, um bei vielen Stöhnen und Klagen auszulösen. Und in den meisten Fällen würde ich mich dazu zählen. Aber heute fühlt sich der Montag ironischerweise wie ein frischer Wind an. Nach der Katastrophe, die mein Geburtstagswochenende war, begrüße ich etwas, das mir hilft, mich wieder aufzufangen. Eine aufgezwungene Routine.

Ich fühle mich immer noch ein wenig high und frage mich, warum sich jemand absichtlich so fühlen möchte.

Als ich mein Büro betrete, merke ich schnell, wie vertraut und beruhigend alles wirkt. Dieselben Geräusche, dieselben Gerüche, dieselben eintönigen Aufgaben, die auf mich warten - all der Scheiß, den ich normalerweise hasse, hat sich in ein Schlaflied verwandelt, eine altbekannte Melodie, die ich gedankenlos vor mich hin summe. Und ich freue mich darauf, einen Tag, den ich schon unzählige Male durchlebt habe, noch einmal zu erleben.

Es ist eine Erinnerung daran, dass das Leben weitergeht, egal wie traumatisch ein Wochenende ist. Und dass es oft die alltäglichsten Momente sind, die uns erden und Halt geben. Und dafür bin ich einfach nur verdammt dankbar.

Das Büro scheint heute ungewöhnlich still und leer zu sein. Während ich mich durch das Labyrinth der Kabinen bewege, entdecke ich Danny, der an der Kaffeemaschine steht und dem heiligen Ritual der Koffeinzufuhr nachgeht. Ich schlendere zu ihm hinüber, und als ich mich ihm nähere, begrüßt er mich mit einem Grinsen. „Da ist er ja, Dr. Greenthumb", sagt Danny.

Ich antworte mit einem lässigen Peace-Zeichen. Er sieht besorgt aus und fragt „Geht es dir etwas besser?"

„Ja, mir geht's gut." sage ich mit ruhiger Stimme. Kein Wort über Marias Nachricht oder den überraschenden mentalen Tornado, den sie ausgelöst hat.

Mit hochgezogenen Augenbrauen fragt er „Was hast du gestern gemacht?"

Ich lächle leicht „Ich bin aufgewacht, hab meinen Träumen den Mittelfinger gezeigt und bin wieder ins Bett gekrochen."

Er lacht und sagt „Klingt für mich wie ein typischer Sonntag." Mit dem Kaffee in der Hand fährt er fort „Naja, ich gehe jetzt besser. Wir sehen uns später." Ich nicke ihm zu, und er geht in Richtung seines Büros.

Auf dem Weg zu meinem Arbeitsplatz betrachte ich das organisierte Chaos, das ich vor dem Wochenende hinterlassen habe. Wie jeden Tag in letzter Zeit empfängt mich der graue Himmel vor meinem Fenster mit seiner Tristesse. Ich sinke in meinen Stuhl und schalte meinen Computer ein, während ich warte, dass er hochfährt. Um die Zeit totzuschlagen, scrolle ich durch mein Handy und schaue mir die Geburtstagswünsche an, die meine Nachrichten und Social-Media-Feeds überflutet haben. Nachdem ich Zugriff auf meinen Arbeitscomputer erhalten habe, entdecke ich auf Slack eine neue Nachricht von meinem Chef, Mr. Graham, der mich sprechen möchte.

Es ist eine seltene Spezies in der Unternehmenswelt, die Art von Chef, die meine Arbeit wirklich schätzt, jemand, der mich in Ruhe lässt, solange ich meinen Job mache. Neugierig und ohne Zeit zu verlieren, stehe ich auf und mache mich auf den Weg zu seinem Büro. Ich klopfe sanft an die Tür.

„Bitte kommen Sie rein", sagt Mr. Graham von drinnen.

Als ich die Tür öffne, begrüßt mich der Anblick seines gut organisierten Büros. Sein großer Holzschreibtisch ist ordentlich und aufgeräumt, mit ein paar Familienfotos und einem Computermonitor darauf. Er wirkt sichtlich angespannt, als ich mich setze, und sein Gesicht ist von Besorgnis gezeichnet. Er räuspert sich und beginnt mit gezwungener Höflichkeit „Hey, danke, dass Sie gekommen sind."

„Klar, was ist los?", frage ich, weil ich spüre, dass etwas nicht stimmt.

Er atmet tief durch und erklärt, dass die jüngste Fusion zwischen unserem Unternehmen und einem anderen zu einigen unangenehmen Budgetkürzungen geführt hat. Im Grunde wollen sie einfach weniger Nerds für die gleiche Arbeit bezahlen. Und ich weiß genau, wohin das führt.

Mr. Graham fährt vorsichtig fort, seine Stimme zittert leicht, während er spricht, offensichtlich zögert er, mir die nächste Information mitzuteilen. Ich lehne mich zurück und sehe zu, wie der Zug entgleist. Das Partnerunternehmen hat eine Politik durchgesetzt, bestimmte Mitarbeiter für den Stellenabbau auszuwählen. Um die Auswirkungen auf Familien zu minimieren, haben sie beschlossen, vorrangig diejenigen zu entlassen, die unverheiratet sind und keine Kinder haben. Und natürlich passe ich genau ins Schema. Check, check.

Es ist offensichtlich, dass er mit der Entscheidung nicht zufrieden ist, und die Tatsache, dass er derjenige ist, der mir diese Nachricht überbringen muss, verstärkt nur seine Anspannung. In diesem Moment zerfällt der vertraute Komfort meines Arbeitsplatzes, ersetzt durch die harsche Realität, dass ich komplett am Arsch bin.

Mit bedauerndem Gesichtsausdruck sagt er „Es tut mir wirklich leid, Richard. Sie sind der letzte Mensch, den ich gehen lassen möchte, aber ich glaube auch, dass Sie keine Probleme haben werden, schnell eine neue Stelle zu finden."

Ich weiß seine leeren Worte sehr zu schätzen, bin mir aber nicht so sicher. Mit einem falschen Lächeln sage ich ihm „Ist schon okay, ich weiß, dass es nicht Ihre Entscheidung ist."

Eine Welle von Gedanken überflutet meinen Kopf, aber ich mache mir nicht nur Sorgen um mich selbst, sondern frage mich auch, was mit Danny passieren wird.

Mr. Graham fährt fort, die Abfindung zu besprechen, die ich erhalten werde, verspricht mir eine glänzende Empfehlung, Unterstützung bei der Jobsuche und bla bla bla. Aber nichts davon ändert etwas an der Tatsache, dass mir der Boden unter den Füßen weggezogen wurde und die unmittelbare Zukunft wie ein bedrohlicher Abgrund erscheint.

Meine Gedanken schweifen zu *Up in the Air,* dem Film mit George Clooney aus dem Jahr 2009. Darin reist der Protagonist durch das Land und entlässt Leute. Er hat diesen wiederkehrenden Satz, den er zu jedem sagt, den er kündigt "Jeder, der jemals ein Imperium aufgebaut oder die Welt verändert hat, saß genau dort, wo Sie jetzt gerade sitzen. Und nur weil sie dort saßen, konnten sie es schaffen."

Das hat mir immer gefallen, zumindest in der Theorie und solange es mich nicht betraf, aber vielleicht ist da etwas dran. Wenn wir aus unserer Komfortzone gedrängt werden, müssen wir einen anderen Weg finden. Etwas, an das wir vielleicht sonst nicht gedacht hätten, weil wir zu ängstlich und bequem waren. Und bequem muss man nur sein, wenn man einschlafen will.

Trotz allem habe ich zum ersten Mal in meinem Leben das Gefühl, dass ich das wahre Wesen eines Künstlers verkörpere - bald ein arbeitsloser Träumer, der von Hoffnungen und Aspirationen schwafelt und dessen EC-Karte abgelehnt wird, wenn er versucht, sich einen McFlurry zu kaufen.

DANIEL RUCZKO

9

ch finde mich in den Tiefen eines Secondhand-Ladens wieder, wo sich Staub und Verzweiflung frei miteinander vermischen. Ich bin auf der Suche nach einem kleinen Geschenk für meine Mutter, die gute Fundstücke aus solchen Läden liebt. Die Luft ist durchsetzt von dem Geruch von Vinyl und das konstante Summen der Leuchtstoffröhren über dem Kopf klingt wie der Soundtrack eines Konsumfegefeuers.

Ich navigiere durch das Labyrinth der reduzierten Waren, eine Welt, in der jeder erdenkliche Massenartikel nach Aufmerksamkeit schreit. Ein Mixer mit einem fehlenden Knopf, ein Packen nicht zusammenpassender Socken, ein Messerset, dessen Klingen vom übermäßigen Gebrauch abgestumpft sind - sie alle sind verwaist, jedes einzelne sehnt sich nach einem Zuhause, einem Zweck, einem Grund für seine Existenz.

Und dann, versteckt im Chaos, finde ich sie: eine kleine, handbemalte Vase, deren verblasste Farben vom Lauf der Zeit zeugen, deren Kanten abgenutzt und abgestoßen sind. Sie behauptet sich zwischen den grellen Auslagen aus Plastik und Mittelmäßigkeit, ein Relikt aus vergangenen Zeiten, ein Stück Geschichte, eingefangen in Glas. In seiner Unvollkommenheit sehe ich das perfekte Geschenk für meine Mutter.

Als ich den Laden verlasse und die Vase fest an meine Brust drücke, spüre ich einen Hauch von Triumph. Ich weiß, dass sie ihr gefallen wird, und ich möchte ihr einfach eine Dosis Glück in den Tag bringen, bevor ich ihr einen Grund gebe, sich um mich zu sorgen.

Als ich die Wohnung meiner Mutter betrete, steigt mir der vertraute süße Geruch in die Nase, der meinem Gehirn sofort signalisiert, wo ich bin. Ich erhasche einen Blick auf meine Mutter, eingekuschelt in ihrem abgenutzten Sessel, während sie fernsieht.

Ihre glasigen Augen sind auf den Bildschirm gerichtet, gefangen in der Banalität einer Sitcom, die die Realität betäubt.

Als der Riegel ins Schloss fällt, dreht sie sich schnell um „Richard!" sagt sie mit einem breiten Lächeln im Gesicht.

Ich teile ihre Freude. Sie jetzt zu sehen, fühlt sich so gut an, als käme ich von einem langen Schultag nach Hause, um den ganzen Nachmittag Mario Kart zu spielen.

„Hey, Mom!" antworte ich mit einem ebenso breiten Lächeln.

Ihr Blick wandert zu der Vase, die ich in meinen Armen halte. „Was ist das?", fragt sie und deutet auf die Vase.

Ich halte sie ihr hin „Die ist für dich."

Sie sieht begeistert aus „Oh, aus welchem Anlass?"

Ich zucke mit den Schultern und halte ihren Blick „Es gibt keinen wirklichen Anlass. Ich wollte dir einfach etwas schenken."

Ich reiche ihr die Vase, und sie betrachtet sie sorgfältig.

Sie schaut zu mir auf, ihr Gesichtsausdruck ist eine Mischung aus Überraschung und Freude. „Danke, Richard. Sie ist wunderschön", murmelt sie mit leiser, aufrichtiger Stimme.

Mein Blick fällt auf ihren Laptop in der Ecke, und ich erinnere mich an mein Versprechen, ihn zu reparieren.

Ich setze mich ihr gegenüber auf die Couch, mein Körper versinkt in den abgenutzten Polstern, und ich spiele nervös mit meinen Fingern, während ich mich mental darauf vorbereite, ihr die Nachricht über den Verlust meines Jobs zu überbringen, ohne die mütterlichen Alarmglocken auszulösen.

In diesem Moment höre ich das Geräusch des Heizkörpers. Klack, klack, klack.

„Hattest du einen schönen Geburtstag?", fragt meine Mutter.

Wie aufs Stichwort hallt das Lachen aus der Sitcom spöttisch im Hintergrund. Aber ich entscheide mich dafür, die Details meiner jüngsten "Fear-and-Loathing in einer Hipster-Bar-Erfahrung" zurückzuhalten, die einen Blowjob von einer jungen Dame mit drei Zungen beinhaltet, und antworte einfach mit einem lässigen „Ja, ich hatte Spaß."

Ich weiß, dass ich Gefahr laufe, die Risse in meiner „Ich habe mein Leben im Griff"-Fassade zu offenbaren. Aber ich muss es ihr sagen. Ich spüre, wie sich die Ränder meines Mundes zu einem dünnen, gezwungenen Lächeln verziehen, ein schwacher Versuch, meine Mutter von dem bevorstehenden Grund zur Sorge zu schützen. Mit einem letzten, stabilisierenden Atemzug sammle ich den Mut zu beginnen. Jedes Wort ein zerbrechlicher Soldat, der tapfer ins Ungewisse marschiert.

Ich atme tief ein und beginne „Ich muss dir etwas sagen."

Sie sieht mich besorgt an und fragt „Was ist los?"

Ich dachte immer, wenn mein Leben den Bach runtergeht, würde es dramatischer sein. Regen. Tragische Musik. Ein emotionaler Monolog.

Ich zögere einen Moment, bevor ich schließlich gestehe „Ich wurde gekündigt."

Ihr Gesicht erweicht vor Mitgefühl. „Das tut mir so leid, geht es dir gut?"

„Ja, das tut es. Wirklich.", versichere ich ihr. „Aber keine Sorge, ich werde schnell einen neuen Job finden."

Während ich überlege, was ich ihr noch sagen könnte, unterbricht sie mich abrupt und sagt „Nein, wirst du nicht!"

Verwirrt frage ich „Was meinst du?"

In einem ruhigen Ton sagt sie „Diesen Job zu verlieren, war vielleicht das Beste, was dir passieren konnte".

Ihre Antwort überrascht mich; sie versucht nicht, meine Situation herunterzuspielen, sondern bietet mir eine andere Perspektive. Die Worte meiner Mutter sind offen und ehrlich, als sie fortfährt „Die meisten von uns gehen aus Angst keine Risiken ein. Aber es ist leichter, sich von einem Fehler zu erholen, als mit dem Bedauern zu leben, eine Chance nicht genutzt zu haben. Ich bereue vieles und habe viele Gelegenheiten verpasst, aber ich werde nicht zulassen, dass dir das Gleiche passiert."

Ich bin sprachlos und sehe sie einfach nur an, während sie spricht; ich kann die Entschlossenheit in ihren Augen sehen und weiß, dass sie jedes einzelne Wort ernst meint. „Du bist ein Künstler. Und Künstler in normalen Jobs sind wie Tiere in Käfigen - klar, sie können überleben, aber sie werden nie wirklich aufblühen."

Ihre Worte sind wie ein Rettungsseil, das mich aus den Tiefen der Ungewissheit in eine Welt der Möglichkeiten zieht. So etwas hat sie noch nie gesagt.

Niemand in meiner Familie war ein Künstler, aber offensichtlich sieht sie etwas in mir, genauso wie sie es immer getan hat, und das bedeutet mir so verdammt viel. Schnell holt mich jedoch die Realität ein und ich sage „Mama, du hast keine Ahnung, wie viel mir deine Worte bedeuten. Aber ich verdiene kein Geld mit dem Schreiben."

Sie greift nach der Fernbedienung und schaltet den Fernseher aus. Einen Moment lang sitzen wir schweigend da, jeder in seinen eigenen Gedanken vertieft. Dann sieht sie zu mir herüber „Ich habe vor kurzem einige meiner Versicherungen gekündigt", beginnt sie.

Meine Mutter ist bekannt dafür, dass sie für fast alles, egal ob nötig oder unnötig, eine Police hat, ich weiß also, worauf sie anspielt.

„Dadurch", sagt sie, „habe ich etwas Geld von den Versicherungen zurückbekommen." Ich weiß nicht, was ich davon halten soll, aber bevor ich überhaupt fragen kann, fährt sie

fort „Es ist nicht viel, aber ich möchte nicht, dass du dir im Moment Sorgen um Geld machst. Du kannst nicht kreativ sein, wenn dein Kopf voller Sorgen ist." Sie pausiert einen Moment, bevor sie sagt: "Gib dem Ganzen eine echte Chance! Für mich."
In ihren Augen liegt ein Schimmer von Stolz. Und vielleicht braucht es manchmal nur einen einzigen Menschen, der an dich glaubt, damit du den Mut findest, es selbst zu tun.

Ein Schwall von Emotionen überkommt mich und droht, mich zu überwältigen. Ich stehe auf und schlinge meine Arme fest um sie. Es ist ein verblüffender Kontrast, wie sie in einem Moment nicht einmal ein Feuerzeug finden kann und im nächsten völlig klar ist und etwas so Tiefgründiges kanalisiert.

Als ich mich aus der Umarmung löse, sehe ich sie mit einem neu gewonnenen Gefühl der Entschlossenheit an. „Danke, Mom", sage ich mit zitternder Stimme. „Ich danke dir für alles."

Ich schwöre bei Gott, selbst wenn ich dieser Frau alles auf diesem Planeten geben könnte, wäre es immer noch nicht genug.

10

Der rhythmische Tanz der Tastenanschläge wird zum gleichmäßigen Beat, der meine Tage begleitet. Ich bin süchtig. Süchtig nach dem Erschaffen. In den letzten vier Wochen habe ich mich in einen Rausch kreativen Schaffens gestürzt, meine Tage und Nächte sind beim Tippen miteinander verschmolzen. Angetrieben von dem Wunsch, meine Gedanken in Worte zu verwandeln.

Während des Schreibens habe ich einundzwanzig Tage lang gefastet, auf Nahrung verzichtet und mich der Entbehrung hingegeben. Am Anfang war es nicht einmal geplant; ich habe einfach vergessen zu essen. Aber ich bin ein erfahrener Faster.

Jemand, der nie freiwillig auf Nahrung verzichtet hat, könnte das niemals nachvollziehen. Aber sobald man die Schwelle des zweiten Tages ohne Kalorien überschreitet, wird man auf eine völlig neue Ebene des Seins katapultiert. Der Körper gibt die banale Aufgabe der Verdauung auf, angetrieben von Ketonen, und leitet jedes letzte bisschen Energie in die Tiefen des Geistes.

Man sieht mit kristallklarer Schärfe, riecht die zartesten Düfte, und die Gedanken durchdringen den Nebel des Geistes mit laserartiger Präzision. Das Gefühl ist berauschend, wie eine Droge, die jedes Neuron zum Leben erweckt - eine Droge, die der eigene Körper produziert. Mit den Worten von Salvador Dalí: „Ich nehme keine Drogen, ich *bin* Drogen."

In diesem Zustand des selbstverursachten Hungerns wird man wiedergeboren, die beste Version seiner selbst, unbefleckt und unaufhaltsam. Man fühlt sich verdammt unbesiegbar.

Ich hatte noch nie Probleme, jemanden zu finden, mit dem ich das Bett teilen konnte. Aber die Zeit war mein Feind, ein kostbares Gut, das ich nicht mit sozialen Kontakten oder der Suche nach Gesellschaft auf die altmodische Art verschwenden konnte. Ich hatte ein Versprechen zu halten. In den wenigen Momenten, in denen ich mich von der Tastatur entfernte und mich nach einer Art körperlicher Verbindung sehnte, nutzte ich andere Wege. Im Namen der Effizienz ließ ich die Bequemlichkeit der Technologie meine Begegnungen diktieren und wandte mich an Tinder, dem digitalen Marktplatz für lustvolle Transaktionen. Die Tinder-Dates, die kommen und gehen, sorgen für eine körperliche Erleichterung; Namenlose, gesichtslose Begegnungen verschwimmen ineinander wie Ölfarbenstriche von Bob Ross. Sie erschaffen eine Panoramalandschaft aus Sex und Sünde. Manchmal fühlt es sich an, als ob jede Begegnung nur ein Fragment einer Geschichte ist, die ich sowieso nie zu Ende schreiben werde.

Während ich durch diesen Fiebertraum aus Kreativität, Selbstdisziplin und Exzess navigierte, verlor ich mich selbst. Ich hämmerte Seite um Seite heraus, ein Mosaik aus Text, das wie ein Pilz wuchs.

Ich werde von meiner Vision angetrieben, lasse mich von ihr leiten, formen, auseinanderreißen und wieder zusammensetzen, wie ich es mir nie hätte vorstellen können. Jedes neue Kapitel, jede Wendung in der Handlung, jede schmerzhafte Enthüllung war eine Offenbarung, nicht nur für meine Charaktere, sondern auch für mich selbst. Ich habe mich noch nie lebendiger gefühlt.

Die Zeit verliert jede Bedeutung. Als die letzten Worte von meinen Fingern tropften wie Blut aus einer offenen Wunde, wusste ich, dass genau das der Grund ist, warum ich auf diesem Planeten bin.

Und auch wenn diese 250 Seiten nicht perfekt sind, sind sie ein verdammt guter erster Entwurf.

Ich bin stolz auf das Erreichte, stolz darauf, dass ich keine Zeit verschwendet habe und mich voll und ganz für das eingesetzt habe, was ich tat. Ich schulde es meiner Mutter. Vielleicht ist dies mein bisher bestes Werk, oder es ist die Schlinge, die sich endgültig um meinen Hals zuzieht.

Danny will nach der Arbeit vorbeikommen, um zu feiern, und da es schon fast sechs Uhr ist, sollte er bald da sein. In der Zwischenzeit sitzt eine Frau namens Katie immer noch in meinem Wohnzimmer. Eine weitere digitale Eroberung, die gerade nach ihrer Unterwäsche sucht.

Katie war einst ein gefeierter Popstar, der im Alter von nur achtzehn Jahren berühmt wurde. Damals war sie überall im Fernsehen und im Radio zu hören, die Welt lag ihr zu Füßen. So viel Potential. Doch die grausame Hand der Zeit hatte andere

Pläne und ihr Ruhm begann zu verblassen. Bis heute jagt sie ihrem früheren Leben hinterher, allerdings ohne Erfolg, denn die Welt hat sich weitergedreht. Jetzt steht sie auf den Bühnen von Volkstheatern und tritt in Musicals auf, die ihr eine kleine Portion des berauschenden, aber flüchtigen Lebens im Rampenlicht bieten.

Als ich sie zum ersten Mal sah, kam sie mir bekannt vor, aber ich konnte sie nicht richtig einordnen. Erst als sie ihre Vergangenheit erwähnte, machte es Klick. Ich erinnere mich, dass ich in sie verknallt war, als ich damals ihre Musikvideos im Fernsehen sah. Ich denke, es ist nie zu spät, seine Fantasien zu verwirklichen, selbst wenn man sie längst vergessen hat, und manchmal bietet uns das Universum einen Geschmack des Surrealen, um uns daran zu erinnern, dass alles möglich ist. Das hier ist für dich, neunzehnjähriger Richard.

Als ich Katie etwas zu trinken anbiete, klingelt es an der Tür. „Oh, ist das dein Freund?", fragt sie, während ich Danny reinlasse.

„Yep", antworte ich.

Sie beginnt, ihre Sachen zu packen. Ich freue mich wirklich sehr darauf, Danny zu sehen, denn ich war so sehr in meiner kreativen Blase gefangen, dass wir uns kaum gesehen haben. Es war eine Erleichterung zu hören, dass er seinen Job behalten konnte - noch ein Grund zu feiern.

Danny kommt herein, während Katie sich auf den Weg macht.

Als sie seine Anwesenheit zur Kenntnis nimmt, sieht sie mich an und schlägt vor „Lass uns das irgendwann wiederholen", und ihre Lippen verziehen sich zu einem Lächeln.

Ich mag, wie sie das sagt, und nicke ‚Klar.'

Mit diesen Worten verschwindet sie.

Als er die Tür schließt, wendet sich Danny zu mir und fragt „Hast du sie gefickt?"

Ich zucke mit den Schultern und sage „Vielleicht ein bisschen."

Er kann sich ein Lächeln nicht verkneifen, schüttelt den Kopf und murmelt „Fuck, Ich bin neidisch."

Er umarmt mich, als hätten wir uns jahrelang nicht gesehen, wie zwei Brüder, die wiedervereint sind.

Wir gehen ins Wohnzimmer und lassen uns fast synchron auf die Couch fallen. Danny lacht beim Anblick einer Flasche Gleitmittel auf dem Wohnzimmertisch, die ich vergessen habe wegzuräumen.

Er sieht zu mir rüber und sagt „Du siehst dünn aus, man."

Mit einem Blick auf meinen Körper antworte ich „Ach ja, das Fasten...". Als jemand, der ständig hungrig ist, könnte er das nie verstehen.

„Und wie geht es Katie im wirklichen Leben?" fragt er mit einem Grinsen.

Ich lache „Deprimiert, aber auf eine charmante Art."

Ich sehe einen Anflug von Besorgnis auf seinem Gesicht, als er sagt „Und, außer Ex-Popstars zu ficken, was gibt es sonst noch Neues? Erzähl mir alles!"

Ich hole tief Luft und beginne mit meiner Geschichte. Ich erzähle ihm von dem Gespräch mit meiner Mutter, den unzähligen Stunden am Keyboard und dem Rausch, etwas aus dem Nichts zu erschaffen. Von den Tagen, an denen ich mit dem kalten Schein des Laptop-Bildschirms aufwachte und meine Finger sich wie besessen bewegten, besessen von einer unsichtbaren Kraft, die verlangte, dass meine Geschichte erzählt wird.

Er freut sich aufrichtig für mich, und ich sehe den Stolz in seinen Augen, als er von meinen Fortschritten hört.

Ich schnappe mir das erste gedruckte Exemplar des Manuskripts mit dem Titel *Hard to Find, Easy to Lose* und werfe es auf den Tisch vor ihm, neben das Gleitmittel, und sage: „Boom!"

Er nimmt es in die Hand und blättert durch die Seiten.

„Alter, das ist so krass! Ich bin stolz auf dich."

Ich glaube ihm, aber ich merke, dass etwas nicht stimmt. Also frage ich „Was ist los?"

Er zögert einen Moment, bevor er den Kopf schüttelt und die typische Antwort „Nichts" gibt.
Aber ich kenne ihn zu gut, um es dabei zu belassen.

„Alter, erzähl. Irgendetwas ist los", dränge ich und meine Sorge wächst.

Er zögert wieder, bevor er zugibt „Ich will deinen Tag nicht versauen."

Die Worte hängen schwer in der Luft. Meine Augen bleiben auf ihn gerichtet, bis er schließlich das Schweigen bricht. Seine

Scham ist deutlich zu erkennen, als er murmelt: „Sie haben mich jetzt auch gefeuert."

Meine aufrichtige Verzweiflung entlädt sich in einem lauten „Fuck!"

Er antwortet düster „Ja, sie haben mir vier Wochen gegeben."

Danny arbeitet hart und ich weiß, dass er keine Schwierigkeiten haben wird, einen neuen Job zu finden. Aber das ist nicht das Problem.

In diesem Moment wird mir klar, dass ihm etwas fehlt, das ich besitze: Eine Daseinsberechtigung. Etwas, das ihm wirklich etwas bedeutet. Und es ist nicht der Verlust dieses speziellen Jobs, der ihn so trifft, sondern die Ungewissheit darüber, was vor ihm liegt. Und ich hasse es, ihn besorgt zu sehen.

Als das Gewicht von Dannys Enthüllung in der Luft hing, spürte ich eine Welle der Entschlossenheit. Jetzt bin ich dran. Und nachdem ich ihn jahrelang über das Gesetz der Anziehung und Affirmationen habe reden hören, sage ich „Das wird sich alles regeln. Und wir werden das schaffen. Ich verspreche es!" Ich meine es wirklich ernst.

Er lächelt und versucht, meinen Worten zu vertrauen, als er antwortet „Ich weiß das zu schätzen, bro."

Da er an Depressionen leidet, befürchte ich, dass die Kündigung ein Trigger sein könnte, und ich fühle mich verpflichtet, ihn aufzumuntern.

Ich springe auf und schlage vor „Okay, alter, lass uns hier abhauen!"

Danny sieht mich mit einem Hauch von Widerwillen in seinen Augen an und fragt „Wohin?"

„Sollen wir dir einen Popstar im Ruhestand suchen oder so?"

Er denkt einen Moment nach, bevor er sagt „Na ja, ein bisschen sexuelle Belästigung könnte ich schon gebrauchen".

„Na also!", sage ich.

Sein Blick wandert zurück zu dem Manuskript auf dem Tisch. „Und alter...", sagt er und zeigt darauf, „herzlichen Glückwunsch dazu. Echt jetzt."

Alles wird gut werden.

Alles wird gut werden.

Alles wird gut werden.

11

Vor meinem Fenster haucht der Himmel von Seattle eine eisige Atemwolke aus und setzt einen Wirbelwind aus Schneeflocken frei, die einen hypnotisierenden Tanz aufführen. So sehr ich das Wetter hier die meiste Zeit über verachte, so sehr liebe ich es zu dieser Jahreszeit. Jedes Jahr wieder verwandelt es die Stadt in ein echtes Winterwunderland.

In dem Moment, in dem die ersten Noten von John Williams' *Somewhere In My Memory* in meine Ohren dringen, ist es, als wäre die Weihnachtszeit offiziell eingeläutet worden, und ich fühle mich sofort in eine einfachere Zeit zurückkatapultiert. *Kevin - Allein zu Haus* ist mein absoluter Lieblings-Weihnachtsfilm und ich lasse mich immer wieder von seiner nostalgischen Magie einfangen. Das Anschauen des Films ist für mich zu einem Ritual geworden, fast schon zu einer Obsession.

In den letzten Tagen, in denen sich diese wunderbare Jahreszeit entfaltet, war meine Existenz einem einzigen Zweck gewidmet: meinem Manuskript den letzten Feinschliff zu geben. Jedes Wort ist eine Schlacht, die es zu gewinnen gilt, jeder Satz ein Rätsel, das zu lösen ist. Die Stunden vergehen wie im Flug und mein Vertrauen in das Projekt wächst mit jeder fertigen Seite.

Ich habe Danny in meinen kreativen Prozess einbezogen und ihn um sein Feedback und seinen Rat gebeten. Ich dachte, es könnte eine gute Ablenkung sein, und ihn in meine Arbeit einzubeziehen, könnte ihm ein neues Gefühl von Sinn geben. Und ich hatte recht. Er geht darin richtig auf, fühlt sich wie ein Fisch im Wasser und liefert wertvolle Perspektiven. Seine Besuche bei mir sind zu einer täglichen Routine geworden und heute geht diese neue Tradition weiter. Ich sitze an meinem Laptop, die Finger tanzen über die Tasten, während Danny an seinem Laptop liest und Notizen macht.

Der weiße Fleck auf meinem Fernseher scheint zu wachsen, wie ein bösartiger Tumor, und das Brummen wird lauter. Aber das ist mir scheißegal. Es spielt keine Rolle. Denn in dieser unvollkommenen Welt stolpern wir über Vollkommenheit, einen flüchtigen Moment, den es zu bewahren gilt. An einem makellosen Wintertag sitze ich mit meinem besten Freund in meinem Wohnzimmer und versinke in diesem künstlerischen Unterfangen. Der Duft von Vanille aus einer Kerze liegt in der Luft, während meine Katze neben mir schnurrt und die Klänge von Kevin McCallisters Abenteuern im Hintergrund widerhallen.

Halte den Atem an.

Standbild.

Klick.

Ich bin kurz davor, ein weiteres Kapitel abzuschließen, als das schrille Klingeln meines Handys die Stille durchbricht und mich aus meinem mentalen Kokon reißt. Eine unbekannte Nummer aus Los Angeles, Kalifornien, erscheint auf dem Display. Neugierig und gleichzeitig leicht genervt nehme ich das Gespräch an, unsicher, was mich am anderen Ende erwartet.

Ich hebe ab, drücke das Telefon an mein Ohr und sage „Hallo?"

„Hallo, ist da Richard?", erkundigt sich die tiefe, selbstbewusste Stimme am anderen Ende.

„Ja, das bin ich. Wer ist da?"
Danny sieht mich an und ich stelle das Gespräch auf laut.

„Hier ist Allen Warren, Filmproduzent von PlayDead, einer Produktionsfirma aus Los Angeles...", die Stimme setzt kurz aus. Danny und ich tauschen verwirrte Blicke aus.

Er fährt fort „...ich habe gerade Ihr Buch *Serendipity* gelesen und denke, es ist wie gemacht für eine Verfilmung.."

Danny springt vor Aufregung auf und formt wortlos ein „Alter! " mit seinen Lippen.

Neugierig und doch skeptisch, sage ich „Freut mich, dass es Ihnen gefallen hat."

Ja, klar. Soll das ein Witz sein? Ich war zwar noch nie in L.A., aber das klingt so verdammt nach L.A.

Allen fährt mit Enthusiasmus in der Stimme fort „Ich würde gerne über Möglichkeiten sprechen, die Filmrechte dafür zu erwerben. Haben Sie einen Manager oder Agenten, mit dem ich mich in Verbindung setzen kann?"

Ich wäge die Situation ab und zweifle immer noch an der Echtheit seines Anrufs. Doch Hoffnung ist die gefährlichste Droge der Welt. Dann sehe ich Danny lächelnd an und sage „Klar, Sie können meinen Manager anrufen. Ich gebe Ihnen seine Nummer."

„Sehr gut!", sagt Allen aufgeregt.

Ein Funke der Inspiration überkommt mich und ich sage Allen eine Reihe von Ziffern. Nach der Hälfte merkt Danny, dass ich gerade seine Nummer weitergebe. Sein Blick bleibt mit einer Mischung aus Verwirrung und Neugier an meinem hängen. Ich lächle.

„Danke für die Nummer, Richard."

„Kein Problem", antworte ich und versuche, gelassen zu klingen. „Nur damit Sie es wissen, mein Manager ist über das Wochenende nicht im Büro, aber er sollte am Montag wieder erreichbar sein. Sie können ihn dann gerne anrufen."

„Klingt gut", antwortet Allen. „Ich werde mich mit ihm in Verbindung setzen. Ich freue mich darauf, das Projekt weiter zu besprechen. Einen schönen Tag noch!"

„Ihnen auch", sage ich, bevor ich das Gespräch beende.

Dannys Gesicht verwandelt sich in ein Kaleidoskop der Verwirrung, wie ein Chamäleon, das sich in einem Meer aus Skittles verirrt hat „What the fuck, alter?"

„Naja, ich brauchte schnell einen Manager", erkläre ich achselzuckend.

Dannys Verwirrung wandelt sich in schallendes Gelächter. „Glaubst du, das ist echt?", seine Stimme schwankt zwischen Misstrauen und Faszination.

„Wenn ich ehrlich bin?" Ich halte einen Moment inne und überlege. „Alter, ich habe keine Ahnung."

Er setzt sich wieder hin. „Ich schätze, wir werden es herausfinden."

Ich grinse ihn an und antworte „Sieht so aus, Manager."

Er lacht. „Fuck it! Ich gehe mit dem Flow. Ich werde jetzt seine Produktionsfirma googeln." Seine Energie ist ansteckend und ich schließe mich mit einem Lachen an.

Ich versuche, meine Hoffnungen nicht zu hoch zu hängen, aber die bloße Möglichkeit, dass es real sein könnte, fühlt sich gut an und weckt eine Aufregung, die ich nicht leugnen kann. Und ich beginne mir vorzustellen, wie sich das alles entwickeln könnte.

Halte den Atem an.

Standbild.

Klick.

DANIEL RUCZKO

12

Als das Internet in den frühen 90er Jahren aufkam, war ich sofort dabei und wollte alles darüber wissen. Ich benutzte diese "50-Stunden-Gratis"-CD's von AOL, die wie ein erster Schuss vom Dealer in unseren Briefkästen und Magazinen zu finden waren, um uns süchtig zu machen. Mit einem beschissen langsamen Modem, das die vertrauten schrillen Geräusche machte, bis man endlich mit einem "Willkommen" und, wenn man Glück hatte, einem "Sie haben Post!" begrüßt wurde.

Alles war so neu und aufregend; es fühlte sich an, als wäre man einer der ersten Menschen, die einen neu entdeckten Planeten betreten, bereit, erkundet zu werden. Was für eine Zeit! Chatrooms, ICQ, Netscape Navigator, AltaVista, Website-Besuchszähler - alles Relikte des frühen digitalen Zeitalters. Und lass mich gar nicht erst von dem Nervenkitzel anfangen, eine E-Mail zu erhalten!

Heute tragen wir Smartphones mit uns herum, die leistungsfähiger sind als jeder Computer von damals, und wir haben rund um die Uhr Zugang zu Hochgeschwindigkeitsinternet in unseren Taschen. Verrückt.

Ich sitze auf der Couch im Wohnzimmer meiner Mutter und habe ihren Laptop auf meinen Knien. Sie hat das Backen schon immer geliebt und zaubert gerade in der Küche. Der übliche süße Geruch ihrer Wohnung wird durch den Duft von frisch Gebackenem verstärkt. Der leise Klang von Weihnachtsmusik dringt durch die Wohnung, begleitet von einem kleinen, aber festlichen Baum, der in der Ecke steht und mit bunten Lichtern funkelt, als wolle irgendjemand wagen, seinem weihnachtlichen Charme zu widerstehen.

Als ich heute ankam, konnte ich es kaum erwarten, ihr die Neuigkeiten zu erzählen - wie ein Kind, das an Weihnachten die Treppe herunterrennt, um seine Geschenke zu öffnen. Mein Manuskript, die angebliche Produktionsfirma aus dem Land der Illusionen und das Versprechen einer Filmadaption. Unabhängig davon, was die Zukunft wirklich bringt, musste ich sicherstellen, dass sie weiß, dass ich es todernst meine.

Und in ihren Augen sah ich Glück und Stolz wie Flammen aufflackern.

Doch Neuigkeiten mit meiner Mutter zu teilen, ist immer ein Drahtseilakt. Ihr Alzheimer lässt wichtige Dinge durch die Ritzen ihres Gedächtnisses gleiten, während unbedeutende Details für immer fest verankert bleiben. Zwar ist die Krankheit noch nicht so weit fortgeschritten, dass sie nicht mehr selbstständig leben kann, aber die Auswirkungen sind schon deutlich zu spüren. Vielleicht wird dies eine der seltenen Erinnerungen sein, die haften bleibt. Und selbst wenn nicht, macht es mir nichts aus, ihr diese Neuigkeit immer wieder zu erzählen, diesen Moment noch einmal zu erleben und zu wissen, dass sie sich jedes Mal freuen wird, als würde sie es zum ersten Mal hören. Doch manchmal fühlt es sich an, als würde sie sich auflösen, wie ein altes Foto, das mit der Zeit an Farbe verliert. Und das ist vielleicht der grausamste aller Abschiede.

Da ich mein Versprechen halten will, bin ich hier, um den Computer meiner Mutter zu reparieren. Auf ihm läuft Windows 8 - Microsofts ungeliebtes Stiefkind. Nicht ganz so schlimm wie Vista oder Millennium, aber auch keine große Verbesserung. Der Rechner braucht eine Ewigkeit, um hochzufahren, und ich vermute, dass es ein Problem mit der Festplatte gibt.

Der Bootvorgang zieht sich hin, doch schließlich erscheint der Login-Bildschirm. Vorsichtig gebe ich das Passwort vom Post-it ein und werde mit dem triumphalen dreistimmigen Startton belohnt.

Der Desktop nimmt allmählich Gestalt an und offenbart eine unübersichtliche Ansammlung von Icons, die um Aufmerksamkeit buhlen. Im Hintergrund dient das Bild eines Lilienfeldes als Leinwand für diesen chaotischen digitalen Zirkus.

Ich starte ein Diagnosetool, um den Zustand der Festplatte zu überprüfen. Während der Test problemlos verläuft, fällt mir etwas anderes auf - eine versteckte Partition. Mit einem Klick starte ich den Wiederherstellungsprozess, und voilà - sie ist gemountet.

Wie Indiana Jones, der auf eine vergessene Pyramide stößt, bin ich neugierig und gespannt, was sich darin verbergen könnte. Welche digitalen Geheimnisse warten auf mich?

Ich durchstöbere eine Sammlung Jahrzehntealter Fotos, aufgenommen mit einer Kamera aus einem früheren Leben. Mit Erinnerungen an Frauen, deren Unterwäsche sich mit meiner kreuzte. In dem Durcheinander entdecke ich unsortierte MP3- und WAV-Dateien, die auf der Festplatte schlummern.

Und dann, wie bei vergrabenen Artefakten, finde ich einen Ordner mit dem Namen „Cash" - erstellt von einer Version von mir, die längst nicht mehr existiert.

Mein Finger schwebt über dem Trackpad und ich klicke. Darin befindet sich eine unscheinbare Datei mit dem Titel „wallet.dat".

Ich schreie „Oh Shit!"

„Was ist los?", fragt meine Mutter aus der Küche.

Ich reiße mich schnell zusammen „Nichts, tut mir leid."

Aber es kann nicht sein. Das ist die Partition, die ich 2012 verloren habe. Wie oft habe ich gehofft, über diese verschwundene Datei zu stolpern! Mit zitternden Händen öffne ich ein Programm mit dem schlichten Namen „Bitcoin Core", das 2009 veröffentlicht wurde.

Und dann starrt mich eine Message an, die mich mit einer Forderung verhöhnt: „Bitte geben Sie die Wiederherstellungsphrase ein."

Die 12-Wort-Kombination, die ein Vermögen freischalten könnte. Eine Reihe zufälliger Wörter, so willkürlich, dass sie alles

Mögliche sein könnten: Baum, Schlaf, Hund, Orgel, Handgelenk, Lampe, Frosch, Jacke, Wurf, Globus, Zwinkern, Fahrrad. Aber das ist es nicht.

Ich kann mich nicht einmal daran erinnern, wie viel ich damals investiert habe. Es ist wie eine verlorene Schatzkarte, die alles wert sein könnte - von 80.000 bis 2 Millionen Dollar. Eine moderne Goldtruhe und ich habe den scheiß Schlüssel verloren, um an ihren Reichtum zu gelangen. Und zur Zeit wäre ich für jeden weiteren Dollar dankbar.

Wir haben diese unglücklichen Geschichten schon oft gehört. Dies ist nur eine weitere von ihnen. Wie ein gewinnendes Lottoticket, das versehentlich weggeworfen wurde. Schwer zu finden, leicht zu verlieren.

Aber was soll's, bis heute dachte ich, die Datei sei für immer verloren. Jetzt weiß ich zwar, wo sie ist, aber ich erinnere mich nicht mehr an die Wort-Kombination. Es hat sich nichts geändert. Ich bin noch immer nur einen Schritt näher dran, aber zwölf zufällige Wörter entfernt. Ich werde versuchen, die Erinnerung an das Finden dieser Datei zu löschen, so wie ich den Zugangscode aus meinem Gedächtnis gelöscht habe. Aber das ist, als wollte man einen Hai ertränken.

Meine Mutter kommt aus der Küche und fragt „Hast du etwas auf dem Laptop gefunden?"

Ihre Worte hängen in der Luft wie ein schwerer Nebel, und die Frage tut irgendwie weh.

Ich zwinge mich zu einem Lächeln und antworte „Nichts Ungewöhnliches. Ich werde nur dafür sorgen, dass er etwas schneller läuft."

Sie lächelt mich an und sagt „Vielen Dank, dass du ihn reparierst", als ob das das Wichtigste auf der Welt wäre. Also werde ich es auch so behandeln.

„Kein Problem, Mom", sage ich.

Wenn die einfache Wartung eines Laptops sie so glücklich machen kann, dann werde ich alles daransetzen, dass er wie ein Kätzchen schnurrt. Ich starte ein paar Tools, um das langsame und träge Gerät auf Vordermann zu bringen. Klick. Tippen. Scannen. Es ist, als würde ich eine Art Operation an dieser kränkelnden Maschine durchführen.

Nachdem endlich alles gescannt und optimiert ist, scheint der alte Computer wieder einigermaßen zu funktionieren, zumindest so akzeptabel wie möglich für seine veraltete Hardware.

„Alles fertig", sage ich siegessicher zu meiner Mutter.

Ihr Lächeln überstrahlt den Weihnachtsbaum, als sie sagt „Unglaublich!"

Sie legt den Laptop beiseite und setzt sich zu mir auf die Couch, wobei das Kissen unter ihrem Gewicht leicht quietscht.

„Willst du *Kevin - Allein zu Haus* gucken?", fragt meine Mutter mit einem Glitzern in den Augen.

„Natürlich!" sage ich.

Oft merken wir erst, was wir hatten, nachdem wir es verloren haben. Das gilt für alles, von Menschen und Träumen bis hin zu Passwörtern, Gedanken, digitalen Währungen und Momenten.

Ich befinde mich gerade in einem dieser Momente, die ich auskosten und das Beste daraus machen muss. Ich bin voller Dankbarkeit und habe vor, jeden einzelnen Tropfen dieser Erlebnisse zu genießen. Wer weiß, wie viele dieser kostbaren Momente wir noch haben werden, wie viele Erinnerungen sie festhalten kann?

Sie ist die beste Mutter, die ich mir je wünschen konnte.

Alles, was ich tue, tue ich entweder für sie oder wegen ihr.

13

Etwas was als „Nicht ganz so ernst gemeinter" Nebensatz begann, verselbstständigte sich irgendwie.

Nach seinem Gespräch mit dem Produzenten Allen stand Danny mit dem Vertrag in der Hand vor meiner Tür. Das 30-seitige Dokument hätte genauso gut auf Klingonisch geschrieben sein können, so viel Sinn ergab es für uns. Da wir absolut keine Ahnung hatten, wie diese Dinge funktionieren, verschwendete Danny keine Zeit und arrangierte einen Anruf mit einer Anwältin aus L.A., entschlossen, das Ganze offiziell zu machen. Sie soll uns helfen, den Vertrag und seine Bedingungen zu verstehen und für uns zu verhandeln. Dafür kassierte sie 5 %.

Danny sitzt neben mir auf der Couch und fummelt an seinem Laptop herum. Er ist noch aufgeregter als ich - fast wie an meinem Geburtstag. In der Zwischenzeit frage ich mich weiterhin, wie real das alles ist.

„Wie heißt diese Anwältin?", frage ich ihn.

Er schaut auf seinen Bildschirm und sagt „Ava Fernandez" wobei er das „R" mit einem übertriebenen spanischen Akzent rollt.

Ich lache und sage „Klingt sexy".

Ich greife zu meinem Handy und google ihren Namen. Auf dem Foto, das erscheint, steht eine sehr hübsche junge Frau hinter einem Podium. Ich zeige Danny den Bildschirm und frage „Ist sie das?"

Er wirft einen Blick auf das Bild und bestätigt „Ja, das ist sie wahrscheinlich. Unten steht 'Attorney at law'."

Ich schaue das Bild erneut an und bemerke „Sie ist wirklich hübsch."

Danny dreht sich zu mir um, sein Gesicht ist ernst und streng. „Hör zu, man. Du kannst nicht deine Anwältin ficken.", warnt er.

Ich verdrehe die Augen und antworte „Das habe ich nicht vor."

„Ich meine es ernst."

Ich seufze und sage „Entspann dich, man. Ich habe nur ihre Schönheit anerkannt."

„Ja, und ehe wir uns versehen, brauchen wir eine neue Anwältin, weil diese hier dich hasst", schießt er zurück.

Das Telefon vibriert auf dem Tisch. Danny nimmt es in die Hand und tippt auf den Lautsprecher, bevor er es vor uns hinlegt.

Wir werden von einer Stimme begrüßt, die so sanft wie Seide ist. „Hallo, hier ist Ava."

„Danny und Richard hier", antwortet Danny. Eifrig bemüht, die Dinge ins Rollen zu bringen, fügt er hinzu „Danke, dass Sie sich so schnell bei uns gemeldet haben."

„Kein Problem", sagt sie, „Ich habe mir den Vertrag angesehen, den Sie mir vorhin geschickt haben, und ich denke, wir können damit arbeiten. Es gibt ein paar Punkte, die wir verhandeln sollten, aber insgesamt ist das ein großartiges Angebot, besonders für Neulinge wie Sie."

„Okay, dann mal los." sagt Danny.

Ich mische mich ein „Ich habe ein paar Fragen zum Vertrag."

Ava lacht leise „Ich finde es sympathisch, dass Sie überhaupt versuchen, ihn zu verstehen. Viele meiner Kunden schenken diesen Dingen nicht einmal einen zweiten Blick. Aber ich beantworte gerne alle Fragen, die Sie haben."

Ich zögere kurz, bevor ich frage „Also ist das echt?"

Danny wirft mir einen genervten Blick zu, und Avas Stimme dringt durch das Telefon „Ich bin mir nicht sicher, was Sie meinen. Was genau?"

Etwas unsicher stelle ich klar „Ich meine den Vertrag und das Angebot?"

Ava überlegt kurz, bevor sie antwortet. „Ja, das ist eine ziemlich übliche Vereinbarung für solche Projekte. Und zu Ihrer Beruhigung: Ich habe in der Vergangenheit bereits mit dieser Produktionsfirma zusammengearbeitet."

Als Ava fortfährt, wird mir schmerzlich bewusst, dass ich absolut keine Ahnung habe, was es mit diesem Vertrag auf sich hat. Aber ihre Stimme ist wie Butter, und irgendwie schafft sie es, meine Nerven zu beruhigen.

„Könnten Sie das Angebot für einen Idioten wie mich zusammenfassen?", frage ich. „Nur die Kurzfassung?"

Ava fängt an, uns den Ablauf zu erklären „Klar. Das Wesentliche ist: Sie bieten Ihnen 250.000 Dollar für die

Filmrechte an Ihrem Buch und 5 % der Gewinne, die der Film einspielt. Sie werden jedoch alle Rechte an Ihrem Buch behalten."
Dannys Augen weiten sich ungläubig.

Fuck. Passiert das hier gerade wirklich? Das ist eine Menge Geld.

Ava fährt fort „Aber keine Sorge, ich werde an einem Gegenangebot arbeiten, nachdem wir die Einzelheiten besprochen haben. Ich kann mehr rausholen."

Überrascht platze ich heraus „Moment mal, das können Sie tun?"

Ava lacht „Natürlich. Es ist das Standardverfahren, zu kontern, egal was angeboten wurde. Das erwarten sie sogar."

Alles, was ich zustande bringe, ist ein atemloses „Wow."

Die Tage, die dein Leben verändern, beginnen oft wie jeder andere Tag.

Als Ava und Danny das Angebot genauer unter die Lupe nehmen, bin ich fasziniert von Dannys Fähigkeit, alles zu managen. Er navigiert durch die komplexen Begriffe mit der Geduld eines Heiligen, und wir machen verdammt gute Fortschritte.

Inmitten des Labyrinths aus juristischem Fachjargon hatte mein Gehirn bereits abgeschaltet, und ich bin dankbar, dass Danny die Leitung übernommen hat.

Nachdem alle Details geklärt sind, beendet Ava das Gespräch „Sobald ich mit dem Gegenangebot fertig bin, schicke ich es Ihnen zu, bevor ich es an die Produktionsfirma weitergebe."

Danny beendet den Anruf und sagt „Scheiße, man, du wirst bald reich sein. Es steckt ja schon in deinem Namen, R-I-C-H-ard."

Ich lache und antworte "Hell ist auch drin, aber manchmal bin ich verdammt dämlich."

Danny lächelt „Man, das ist verrückt."

Ich sage ihm „Aber Alter, wenn das echt ist, dann haben wir beide was davon." Er sieht mich schweigend an und ich sage „Ich habe dir doch gesagt, dass du mein verdammter Manager bist."

Danny kichert und sagt „Ja, aber das war nur ein Scherz."

Entschlossen antworte ich „Nein, war es nicht. Du hast immer an mich geglaubt, auch wenn es sonst niemand tat. Und niemand kennt mich besser als du. Lass uns den Scheiß zusammen durchziehen!"

Tränen füllen Dannys Augen, bevor er von der Couch aufspringt und mich umarmt. Die Intensität seiner Dankbarkeit ist spürbar und strahlt von ihm aus wie Hitzewellen an einem heißen Sommertag. Es fühlt sich an, als hätten wir gerade den Jackpot geknackt.

Und ich würde niemand anderen auf dieser Reise an meiner Seite haben wollen.

94

14

it weihnachtlichen Melodien, die aus meinen Kopfhörern dröhnen, mache ich mich auf den Weg zur örtlichen Buchhandlung *Secret Garden*. Jeden Freitagabend findet dort eine Veranstaltung für aufstrebende Schriftsteller statt, um deren Durst nach Aufmerksamkeit zu stillen. Es ist eine seltene Gelegenheit für uns, die literarischen Hoffnungsträger, unser rohes Talent vor den urteilenden Augen eines Publikums zu präsentieren.

Die Erfahrung ist immer inspirierend - manchmal stehe ich daneben und beobachte und höre die Arbeit anderer Autoren, während ich bei anderen Abenden selbst ans Podium trete.

Ich bin immer noch unsicher, welche Richtung ich heute Abend einschlagen werde. Mal sehen, was passiert.

Die Tür zur Buchhandlung knarrt, als ich sie aufstoße, und die Wärme umschließt mich. Ein krasser Gegensatz zu den eisigen Temperaturen draußen. Die Luft ist warm und dicht mit dem muffigen Geruch von Kaffee und alten Büchern, diesem papiernen Aroma, das niemals verblasst. Es ist ein vertrauter Geruch, sogar beruhigend. Die Geräusche von leisem Flüstern und raschelnden Seiten erzeugen ein friedliches weißes

Rauschen, das es leicht macht, sich in den Reihen der Regale zu verlieren.

Ein kurzer Blick zeigt, dass das heutige Event eine beträchtliche Menge angezogen hat. Es scheint, als würde die Wintersaison mehr Menschen anlocken als sonst.

Während ich meine Runde mache, gehe ich tiefer in den Laden hinein. Ich bin umgeben von unzähligen Reihen von Büchern in allen Formen und Größen. Jedes einzelne ist ein Beweis dafür, dass jemand nicht aufgegeben hat. Ich fahre mit den Fingern an den Buchrücken entlang und spüre die geprägten Titel unter meiner Berührung. Einige von ihnen sind mir vertraut, alte Freunde, die ich schon oft gelesen habe. Andere sind mir fremd, verführerische Unbekannte, die mich dazu verleiten, ihre verborgenen Tiefen zu erforschen.

Vor dem Podium sind mehrere Stühle aufgestellt, die nicht zusammenpassen, als ob jeder einzelne aus einem anderen Flohmarkt oder Secondhandladen stammen würde. Doch irgendwie passen sie nahtlos zusammen, als wären sie schon immer dazu bestimmt gewesen, hier zu stehen. Ich beobachte, wie sich die Menge langsam sammelt, tröpfelnd wie ein undichter Wasserhahn, und jeder mit einem leisen Schlurfen einen Platz einnimmt.

Eine Frau mit entschlossener Miene, deren Träume vielleicht meinen eigenen gleichen, nähert sich dem Podium. Die erste, die das Eis bricht, ist die mutigste von allen und gibt den Ton für den restlichen Abend an.

Ich finde schnell einen Platz.

Der Stuhl ist unbequem und die Beine wackeln leicht, als ich versuche, es mir gemütlich zu machen. Ich werfe einen Blick auf das Podium, auf dem die Schriftstellerin steht und darauf wartet, mit ihrer Lesung zu beginnen.

Nach einer kreischenden Rückkopplung des Mikrofons stellt sie sich als Laura vor und stürzt sich kopfüber in ihren Text. Ihre Stimme ist sanft und doch selbstbewusst, als sie ihr Werk laut vorliest. Ich schaue gebannt zu und analysiere die Reaktionen der Menschen um mich herum. Werden sie von ihren Worten gefesselt sein oder unruhig auf ihren Sitzen hin- und herrutschen, sehnsüchtig darauf wartend, dass es vorbei ist? Sie ist der Lackmustest, diejenige, die die wahre Natur des Publikums enthüllen wird.

Jede Silbe wird mit Absicht und Überzeugung gesprochen, ihre Stimme hebt und senkt sich in perfekter Harmonie mit den Emotionen ihrer Geschichte. Ich bin wie gebannt und kann den Blick nicht von der Szene abwenden, die sich vor mir entfaltet. Die anderen Autoren treten in den Hintergrund und Lauras Worte sind das Einzige, was zählt. Ich liebe diesen Scheiß. Es gibt nichts Intimeres, als etwas, das man erschaffen hat, zu präsentieren - es ist, als würde man jemandem seine Narben zeigen und hoffen, dass er sie schön findet.

Ich nicke unwillkürlich mit, ihre Geschichte trifft einen Nerv tief in mir, von dessen Existenz ich nichts wusste. Ihr Werk ist meisterhaft, eine wahre Inszenierung des Handwerks. Ich kann nicht anders, als beeindruckt zu sein und mich zu fragen, wie jemand so talentiert hier in dieser kleinen Buchhandlung stehen kann, während niemand weiß, wer sie ist.

Als sie ihre Lesung beendet, bricht das Publikum in Applaus aus. Ich kann die Erleichterung und den Stolz auf Lauras Gesicht sehen, als sie sich wieder setzt. Aber ich bin mit meinen Gedanken ganz woanders und frage mich, ob es wirklich um Talent geht oder ob es nur darum geht, die richtigen Leute zu kennen. Vielleicht geht es auch darum, dass man hartnäckig bleiben muss, auch wenn es ewig dauert, bis man den Durchbruch schafft. Es ist ein trauriger Gedanke, aber einer, der in meinem Hinterkopf bleibt, während der Abend weitergeht.

Ich verspüre den plötzlichen Drang, sie anzusprechen. Manchmal ist es notwendig, daran erinnert zu werden, dass unsere Arbeit einzigartig und bedeutend ist. Denn wir können nicht vorhersehen, wann andere von Selbstzweifeln geplagt werden und Zuspruch brauchen. Vor allem, wenn das meiste von dem, was wir tun, in Einsamkeit geschieht, eingeschlossen in den Mauern unseres eigenen Geistes. Laura verdient den Respekt der Welt; Ihre Worte sollten in jeder Bibliothek und jedem Buchladen hallen. Die Art und Weise, wie ihre Worte mit solcher Leidenschaft und Präzision fließen, zeigt mir, dass sie ihr Handwerk wirklich ernst nimmt.

Ich gehe zu ihr hinüber, um ihr meine Bewunderung für ihre Arbeit auszudrücken. Sie dreht sich zu mir um, ihre Augen funkeln noch immer vor Aufregung, ihre Kunst mit anderen geteilt zu haben.

Ich fange an zu reden, sage ihr, wie sehr ich ihr Schreiben schätze, und schließe mit den Worten „Es steckt Kunst in deinem Herzen." Das mag wie eine kitschige Anmache klingen, aber ich meine es wirklich so.

Ein Lächeln breitet sich über ihr Gesicht, als sie mir dankt, und ihre aufrichtige Dankbarkeit wärmt meine Seele. Während wir noch ein paar Worte wechseln, denke ich darüber nach, wie viele andere brillante Schriftsteller im Schatten lauern und darum kämpfen, gehört zu werden.

Mein Telefon klingelt, und Dannys Name erscheint auf dem Display. Ich nehme es mit einem Grinsen ab und sage „Hey Manager!" während ich mich in eine gemütliche Ecke der Buchhandlung zurückziehe.

Danny lacht „Das klingt immer noch komisch, man."

Ich lache mit und frage „Was ist los?"

„Die Produktionsfirma hat unser letztes Gegenangebot angenommen."

Ich habe Ava und Danny voll und ganz vertraut, die Verhandlungen zu führen, und frage „Was war das letzte Gegenangebot?"

Seine Stimme zittert vor Aufregung, als er die guten Nachrichten verkündet „300.000 Dollar im Voraus und 7 % der Einnahmen aus dem Verkauf. Und wenn sie einer Fortsetzung grünes Licht geben, bekommst du einen Produzenten-Credit und erhältst einen Anteil.

„Ohne Scheiß?" Sage ich „Das ist crazy!"

„Das ist noch nicht alles", neckt er.

„Was noch?", frage ich eifrig.

Bei unserem letzten Telefonat mit Allen, dem Produzenten, hatte er mich gefragt, ob ich Erfahrung mit dem Schreiben von Drehbüchern hätte. Nach dem Motto „Fake it till you make it" habe ich selbstbewusst gelogen „Absolut."

„Erinnerst du dich an deine kleine Lüge bei unserem letzten Gespräch mit Allen?", fragt Danny, und ich weiß sofort, worauf er hinauswill.

„Ja, klar."

„Er möchte, dass du nach L.A. kommst, am Drehbuch mitarbeitest und dich mit Leuten aus der Branche triffst. Und natürlich wirst du dafür extra bezahlt", sagt Danny.

Um nicht aufzufallen, setze ich mich in der Buchhandlung aufrecht hin und flüstere „Halts Maul!"

„Ja, alter! Das ist eine Riesenchance", sagt er.

Das Wetter hier ist wie ein Mückenstich, den man nicht kratzen kann, und der einzige Anker, der mich an diese Stadt bindet, ist meine Mutter - ein wichtiger Anker, ohne Zweifel. Aber der Gedanke, mit meinem besten Freund ins Land der zerplatzten Träume zu gehen, um Träume zu jagen, auch wenn es nur ein weiteres Luftschloss ist, ist wie der Ruf einer Sirene. Ich weiß, dass ich tief in mir nach Antworten suchen muss. Aber ich weiß auch, dass L.A. mehr Möglichkeiten bietet, als es dieser Ort je könnte, und es mir ermöglichen würde, meiner Mutter auf eine Weise etwas zurückzugeben, wie ich es zuvor nie konnte.

Ich habe diese Buchhandlung schon unzählige Male betreten, aber heute fühlt sich alles anders an.

Halte den Atem an.

Standbild.

Klick.

DANIEL RUCZKO

15

Heute Morgen habe ich meiner Mutter eine *Modafinil*, zusammen mit einer Dosis *Lions Mane* gegeben. Natürlich vertraut sie mir vollkommen und versteht, dass ich ihr nie etwas geben würde, das ihr schaden könnte. Seitdem bei ihr Alzheimer diagnostiziert wurde, habe ich ihr Nootropics gegeben. Und tatsächlich sehe ich den Unterschied zwischen den Tagen, an denen sie sie nimmt, und denen, an denen sie es vergisst. Der Kontrast zwischen ihrem Gedächtnis und ihrer Wahrnehmung ist frappierend und es scheint auch ihre Stimmung zu verbessern. Aber es ist eine grausame Fügung des Schicksals, dass sie die Einnahme der Pillen vergisst, wenn sie auf sich allein gestellt ist.

Es ist der erste Weihnachtstag und es ist unsere Tradition, jedes Jahr gemeinsam den Friedhof zu besuchen. Die eisige Luft ist still und das einzige Geräusch, das man hören kann, ist das Knirschen des Schnees unter unseren Füßen. Kein Mensch ist zu sehen, jeder feiert diesen Tag auf seine eigene Weise.

Meine Mutter geht neben mir her, sie trägt eine rote Jacke und eine schwarze Wintermütze; sie sieht aus wie eine lebendig gewordene Weihnachtskugel.

Wir erreichen das Grab meines Vaters, und ich bemerke einen kleinen Schneehaufen auf dem Grabstein, als wäre er ein Teil des Denkmals geworden. Ich wische ihn mit meinen behandschuhten Händen weg und spüre, wie die Kälte durch den Stoff dringt.

Und dann stehen wir einfach da, schweigend, als warteten wir auf etwas, das nie passieren wird. Aber es gibt nichts zu tun, außer sich zu erinnern und zu vermissen.

Der Friedhof ist eine gefrorene Einöde, ein Ort der ewigen Ruhe, und doch ist er irgendwie lebendig durch die Erinnerungen und Gefühle derer, die ihn besuchen.

Mit leiser Stimme murmelt meine Mutter „Frohe Weihnachten, Stephen." in Richtung des Grabes.

Ich bemerke, wie eine Träne über ihre Wange läuft. Achtundzwanzig Jahre sind vergangen, doch der Schmerz schimmert immer noch in ihren Augen. Man sagt, dass die Zeit alle Wunden heilt, aber anscheinend hat meine Mutter auch das vergessen.

Irgendwann wird ihr Gehirn in die Vergangenheit zurückspulen und die Erinnerung an den Tod meines Vaters auslöschen. Ich habe das schon einmal bei meiner Großmutter erlebt und beobachtet, wie das Gehirn Erinnerungen löscht, angefangen bei den neuesten, dann systematisch zurück zu den ältesten arbeitend. Meine Mutter wird glauben, dass er noch lebt, und jedes Mal, wenn sie an seinen Tod erinnert wird, wird es sich anfühlen, als würde sie diese Qual jedes Mal wieder erleben, als wäre es gerade erst geschehen. Was für ein Albtraum.

Ich habe ihr noch nichts von dem Angebot, nach L.A. zu gehen, erzählt. Ich bin die ganze Nacht wachgeblieben und habe mit mir selbst gerungen, um herauszufinden, was die richtige Entscheidung wäre. Ich bin hin- und hergerissen zwischen meinen eigenen Träumen und meiner Pflicht als Sohn. Auf der einen Seite weiß ich, dass es die Chance meines Lebens ist, aber auf der anderen Seite möchte ich meine Mutter nicht allein lassen. Es ist wie ein Kampf zwischen meinem Kopf und meinem Herzen, und ich bin mir nicht sicher, welcher gewinnen wird.

Gleich nach Silvester könnten Danny und ich Seattle verlassen, und ich würde sofort mit der Arbeit beginnen, sobald wir in L.A. ankommen. Aber so sehr sich Danny auch darauf freut, mit mir nach Kalifornien zu gehen, weiß ich, dass er meine Entscheidung respektieren würde, wenn ich mich dagegen entscheide.

Meine Mutter lächelt mich an und sagt „Danke, dass du ein melancholisches Weihnachten mit mir verbringst, Richard."

„Natürlich", sage ich. „Du weißt, dass du meine liebste Friedhofsbegleitung bist, oder?"

Mit einem leichten Lachen antwortet sie „Ja, ich weiß." Sie greift nach meiner Hand.

„Und, was gibts Neues bei deinem Buchvertrag?", fragt sie, als ob sie eine Waffe auf mich richten würde.

„Nun, der Vertrag ist unterzeichnet ... ."

Ihr Gesicht leuchtet vor Aufregung. „Das ist fantastisch!", sagt sie. „Ich freue mich so für dich, Richard."

„Aber", die Worte bleiben mir im Hals stecken wie ein Haarballen. „Sie wollen, dass ich nach Los Angeles gehe und dort arbeite. Ich bin mir nur nicht sicher, wie ich mich entscheiden soll … ."

Ohne zu zögern antwortet sie „Da gibt es nichts zu entscheiden. Du musst gehen!" Ihr Lächeln wird breiter.

„Aber was ist mit dir?"

Ihre Antwort ist schnell „Was ist mit mir?"

„Ich will dich nicht im Stich lassen", gebe ich zu. Ich räuspere mich vor Rührung.

„Mach dir keine Sorgen um mich; ich möchte, dass du gehst." Ich bin fassungslos über ihre Selbstlosigkeit und weiß nicht, was ich sagen soll. „Bist du dir ganz sicher?"

„Ja, Richard", sagt sie. „Das war ja der Sinn. Dass du dich auf dein Schreiben konzentrierst. Das ist deine Chance, und ich möchte, dass du sie ergreifst. Natürlich werde ich dich vermissen, aber du kannst jederzeit zurückkommen, wenn du das willst. Geh verdammt nochmal nach L.A.!"

Sie flucht nur selten, aber wenn sie es tut, ist es offensichtlich, dass sie es mit jeder Faser ihres Wesens meint; sie will ihrer Aussage Nachdruck verleihen. Und es funktioniert. Manchmal brauchen wir die Erlaubnis eines geliebten Menschen, um uns selbst die Erlaubnis zu geben.

Ich umarme sie. Die Umarmung ist warm und tröstend, und für einen Moment vergesse ich all meine Zweifel und

Unsicherheiten. Plötzlich fühle ich mich wieder wie ein Kind, erst neun Jahre alt, als alles noch so groß und möglich schien.

Als wir uns lösen, sehe ich einen Hauch von Traurigkeit in ihren Augen, doch er wird schnell von Stolz und Freude verdrängt. „Du wirst Großes erreichen", sagt sie und legt mir eine Hand auf die Wange. „Ich weiß es einfach."

Ich lächle sie an, überwältigt von Dankbarkeit und Liebe. „Danke, Mom", sage ich. „Ohne dich hätte ich das alles nicht geschafft."

Sie sieht mich mit einem warmen Lächeln an und sagt „Ich möchte nur, dass du glücklich bist." Ich spüre, wie sich die Last auf meinen Schultern langsam löst.

„Lass uns nach Hause gehen und feiern", schlägt sie vor, ihre Stimme voller Begeisterung.

„Okay", sage ich.

Wir gehen Seite an Seite über den stillen Friedhof zurück zum Auto, der Schnee knirscht unter unseren Stiefeln.

Ich weiß nicht, was es ist, aber irgendetwas an diesem Moment fühlt sich an wie das Ende des Films *Stand By Me*. Es ist wie das Gefühl, das man hat, wenn die Kinder zurückkommen, nachdem sie die Leiche gefunden haben, und sie wissen, dass sich alles für immer verändert hat. Als hätten wir eine Art unsichtbare Grenze überschritten und es gibt kein Zurück mehr.

Es ist ein seltsames Gefühl, aber ich kann nicht anders, als zu denken, dass jetzt alles anders ist.

Vielleicht ist das Gefühl es wert, bewahrt zu werden.

Halte den Atem an.

Standbild.

Klick.

TEIL II

16

Willkommen in Los Angeles, wo die Sonne nie aufhört zu scheinen und die Träume niemals sterben. LA zieht alle an, die aus ihrer Heimatstadt herausgewachsen sind. In dieser Stadt ist jeder jemand und niemand ist irgendwer.

Es ist ein Ort, an dem sich die Reichen und Berühmten mit den Vergessenen und Verstoßenen vermischen. Die Straßen sind voller Widersprüche, in denen Schönheit und Hässlichkeit nebeneinander existieren. Die Grenze zwischen Realität und Illusion ist für immer verschwommen; Exzesse sind die Norm und zerbrochene Träume liegen an jeder Straßenecke. Aber für diejenigen, die es überleben, bietet Los Angeles die Chance, neugeboren zu werden und wie ein Stern am dunklen Himmel zu leuchten. Hierher kommen die Schönen und die Verdammten, um ihre Spuren zu hinterlassen, und jetzt sind wir an der Reihe, uns unter die Hoffnungsvollen und Ehrgeizigen zu mischen.

Das Flugzeug setzt zum Landeanflug an und als ich aus dem Fenster schaue, sehe ich diese Stadt zum ersten Mal. Sie ist riesig, ein Ort, der Seattle wie ein kleines Dorf erscheinen lässt. Und die Häuser, mein Gott. Jedes zweite scheint einen Pool zu haben, wie eine Art Vorstadtoase mitten in der Wüste.

Ich war noch nie in Kalifornien und ich spüre, wie die Aufregung in mir aufsteigt, wie ein Topf Wasser, der kurz davor ist, überzukochen. Wie soll ich mich in diesem Chaos zurechtfinden? Ich atme tief durch und erinnere mich daran, dass ich genau deshalb hierhergekommen bin: um eine Chance zu ergreifen und meine Träume zu verwirklichen, egal wie überwältigend es sich anfühlen mag.

Ich steige aus dem Flugzeug und betrete LAX. Dieser Ort ist gigantisch, ein Sammelbecken der Kulturen, Sprachen und Lebensstile, die alle in einem wilden und chaotischen Zentrum zusammenkommen. Es liegt eine hektische Energie in der Luft, als ob alle es eilig hätten, irgendwohin zu kommen, egal wohin.

Die hellen Lichter und der ständige Lärm der Durchsagen, die über die Sprechanlagen dröhnen, führen zu einer Überlastung der Sinne. Es ist, als befände ich mich in einem Monster und wäre nur ein winziger Teil seines komplexen Systems.

Danny ist bereits in der Menge verschwunden, wahrscheinlich auf dem Weg zur Gepäckausgabe.

Ich kann spüren, wie die Aufregung in mir wächst. Das ist es - der Beginn eines neuen Kapitels in meinem Leben. Die Möglichkeiten scheinen endlos zu sein und ich kann es kaum erwarten, zu sehen, wohin uns diese Reise führt.

Als wir den Flughafen verlassen, blinzele ich in die Sonne und scanne die Umgebung. Die trockene Hitze von Los Angeles trifft mich wie ein Schlag ins Gesicht - aber auf eine gute Art.
Es ist, als ob die Luft lebendig wäre, pulsierend vor Energie und Vitalität, und ich kann nicht anders, als tief einzuatmen und das berauschende Aroma in mich aufzunehmen. Der Geruch von Abgasen und Smog erfüllt meine Nasenlöcher und macht mich fast schwindelig.

Wir machen uns auf den Weg zum Shuttle; Danny ist bereits im Manager-Modus und übernimmt das Kommando. Er hat alles organisiert, von der Buchung unserer Flüge bis zur Autovermietung. Er weiß genau, wohin wir gehen und was zu tun ist, während ich hinter ihm her stolpere und mich wieder wie ein verlorenes Hündchen fühle.

Das Shuttle kommt an und wir steigen ein, umgeben von anderen Reisenden, die alle darauf warten, ihr eigenes LA-Abenteuer zu beginnen. Drinnen riecht es nach einer Kombination aus abgestandenem Lufterfrischer und Körpergeruch. Doch das ist mir egal, ich bin zu aufgeregt, mich darum zu scheren. Die anderen Passagiere um uns herum plaudern aufgeregt, aber ich bin in meinen eigenen Gedanken versunken. Danny und ich sitzen schweigend da und schauen aus dem Fenster, während die Gebäude in einem hypnotischen Rausch an uns vorbeiziehen. Wir wechseln kein einziges Wort, aber irgendwie kommunizieren wir alles durch unser gemeinsames Staunen.

Als wir aus dem Shuttle steigen, gehen wir zur Autovermietung. Danny, mit Sonnenbrille auf der Nase, geht wie immer lässig zum Schalter, und ehe ich mich versehe, bekommen wir die Schlüssel zu einem brandneuen schwarzen Audi RS5 in die Hand gedrückt.

Ich war nie ein großer Autofan, aber selbst ich kann die eleganten Linien und die Power, die dieses Fahrzeug ausstrahlt, bewundern. Es ist sexy.

„Bruh!" sage ich scherzhaft, als wir uns dem Auto nähern.

Danny bricht in Gelächter aus und imitiert mein „Bruh!"

„Willst du fahren? Ich übernehme das GPS", schlägt er vor und streckt mir die Schlüssel entgegen.

„Fuck Yeah!"

Ich drücke den Knopf auf der Fernbedienung, und die Schlösser des Autos öffnen sich mit einem zufriedenstellenden Klacken.

Ich lasse mich auf den Fahrersitz gleiten, meine Hände zittern leicht, als ich das Armaturenbrett und die Vielzahl von Knöpfen und Anzeigen betrachte. Danny hüpft auf den Beifahrersitz, ein breites Grinsen im Gesicht. Ich starte das Auto und spüre, wie der Motor unter mir aufheult. Dannys Hand greift automatisch nach dem Radio und die ersten Töne von *Still Dre* erfüllen das Auto.

Der Bass dröhnt in meiner Brust und gibt mir ein Gefühl von Lebendigkeit, das ich schon viel zu lange vermisst habe.

Es hat nur 24 Jahre gedauert, bis ich herausgefunden habe, wie ich einen Track aus dem Jahr 99 richtig genießen kann. Fahrend durch die Stadt der Engel, die Fenster heruntergelassen, die Lautstärke aufgedreht, und mit meinem besten Freund an meiner Seite.

Wir nicken beide zum Beat und verlieren uns in diesem Moment, während wir den Freeway hinunterrasen, bereit für alles, was diese Stadt für uns bereithält. Das Leben ist gut. Und es fühlt sich an, als könne uns nichts aufhalten.

Naja, bis auf den Stau, in den wir geraten.

Die Zeit vergeht langsam, während wir uns auf dem 405 schleichend Richtung Ziel bewegen. Aber das macht uns nichts aus, wir haben es nicht eilig. Wir sind zu sehr damit beschäftigt, die Sehenswürdigkeiten und Geräusche dieser pulsierenden Stadt in uns aufzunehmen. Aus den Lautsprechern der vorbeiziehenden Autos dröhnt Musik, eine Sinfonie aus verschiedenen Beats und Rhythmen, die irgendwie alle zusammenpassen. Es ist ein Erlebnis, von einem Meer von Autos umgeben zu sein, die sich alle im Gleichschritt bewegen und doch nirgendwohin kommen.

Die Sonne brennt auf uns herab, während wir die mit Palmen gesäumten Straßen von West Hollywood entlangfahren. Schon jetzt habe ich mich öfter verliebt, als ich zählen kann; die Frauen hier sind einfach umwerfend. Hier hat selbst das Chaos perfekte Wangenknochen.

Während der Fahrt sehen wir ikonische Wahrzeichen wie die *Laugh Factory*, das *Chateau Marmont*, das *Sunset Plaza* und *The Viper Room*.

Die Produktionsfirma hat dafür gesorgt, dass wir für einige Monate in einem Haus wohnen können, während alle Kosten übernommen werden.

Gerade als wir uns dem legendären *Whisky a Go Go* nähern, führt unser Ziel uns den Hügel hinauf mit einer scharfen Rechtskurve.

Das Haus, vor dem wir halten, ist ein Meisterwerk der modernen Architektur; Seine klaren Linien werden durch die Fülle an Glas betont, was ihm eine fast ätherische Qualität verleiht. Wir steigen aus dem Auto und die Weite des Grundstücks raubt mir den Atem. Die Aussicht von hier oben ist wirklich unglaublich und bietet einen Panoramablick auf die Stadt unter uns, der sich bis zum Pazifik am Horizont erstreckt. Wie durch eine glückliche Fügung, ist unser Timing perfekt: Die Sonne steht kurz vor dem Untergang und wirft ein warmes, orangefarbenes Licht über den Horizont, während wir uns ins Haus begeben.

Danny und ich schauen uns gegenseitig ungläubig an, als ob wir inmitten einer Halluzination stehen würden. Wir sind hier in diesem unwirklichen Paradies und können es kaum glauben.

Willkommen in Los Angeles.

Halte den Atem an.

Standbild.

Klick.

Ich gehe durch das Haus, lasse meinen Blick durch die Räume schweifen und bewundere die schlichte Eleganz des Ortes. Als ich die Küche betrete, sehe ich einen Tisch, der mit einer Reihe von Geschenken beladen ist und mich zu sich ruft.

Da ist so viel Zeug: Körbe mit frischem Obst und einer Auswahl an Snacks, eine Flasche teuren Weins und sogar eine Schachtel mit Gourmet-Pralinen von einem Laden namens *Erewhon*.

Auf dem Tisch liegt ein Zettel, darauf steht: „Willkommen in LA, wir freuen uns darauf, Großes mit euch zu erreichen." Unterschrieben von der Produktionsfirma. Wer auch immer das zusammengestellt hat, weiß definitiv, wie man einen guten ersten Eindruck hinterlässt.

„Danny, komm her!", rufe ich, lade ihn ein, sich mir in der Küche anzuschließen. Er kommt herein und wirkt leicht überwältigt von der Pracht des Hauses.

„Schau dir das an", sage ich und deute auf den Geschenktisch.

Danny stellt sich neben mich und wirft einen Blick auf den Willkommenstisch. Sorgfältig inspiziert er alles, dann dreht er sich zu mir um und hält mir eine kleine, unscheinbare Tüte hin.

„Oh, guck mal!", sagt er.

Ich schaue hinein und bemerke den unverkennbaren Duft von frisch Gebackenem. „Brownies und Kekse?", frage ich.

„Ja", antwortet Danny mit einem schelmischen Funkeln in den Augen. „Aber von einem Cannabis-Shop."

Ich halte einen Moment inne und denke an meinen letzten THC-Albtraum zurück. Ich schüttele den Kopf und schiebe die Tüte zurück zu Danny. „Sie gehören ganz dir, alter", sage ich und lache.

Danny stopft sich einen Brownie in den Mund und grinst von Ohr zu Ohr. „Mir gefällt es hier jetzt schon", sagt er und ich kann ihm nur zustimmen.

Wir gehen hinaus, um einen kurzen Blick auf den Pool zu werfen, dessen Oberfläche die untergehende Sonne reflektiert. Ohne zu überlegen, zieht Danny sich aus und springt hinein, das Wasser umspült ihn wie flüssiges Gold. Ich zögere einen Moment, aber die warme kalifornische Luft ruft nach mir und ich folge ihm kurz darauf, das kühle Wasser umhüllt mich wie eine Umarmung. Der Himmel ist in Rosa- und Orangetönen gefärbt und die Palmen wiegen sich in der sanften Brise. Vielleicht ist das Universum doch bestechlich.

Ich drehe mich zu Danny und grinse. „Ich schätze, dein Gesetz der Anziehung und all diese verdammten Mantras funktionieren wirklich", sage ich.

Er lächelt nur, ein Funkeln in den Augen, das mir sagt, dass er insgeheim begeistert ist, mich das sagen zu hören. „Hab ich dir doch gesagt", antwortet er lachend.

Ich bin so dankbar. Es ist beruhigend zu wissen, dass wir in dieser neuen Stadt Unterstützung haben, und es macht mich noch aufgeregter, zu sehen, was noch alles auf uns zukommt. Und dass ich es mit Danny teilen kann, macht es umso realer.

Genau wie Dre sagt: "My life's like a soundtrack I wrote to the beat."

17

Das Geräusch von Laubbläsern und der beißende Geruch von Benzin reißen mich aus dem Schlaf. Aber das macht mir nichts aus, es ist mein erster Tag in L.A., einer Stadt, in der die Sonne immer scheint. Und es gibt keine Blätter, die weggeblasen werden müssen - trotzdem hört man die verdammten Laubbläser.

Während Salem neben mir schläft, verweile ich noch einen Moment im Bett und sauge alles Neue in mich auf - die Geräusche und Gerüche dieser neuen Umgebung. Dann stehe ich auf und lasse die weißen Laken von meinem Körper gleiten, gehe durchs Zimmer und öffne das Fenster, sodass die trockene Luft hereinströmen kann. Ich bin gespannt auf den Tag; wir haben Termine mit drei potenziellen Agenten. Irgendeinen „Zuhälter" muss ich finden, der mich für Hollywood auf den Strich schickt.

Kaum wach, stolpere ich in die Küche und versuche, die letzten Reste des Schlafs abzuschütteln. Danny ist schon wach und läuft wie ein Verrückter in der Küche herum, während im Hintergrund *Paradise City* von Guns'n'Roses läuft.

„Yo, willst du Kaffee?", fragt er.

„Jawohl, Sir", sage ich, wohl wissend, dass es eine rhetorische Frage war.

Ich nicke dankend und nehme einen Schluck von dem dampfend heißen schwarzen Gold. Fuck, ich liebe Kaffee. Danny fängt an, das Frühstück anzurichten, seine Bewegungen sind schnell und effizient. Es ist, als hätte er das schon eine Million Mal gemacht. Ich spüre, wie das Koffein durch meine Adern fließt, und sage: „Wir müssen hier ein Fitnessstudio finden", während mein Kopf schon anfängt, darüber nachzudenken, wie ich meine Form in dieser neuen Stadt halten kann.

Danny blickt von seinem Teller mit Eiern und Speck auf, mit einem Ausdruck leichter Überraschung im Gesicht. „Ein Fitnessstudio? Daran denkst du jetzt schon?"

Ich greife nach meinem Handy, um ihm zu zeigen, was ich gefunden habe. „Ja, ich habe ein paar gefunden. Es gibt ein Equinox in der Nähe; sieht edel aus."

Danny nimmt einen Schluck von seinem eigenen Kaffee. „Alles klar, wir sehen uns das später mal an."

Wir beenden unser Frühstück und genießen die letzten Bissen, bevor wir unsere Sachen packen und uns auf den Weg zu unseren Treffen mit den Agenten machen. Beverly Hills - wir kommen.

Während wir durch die unbekannten Straßen navigieren, dient uns das GPS wie ein digitales Orakel und weist uns den Weg zu einem Treffen mit Corey Torres, unserem ersten potenziellen

Agenten. Nach dem, was ich bei meiner Online-Recherche herausgefunden habe, ist er eine große Nummer in der Branche.

Wir fahren vor einem imposanten Gebäude vor, das jeden, der es betritt, zu beeindrucken versucht. Im Foyer sind die Wände mit aufwendiger Kunst geschmückt und die Möbel sehen aus, als wären sie aus einem luxuriösen französischen Anwesen importiert worden.

Coreys Assistentin begrüßt uns, ihr Haar perfekt gestylt und ihr Lächeln ein wenig zu einstudiert. Sie führt uns in einen Wartebereich, umgeben von Ledersofas und Couchtischen, auf denen sich Hochglanzmagazine stapeln.

Ein Gefühl der Orientierungslosigkeit überkommt mich, aber ich kann nicht leugnen, dass sich hier alles real anfühlt. Wir sind jetzt offiziell im Herzen Hollywoods angekommen.

Wir betreten Coreys Büro. Es ist ganz aus Glas und Chrom, ein steriler Raum, der Erfolg und Macht ausstrahlen soll. Ich setze mich auf einen der weißen Lederstühle und die Oberfläche fühlt sich kalt und wenig einladend an.

Corey betritt den Raum. Er sieht aus wie eine Mischung aus einem Model und einem Gebrauchtwagenverkäufer. Sein langes Haar ist zurückgekämmt und er trägt einen Designeranzug, der wahrscheinlich mehr kostet als meine gesamte Garderobe. Sein Auftreten ist sofort unangenehm, als er anfängt, unangebrachte Kommentare über den Hintern seiner Assistentin zu machen. Ich kann spüren, wie Danny neben mir die Augen verdreht.

Corey sitzt uns mit einem listigen Grinsen gegenüber. Dann fängt er an zu erzählen, wie er uns helfen kann und welche Verbindungen er in der Branche hat. Er verspricht uns, dass er uns Meetings mit großen Regisseuren und Produzenten verschaffen wird und dass wir im Handumdrehen große Verträge unterschreiben werden. Aber es fühlt sich alles unecht an; Das Wort „groß" wird ein bisschen zu oft benutzt. Große, bedeutungslose Worte - als ob er uns einen Gebrauchtwagen verkaufen will.

Er sagt „Ich muss dir sagen, Richard, ich liebe deine Arbeit total. Sie ist frisch, sie ist kantig, sie ist genau das, wonach wir suchen."

Danny hebt eine Augenbraue. „Hast du alles gelesen?", fragt er, besonders weil dieses Meeting erst vor drei Tagen angesetzt wurde.

Corey nickt selbstbewusst. „Natürlich, ich habe mich vorbereitet."

Ich mische mich ein „Was ist mit meinem dritten Buch?" Ich halte inne „Hast du das gelesen?"

Coreys Augen leuchten auf. „Oh, absolut. Ich dachte, es war dein bestes Werk bisher, wirklich unglaublich."

Danny und ich tauschen einen Blick aus und stimmen schweigend zu „Scheiß auf diesen Typen."

Corey redet weiter, aber ich blende ihn aus. Mein Kopf driftet ab zu den anderen geplanten Meetings und der Hoffnung, einen

Agenten zu finden, der sich tatsächlich für mich interessiert. Sobald Corey seinen Vortrag beendet hat, stehen wir beide auf und verabschieden uns. Es ist uns beiden klar, dass er nicht der Richtige ist. Scheiß auf Corey.

Unser zweites Meeting ist in West Hollywood mit einem Mann namens Toni Hughes. Auf dem Weg dorthin google ich ihn und entdecke dieselbe glänzende Fassade des Erfolgs, die Corey auch hatte. Trotzdem habe ich noch einen Funken Hoffnung, denn er vertritt einige talentierte Autoren. Und wer weiß, vielleicht wird uns der gute alte Toni überraschen. Man soll ein Buch schließlich nicht nach seinem schmierigen Umschlag beurteilen.

Doch als ich sein Büro betrete, traue ich meinen Augen nicht: Wir sind in der Twilight Zone gelandet. Es ist wie eine Kopie von Coreys Büro - dieselbe schlichte, moderne Einrichtung, dieselbe Kunst an den Wänden und derselbe übergroße Schreibtisch im vorderen Teil des Raums. Sogar seine Assistentin sieht ähnlich aus. Es ist, als würden diese Agenten alle im selben Büro- und Assistentenladen einkaufen.

Wir nehmen in Tonis Büro Platz und ich schaue mir schnell die Umgebung an. Die Wände sind mit gerahmten Postern von Filmen bedeckt, die ich nicht kenne, und der Raum ist voll von teuren, seelenlosen Möbeln. Toni selbst sieht aus, als würde er verzweifelt versuchen, jugendlich zu wirken - der klassische Typ, der vermutlich eine 21-Jährige datet, um sich jung und überlegen zu fühlen.

Wenn ich sein Verhalten beobachte und versuche, zwischen den Zeilen seiner Worte zu lesen, fällt mir auf, dass irgendetwas an ihm nicht stimmt, etwas, das mir nicht gefällt.

Natürlich erzählt er uns die gleichen Lügen und bietet ähnliche Zusicherungen wie Corey. Es scheint, als würden sie alle aus einem gemeinsamen Skript rezitieren, um uns mit ihren leeren Worten und falschen Versprechungen zu ködern.

Ich drifte wieder ab, sein bedeutungsloses Geschwafel verwandelt sich in ein monotones Summen, das mich an die Laubbläser erinnert.

Ich muss hier raus.

Ich muss hier raus.

Ich muss hier raus.

Danny wirft mir einen Blick zu, als würde er meine Gedanken wieder einmal wie ein offenes Buch lesen. Er weiß, dass ich genug von diesem Schwachsinn habe. Ich stoße einen Seufzer der Erleichterung aus, als er beginnt, das Gespräch abzuwickeln.

Wir verabschieden uns höflich, doch in unseren Köpfen ist klar, dass wir Toni und seine falschen Versprechungen hinter uns lassen wollen. Als wir in den strahlenden Sonnenschein von L. treten, spricht Danny das aus, was ich gerade denke: „Scheiß auf Toni."

Ich nicke zustimmend, als wir uns auf den Weg zum Auto machen.

Da wir noch etwas Zeit bis zu unserem letzten Termin haben, schlägt Danny vor, bei In-N-Out Burger zum Mittagessen anzuhalten. Er erzählt mir, dass es ein einzigartiges Fastfood-Highlight in Kalifornien sein soll. Normalerweise mache ich mir keine Gedanken darüber, was ich essen soll, aber ich mache einfach mit, was immer Danny vorschlägt.

Die Schlange beim Drive-Through ist so lang, dass man sich fragt, ob es einen geheimen Kult um diese Burger gibt. Doch wir haben keine Lust zu warten, also fahren wir auf den Parkplatz, parken das Auto und gehen direkt ins Restaurant.

Während Danny seinen Burger verschlingt, hole ich mein Handy raus und beginne mit der Recherche für unser drittes und letztes Treffen an diesem Tag mit Alessa Williams.

Vielleicht ist sie die Antwort auf unsere Probleme in dieser Stadt voller schmieriger Typen. Wir brauchen eine starke Frau, die keine Angst davor hat, die gruseligen Drachen für uns zu bekämpfen.

Alles, was ich finden kann, sind positive Artikel über ihre erfolgreichen Kunden, ohne dass sie dabei übermäßig prahlt. Es ist fast zu schön, um wahr zu sein. Aber andererseits ist es in dieser Stadt der falschen Fassaden und bedeutungslosen Versprechen schwer zu wissen, was echt ist. Ich stoße auf ein Foto von Alessa und bin überrascht, ein echtes Lächeln in ihrem Gesicht zu sehen. Nach dem, was ich bisher hier erlebt habe, ist das eine Seltenheit.

Wir kommen zu unserem letzten Meeting und das Gebäude ist deutlich bescheidener als bei den vorherigen Treffen. Es ist immer noch ein schönes Gebäude - verstehe mich nicht falsch -, aber es fehlt ihm die großspurige Prahlerei der anderen Blender.

Wir gehen hinein und werden sofort von einer anderen Atmosphäre empfangen. Sie ist warm und einladend und ein Gefühl der Ruhe und Erleichterung macht sich in mir breit. Dieser Ort fühlt sich authentisch und echt an. Hier wird uns nichts aufgedrängt oder eine Show abgezogen. Endlich ein Hauch von frischer Luft in diesem Meer der Leere.

Als wir die Lobby betreten, begrüßt uns Tara, Alessas Assistentin, mit einem Lächeln, das so warm ist, dass es Butter zum Schmelzen bringen könnte. Sie bietet uns sofort etwas zu trinken an, noch bevor wir überhaupt fragen konnten. Ihre Freundlichkeit ist fast berauschend und ich bin ein bisschen fasziniert von der Wärme, die sie ausstrahlt. Danny ist derweil praktisch verknallt. Er macht große Augen und ich merke, dass er sein Bestes gibt, um sie mit seinem Charme zu beeindrucken. Ich kann es ihm nicht verübeln; sie hat etwas Erfrischendes an sich.

Wir treten in Alessas Büro ein, und ich bin sofort beeindruckt von ihrer Ausstrahlung. Diese Frau strahlt Selbstbewusstsein aus und es ist klar, dass sie es ernst meint. Sie macht keine halben Sachen.

Ihr Büro ist tadellos eingerichtet und es ist schwer, ihren Geschmack nicht zu bewundern. Sie begrüßt uns mit einem warmen Lächeln und dankt uns für unser Kommen. Dann, zu meiner Überraschung, lobt sie mein neuestes Manuskript, *Hard to*

Find, Easy to Lose. Danny hat es ihr auf ihre ausdrückliche Bitte hin zugeschickt.

Ich spüre Alessas durchdringenden Blick, als sie mir Fragen dazu stellt. Sie hat meine Arbeit tatsächlich gelesen und verstanden. Ich bin diese Art von ehrlichem Interesse nicht gewohnt, und es bringt mich aus dem Konzept. Aber ich kann nicht leugnen, dass sich in mir eine Welle der Aufregung ausbreitet. Halle-fucking-luja.

Sie fragt uns nach uns selbst und sie scheint wirklich daran interessiert zu sein, uns kennenzulernen. Wenn sie über sich selbst spricht, hat man nicht das Gefühl, dass sie versucht, uns zu beeindrucken. Sie ist selbstbewusst, aber nicht arrogant, und sagt offen, was sie für uns tun kann, ohne unrealistische Versprechungen zu machen.

Sie sagt uns auch, dass wir, wenn wir das Gefühl haben, dass es nicht funktioniert, einfach getrennte Wege gehen können. Nichts für ungut, ohne Drama.

Danny und ich sind uns einig und ohne zu zögern sage ich ihr „Weißt du was? Es wäre mir eine Ehre, wenn du mich vertreten würdest." Ihr Gesicht strahlt vor Begeisterung, und wir besiegeln den Deal mit einem festen Händedruck.

Wir haben unsere Agentin gefunden. Es ist ein Gefühl, das ich nicht ganz beschreiben kann, aber es scheint einfach richtig zu sein. Ich kann mir schon vorstellen, wie wir zusammenarbeiten, Ideen sammeln und etwas wirklich Großartiges schaffen.

Klick.

DANIEL RUCZKO

130

18

ie Türen des Fitnessstudios gleiten auf, und wir treten ein. Es fühlt sich an, als würden wir einen Laufsteg betreten, nur, dass die Models durch Fitnessstudiobesucher ersetzt wurden, die ihre perfekten Körper in Arbeit zur Schau stellen. Obwohl viele von ihnen wahrscheinlich Models sind. Dies ist kein gewöhnliches Fitnessstudio. Dies ist das Equinox, ein luxuriöses Fitnesscenter im Herzen West Hollywoods. Es ist nicht nur ein Ort, an dem man trainiert, sondern auch ein Ort, an dem man beim Trainieren gesehen werden will.

Die hochmodernen Geräte glänzen unter dem Licht der sorgfältig angeordneten Scheinwerfer. Die Fitness-Enthusiasten sind alle wie aus dem Ei gepellt, tragen Designer-Kleidung und verfügen über makelloses Haar und Make-Up. Die Männer sind praktisch oben ohne und zeigen ihre Bauchmuskeln und Bizepse. Die Frauen strahlen eine Selbstsicherheit aus, als kämen sie gerade von einem Fotoshooting.

Als wir uns dem Tresen nähern, begrüßt uns die Dame dahinter mit einem Mega-Lächeln. Sie sieht aus, als wäre sie auf dem Titelblatt eines Magazins nicht fehl am Platz. Wir sagen ihr, dass wir Mitglieder werden wollen, und ohne eine Sekunde zu verlieren, tippt sie auf ihrem Computer herum. 270 Dollar pro Person später sind wir stolze Besitzer eines Mitgliedsausweises.

Danny schwitzt auf dem Ellipsentrainer, während ich von einem Gerät zum nächsten hüpfe, Musik höre und mich in meiner eigenen Welt verliere, bis ich plötzlich von einer Frauenstimme in die Realität zurückgerissen werde.

Ich drehe mich um und sehe eine atemberaubende Schönheit vor mir stehen. Sie hat ein Engelsgesicht, dunkles Haar, das zu einem Pferdeschwanz gebunden ist, und einen Körper, der aussieht, als wäre er aus Marmor gemeißelt worden. Sie stellt sich als Lana vor und fragt, ob ich mit der Maschine fertig sei. Kurz sprachlos, schaffe ich es aber, ein „Ja" zu stammeln.

Als ich zum nächsten Gerät gehe, folgt sie mir, fragt mich nach meiner Trainingsroutine und macht mir Komplimente über meinen Körperbau. Wir beginnen ein wenig zu flirten.

Dann, wie aus dem Nichts, fragt sie „Wollen wir uns später treffen?" Bevor ich die Frage verarbeiten kann, höre ich mich wie auf Autopilot „Klar" sagen.

Sie tippt ihre Nummer in mein Handy, zwinkert mir zu, lächelt und verschwindet dann in der Menge der Sportbegeisterten.

Danny taucht aus dem Nichts auf. Er ist außer Atem und sieht aus, als hätte er einen Geist gesehen.

„War das...?", fragt er mit großen Augen.

„Lana?", antworte ich.

„Du weißt, dass sie ein Pornostar ist, oder?", platzt es aus ihm heraus, kaum in der Lage, seine Aufregung zu zügeln.

Ich rolle mit den Augen. „Alter, nicht jede hübsche Frau hier dreht Pornos."

Er holt sein Handy heraus und fängt an, darauf herumzutippen, wobei sich ein verschmitztes Lächeln auf sein Gesicht schleicht. Schließlich dreht er den Bildschirm zu mir, und meine Augen weiten sich vor Schreck. Da ist ganz deutlich ein Foto der Frau, mit der ich gerade geflirtet hatte, verwickelt in einen Dreier.

„Oh, sieh mal einer an", sage ich.

Danny lacht „Du und deine verdammten Jedi-Mind-Tricks. Unglaublich." Er schüttelt den Kopf.

Ich lächle und zucke mit den Schultern. „Sie will nur ein bisschen abhängen."

„Ja, genau. An deinem Pimmel."

Mein Telefon vibriert - es ist Alessa. Sie kommt direkt auf den Punkt, ihre Worte sind präzise und direkt wie ein Sniper.

„Richard, ganz schnell. Wie zufrieden bist du mit deinem Manuskript?"

„Ich bin ziemlich zufrieden", antworte ich. „Es sei denn, du denkst, wir müssen es noch einmal überarbeiten."

„Das glaube ich nicht", sagt Alessa, „Aber ich wollte erst mit dir reden."

"Okay", sage ich, und ich merke, dass sie mit meiner Antwort zufrieden ist. „Na dann, Richard, wäre es in Ordnung, wenn ich es potenziellen Verlegern schicken würde?"

Sie macht keine halben Sachen. Ich nicke, obwohl sie mich nicht sehen kann, und bin aufgeregt bei dem Gedanken, dass meine Arbeit endlich an die Öffentlichkeit gelangt. „Auf jeden Fall", sage ich selbstbewusst. „Lass es uns anpacken." Ohne Danny etwas zu erklären, hebe ich instinktiv die Hand zu einem High-Five.

„Ich melde mich, sobald ich etwas höre", versichert mir Alessa, bevor sie das Gespräch beendet.

Ich erzähle Danny die Neuigkeit und wir machen uns auf den Weg aus dem Gym.

Heute ist Touristentag. Wir wollen alles aufsaugen wie ein Schwamm: den Walk of Fame, das Hollywood-Zeichen, das Griffith Observatory und vielleicht sogar eine dieser Hollywood-Bustouren machen. Ich will alles sehen - zeig mir, wo Leo seine Schuhe kauft oder wo Angelina ihre Facials bekommt.

Danny behauptet, er kenne die Stadt bereits, weil er stundenlang GTA V gespielt hat.

Der Walk of Fame, ein knallbunter Streifen voller Glitzer und Glamour, fühlt sich an wie das Tor zur Hölle. Ein nie enden wollender Strom von Touristen mit ihren Selfie-Sticks und Bauchtaschen drängt sich auf dem Bürgersteig, um die Chance auf ein Foto mit dem Stern ihres Lieblingsstars zu nutzen. Es ist überwältigend, es ist verdammt schrecklich - aber gleichzeitig ist es ein Muss für jeden, der LA besucht. Man muss das Chaos einfach aushalten und es zumindest einmal gesehen haben, auch wenn man dabei durch die Menge navigieren muss wie ein Kandidat in einer Game-show.

Die Bustour ist ein Sammelsurium an verschwitzten Touristen, aber das ist mir völlig egal. Die Verlockung, interessanten Promi-Klatsch und Geschichten über die Ausschweifungen des alten Hollywoods zu hören, ist zu groß, um ihr widerstehen zu können. Während wir an den Villen und Geschäften der Reichen und Berühmten vorbeifahren, sauge ich jedes Wort des Tourguides begierig auf.

Danny scherzt „Wer weiß, vielleicht nehmen sie dich eines Tages sogar mit auf die Tour. So was wie: 'Und das ist der 7-Eleven, in dem Richard Bryght von einem Pornostar einen Blowjob bekommen hat.'"

„Gut möglich!", sage ich. Wir lachen beide.

Die Tour endet und wir sind an unserem nächsten Ziel, dem Hollywood Sign, das bis 1949 „Hollywood Land" hieß. Es thront hoch oben auf den Hügeln, einfach nur ein paar Buchstaben, die für alle sichtbar sind. Es ist ein ikonischer Anblick und natürlich schießen wir ein gemeinsames Foto - eins für Insta. Normalerweise poste ich nicht viel, aber das ist eines dieser „Must-haves." Ein Passant erzählt uns beiläufig, dass 2017 irgendein Witzbold die Buchstaben vertauscht hat, sodass dort „Hollyweed" stand. Ah, der Humor der Einheimischen.

Der Tag war bereits ein Angriff auf die Sinne, er hat mich überwältigt und mir das Gefühl gegeben, in eine Filmkulisse hineingesogen worden zu sein. Als Allen anruft und uns zu einer Party in den Hügeln einlädt, klingt das wie das perfekte Finale.

„Ihr werdet alle an dem Projekt Beteiligten kennenlernen", sagt er am Telefon. „Und auch einige andere Leute. Das wird lustig."

Wir kommen bei der Villa an, einem extravaganten Anwesen hoch oben in den Hollywood Hills. Der Nachthimmel ist kristallklar und wir können bereits den dröhnenden Beat der Musik hören, der aus dem Inneren dringt. Als wir uns auf den Weg zum Eingang machen, fällt mein Blick auf die Szenerie: teure Autos, die aufgereiht sind, als wären sie zur Schau gestellt, und ein ständiger Strom von Gästen, die sich auf den Weg ins Innere machen, alle teuer gekleidet.

Drinnen ist die Luft erfüllt von den Gesprächen der Gäste und dem Klirren von Gläsern. Ich erblicke ein paar bekannte Gesichter, aber größtenteils ist es ein Meer von Fremden, alle mit ihren eigenen Zielen und Träumen.

Allen erblickt uns und stürmt mit einem strahlenden Lächeln auf uns zu. Er begrüßt uns wie alte Freunde und beginnt sofort, uns allen vorzustellen. Einen Moment lang fühle ich mich wie auf einem Klassentreffen, bei dem ich Leute treffe, die ich vergessen oder noch nie zuvor gesehen habe. Aber Allens Begeisterung ist ansteckend und schon bald lasse ich mich von der Energie des Raumes mitreißen. Trotz des oberflächlichen Glanzes und Glamours der Hollywood-Szene scheint Allen ein wirklich netter Kerl zu sein, ein Typ, mit dem man gerne abhängen möchte.

Danny als meinen Manager vorzustellen, lässt meine Brust vor Stolz anschwellen. Wir mischen uns unters Volk und machen Smalltalk wie Profis. Danny und ich sind in Höchstform, bringen die Leute mit gut getimten Witzen zum Lachen und lassen es so aussehen, als würden wir hierhergehören. Die Leute scheinen uns zu mögen.

Ich sehe Danny in ein Gespräch mit einer Frau vertieft, die uns als Alice vorgestellt wird, und sie verschwinden sie gemeinsam in Richtung Poolbereich.

Mein Handy vibriert in meiner Hose und reißt mich mit einer neuen Nachricht aus der lebhaften Atmosphäre der Party. „Hey, hier ist Lana aus dem Gym. Sag mir Bescheid, ob du heute Abend Zeit hast." Ein Grinsen schleicht sich auf mein Gesicht, während ich eine schnelle Antwort tippe.

Während ich mich weiter durch die Menge bewege, taucht Allen plötzlich auf und grinst mich an. „Hast Du Spaß, Richard?", fragt er mit funkelnden Augen.

Ich nicke und sage ihm, wie beeindruckt ich von dieser Party bin.

„Gut", sagt er. „Ich habe eine Überraschung für dich." Und wie ein Zauberer holt er sein Handy heraus und hält mir den Bildschirm vor die Nase. Es ist eine Pressemitteilung von *Deadline Hollywood* mit einem Bild von mir darauf, in der angekündigt wird, dass Allens Firma mein Buch *Serendipity* verfilmt. Heilige Scheiße. Ich bin jetzt offiziell jemand. Nicht, weil ich besser bin als gestern, sondern weil jemand mit Einfluss entschieden hat, dass ich es sein darf und es gedruckt wurde. Das ist mehr als surreal.

Dankbarkeit überkommt mich, als ich Allen für die umwerfende Überraschung danke. Er klopft mir auf die Schulter und sagt „Komm, lasst uns trinken."

Ich bin kein großer Trinker, aber das scheint mir Grund genug zu sein, mich dem Alkohol hinzugeben. Im Laufe der Nacht verschwimmt die Welt um mich herum zu einem schwindelerregenden Strudel aus Euphorie und purem, unverfälschtem Spaß. Überall sehe ich neue Gesichter und neue Stimmen, von denen jede etwas anderes verspricht. Es ist überwältigend, aber auf die bestmögliche Weise.

Ich spreche mit Produzenten, Regisseuren, Schauspielern, Models - sie alle versuchen, sich in dieser hart umkämpften Branche einen Namen zu machen. Aber es herrscht ein Gefühl der Kameradschaft, ein gemeinsames Verständnis dafür, dass wir alle an einem Strang ziehen. Ihr Eifer, mich zu treffen, ist spürbar, als ob ich eine Art Rockstar wäre. Vielleicht war ich schon immer dazu bestimmt, hier zu sein.

Im Laufe der Nacht tauschen wir Nummern aus und versprechen, in Kontakt zu bleiben. Es ist eine Erinnerung daran, dass es in dieser Stadt der Träume immer noch ein Gefühl von Gemeinschaft und Verbundenheit gibt.

Das Zimmer dreht sich und ich merke, dass ich etwas zu viel getrunken habe. Auf meinem Handy erscheint eine Benachrichtigung, und ich sehe, dass Maria einen Kommentar zu meinem Instagram-Post von vorhin hinterlassen hat.

„Glückwunsch! Du hast es verdient. Ich bin auch in LA." Und bei dem Gedanken, sie hier zufällig zu treffen, könnte ich kotzen.

Die Person, die man am meisten liebt, kann zur Person werden, die man am wenigsten liebt.

Fuckness.

DANIEL RUCZKO

19

ch wache zu sanfter House-Musik auf und rieche den Duft von frisch gebrühtem Kaffee. Fuck, ich liebe Kaffee.

Lanas Haus liegt in den Hills, mit Blick auf den Sunset Boulevard, und ihr Schlafzimmer hat riesige, raumhohe Fenster. Die grauen Vorhänge sind noch zugezogen. Ich springe auf und drücke einen Knopf auf dem an der Wand montierten iPad, das alles im Haus steuert.

Die Vorhänge öffnen sich langsam mit einem summenden Geräusch und geben den Blick auf einen wunderschönen Morgen in LA frei. Aber mal ehrlich, fast jeder Tag hier sieht so aus - einer der vielen Vorteile, in dieser Stadt zu leben.

Eine Wand auf der anderen Seite des Zimmers ist mit Metallregalen ausgestattet, auf denen Auszeichnungen stehen, die Lana erhalten hat. Ich gehe näher heran, um sie mir genauer anzusehen.

Es gibt mindestens dreißig Trophäen in allen Größen und Formen. Buchstäblich. Eine davon ist ein riesiger goldener Penis mit einer Plakette, auf der „Best New Starlet" steht. Ein anderer ist ein PornHub-Award für die „Beliebteste weibliche Darstellerin", eine coole schwarz-weiße Hochglanz-Trophäe, sehr stilvoll. Und etwas dezenter als die anderen.

Als mein Blick durch das Regal schweift, fällt mir eine weitere goldene Statue auf, die aussieht, als würden sich zwei Menschen umarmen; Es ist ein AVN-Award, das Äquivalent zum Oscar für Pornostars.

Sie ist für die „Beste Anal-Sex-Szene". Ich habe so viele Fragen. Wer beurteilt das? Und was macht sie zur „besten" Anal-Sex-Szene?

Ich schaue auf das Schild und stelle fest, dass ihr Pornoname rückwärts buchstabiert „Anal" lautet, was mich mehr zum Lachen bringt, als ich zugeben möchte.

Solche Momente erinnern mich daran, dass ich innerlich immer noch zwölf Jahre alt bin.

An der Wand hängt ein riesiges gerahmtes Foto von Lana, das von der Titelseite einer früheren Ausgabe des Playboy-Magazins stammt. Es zeigt sie in Pose, an einem Pool liegend, stark geschminkt und verführerisch in die Kamera blickend, während sie ihren Hintern in den Himmel streckt. Sie ist völlig nackt, aber so gedreht, dass keine expliziten Körperteile zu sehen sind.

Rechts davon befindet sich ein begehbarer Kleiderschrank, gefüllt mit so vielen Schuhen und Unterwäscheteilen, dass sie damit einen eigenen Laden eröffnen könnte - in jeder erdenklichen Farbe und Stilrichtung. Dazu ein Arsenal an Sextoys. Ich bin fasziniert.

Ich habe mich nie wirklich für Pornos interessiert, aber ich bin beeindruckt von dieser Branche und den Möglichkeiten, die sie den Menschen darin bietet. Lana hat mir erzählt, dass sie allein mit OnlyFans in einem durchschnittlichen Monat etwa 300.000 Dollar verdient. Ja, lass dir diese Zahl mal auf der Zunge zergehen. Sie verdient in drei Monaten mehr als die meisten Autoren in ihrem ganzen Leben - vielleicht ist das der wahre Plot Twist.

Ich verlasse das Zimmer und folge dem Kaffeeduft, der immer wieder meinen Namen ruft. Lana, nur in Unterwäsche, steht in der Küche und schaut auf ihr Handy. Ihr Körper ist atemberaubend. Ich halte kurz inne, um ihre Schönheit zu bewundern, bevor ich eintrete.

Lana bemerkt mich und lächelt. „Guten Morgen, hübscher Mann!", sagt sie. „Willst du Kaffee?" und macht sich auf den Weg zur Kaffeemaschine.

Ich lächle und gebe ihr einen Daumen hoch. „Ja, Ma'am!", antworte ich.
Ich gehe zu ihr und umarme sie von hinten, während sie mir eine Tasse einschenkt.

„Weißt du, du könntest auch in Pornos mitmachen. Du hast Talent", sagt sie.

Ich lache und setze unser "typisches Frühstücksgespräch" fort, indem ich frage „Wusstest du, dass dein Name rückwärts „Anal" ergibt?"

Sie dreht sich um und sieht mich an, als wäre ich ein Idiot. „Ja", sagt sie mit trockenem Ton.

Jetzt komme ich mir vor einer und antworte nur mit „Oh ...".

Sie reicht mir den Kaffee mit dem süßesten Lächeln und er riecht verdammt gut.

„Willst du ihn draußen trinken?", fragt sie und zeigt auf die Sonnenterrasse.

„Ja, sehr gerne", antworte ich und mache mich auf den Weg dorthin.

Die Sonne und die leichte Brise fühlen sich gut an. Ich nehme auf ihrem großen Liegestuhl Platz, während sie sich neben mich setzt.

Sie sieht mich an und sagt: „Ich glaube, ich habe noch nie mit einem Schriftsteller gefickt."

Ich lache und frage mich, ob das ein Kompliment ist oder nicht.

„Woher bekommst du deine Ideen?", fragt Lana.

Ich zucke mit den Schultern und sage: „Meistens finden sie mich zuerst." Ich lege meine Hand auf ihr Knie.

Sie denkt kurz nach und sagt „Kreativität ist so faszinierend."

Das Klingeln ihres Handys unterbricht den Moment.

„Das ist mein Agent", sagt sie und greift danach.

Ich beobachte sie, während sie spricht und sich eine Haarsträhne aus dem Gesicht streicht.

Sie ist süß, aber nicht "ruinier-mein-Leben"-süß, eher eine Nebenhandlung. Und irgendetwas an ihrer Stimme nervt mich. Ihr fehlt es nicht an Intelligenz, es ist nur dieser „Valley-Girl-Akzent", der sie manchmal so wirken lässt.

Ich stehe auf und bewundere die atemberaubende Aussicht auf die Stadt. Es ist ein klarer, smogfreier Tag und der Himmel über mir ist strahlend blau, ohne dass eine einzige Wolke zu sehen ist. Der strahlende Sonnenschein taucht die Stadt in ein warmes Licht, das alles lebendig und pulsierend erscheinen lässt.

Aus der Ferne höre ich die Geräusche von Autos und Bussen, die sich durch den Verkehr schlängeln. Die umliegenden Hügel und Berge mit ihren Palmen geben mir das Gefühl, mich in einem modernen Bob-Ross-Gemälde zu befinden.

Das Leben ist in letzter Zeit sehr hektisch geworden. Ich begann, zwei Tage auf einmal zu leben. Dann drei; Inzwischen kann ich einen ganzen Monat an einem Nachmittag durchleben. Aber ich sollte sowas öfter tun. Einfache Dinge. Wie eine schöne Aussicht beschreiben, während ich Kaffee trinke.

Fuck, ich liebe Kaffee.

20

aria und ich waren zwei Jahre zusammen, nachdem wir uns auf einer Party kennengelernt hatten, auf der es direkt funkte. Es war eine sofortige Verbindung, als hätte man ein Streichholz inmitten völliger Dunkelheit entzündet. Maria fiel durch ihre markante Schönheit und ihren scharfen Verstand auf. Dazu kam ihr außergewöhnliches kreatives Talent. Ihr Humor und ihr Selbstbewusstsein waren unübertroffen. Aber immer, wenn man jemanden so beschreibt, weiß man, dass irgendwo im Schatten ein großes, böses "ABER" lauert. Es dauerte nur eine Weile, bis ich es herausfand.

Die Leidenschaft loderte zwischen uns auf, angefacht durch unser gegenseitiges Desinteresse an etwas allzu Ernstem. Die sexuelle Chemie, die wir hatten, war mit nichts anderem zu vergleichen; sie fühlte sich fast außerirdisch an. Alien-Sex.

Wir verbrachten immer mehr Zeit miteinander. Als einsamer Wolf hatte ich meine Abgeschiedenheit und die Arbeit an meinen Projekten immer sehr geschätzt, aber ihre Anwesenheit machte alles noch besser. Und das Gefühl beruhte auf Gegenseitigkeit; es schien, als könnte auch sie nicht genug von mir bekommen. Tatsächlich schien sie sogar noch intensiver zu sein. Normalerweise laufe ich vor jemandem, der so intensiv ist, weg.

Aber hier war es anders. Sie schwor, dass sie noch nie so gefühlt hatte, und all die klischeehaften Erklärungen, die Menschen ihren neuen Liebhabern gegenüber abgeben, rollten mühelos über ihre Lippen.

Aber da war auch von Anfang an etwas, das sich nicht richtig anfühlte, ein unerklärliches Gefühl, das in meinem Bauch verweilte. Meine Intuition warnte mich davor, ihr völlig zu vertrauen. Ich bin kein Mensch, der eifersüchtig oder besitzergreifend ist, denn meistens ist mir das völlig egal. Aber bei ihr war es anders.

Maria fing an, mir Lügen zu erzählen, sinnlose Lügen, die keinen anderen Zweck hatten, als mich an ihr zweifeln zu lassen. Jedes Mal, wenn ich sie bei einer Lüge ertappte, drehte sie den Spieß um und verdrehte die Situation so, dass es aussah, als wäre ich im Unrecht. Es war, als hätte ich ein schweres Vergehen begangen, indem ich sie hinterfragte. Ihre Wut kochte hoch und sie beschuldigte mich, paranoid, kontrollierend und eifersüchtig zu sein. Ich konnte nicht anders, als mich zu fragen, ob ich das Problem war, ob meine Instinkte falsch waren, ob ich Dinge sah, die nicht da waren. Je mehr sie sich wehrte, desto mehr zweifelte ich an mir selbst, gefangen in einem Teufelskreis aus Unsicherheit und Verwirrung. Unsere Streitereien eskalierten, jedes Mal mit neuen Versprechungen von ihr, sich zu ändern, aber kurz darauf kamen neue Lügen.

Meine Unvollkommenheiten waren offensichtlich, diese Beziehung brachte das Schlimmste in mir zum Vorschein, und vielleicht hätte ich manches anders handhaben können. Aber die turbulente Reise mit ihr war für mich Neuland. Die Hochs ihrer Zuneigung waren ekstatisch, aber dann kamen die Tiefs, die mich in einem Zustand emotionaler Kälte zurückließen.

Wir steckten in einer Endlosschleife fest und waren nicht in der Lage, aus dem toxischen Kreislauf auszubrechen, den wir uns selbst geschaffen hatten. Mit jeder Versöhnung glaubte ich, dass es dieses Mal wirklich anders sein würde, dass wir es vielleicht endlich schaffen könnten. Aber es war nur eine Frage der Zeit, bis wir wieder in denselben destruktiven Mustern gefangen waren und ich mich erneut verloren und verwirrt fühlte.

Ihr Job führte sie in verschiedene Städte, was mein Misstrauen noch verstärkte und es mir schwer machte, ihr zu vertrauen. Und dann, nachdem sie ein paar Monate unterwegs war, sagte sie die Worte: „Ich brauche eine Pause." Was für eine Pause? Erwartest du, dass ich warte?

Ich begriff endlich, dass ich diesen Scheiß nicht mehr machen konnte. Ich nabelte mich ab und befreite mich, obwohl es höllisch weh tat.

In dem Moment, als ich den Kontakt abbrach, überschwemmten mich ihre Nachrichten und Anrufe. Doch ich wusste es besser, als auf den Köder hereinzufallen.

Und einfach so drehte sich der Spieß um. Sie wurde das Opfer, die arme unschuldige Seele, die zurückgelassen wurde. Und alle glaubten ihre rührselige Geschichte, hatten Mitleid mit ihr und gaben mir die Schuld, weil ich sie verlassen hatte. Rückblickend war alles glasklar, aber ich konnte es nicht sehen, als ich in ihrem Netz gefangen war, selbst mit meinem Wissen über psychische Gesundheit. Es stellte sich heraus, dass sie eine narzisstische Persönlichkeitsstörung hat. Man ist entweder der Held oder das Opfer; Dazwischen existiert nichts.

Sechs Monate nach unserer Trennung gab sie ihre Verlobung mit ihrem Ex bekannt. Genau dem Ex, bei dem ich immer den Verdacht hatte, dass sie mir etwas verheimlichte. Aber ich war ja der Paranoide. Es war eine widerliche Bestätigung all der Zweifel und Verdächtigungen, die an mir genagt hatten. Doch am Ende war es egal - denn Menschen wie sie weinen nicht, weil sie dich vermissen. Sie weinen, weil sie die Kontrolle über dich verlieren.

Während der ganzen Zeit, die verging, herrschte nun Schweigen zwischen uns. Ich machte weiter, lebte mein Leben und dachte, ich käme gut zurecht. Aber das ist die Sache mit dem Leben; Manchmal zieht es dir den Boden unter den Füßen weg, wenn du es am wenigsten erwartest. Mein Geburtstag kam, und sie schickte diese Nachricht. Natürlich fiel ich nicht darauf rein. Ich wusste, dass eine Antwort genau das sein würde, was sie brauchte, um ihr unersättliches, narzisstisches Verlangen zu stillen.

Aber es hinterließ einen anhaltenden, stechenden Schmerz, der mich trotz der aufregenden Ablenkungen meines neuen Lebens verfolgte. Wenn der Lärm verstummt und es nur noch mich und meine Gedanken gibt, schleicht sie sich wie ein

Schatten in meinen Kopf. Ein emotionaler Parasit. Und ich weiß nicht, was ich damit anfangen soll.

Versunken in meiner inneren Welt streife ich durch die lebhaften Straßen von Studio City, einem Viertel, das nach den berühmten Universal Studios benannt ist, die hier beheimatet sind. Danny hat ein Meeting in dieser Gegend, also beschloss ich, mitzukommen und die Umgebung zu erkunden, während er beschäftigt ist.

Wie immer habe ich mein MacBook dabei und denke mir, dass dies die perfekte Gelegenheit ist, um ein klassisches Schriftsteller-Klischee zu erfüllen - ein gemütliches Café zum Schreiben zu finden. Aber wohin? Starbucks? Nein, das ist viel zu vorhersehbar. Ich brauche etwas Interessanteres, etwas mit Charakter. Plötzlich fällt mir eine kleine Bar namens „Laurel Tavern" ins Auge. Sie sieht einladend aus, mit ihrer rustikalen Einrichtung und ihrem gemütlichen Ambiente. Ein Ort, an dem sich Außenseiter und Träumer bei einem oder zwei Drinks die Zeit vertreiben können.

Ich gehe hinein und der warme Schein der schummrigen Beleuchtung zieht mich sofort an. Es ist die Art von Ort, an dem man sich in Sekundenschnelle wie zu Hause fühlt, und es sieht aus wie der perfekte Ort für einen postmodernen Bukowski, um seine Sorgen zu ertränken. Ich gehe zur Bar und setze mich. Ein gutaussehender Barkeeper namens Anton kommt zu mir herüber und begrüßt mich. Er schenkt mir ein charmantes Lächeln und fragt, was ich gerne trinken möchte.

Ohne zu zögern bestelle ich mein übliches Getränk - einen zuckerfreien Red Bull. Er reicht mir die Dose mit einem Nicken und ich öffne sie, genieße die künstliche Süße und den anschließenden Koffein-Kick. Ich stelle meinen Laptop auf die Bar und sehe aus wie ein wandelndes Klischee, bereit, etwas zu arbeiten. Umgehend stürze ich mich in die Arbeit und lade einige Filmdrehbücher herunter. Ich habe immer noch keine Ahnung von der Formatierung, obwohl ich innerhalb von zwölf Wochen ein eigenes Drehbuch für einen Film schreiben muss. Aber ich bin zuversichtlich, dass ich das irgendwie hinkriege.

Anton und ich kommen ins Gespräch und verstehen uns auf Anhieb. Im Laufe unseres Gesprächs erfahre ich, dass auch er ein Schriftsteller ist - mehr Drehbücher als Romane. Anscheinend hat jeder in dieser Stadt einen Traum und ist auf irgendeine Weise mit der Branche verbunden - oder versucht zumindest, es zu sein. Anton wird zu meinem improvisierten Ausbilder für den Tag. Während er andere Kunden bedient, gibt er mir einen Crash-Kurs in der Kunst des Drehbuchschreibens und der zu verwendenden Software. Sein charmantes Auftreten und seine Schlagfertigkeit machen die Lektion zu einem Kinderspiel und ich merke, dass es mir sogar Spaß macht. Als ich meinen vierten Red Bull getrunken habe, fühle ich mich, als hätte ich einen neuen Freund gewonnen und zusätzlich das nötige Selbstbewusstsein, um die bevorstehende Aufgabe anzugehen.

Sobald Danny mir schreibt, dass sein Meeting vorbei ist, nutze ich die Gelegenheit, Anton noch einmal für seine großzügige Hilfe zu danken. Ich überreiche ihm als Zeichen meiner Wertschätzung einen knackigen Hundert-Dollar-Schein und sage, dass ich bald wiederkommen werde.

„Kein Problem, Mann. Viel Glück mit dem Drehbuch", sagt er mit einem Lächeln.

Ich nicke und gehe mit dem Gefühl, in dieser Stadt voll Fremder eine Verbindung hergestellt zu haben. Ich kann mir vorstellen, mit ihm befreundet zu sein.

21

Ich habe mir das Ziel gesetzt, täglich sieben Seiten zu schreiben, weil ich das für die magische Zahl halte. Der goldene Mittelweg zwischen Produktivität und Überforderung. Wenn ich mich daran halte, werde ich in nur zwei Wochen einen ersten Entwurf des Drehbuchs haben. Ziemlich einfach, vor allem wenn man bedenkt, wie viel Geld sie mir dafür zahlen.

Ich schließe mein heutiges Seitenziel ab, klappe meinen Laptop zu und strecke meine Arme aus. Jetzt habe ich offiziell frei.

Nachdem ich mein Telefon entsperrt habe, tippe ich auf den Kontakt meiner Mutter. Sie beantwortet den Facetime-Anruf fast sofort und ihr lächelndes Gesicht erscheint auf meinem Bildschirm. Es ist surreal, physisch so weit von ihr entfernt zu sein. Aber die Magie der Technologie bringt uns in Sekundenschnelle zusammen.

Während ich meine Mutter über alles, was in LA passiert ist, auf den neuesten Stand bringe, spüre ich eine Mischung aus Emotionen in ihrer Stimme, besonders als ich erwähne, dass ich möchte, dass sie mich bald besucht. Sie ist natürlich aufgeregt, aber auch ein wenig besorgt. Für sie ist das eine große Sache, da sie noch nie außerhalb von Washington gewesen ist. Aber ich lasse sie nicht mit ihren Sorgen verharren.

„Keine Sorge, Mom", versichere ich. „Ich werde mich um alles kümmern. Ich lasse jemanden dich von zu Hause abholen und zum Flughafen bringen. Und wenn du in LAX landest, werde ich dort auf dich warten. Du musst nur deine Koffer packen und bereit sein zu gehen."

Ich kann die Erleichterung in ihrem Gesicht sehen, als ich ihr dieses Versprechen gebe. Sie weiß, dass sie darauf vertrauen kann, dass ich mich um sie kümmere, auch wenn sie tausende von Meilen entfernt ist.

Doch während wir weiterreden, bemerke ich, dass sie sich verändert hat. Es ist, als würde ihr der Verstand entgleiten, Stück für Stück - und jetzt sehe ich es klarer als je zuvor. Vielleicht macht die Distanz es noch offensichtlicher. Ein schweres Gewicht legt sich auf meine Brust, und ich kämpfe darum, das Gespräch aufrechtzuerhalten, und so zu tun, als wäre alles in Ordnung.

Ich weiß, dass ich das nicht ändern kann, dass ich den unvermeidlichen Lauf der Zeit und die Auswirkungen, die sie auf die Menschen, die wir lieben, hat, nicht aufhalten kann. Die Zeit nimmt, was sie will, und gibt nichts zurück. Aber ich möchte das Beste aus den Momenten machen, die uns noch bleiben, um Erinnerungen zu schaffen, die für die Ewigkeit reichen. Also verspreche ich ihr, dass ich alle Vorbereitungen für ihren Besuch treffen werde und dafür sorge, dass sie die beste Zeit haben wird.

Wir verabschieden uns, und ich lege auf, mit einer Mischung aus Gefühlen, die in mir toben.

In dem Versuch, mich abzulenken, gönne ich mir die vorübergehende Freude eines Social-Media-Dopamin-Kicks.

Als die Pressemitteilung von *Deadline Hollywood* die Runde machte, fing mein Handy an, ununterbrochen zu vibrieren.

Mein Instagram-Account explodierte vor Aktivität. Diese Art von Aufmerksamkeit ist völlig neu für mich. Über Nacht hatte ich tausende neuer Follower gewonnen und mein Posteingang wurde überflutet mit Nachrichten von Fremden, die mir zu den Neuigkeiten gratulierten. Frauen, die ich noch nie getroffen hatte, fragen mich nach Dates oder bieten an, alle möglichen expliziten Dinge im Schlafzimmer mit mir zu machen.

Ich erhielt sogar DMs von Schauspielern und Schauspielerinnen, die ich nicht kenne, die aber unbedingt bei der Verfilmung meines Buches mitmachen wollten.

„Ich liebe dein Buch; wenn du eine Rolle im Film für mich hast, lass es mich wissen", sagten sie und fügten ihre Demoreels und IMDb-Links bei. Das ist natürlich sehr schmeichelhaft, aber auch ein bisschen seltsam. Ich bin nur der Autor; ich habe nichts mit dem Casting oder irgendeinem anderen Aspekt der Filmproduktion zu tun. Aber ich schätze, man muss alles versuchen, um es in dieser Stadt zu schaffen.

Es ist definitiv eine verrückte Welt, in der wir leben, das steht fest. Ich weiß, dass ich einen klaren Kopf bewahren muss. Aber bei all dem Lärm und Chaos, das mich umgibt, ist das leichter gesagt als getan. Eine neue Stadt, Ablenkungen an jeder Ecke, Drehbücher, die geschrieben werden müssen, Filmverträge und preisgekrönte Pornodarstellerinnen - es fühlt sich an, als wäre ich in einen verdrehten Jahrmarkt voller spannender und gefährlicher Fahrgeschäfte gestolpert, die mich zu verschlingen drohen.

Als die Sonne unterzugehen beginnt, bekomme ich eine unerwartete Einladung von Alessa. Sie möchte, dass Danny und ich zu einer Agenturparty in einem Club in Downtown LA kommen. Normalerweise meide ich Clubs wie die Pest - die Lichter, der Lärm, die Menschenmassen - all das gibt mir das Gefühl, in einem Alptraum gefangen zu sein. Aber wer bin ich schon, dass ich meiner neuen Hollywood-Agentin etwas abschlagen könnte?

Danny ist ein ganz anderer Typ. Er gedeiht im Chaos der Clubkultur. Früher war er DJ unter dem Pseudonym *DJ Fluxx*, legte auf und brachte die Menge bis zum Morgengrauen zum Kochen. Als ich ihm von der Party erzähle, leuchten seine Augen vor Aufregung auf. Und in seiner Rolle als mein Manager hat er viel geleistet, also warum sollte man ihm nicht etwas Spaß gönnen? Er hat es sich verdient.

Als wir an der Location ankommen, bereue ich sofort die 40 Dollar, die ich für das Parken ausgegeben habe. Das ist typisch LA - immer Wege findend, den Geldbeutel anderer zu leeren. Aber jetzt sind wir da und ich kann den Bass trotz der Betonwände spüren. Es gibt eine ziemlich lange Schlange von Leuten, die darauf warten, reinzukommen, und wir reihen uns ein.

Aber dann entdeckt uns Alessa und zieht ihren Hollywood-Power-Move ab. „Das ist der Schriftsteller Richard Bryght, er gehört zu uns." Plötzlich teilt sich die Schlange wie das Rote Meer, und wir spazieren direkt hinein. Es ist fast schon lächerlich, wie leicht ein paar Worte einer hochkarätigen Agentin alles umdrehen können. Als wir vorbeigehen, bleiben die Leute stehen und starren uns an, um herauszufinden, wer wir sind und ob sie uns kennen sollten.

Als wir den Club betreten, dröhnt *Firestarter* von *The Prodigy* aus den Lautsprechern. Es ist, als würde man in die Zeit der 90er zurückversetzt und ich bin nicht mal böse drum. Es war ein großartiges Jahrzehnt - mit seiner Musik, seinen Filmen und Videospielen.

Der Club ist brechend voll und der Bass wummert wie eine Migräne. Ich spüre die Vibrationen in meiner Brust und meinen Zähnen.

Nachdem wir alle begrüßt haben, verschwindet Danny in der Menge und macht sein Ding.

Ich beobachte, wie die Leute zu ihm strömen, angezogen von seinem Charisma und seiner Energie. Es ist, als sei er ein Magnet, der Menschen aus allen Richtungen anzieht. Sie sind von ihm fasziniert - sie wollen sich mit ihm unterhalten, sich betrinken und mit ihm tanzen. Vor allem Weiße scheinen sich besonders zu ihm hingezogen zu fühlen, als hätten sie noch nie einen afroamerikanischen Mann gesehen. Es ist wirklich absurd, aber ich muss bei diesem Anblick immer wieder lachen.

Als ich mich im Club umsehe, fällt mir auf, dass alle, die Alessa mitgebracht hat, so verdammt nett sind. Sie sind alle am Lächeln und Lachen, voller Energie, bereit, Gespräche mit mir anzufangen. Plötzlich zieht mich Alessa zur Seite und sagt „Ich habe gute Neuigkeiten." Ich werde hellhörig, meine Neugier ist geweckt. Sie fährt fort „Drei große Verlage haben auf dein Manuskript reagiert und wir warten jetzt auf ihre Angebote. Ich glaube, wir haben gute Chancen, ihnen ein Gesamtpaket zu verkaufen,einschließlich deines zuvor selbst veröffentlichten Buches, zumal es jetzt verfilmt wird."

Ich umarme Alessa sofort und kann meine Aufregung nicht mehr zurückhalten. Als ich mich zurückziehe, sieht sie mich grinsend an und sagt „Das könnte riesig werden, Richard. Wir sprechen von einem sechsstelligen Deal, vielleicht sogar mehr." Sie macht keine halben Sachen.

Mein Herz setzt einen Schlag aus bei dem Gedanken daran. Das ist der Traum. Mein Blick schweift zu Danny, der immer noch mitten auf der Tanzfläche ist. Alessa drängt mich „Geh ihm die Neuigkeiten überbringen!"

Ich manövriere mich durch die Menge und mache mich auf den Weg zu Danny. Aus den Lautsprechern erklingt *Carmen Queasy* von *Maxim* und Skin. Als ich schließlich bei ihm ankomme und nach Luft schnappe, erzähle ich ihm, was Alessa mir gerade gesagt hat. Er ist fassungslos und ruft ungläubig „Halts Maul!" Er zieht mich in eine Umarmung, und wir fangen beide an, den Refrain zu grölen: *„Money making is a wonderful thing!"* Wir singen vielleicht etwas schief, aber das ist uns scheißegal. Das hier ist genau das, was wir wollten, und Danny wusste die ganze Zeit, dass es passieren würde.

Die Leute sehen uns an, als seien wir Idioten, und sie haben nicht ganz unrecht. Idioten mit einem potenziellen sechsstelligen Deal. Geldverdienen ist in der Tat eine wunderbare Sache.

Halte den Atem an.

Standbild.

Klick.

Ich tanze nie - wirklich nie. Aber in diesem Moment kann ich mir nicht helfen, ich fühle mich unaufhaltsam. Und ich bin nicht allein mit diesem Gefühl. Danny und ich hüpfen beide herum, als wären wir ganz oben auf der Welt. Wir fühlen uns wie Könige, auch wenn es nur für einen Moment ist. Der Bass der Musik pulsiert durch unsere Körper und wir lassen alle Hemmungen fallen.

Plötzlich spüre ich Dannys Hand auf meiner Schulter, als er sagt „Du, mein Freund, bist ein gottverdammtes Genie. Und ich bin so verdammt stolz auf dich!"

Der Ton seiner Stimme ist voller Bewunderung und Respekt. Ein warmes Kribbeln breitet sich in meinen Augen aus, und ich spüre, wie Tränen der Freude sich ihren Weg bahnen wollen. Dieses Gefühl der Dankbarkeit ist überwältigend.

Danny war die ganze Zeit an meiner Seite, und seine Unterstützung hat nie nachgelassen.

„Ohne dich hätte ich es nicht geschafft", sage ich zu ihm und bin dankbar, dass er in meinem Leben ist. Es geht nicht nur um das Geld oder den Erfolg; es geht um die Verbindung zwischen uns, die gemeinsamen Erlebnisse und Erinnerungen, die wir für immer in uns tragen werden.

Eine Stunde später spüre ich die Wirkung der Drinks und meine Lippen treffen auf die von Nicole, einem Model aus New York.

Als wir uns gerade erneut küssen wollen, beugt sie sich vor und gesteht „Nur damit du es weißt, ich bin verheiratet, aber wir haben eine offene Beziehung."

Ich ziehe die Augenbrauen hoch und frage sie „Weiß dein Mann davon?" Sie lacht und zieht mich erneut in einen Kuss, ihre Zunge verschmilzt leidenschaftlich mit meiner. Und ich verliere mich in diesen fragwürdigen Entscheidungen.

Ich entschuldige mich, um weitere Drinks zu holen, und bahne mir meinen Weg durch die wimmelnde Menge. Es ist ein schwindelerregendes Gewirr von Menschen und meine Augen scannen das Meer aus Gesichtern, auf der Suche nach etwas Vertrautem. Es ist schon eine Weile her, seit ich Danny gesehen habe, und ich denke, er ist mit Tara, Alessas Assistentin, abgehauen ist. Gut für ihn. Die Stroboskoplichter und der Alkohol machen mir zu schaffen. Aber dann sehe ich aus dem

Augenwinkel ein Gesicht, das ich seit Ewigkeiten nicht mehr gesehen habe - und erstarre.

Es ist Maria.

Ich kann es kaum glauben - es ist, als würde ich einen Geist sehen.

Sie ist gerade dabei zu gehen. Was soll ich tun? Soll ich ihr Hallo sagen? So tun, als ob ich sie nicht gesehen hätte? Plötzlich dreht sich mein Magen und die Entscheidung wird mir abgenommen. Ich verspüre einen überwältigenden Drang, mich zu übergeben. Ich weiß, dass ich die Toilette finden muss, und zwar schnell. Ich drehe mich um und renne los, aber die Menge ist zu dicht, meine Sicht verschwommen und meine Beine wanken. Ich schaffe es nicht, rechtzeitig durchzukommen. Panik macht sich breit; ich spüre, wie sich meine Kehle zuschnürt und mir das Wasser im Mund zusammenläuft, während der bittere Geschmack von Erbrochenem bereits in meinem Rachen aufsteigt. Und dann, mitten auf der Tanzfläche, passiert es: ich kotze mir meine Eingeweide aus dem Leib, für alle sichtbar. Der Gestank und Anblick meines Erbrochenen breiten sich um mich herum aus wie eine giftige Wolke. Ich bin zutiefst entsetzt und beschämt.

Zum Glück bin ich nicht berühmt genug, um bei *TMZ* zu landen.

Willkommen in Hollywood.

DANIEL RUCZKO

164

22

ch komme am LAX an und spüre die sengende Hitze der südkalifornischen Sonne auf mir. Meine Augen blinzeln in das grelle Licht des Himmels. Oberflächlich betrachtet ist es ein typischer Tag in LA, erfüllt vom Verkehrslärm und der Hektik der Menschen, die zu ihren Zielen eilen. Aber heute ist es anders für mich, denn ich bin hier, um meine Mutter abzuholen.

Ich betrete das Terminal und die kühle Luft der Klimaanlage umhüllt mich. Es ist eine Weile her, dass ich sie von Angesicht zu Angesicht gesehen habe, und ich hoffe, dass alles reibungslos verläuft. Ich werfe einen Blick auf die Informationstafel und stelle fest, dass ihr Flugzeug bereits gelandet ist. Es ist eine chaotische Szene - Menschen schreien, rufen einander zu und versuchen, sich durch die Herde von Reisenden und Gepäckstücken zu navigieren. Dann entdecke ich sie - sie steht da mit ihrem Koffer und sieht sich suchend um. Inmitten des Chaos treffen sich unsere Blicke, und ihr Gesicht erhellt sich mit einem Lächeln.

Wir umarmen uns, und ich kann ihre Wärme und Liebe durch mich hindurchfließen spüren. „Willkommen in LA, Mom", sage ich und grinse von einem Ohr zum anderen. Sie nimmt ihre Tasche, wir verlassen den Flughafen und sie saugt jedes Detail dieser neuen Stadt auf, die ich jetzt mein Zuhause nenne.

Ich sitze auf dem Fahrersitz, meine Hände fest am Lenkrad, während ich durch das Meer von Autos lenke, das sich vor uns erstreckt. Wie in LA üblich, stehen wir im Stau und kriechen im Schneckentempo vorwärts.

Meine Mutter sitzt auf dem Beifahrersitz, ihr Blick schweift neugierig umher. Besonders die Palmen erregen ihre Aufmerksamkeit. Sie zeigt aufgeregt auf sie und staunt über ihre Höhe und Schönheit.

Überraschenderweise sind die Palmen für mich bereits ein Teil der Landschaft geworden. Sie sind wie ein alter Freund, an den ich mich gewöhnt habe, eine einfache Erinnerung an den Ort, an dem ich bin. Und irgendwie habe ich das Gefühl, dass ich hierhergehöre.

Das habe ich immer getan, ich wusste es nur noch nicht. Während wir uns langsam vorwärts bewegen, zeige ich ihr einige der anderen Wahrzeichen, mit denen ich inzwischen vertraut bin. Wir kommen am *Getty Museum* vorbei; Ich zeige ihr das Hollywood-Schild in der Ferne. Das *Capitol-Records*-Gebäude. Ich bin dankbar für diesen Moment, für die Gelegenheit, meiner Mutter mein neues Leben zeigen zu können. Ein Leben, das ohne ihre unerschütterliche Unterstützung und ihren Glauben an mich nicht möglich gewesen wäre. Es ist fast surreal, sie hier zu haben und all das durch ihre frischen Augen zu sehen.

Wir halten kurz am Haus, um ihr Gepäck abzuladen, und machen uns direkt wieder auf den Weg.

Mit Danny auf dem Rücksitz, der Witze reißt und uns auf Sehenswürdigkeiten hinweist, navigieren wir durch die überfüllten Straßen. Unser Ziel ist ständig im Wandel, immer in Bewegung. In einem nie endenden Kreislauf des Sightseeings wechseln wir von einem Touristen-Hotspot zum nächsten, und jeder hinterlässt einen bleibenden Eindruck bei meiner Mutter.

Der Tag neigt sich dem Ende und wir finden uns am Venice Beach wieder. Es ist eine Freakshow, und ich meine nicht die, die 2017 auf der Promenade geschlossen wurde - sondern die Strandpromenade selbst. Sie ist ein Muss für jeden, der einen Fuß in diese Stadt setzt. Die Gehwege sind voll mit einer nicht enden wollenden Parade von Künstlern, Verkäufern und Exzentrikern in allen Formen und Größen. Man trifft auf Künstler, die ihre Waren verkaufen, Skateboarder zeigen ihre Tricks, und Bodybuilder posieren, um ihre Muskeln zu zeigen. Es ist ein Spektakel wie kein anderes, ein Fest des Seltsamen und Unkonventionellen.

Als wir uns dem Strand nähern, füllen der Klang der brechenden Wellen und der Geruch von Salzwasser meine Sinne. Ich kann die Begeisterung im Gesicht meiner Mutter sehen; sie sagt kaum ein Wort. Auch Danny wird ungewöhnlich still. Vielleicht erinnert ihn der Anblick meiner Mutter an seinen eigenen Verlust, daran, wie seine Mutter bei einem Autounfall starb, als er erst fünf Jahre alt war. Eine Erinnerung daran, dass er ihr niemals die Wunder dieser Stadt zeigen könnte, wie ich es jetzt mit meiner Mutter tue.

Nach einem ausgiebigen Spaziergang am Wasser und einem schnellen Bissen in einem nahegelegenen Restaurant steigen wir wieder ins Auto und fahren nach Hause, erschöpft aber erfüllt von den Abenteuern des Tages.

Wir kommen zu Hause an, und die Müdigkeit des Tages macht sich in meinen Knochen breit.

Erschöpft stolpern wir aus dem Auto. Meine Stimme ist kaum hörbar, als ich ein müdes „Gute Nacht" an Danny und meine Mutter murmle. Danny verschwindet mit einem Peace-Zeichen, während meine Mutter sich zu mir umdreht, ihr Blick warm und voller Dankbarkeit.

„Danke für den heutigen Tag", sagt sie, „Es hat mir so viel Spaß gemacht."

Ich lächle sie an. „Natürlich, Mom", antworte ich. „Ich bin froh, dass du hier bist."

Ich mache mich auf den Weg in mein Zimmer, in meinem Kopf schwirren noch die Eindrücke des Tages. Als ich mich ins Bett lege und mein Kopf das Kissen berührt, erhasche ich einen Blick auf die Skyline von LA und bin einfach nur dankbar. Dankbar für diesen Tag, für diese Stadt, für Danny, für dieses Leben, das ich mit der Frau teilen darf, die mir das alles ermöglicht hat.

Einige Stunden später schrecke ich plötzlich im Bett hoch. Mitten in der Nacht klingelt es an der Tür.

Ich stolpere aus dem Bett, reibe mir den Schlaf aus den Augen und gehe in den Flur. Dort steht Danny mit zerzausten Haaren und sieht genauso verwirrt aus, wie ich mich fühle.

„Was zur Hölle?", murmelt er und ich nicke zustimmend.

Türklingeln gehören der Vergangenheit an. Heutzutage sind die einzigen Leute, die ich an meiner Haustür erwarte, entweder Amazon-Fahrer oder Lieferdienste. Das hier kann nichts Gutes bedeuten.

Gemeinsam mit Danny mache ich mich auf den Weg zur Haustür, unsere Schritte hallen in dem ruhigen Haus wider. Als ich die Tür öffne, stehen zwei Polizisten davor. Und zu meiner Überraschung steht meine Mutter neben ihnen, sie sieht verwirrt und benommen aus.

„Was ist los?", frage ich mit schlaftrunkener Stimme.
Meine Mutter wirkt klein und verletzlich in der Nacht. Angst und Verwirrung sind ihr deutlich ins Gesicht geschrieben.

Die Polizisten erklären, dass sie sie gefunden haben, als sie ziellos durch die Nachbarschaft lief. Sie hatte sich offenbar mitten in der Nacht auf den Weg gemacht und war, wer weiß wie lange, umhergeirrt. Mein Herz sinkt bei dem Gedanken, dass sie allein draußen in der Dunkelheit war, an einem Ort, den sie nicht kennt.

Ich gehe auf sie zu und sage „Alles gut, Mom", und versuche, sie zu beruhigen.
Ich danke den Polizisten, dass sie sie sicher zurückgebracht haben, und begleite meine Mutter ins Haus. Sie wirkt erschüttert und müde. Ich führe sie zur Couch, halte ihre Hand und versichere ihr, dass sie jetzt in Sicherheit ist.

Während wir reden, spüre ich, wie die Situation immer schwerer wird. Die Verwirrung meiner Mutter erinnert mich an ihren fortschreitenden geistigen Verfall und daran, wie schnell sich die Dinge ändern können. Ich bin dankbar, dass es ihr gut geht, aber ich kann das Gefühl der Unruhe, das in der Luft liegt, nicht abschütteln.

Schließlich beruhigt sie sich wieder und geht ins Bett, aber ich bleibe noch eine Weile wach, weil ich das Adrenalin, das immer noch durch meine Adern fließt, nicht loswerde.

Ich bin ein verworrener Knoten aus Emotionen, alles verdreht und verwurzelt wie die Wurzeln einer alten Eiche.

Habe ich überhaupt bedacht, welche Auswirkungen es auf sie haben könnte, sie nach LA zu holen - vor allem im Hinblick auf ihre Krankheit? Habe ich die drastische Veränderung der Umgebung berücksichtigt, die Ungewohntheit des Ganzen?

Die Schuldgefühle sind nicht neu für mich. Sie sind ein ständiger Begleiter seit dem Tag, an dem ich Seattle verlassen und meine Mutter zurückgelassen habe. Es war eine schwierige Entscheidung, aber ich wusste, dass ich etwas ändern musste, um meine Träume zu verfolgen.

Sie kam mich besuchen, um Zeit mit mir zu verbringen, und ich habe das Gefühl, sie im Stich gelassen zu haben. Ich habe ihr eine schöne Zeit versprochen, eine unvergessliche Reise, doch stattdessen endete alles damit, dass sie mitten in der Nacht verloren und verwirrt draußen herumirrte. Unvergesslich ist das nur für mich. Es ist sogar möglich, dass dieser ganze Vorfall ihr wie Sand durch die Finger gleitet.

Aber jetzt, wo ich die Folgen meiner Entscheidungen sehe, überkommt mich das Schuldgefühl. Habe ich die richtige Entscheidung getroffen? Oder war ich einfach zu verdammt egoistisch? Hätte ich vielleicht in Seattle bleiben und mich um sie kümmern sollen, anstatt meine eigenen Ambitionen zu verfolgen? Diese Fragen wirbeln in meinem Kopf herum wie ein nicht enden wollender Tornado und drohen, mich zu zerreißen. Aber vielleicht hat das alles einen Sinn, eine Lektion, die es zu lernen gilt.

Ein paar Tage später bin ich wieder am LAX und das vertraute Geräusch von startenden und landenden Flugzeugen erfüllt meine Ohren. Meine Mutter sitzt neben mir auf dem Beifahrersitz, ihr Gesicht ist eine Mischung aus Emotionen - Traurigkeit über die Abreise, Dankbarkeit für die Zeit, die wir zusammen verbracht haben, und Sorge um die Zukunft. Wir haben hier in der Stadt der Engel einige unvergessliche Erinnerungen geschaffen, haben jedoch auch einige ernste, aber notwendige Gespräche geführt.

Wir sprachen in aller Ruhe darüber, was vor ein paar Nächten passiert war, und ich versicherte ihr, dass ich mich um alles kümmern würde. Sie braucht jemanden, der tagsüber bei ihr ist, der ihr Gesellschaft leistet und sicherstellt, dass es ihr gut geht. Deshalb haben wir beschlossen, einen Betreuer für sie zu finden, jemanden, der für sie da sein wird, wenn ich es nicht kann. Es ist eine schwierige Entscheidung, aber wir sind uns beide einig, dass es das Beste ist.

Und obwohl ich es ihr nicht gesagt habe, habe ich einen weiteren Entschluss gefasst: Sobald alle Deals abgeschlossen sind und das Geld eingeht, werde ich meiner Mutter ein Haus kaufen. Ein neues Zuhause, damit sie aus ihrer beengten Wohnung herauskommt. Sie verdient nur das Beste, und ich werde alles tun, um das möglich zu machen.

Ich liebe diese Frau zutiefst, und ein Gefühl der Verantwortung legt sich auf meine Schultern. Es ist eine Verschiebung in unserer Dynamik, eine Art Rollentausch, der mir nicht entgeht. Das Kind ist zum Elternteil geworden und der Elternteil zum Kind.

Doch egal, was die Zukunft bringt, ich weiß eines sicher: Ich werde immer für sie da sein, so, wie sie immer für mich da war. Sie hat unzählige Opfer gebracht und jetzt bin ich an der Reihe, diese Schuld zu begleichen.

Die Erinnerungen, die wir hier geschaffen haben, werden für immer einen besonderen Platz in meinem Herzen einnehmen. Aber jetzt ist es an der Zeit, sie gehen zu lassen und mein eigenes Leben weiterzuführen. Ich habe ihr versprochen, zu Weihnachten nach Seattle zu kommen, aber das fühlt sich wie eine Ewigkeit entfernt an. Ich begleite sie zur Sicherheitskontrolle, ihre Hand hält meine fest, während sie mich mit tränenerfüllten Augen anschaut. Es ist ein schmerzhafter Moment, den ich am liebsten verschwinden lassen würde.

Ich mache ein Selfie mit ihr und nach einer letzten Umarmung ist sie weg, verschluckt vom Flughafen, und ich stehe da, allein mit meinen Gedanken.

Wir sind alle Sonderfälle.

174

23

ch sitze am Pool und starre auf den Bildschirm meines Laptops. Meine Finger tippen wie in Trance auf der Tastatur herum, als die letzten Seiten des Drehbuchs Form annehmen. Die Sonne brennt auf meine Haut und der Klang des Wassers, das an den Rand des Pools plätschert, sorgt für eine beruhigende Geräuschkulisse. Ich bin fast fertig, in ein paar Tagen werde ich das Drehbuch abliefern - weit vor der Deadline.

Fuck, ich fühle mich wie ein echter Schriftsteller, jetzt, wo ich mich mit Deadlines und Verlagen herumschlagen muss. Es ist ein surreales Gefühl, aber es ist das, was ich wollte. Mein Manuskript ist heiß begehrt, und nach sorgfältiger Überlegung haben wir uns bereits für einen Verlag entschieden. Jetzt geht es nur noch darum, die Verträge auszuhandeln. Zum Glück habe ich Ava, die sich um diesen Part kümmert.

Ehrlich gesagt finde ich es ziemlich cool, dass mein Team hauptsächlich aus Frauen besteht. Ich habe jetzt tatsächlich ein Team. Es ist total verrückt.

Allens Produktionsfirma hat mich für heute Abend zu einer Filmpremiere eingeladen. Es ist einer der Filme ihrer Partner, produziert mit einem Budget von 60 Millionen Dollar. Meine erste richtige Hollywood-Premiere - das volle Programm. Mit eleganter

Kleidung und rotem Teppich. Alessa hat mir sogar eine PR-Agentin für das Event besorgt. Sie meint, es sei eine großartige Gelegenheit, meinen Namen und mein Gesicht in die Öffentlichkeit zu bringen.

Danny geht's nicht so gut, also werde ich heute Abend solo unterwegs sein. Trotzdem freue ich mich darauf, in den Glanz und Glamour einzutauchen, der mich erwartet.

Mit einem Uber fahre ich durch die belebten Straßen zum Kino in Hollywood. Als ich aus dem Auto steige, werde ich sofort von einem Meer von Menschen überschwemmt, alle schick gekleidet und bereit, über den roten Teppich zu schreiten. Die Blitzlichter der Paparazzi-Kameras und der Lärm des Sicherheitspersonals, das Anweisungen gibt, sorgen für eine chaotische Szenerie. Die Atmosphäre ist elektrisierend und ich fühle mich wie ein kleiner Fisch, der in einem riesigen Ozean der Opulenz schwimmt. Aber ich bin gespannt, was die Nacht für mich bereithält. Also richte ich meine Krawatte, streiche mein Jackett glatt und bahne mir selbstbewusst einen Weg durch die Menschenmassen zum Eingang.

Ich nähere mich dem Sicherheitspersonal, das sorgfältig alle Ausweise überprüft und jeden auf verdächtige Gegenstände abtastet. Plötzlich spricht mich eine umwerfende Frau an, die mich mit einem warmen Lächeln begrüßt und sich als Cora vorstellt, meine PR-Agentin für den Abend.

Fuck. Mit ihren markanten Gesichtszügen, ihren schwarzen Haaren und ihrem mühelosen Charme könnte man sie leicht mit einer der A-List-Schauspielerinnen unter den Anwesenden verwechseln. Ihre figurbetonte Kleidung offenbart einen Körper, der eindeutig zu jemandem gehört, der auf sich achtet.

Mit ihr an meiner Seite fühle ich mich wie ein Star. Sie kümmert sich um alles wie ein Profi, von der Gästeliste bis zu den Badges, und unser Gespräch fließt wie ein Strom. Es ist unglaublich, wie viel sie schon über mich weiß. Sie hat ihre Hausaufgaben gemacht und das gibt mir das Gefühl, besonders zu sein.

Ich kann nicht leugnen, dass es zwischen uns knistert, aber ich versuche, professionell zu bleiben und mich zurückzuhalten. Zumindest vorerst.

Während wir uns durch die Menge bewegen, fällt mir das Schild auf, das sie bei sich trägt und auf dem mein voller Name steht. Jedes Mal, wenn jemand ein Foto machen will, hält sie es hoch, damit *Getty Images*, oder für wen auch immer das Bild gemacht wird, den richtigen Namen dazu schreiben kann.

Ich greife nach meinem Handy, um Danny anzurufen, in der Hoffnung, dass er abnimmt. Aber das Klingeln bleibt unbeantwortet. Schnell mache ich ein Foto von der hektischen Szene um mich herum und füge es meiner Nachricht bei: *„Ich hoffe, es geht dir besser, Bruder. Wünschte, du wärst hier, um das alles mitzuerleben."* Ich drücke auf Senden und versuche, ihn zumindest irgendwie einzubeziehen.

Als ich mich umschaue, stelle ich fest, dass ich hier niemanden kenne, außer ein paar Schauspielern, an deren Gesichter ich mich aus Filmen oder Serien erinnere. Jeder macht sein Ding - mischt sich unter die Leute, nippt an Getränken und gönnt sich ein paar kostenlose Häppchen. Und jetzt geht es langsam auf den roten Teppich zu, den Höhepunkt des Abends für viele Leute hier.

Cora gibt mir einen kurzen Crashkurs, erklärt die Dos and Don'ts für solche Events. Hunderte von Fotografen stehen aufgereiht und warten ungeduldig auf ihre Chance, das perfekte Foto zu schießen. Ich fühle mich wie ein Tier, das vorgeführt wird, und obwohl es mir nicht an Selbstbewusstsein mangelt, fühlt sich das hier seltsam an. Die Kameras blitzen, und das Klicken der Auslöser erfüllt die Luft. Bei jedem Halt taucht Cora auf und hält das Schild mit meinem Namen hoch, fast so, als würde sie sagen „Hey, schaut euch diesen Typen an! Er ist wichtig!".

Die Schreie der Menge dröhnen in meinen Ohren. Es scheint, als würden einige Leute mich oder meinen Namen kennen, denn sie kommen auf mich zu und stellen sich vor. Ich spiele mit - schüttle Hände, lächle und versuche, mir die Namen zu merken. Einige wollen sogar Fotos mit mir machen, also lasse ich es zu und versuche, dabei möglichst entspannt zu wirken.

Als der rote Teppich zu Ende ist, stehe ich vor dem Kino, bereit hineinzugehen. Plötzlich dreht sich Cora zu mir um und sagt mit einem Lächeln „Alles klar, Richard, es war toll, dich kennenzulernen, viel Spaß noch!"

Ich runzle die Stirn und frage „Wohin gehst du?"

Sie antwortet ruhig „Das ist mein Job, nach dem roten Teppich habe ich Feierabend." Aber ich kann das Bedauern in ihrer Stimme hören.

„Du kannst mich doch hier nicht allein lassen", sage ich scherzhaft.

Cora antwortet mit einem verspielten Lächeln und sagt „Ich bin mir sicher, dass du keine Probleme haben wirst, eine Begleitung für heute Abend zu finden."

Ich nicke und sage „Das glaube ich auch, aber ich möchte, dass du mich begleitest." Ich merke, dass sie sich darauf einlässt.

Zögernd fragt sie „Bist du dir sicher?"

Als Antwort nehme ich ihre Hand und führe sie Richtung Kino. Zum Glück habe ich noch ein zusätzliches Ticket, da Danny abgesprungen ist.

Wir betreten den Kinosaal und trotz der Größe des Ereignisses weht der vertraute Duft von Popcorn und Zuckerwatte durch die Luft und kitzelt meine Nase. Er weckt Erinnerungen an meine Kindheit - ein Duft, den ich mit Aufregung und Freude an der Flucht in die Welt der Filme in Verbindung bringe. Ein Hauch von Vergangenheit. Der Saal erstreckt sich vor uns, als würden wir eine riesige Kathedrale des Kinos betreten, einen Tempel der Leinwand. Wir schlängeln uns durch ein Gewimmel von Menschen, manche suchen noch ihre Plätze, während andere bereits sitzen. Ich höre das Schlurfen von Füßen und leises Geflüster, während sich die Leute hinsetzen. Cora und ich finden unsere Plätze und machen es uns bequem.

Nach einer Weile betritt einer der Produzenten die Bühne und stellt den Regisseur des Films vor, der kurz nach ihm folgt. Er beginnt zu sprechen und das Rascheln der Popcorntüten und Knarren der Sitze geht in ein Schweigen über. Mit einem Hauch von Autorität und spürbarer Aufregung bedankt er sich bei allen, die an dem Film beteiligt waren - von den Schauspielern über die Crew bis hin zu dem Studio.

Als er seine Rede beendet, bricht der Saal in Applaus aus, und er tritt von der Bühne.

Ich schaue zu Cora hinüber, die von all dem unbeeindruckt zu sein scheint. Das ist nicht ihr erstes Rodeo, so viel ist sicher. Für sie ist es ein ganz normaler Arbeitstag. Aber für mich ist es aufregend. Das Licht wird gedämpft, das Publikum wird still und die Leinwand flackert auf. Als ich auf meinem Platz sitze, wird mir plötzlich etwas klar - ich habe keine verdammte Ahnung, welchen Film ich mir hier eigentlich ansehe. Ich war zu sehr im Chaos des Abends gefangen, um auf irgendetwas zu achten. Ich weiß nur noch, dass ich das Filmposter gesehen habe, aber selbst das ist nur noch verschwommen. Ich weiß nicht einmal, um welches Genre es sich handelt, worum es in der Geschichte geht, nichts. Also lehne ich mich zurück, bereit, mich überraschen und hoffentlich etwas unterhalten zu lassen.

Ich greife nach Coras Hand, unsere Blicke treffen sich kurz und sie erwidert die Geste mit einem Lächeln.

Der Film beginnt mit einem Ansturm energiegeladener Action - Explosionen, quietschende Reifen und Schüsse, die durch den

Kinosaal hallen. Und meine Aufmerksamkeit schwindet fast augenblicklich. Es ist wie ein bellender Hund für mein Gehirn - zu viel Lärm und zu wenig Substanz. Die Charaktere verschwimmen zu einer Mischung aus Klischees und eindimensionalen Archetypen. Teurer Hollywood-Bullshit.

Ich stoße einen unwillkürlichen Seufzer aus und lasse mich tiefer in den gepolsterten Sitz sinken. Cora sieht zu mir herüber und flüstert „Alles gut?"

Ich muss grinsen und gestehe „Ich hasse Actionfilme."

Sie lacht und sagt „Ich auch, ich bin nur deinetwegen mitgekommen."

Ein Moment der Erleichterung. Wenigstens bin ich mit meinem Desinteresse nicht allein.

„Ich gehe auf die Toilette und hole uns etwas zu trinken", sage ich, in der Hoffnung, mir die Beine zu vertreten und einen Moment lang den Kopf frei zu bekommen. Aber sie überrascht mich, indem sie sagt „Ich komme mit."

Gemeinsam machen wir uns leise auf den Weg aus dem Kinosaal, vorbei an den Reihen voller Zuschauer, die gebannt auf die Leinwand starren. Wir landen in einem dunklen und ruhigen Flur, der einen willkommenen Kontrast zu der Reizüberflutung im Saal bildet.

Cora dreht sich zu mir um und lächelt. Es ist einer dieser Momente, in denen Worte überflüssig sind. Ich ziehe sie zu mir und küsse sie.

Wir knutschen wie Teenager, mit einer rohen, ungezügelten Leidenschaft. Die Spannung, die sich seit unserer ersten Begegnung aufgebaut hat, entlädt sich in diesem Augenblick. Ich nehme ihre Hand, führe sie zu den Toiletten, wo wir genau wissen, was passieren wird. Wir sind uns einig und es ist uns völlig egal, wer uns sehen könnte. Für einen Moment können wir so tun, als wären wir genau das, was der andere sucht.

Wir erreichen die Kabine und die Tür klickt hinter uns zu. Das Geräusch hallt in dem gekachelten Raum wider und unterstreicht unsere Abgeschiedenheit. Wir sind im Moment versunken und nehmen die Welt da draußen gar nicht mehr wahr. Gelegentlich betreten andere Leute den Raum. Aber wir sind zu sehr in den Akt vertieft, um uns um etwas anderes zu kümmern. Der Klang der sich öffnenden und schließenden Tür ist für uns nur noch ein Hintergrundgeräusch. Selbst wenn die Kabinentür klappert und Stimmen auf der anderen Seite zu hören sind, ist das kein Grund, aufzuhören. Wir denken nicht einmal daran, aufzuhören, sondern fahren mit unserer intimen Begegnung fort.

Als wir schließlich hinausgehen, ist die Lobby voller Menschen. Sie reden, lachen und checken ihre Handys, während sie sich langsam in Richtung Ausgang bewegen. Der Film ist zu Ende. Einige werfen uns wissende Blicke zu, offensichtlich vertraut mit unseren illegalen Aktivitäten. Es ist so offensichtlich; Unsere zerzausten Haare und der Sex stehen uns ins Gesicht geschrieben.

Wir mischen uns unter die Menge. Cora und ich sind nur zwei weitere Gesichter im Strom, die versuchen, sich einzufügen und unbemerkt zu entkommen. Als wir uns dem Ausgang nähern, werde ich von Lichtblitzen geblendet. Paparazzi säumen den Eingang und warten darauf, Fotos von jedem zu machen, der geht. Es gibt kein Entrinnen. Ich weiß, dass sie ein paar Bilder von Cora und mir zusammen machen werden. Ich versuche, meinen Kopf zu senken und an ihnen vorbeizugehen, aber es ist unmöglich, ihnen ganz auszuweichen. Als wir uns endlich von der Menge lösen und die Straße hinuntergehen, atme ich die kühle Nachtluft tief ein. Was für ein Abend.

Als ich dann an meiner Kleidung hinunterschaue, bemerke ich einen großen weißen Fleck, der sich über den Stoff meiner Hose zieht. Das ist das salzige Sahnehäubchen auf dem Kuchen einer bereits denkwürdigen Nacht. Ich hoffe, dass auf den meisten Fotos nur unsere Gesichter zu sehen sind.

Wenigstens habe ich meine PR-Agentin dabei, die sich um mögliche Medienaufmerksamkeit kümmern kann. Aber in Hollywood kümmert sich niemand um Spermaflecken auf der Hose eines Autors.

Obwohl ich die Schlagzeile gerne sehen würde: „Schriftsteller Richard Bryght fickt seine PR-Agentin auf der Toilette bei einer Filmpremiere."

24

The Grove ist an einem Samstagmorgen eine Welt für sich. Das Publikum ist eine Mischung aus Einheimischen, Touristen und gelegentlich auch Prominenten, die alle durch die schicken Läden und Cafés des Einkaufszentrums schlendern. Ich erreiche den Food Court, das Zentrum des Treibens. Die Luft ist erfüllt vom Knistern gekochten Fleisches, gehackten Gemüses und brutzelnden Öls, vermischt mit dem Summen von Gesprächen und Gelächter.

Mein Blick sucht die Menge nach Lana ab. Es dauert einen Moment, aber schließlich entdecke ich sie an einem kleinen Tisch, der in einer ruhigeren Ecke versteckt ist. Es überrascht mich nicht, dass viele Menschen sie erkennen und ansprechen - vor allem natürlich Männer. Wie immer sieht sie umwerfend aus, ihre Schönheit strahlt wie ein Leuchtturm inmitten des Chaos. Als sie den Kopf hebt und mich sieht, breitet sich ein Lächeln auf ihrem Gesicht aus.

Lana wollte mich sehen, bevor sie nach Miami fliegt, wo sie ein paar Wochen lang „arbeiten" wird. Bei Lana kann das alles bedeuten - von Fotoshootings auf Yachten bis hin zu Dreharbeiten in Luxusvillen. Egal, was es genau ist, sie ist ständig am Arbeiten, immer am Hustlen.

Ich bahne mir meinen Weg zu ihr, weiche den Menschen aus, die wie in Zeitlupe an mir vorbeiziehen. Wir umarmen uns kurz und sie gibt mir einen Kuss, bevor wir uns setzen. Ich merke, dass sie sich wirklich freut, mich zu sehen.

Sie gratuliert mir zu meinem jüngsten Erfolg und erwähnt die Fotos, die sie auf meinem Instagram vom roten Teppich gesehen hat. Ich danke ihr für die netten Worte. „Naja, ich habe vielleicht keine 16 Millionen Follower wie du, aber hey, immerhin bist du einer von ihnen", sage ich grinsend.

Wir bestellen etwas zu essen und ich bemerke die Blicke, die jede Bewegung von Lana verfolgen. In dieser Stadt hat man das Gefühl, dass wir alle nur wandelnde Werbetafeln für unsere Berufsbezeichnungen sind. Da sind Richard, der Autor, Danny, der Manager und Lana, der Pornostar. Unsere Identitäten scheinen oft auf unsere Berufe reduziert zu sein und die Leute machen sich selten die Mühe, über das Label hinauszuschauen. Vielleicht mag Lana meine Gesellschaft, weil sie bei mir ihre Maske fallen lassen, und einfach sie selbst sein kann. Ich sehe sie als echte Frau mit Gedanken und Gefühlen und nicht nur als ein lebensgroßes Sexspielzeug.

Mitten in unserem Gespräch springt Lana plötzlich auf wie von einer Tarantel gestochen und schreit den Namen „Emily". Ich bin überrascht, drehe mich um und sehe, wie eine andere, ebenso beeindruckende Frau auf uns zukommt. Sie strahlt Selbstbewusstsein und Unabhängigkeit aus und weckt meine Neugier, wer sie ist und wie sie in Lanas Welt passt.

Lana stellt die brünette Schönheit als ebengenannte Emily vor und während sie sich umarmen, erwähnt sie beiläufig, dass sie zusammenarbeiten. Die beiden tauschen Neuigkeiten über das Leben des jeweils anderen aus, während ich ein paar Witze reiße, um sie zum Lachen zu bringen. Während sie plaudern, kommt das Gespräch auf Emilys Angstzustände zu sprechen. Sie gibt zu, dass sie Xanax nimmt, um sich über Wasser zu halten. Es ist, als wären Angstzustände in dieser Stadt das neue Schwarz - jeder trägt sie mit sich herum. Und ich schließe mich da nicht aus. Aber was sie beschreibt, klingt nach generalisierter Angst in Verbindung mit einer Panikstörung.

Nach einer Weile sagt Emily, dass sie los muss, um sich auf einen Dreh vorzubereiten. Lana schlägt vor, zusammen ein Foto zu machen, um den Moment festzuhalten. Ich biete an „Soll ich es machen?"

Doch Emily hat eine andere Idee. „Nein, du musst ja mit drauf!" Sagt sie, "Lass uns alle zusammen eins machen." Sie lächelt mich an.

Ich bin von ihrem Vorschlag überrascht, aber ich stimme zu. Ich finde mich zwischen Emily und Lana wieder, ihre Körper an meinen gepresst. Lana schlingt ihren Arm um meine Taille und Emily legt ihre Hand mit einem leicht verträumten Xanax-Lächeln auf meine Schulter. Lana hält ihr Handy hoch, bereit, das Foto zu machen.

Halte den Atem an.

Standbild.

Klick.

Kurz nachdem das Foto gemacht wurde, meldet sich Emily zu Wort „Vergesst nicht, mich auch zu taggen!" Lana nickt, postet es schnell und markiert uns beide.

Wir verabschieden uns und Emily geht. Ich drehe mich zu Lana und sage „Sie scheint nett zu sein."

Lana nickt, „Ja, sie ist cool. Sie ist wie meine Schwester im Pornogeschäft."

Kaum ist das Foto auf Instagram, verbreitet es sich wie ein digitales Lauffeuer - zumindest in meiner kleinen Blase. Meine Follower-Zahl schießt in die Höhe und ich bemerke, dass auch Emily jetzt dazugehört.

Da ich Danny nicht gesehen habe, bevor ich das Haus verlassen habe, schicke ich ihm eine Nachricht: „Wollen wir später was machen?" Seine Antwort kommt sofort und ist knapp. „Nicht mal ein bisschen." Aber ich weiß, dass er es nicht böse meint.

Lana wischt sich mit einer Serviette den Mund ab, schiebt den leeren Teller zur Seite und seufzt. „Ich sollte mich langsam auf den Weg machen," sagt sie und wirft einen Blick auf ihr Handy. „Ich muss noch packen und rechtzeitig zum LAX kommen." Ich nicke, denn ich weiß, wie hektisch der Flughafenverkehr hier sein kann.

Wir verlassen gemeinsam The Grove und ich begleite Lana zu ihrem Auto.

Sie schließt ihren weißen Tesla Roadster auf und gleitet anmutig auf den Fahrersitz, ihre langen Beine verschwinden unter dem Lenkrad. Ich lehne mich an den Türrahmen und lasse meinen Blick über ihr Gesicht gleiten.

„Lass uns was machen, wenn ich zurück bin", sagt sie und drückt mir sanft den Arm.

„Klingt gut", antworte ich. „Viel Spaß in Miami."

Sie startet den Wagen, das leise Surren des Elektromotors füllt die Luft und sie wirft mir einen Kuss zu, bevor sie losfährt.

Ich drehe mich um und gehe zu meinem eigenen Auto. Plötzlich sehe ich jemanden in der Nähe des Whole Foods stehen und mein Herz setzt für einen Moment aus. Es sieht aus wie Maria. Die Zeit scheint sich zu verlangsamen, während sie sich umdreht und ihr Gesicht zum Vorschein kommt. Mein Herz rast schneller und schneller, als sie ins Blickfeld gerät. Und es scheint, als könnte ich den Duft ihres Parfums riechen, der immer länger blieb als sie selbst. Doch als sie sich vollständig zu mir dreht, wird mir klar, dass es nicht Maria ist. Fuck. Erleichterung macht sich in mir breit und ich atme aus - einen Atemzug, von dem ich nicht einmal wusste, dass ich ihn angehalten hatte.

Als ich bereit war, dich zu sehen, warst du da, weil du überall warst.

DANIEL RUCZKO

25

Laurel Tavern, ein Mikrokosmos der Stadt selbst, wo jeder Drink eine Geschichte erzählt und jede Geschichte nur einen weiteren Drink entfernt ist. Ich sitze über meinen Laptop gebeugt und bin in meinen Gedanken versunken. Danny ist auch mit dabei, es geht ihm besser und er ist wieder ganz der Alte. Er macht Witze und feuert mich an, während er an meiner Seite ist.

Heute ist der Tag. Der Tag, an dem ich das Drehbuch beende. Ich spüre die Last, die es mit sich bringt, und gleichzeitig eine Erleichterung. Dannys Augen kleben am Bildschirm, während er sich ein Spiel ansieht. Er schreit die Spieler an, als ob sie ihn durch den Fernseher hören könnten. Aber mit meinen Noise-Cancelling-Kopfhörern schirme ich mich gegen die Ablenkungen der Außenwelt ab. Inmitten einer lauten Menge von Trinkern und Plaudernden rasen meine Finger über die Tastatur, begleitet von dem rhythmischen Klicken der Tasten.

Ich kann nicht ganz erklären, wie der Schreibprozess bei mir funktioniert. Es ist, als ob eine unsichtbare Kraft von mir Besitz ergreift und ich zu einem Gefäß werde, durch das die Geschichte ungehindert fließt. Die Worte fließen wie ein Fluss, der sich auf unerwartete Weise dreht und wendet, ich lasse mich einfach von ihm mitreißen. Es ist, als würde sich die Geschichte selbst schreiben und ich müsste nur anwesend sein. Und jetzt bin ich am Ende angekommen. Ich starre konzentriert auf den Computerbildschirm, während die letzten Zeilen meines Drehbuchs vor mir zum Leben erwachen. Dann tippe ich die letzten magischen Worte: *Fade Out.* Ich atme tief durch, schließe die Augen und genieße das Gefühl der Vollendung. Es ist ein Gefühl, das schwer zu beschreiben ist, aber es ist fast so, als hätte ich etwas geboren. Das verdammte Drehbuch ist jetzt offiziell fertig.

Als ich die Augen öffne, bemerke ich Danny, der mich mit einem breiten Grinsen ansieht. Er weiß genau, was gerade passiert ist.

„Herzlichen Glückwunsch", ruft er, seine Stimme voller Stolz.

„Danke, man", antworte ich.

„Lass uns feiern", sagt Danny und grinst. Und er bestellt uns ein paar Drinks.

Ich beobachte, wie Danny sein Glas hebt, die bernsteinfarbene Flüssigkeit darin leicht schwappt, während er es zum Toast erhebt. „Auf das Drehbuch", sagt er mit einem selbstbewussten Lächeln.

Dann unterbricht eine Stimme neben uns den Moment. „Herzlichen Glückwunsch, Leute!", ruft ein Mann und hebt sein eigenes Getränk in unsere Richtung. Ich drehe mich zu ihm um und nicke ihm dankend zu. Er trägt einen schicken Anzug, sein

Kopf ist glatt rasiert, und offensichtlich hat er viel Zeit im Fitnessstudio verbracht.

„Du bist Richard Bryght, oder?" fragt er mit einem wissenden Blick. Und es fühlt sich seltsam an, von einem Fremden erkannt zu werden.

Danny jedoch, voller Selbstbewusstsein, antwortet für mich: „Das ist er!" sagt er. „Dieser Typ ist ein verdammtes Genie!" Und zeigt auf mich.

Ich versuche immer noch herauszufinden, woher der Typ mich kennt, aber ich versuche, cool zu bleiben, und er stellt sich als Russ vor. Er erzählt uns, dass er ein Jahr lang in New York war und vor kurzem aus beruflichen Gründen nach LA zurückgekehrt ist. Neugierig frage ich „Was hast du in New York getrieben?", in der Erwartung, etwas über eine aufregende Karriere zu erfahren. Aber stattdessen grinst er und sagt „Sie heißt Vanessa". Als ich meinen Kopf zu Danny drehe, sehe ich, dass er über Russ' Antwort unkontrolliert lacht.

Auch wenn ich sie irgendwie ziemlich dämlich fand.

fügt jedoch hinzu, dass wir möglicherweise gemeinsame Freunde haben könnten, was sofort meine Aufmerksamkeit weckt. Er klärt auf, dass er von Lana spricht. Dann stellt sich heraus, dass Russ ein Pornoproduzent ist, und ich nicke langsam, denn auf einmal ergibt alles einen Sinn.

„Was macht ihr heute Abend?", fragt er mit tiefer Stimme.

Ich sehe Danny an, der daraufhin mit den Schultern zuckt, und dann wende ich mich wieder Russ zu. „Wir feiern einfach das Drehbuch, schätze ich," antworte ich.

„Wollt ihr zu meiner Party kommen? Dort feiern?", seine Augen glänzen. „Es ist bei mir zu Hause, oben in den Hills. Handys sind nicht erlaubt", fügt er hinzu.

Ich kann sehen, wie Dannys Augen vor Neugier aufflackern. „Scheiß drauf, warum nicht." Sage ich.
Russ holt sein Handy heraus, fragt nach meiner Nummer und verspricht, mir die Details seiner Party zu schicken.

Ein paar Stunden später sitzen wir in einem Uber und fahren zu der Adresse, die Russ mir geschickt hat. Ich starre aus dem Fenster und beobachte, wie die Lichter der Stadt ineinander verschwimmen, während wir uns die Hills hinaufbewegen.

Danny sitzt neben mir und scrollt durch sein Handy. Er wirkt ruhig, und mein Kopf rattert - ich habe mich den ganzen Tag über ein wenig angespannt gefühlt. Ich lehne mich zu ihm rüber, lasse meine Gefühle durchklingen, und frage „Bist du nervös?" Er zuckt mit den Schultern und sagt „Nee, ich frage mich nur, in was für eine Freakshow wir da geraten." Ich kann mir ein Lachen nicht verkneifen. Danny schafft es immer, die Dinge ins rechte Licht zu rücken.

Das Auto hält vor der Adresse, und ich sehe das Haus, das gar kein Haus ist - es ist eine verdammte Villa mit einer Reihe von Autos, die entlang der Einfahrt geparkt sind. Die Musik dröhnt und ich höre Leute lachen und reden.

Wir steigen aus dem Auto aus und nähern uns dem Tor, wo uns zwei imposante Sicherheitsleute den Weg versperren und uns misstrauisch mustern.

„Namen?", bellt einer von ihnen. Wir nennen unsere Namen und sie verlangen unsere Handys. Ohne zu zögern händigen wir sie aus und sehen zu, wie sie in versiegelten Taschen verstaut werden. Keine Ablenkungen, keine Nachrichten, kein Social Media - einfach nur anwesend sein und die Nacht genießen. Eckhart Tolle wäre so stolz. Aber natürlich gibt es Bedenken hinsichtlich der Privatsphäre, es gibt hier wahrscheinlich einige Leute, die nicht wollen, dass jeder ihrer Schritte dokumentiert und auf Instagram gepostet wird. Aber der Securitytyp versichert uns, dass die Taschen beim Verlassen entsperrt werden.

Dann treten die Sicherheitsleute zur Seite, ihre Gesichter sind stoisch und ihre Augen leer. Sie murmeln ein kurzes „Einen schönen Abend noch, meine Herren", bevor sie sich wieder ihrem Posten zuwenden.

Wir betreten die Villa und meine Augen weiten sich vor Staunen. Dieser Ort ist riesig, dekoriert mit einigen der coolsten Kunstwerke und Gemälde, die ich je gesehen habe.

Während ich mich umsehe, bin ich erstaunt über die schier unendliche Anzahl attraktiver Menschen an diesem Ort. Schöne Frauen mit atemberaubenden Kurven und muskulöse Männer überall, die sich miteinander unterhalten und deren Lachen sich mit den dröhnenden Beats der elektronischen Musik vermischt, die durch das ganze Haus hallen.

Doch während ich sie beobachte, fällt mir auf, dass etwas an dieser Menge anders ist. Sie versuchen nicht, jemanden zu beeindrucken oder sich anzupassen. Sie sind einfach sie selbst, fühlen sich wohl in ihrer eigenen Haut. Es ist ein krasser Kontrast zu der sonst vorherrschenden Überheblichkeit Hollywoods. Es scheint, als würde in der Welt der Pornoindustrie eine andere Art von Akzeptanz und Offenheit herrschen. Man wird nicht verurteilt, man wird einfach so akzeptiert, wie man ist. Vielleicht liegt das daran, dass sie wissen, wie es ist, von der Gesellschaft ständig verurteilt und kritisiert zu werden. Sie sind Außenseiter und lieben es.

Die Villa scheint endlos zu sein, mit langen Fluren, die zu verschiedenen Räumen führen, von denen einer extravaganter ist als der andere. Ich erhasche einen Blick auf Menschen, die an einem riesigen Pool chillen, an Getränken nippen und die warme Abendbrise genießen. Es ist, als ob wir eine andere Welt betreten hätten - willkommen in Babylon.

Wir schlendern durch die Menge und irgendwie fügen Danny und ich uns nahtlos ein, als ob wir hierhergehören würden. Und vielleicht tun wir das ja auch. Danny sieht einen riesigen Typen mit einem Raiders-Trikot und fängt sofort an, über Football zu reden. Selbst in dieser Umgebung findet er einen Weg, sich über Sport zu verbinden. Ich lächle ihn an und sage „Ich geh' mal die Gegend erkunden", denn ich fühle, wie mich die geheimnisvolle Anziehungskraft des Ortes ruft. Ich entferne mich und gehe tiefer in das Anwesen hinein, vorbei an Gruppen von Menschen, die sich unterhalten, rummachen und lachen.

Als ich meine Umgebung beobachte, fallen mir die kleinen Notizblöcke und Stifte auf, die überall verteilt sind. Eine clevere Idee, denke ich, wenn man bedenkt, dass niemand sein Handy dabeihat. Stattdessen dienen diese Notizblöcke dazu, Informationen auszutauschen - Telefonnummern, E-Mail-Adressen oder was auch immer. Es ist eine erfrischende Abwechslung zu der typischen, vom Smartphone besessenen Kultur, und ich weiß die Einfachheit dieses Ansatzes zu schätzen.

Plötzlich spüre ich, wie sich ein paar Arme von hinten um mich legen. Ich drehe mich um und sehe Lanas Freundin Emily, deren Gesicht von einem breiten Lächeln geschmückt ist.

Sie umarmt mich noch einmal und sagt „Hey, es ist so schön, dich wiederzusehen!" Ich erwidere das Kompliment und sie fragt: „Wohin gehst du?"

Ich zucke mit den Schultern „Ich wollte mich nur etwas umschauen", sage ich, „Willst du mitkommen?" Emily grinst und hakt sich bei mir ein. „Auf jeden Fall." Und wir gehen gemeinsam los.

Ich folge ihr, während sie mich selbstbewusst durch die weitläufige Villa führt, als gehöre sie ihr. Unterwegs stellt sie mich allen möglichen Leuten vor. Und fuck, es ist ein Trip. Jedes Zimmer, an dem wir vorbeigehen, ist wilder und ausschweifender als das vorherige. Wir sehen ein Zimmer, in dem ein Dreier im Gange ist, an einem Paar, das es im Flur an der Wand treibt, an einer Orgie in einem anderen Zimmer und an einer wirklich intensiven BDSM-Session nebenan. Es ist, als würde man in ein erotisches Wunderland eintreten, und Emily ist das weiße Kaninchen. Die Luft riecht nach Sex, Blowjobs werden gegeben und empfangen, und überall, wo ich hinsehe, verlieren sich die Leute im Moment.

Schließlich erreichen wir den Clubbereich, in dem die Musik unerbittlich wummert und die Tanzfläche von sich windenden Körpern pulsiert. Emily fängt sofort an zu tanzen und sprudelt vor Energie. Aber trotz der berauschenden Verrücktheit und der Ablenkungen der Party sitzt diese unterschwellige Unruhe wie ein Knoten in meinem Magen, zieht an meinen Gedanken und weigert sich, loszulassen. Ich hasse diesen Scheiß, diese endlosen Gedankenloops, die sich wie ein Karussell immer wieder im Kreis drehen und es einem immer schlechter geht, bis man fast kotzen muss.

Emily spürt, dass etwas nicht stimmt, und fragt „Geht es dir gut?" Da ich weiß, dass sie dieses Gefühl kennt, beschließe ich, ehrlich zu sein „Ich habe nur mit ein paar Angstattacken zu kämpfen."

Ohne zu zögern, greift sie in ihre Tasche, holt ein kleines Tablettendöschen heraus und schüttelt sie ein wenig, so dass es klappert.

„Willst du eine Xanax?" bietet sie an.

Ich zögere einen Moment, bevor ich frage „Wie fühlt sich das an?"

Sie sieht mich grinsend an und antwortet: „Wie eine warme Umarmung um dein Gehirn."

Fasziniert antworte ich „Verdammt, das klingt ziemlich geil!"

„Fühlt sich auch ziemlich geil an." Sagt sie.

Aber ich zucke mit den Schultern und sage „Ich weiß. Ich bin nicht der größte Fan von Psychopharmaka."

Ein verschmitztes Glitzern in ihren Augen. „Lass uns zusammen eine nehmen", sagt sie. „Dann geht es dir besser." Sie bricht eine Pille in zwei Hälften, steckt eine in ihren eigenen Mund und legt die andere Hälfte auf meine Zunge. Dann beugt sie sich mit einer schnellen Bewegung vor und küsst mich. Ich schmecke die bittere chemische Verbindung in meinem Mund, die sich mit den Resten des süßen Getränks vermischt, das Emily vorhin getrunken hat. Alles an der Art, wie sie küsst, fühlt sich unglaublich an. Es ist, als ob alle Nervenenden in Flammen stehen würden, aber auf die bestmögliche Weise. Während wir uns küssen, bleibt der chemische Geschmack haften und erinnert mich an die Erleichterung, die uns bevorsteht. In einer Welt, die uns ständig auffordert, mehr zu sein, will man manchmal einfach nur, weniger fühlen.

Ich spüre, wie der Bass in meiner Brust wummert, als Emily mich auf die Tanzfläche zerrt. Die elektronischen Beats sind unerbittlich, und es fühlt sich an, als wären wir mitten in der Eröffnungsszene von *Blade* - ich erwarte fast, dass jeden Moment die Blutsprenkler losgehen. Doch langsam macht sich ein Gefühl der Erleichterung in meinem Gehirn breit. Sogar in dieser chaotischen Umgebung beginnt sich alles ruhig anzufühlen. Emilys Worte hallen in meinem Kopf nach und ich muss zugeben, dass sie recht hatte. Es fühlt sich tatsächlich wie eine warme Umarmung um mein Gehirn an. Fuck.

Im Moment fühlt sich alles wieder gut an und selbst mein Bedauern scheint sinnlos.

Emily presst ihren Körper an meinen und während sie mich abtastet, fragt sie „Wollen wir zum Pool gehen?" Mein Kopf nickt fast automatisch, denn durch das Alprazolam fühle ich mich leicht und beschwingt.

Mein Körper bewegt sich synchron mit ihrem, während sie mich durch die Menschenmenge zieht, wie der Benzo-getriebene Welpe, der ich bin. Als wir an einem Tisch vorbeikommen, greift Emily schnell nach einem der Notizblöcke. Ihr Stift gleitet sanft über das Papier, während sie eine Reihe von Ziffern aufschreibt, dann reicht sie ihn mir mit einem Lächeln. Wir kommen am Poolbereich an, und die Szene ist wie etwas aus einem bacchischen Traum. Der Rhythmus der Musik, das Klirren der Gläser, Gelächter und das Plätschern von Wasser hallen um uns herum. Und dort, am anderen Ende des Pools, sehe ich Danny zwischen zwei schönen Frauen, sein Charme in Höchstform. Ich weiß, dass er auch ohne mich klarkommt.

Ich blicke nach oben, meine Augen fixieren die Dachterrasse der Villa, drei Stockwerke über uns. Silhouetten von Menschen wiegen und bewegen sich im Takt, als ob sie mit den Sternen tanzen würden. Die Aussicht von dort oben muss spektakulär sein, mit den Lichtern der Stadt, die den Himmel erhellen.

Emily hält an einer Gruppe von drei riesigen afroamerikanischen Männern, die zusammenstehen, und stellt mich ihnen vor. Sie geben mir Fistbumps und Handschläge, die mich wie ein absolutes Leichtgewicht fühlen lassen. Sie sind alle dreimal so groß wie ich und der Kontrast ist fast komisch. Doch trotz ihrer einschüchternden Größe könnten diese Jungs nicht netter sein. Sie sind wie sanfte Giganten. Und vielleicht ist es das Xanax, das aus mir spricht, aber ich habe das Gefühl, dass ich hier unter Freunden bin, sogar mit diesen Fremden.

Ich stelle mein Getränk auf dem Glastisch neben mir ab, während ich weiter Smalltalk führe. Plötzlich meldet sich einer von ihnen - ein massiver Kerl namens Bruce - zu Wort und ruft „Fuck, ich habe dein Buch gelesen!" Die Begeisterung in seiner Stimme ist unüberhörbar.

Ich bin verblüfft, doch bevor ich überhaupt fragen kann, ob er mich mit jemand anderem verwechselt, fährt er fort.

„Man, dieses Buch hat mich angesprochen wie nichts anderes. Es war, als hättest du tief in meine Seele gegriffen und all meine Gedanken auf Papier gebracht. Der Scheiß war krass." Ich bin überwältigt. Zu diesem Zeitpunkt meiner Karriere, wo all die Deals noch in der Schwebe sind und noch nichts offiziell veröffentlicht wurde, hätte ich nie erwartet, jemanden zu treffen, der nicht nur wusste, wer ich war, sondern tatsächlich mein Werk gelesen und darin Bedeutung gefunden hatte. Seltene Menschen erkennen ihresgleichen.

Bruce schwärmt weiter von meinem Buch und auch die anderen Typen scheinen beeindruckt zu sein. Während wir reden, greift Emily nach meiner Hand. Ich drehe mich zu ihr und sie schenkt mir ein kleines, teuflisches Lächeln, bevor sie mir ins Ohr flüstert „Ich will dich später ficken."

Ich nicke lächelnd und sage „Das lässt sich einrichten." Ein Gefühl von Ruhe und Gelassenheit durchströmt mich. Es ist, als ob mich nichts aus der Bahn werfen könnte. Ich lebe einfach in der Gegenwart und das fühlt sich verdammt gut an.

Ich greife nach meinem Drink, das Glas fühlt sich kühl an meinen Fingerspitzen an, und ich nehme einen Schluck. Doch dann, wie aus dem Nichts, durchschneidet ein schriller Schrei die Luft. Ich habe kaum Zeit, das Geräusch zu verarbeiten, bevor ein weiteres folgt - das Zerbrechen von Glas, wie tausend winzige Messer, die um mich herum regnen, und das unangenehme Knirschen von etwas Schwerem, das auf dem Boden aufkommt.

Ich werde aus dem Gleichgewicht geworfen und spüre, wie sich die Glasscherben wie winzige Rasierklingen in meine Haut bohren. Die Welt dreht sich und kippt und ich spüre eine seltsame Entkopplung zwischen meinem Geist und meinem Körper. Es ist, als ob ich mich durch zähflüssigen Sirup bewege, meine Gliedmaßen träge und schwer. Ich weiß, dass es das Xanax ist, das meine Reaktionen dämpft und mich verlangsamt, aber in diesem Moment fühlt es sich wie ein unüberwindliches Hindernis an. Die Musik dröhnt weiter, aber sie wird von der Symphonie aus Panik und Schrecken übertönt, die die Luft erfüllt. Während ich mich mühsam aufrichte, suchen meine Augen verzweifelt das Chaos um mich herum ab. Und dann bleibt mein Blick an einem Frauenkörper hängen, der neben mir auf dem Boden und dem zerbrochenen Glastisch zusammengesunken ist. Ihre leblose Gestalt ist in einer unnatürlichen Pose verdreht und verrenkt, während sich ihr Blut mit den Resten meines Getränks vermischt.

Die Leute schreien und geraten in Panik, aber mein Verstand ist vernebelt und es ist schwer, alles zu verarbeiten. Mir fällt auf, dass ein paar Leute versuchen, ihre versiegelten Handytaschen mit Gewalt zu öffnen. Diese verdammten Dinger, die uns alle im Hier und Jetzt halten sollten, fern von den Ablenkungen der Technik, verhindern jetzt, dass wir Hilfe rufen können. Auch wenn es dafür schon zu spät ist.

Mein Kopf rattert, während ich versuche, die Szene zu verstehen, die sich vor mir abspielt. War es ein Unfall? Selbstmord? In einem Moment bist du noch auf einer Dachterrasse, blickst auf die Lichter der Stadt und fühlst dich unbesiegbar. Und im nächsten Moment kracht dein Körper auf den harten Beton neben dem Pool, wie eine Wassermelone, die auf den Asphalt prallt - und beweist das Gegenteil.
Der Tag, an dem dein Leben endet, beginnt normalerweise wie jeder andere Tag auch.

DANIEL RUCZKO

204

26

Die Sonne steht hoch am Himmel, als ich das Gelände der Universal Studios betrete. Heute ist der erste Drehtag für die Verfilmung meines Buches *Serendipity*. Ich höre das hektische Treiben um mich herum, Menschen, die wie Ameisen umherlaufen, Equipment tragen und Dinge aufbauen. Es ist kaum zu glauben, dass all das nur wegen ein paar Worten geschieht, die ich mal geschrieben habe.

Ich bahne mir einen Weg über das Gelände und versuche, der beschäftigten Crew nicht im Weg zu stehen. Da sehe ich Allen mit einem Kaffee in der Hand, der zielstrebig auf mich zukommt. „Richard, schön, dass du da bist", sagt er und klopft mir auf die Schulter. „Bist du bereit zu sehen, wie dein Baby zum Leben erwacht?"

Ich nicke, aber in Wahrheit habe ich keine Ahnung, was mich erwartet. Das Drehbuch ist fertig, mein Job ist getan und jetzt liegt es am Regisseur und den Schauspielern, dem Ganzen Leben einzuhauchen. Aber ich spüre, wie eine gewisse Aufregung in mir aufsteigt.

Allen nimmt mich am Arm und führt mich durch die Produktion; ich lerne viele neue Gesichter kennen, von der Crew bis zu den Schauspielern. Jeder scheint zu wissen, wer ich bin, und ich fühle mich wie ein Prominenter. Allen zeigt mir verschiedene Teile des Sets und erklärt mir, wie sie bestimmte Szenen drehen werden.

Dann stoßen wir auf einen vertrauten Anblick - eine Nachbildung der Wohnung, die ich in meinem Buch beschrieben habe. Sie spiegelt meine erste Wohnung in Seattle bis ins kleinste Detail wider. Es ist surreal, als würde ich in der Zeit zurückgehen und sehen, wie ein Stück meiner eigenen Geschichte zum Leben erwacht, allerdings mit einem Hollywood-Budget.

Während der Vorproduktion des Films wurde ich gefragt, ob ich noch Fotos von der Wohnung hätte, die als Inspiration für das Buch diente. Ich gab ihnen alles, was ich finden konnte, ohne zu wissen, was sie damit machen würden. Jetzt weiß ich es. Es ist ein seltsames Gefühl, als würde ich in eine andere Dimension blicken, in der die Grenzen zwischen meiner Realität und meiner Fiktion verschwimmen.

Mein Handy vibriert in der Tasche und reißt mich aus der fabrizierten Welt des Filmemachens. Es ist eine Nachricht von Emily, eine einfache Einladung, sich zu treffen. Wir sind zwar kein Paar. Ein paar Idioten vielleicht. Aber wir sind auch nicht nur Freunde; es ist etwas dazwischen, unklar und unbestimmt, ohne Label. Zwei verlorene Seelen, die versuchen, sich weniger allein zu fühlen. Emily und ich haben uns durch das gemeinsame Erlebnis auf der Party vor sechs Monaten verbunden. Sie stand direkt neben mir, als die Frau vom Dach fiel, und wir sind uns in der Zeit nach unserer blutigen Erinnerung nähergekommen.

Manchmal fühlt sich das Leben an wie ein Verkehrsunfall - ohne Vorwarnung kracht jemand in dich hinein und wird plötzlich Teil deiner Reise. Ich sage Emily, dass ich auf dem Set viel zu tun habe, was wie eine lahme Ausrede klingt, selbst wenn es die Wahrheit ist.

In der Zwischenzeit ist das Geld für das Drehbuch und meinen Buchvertrag eingetroffen und wie versprochen durchforste ich den Immobilienmarkt in Seattle nach dem perfekten Haus für meine Mutter. Es ist eine Herausforderung, aus der Ferne das ideale Zuhause zu finden, aber die Feiertage stehen vor der Tür und ich werde früh genug zurück sein, um alles persönlich zu regeln.

Die Betreuerin, die wir für meine Mutter gefunden haben, ist ein Geschenk des Himmels, das alles in Ordnung hält und dafür sorgt, dass meine Mutter versorgt ist. Sie verbringt Zeit mit ihr, macht Dinge, die ihr Spaß machen, und leistet ihr Gesellschaft.

Vor etwa einem Monat sind Danny und ich in ein neues Haus gezogen, das in den Hollywood Hills liegt und einen atemberaubenden Blick auf den Mulholland Drive bietet. Die Größe des Hauses ist fast übertrieben - es ist nur für uns beide, und doch fühlt es sich an, als wäre es für einen König gebaut. Aber es ist ja nicht so, dass wir knapp bei Kasse wären, und in dem Moment, als wir durch die Tür gingen, wussten wir, dass es das richtige Haus war.

Jeden Tag wache ich auf und höre das Zwitschern der Vögel und das sanfte Rauschen des Windes in den Bäumen. Und wenn die Sonne untergeht, färbt sich der Himmel in Schattierungen von Orange, Rosa und Lila, von denen ich gar nicht wusste, dass es sie gibt.

Nachdem wir uns eingelebt hatten, konnten wir nicht widerstehen, einen Gameroom einzurichten, der jedes Kind der 90er Jahre vor Neid erblassen lassen würde. Mit Super Nintendo, Sega Saturn, N64, TurboGrafix, Playstation und vielem mehr. Alles angeschlossen und bereit zum Zocken. Dank der blühenden Retro-Gaming-Szene in LA und eBay konnten wir all die Games finden, die wir uns damals entweder nicht leisten konnten - oder von denen wir früher nur Raubkopien hatten. Es ist wie eine Zeitreise in eine einfachere Ära, in der unsere größte Sorge darin bestand, das nächste Level von Super Mario Bros. oder Sonic the Hedgehog zu schaffen. Nostalgie hat ihren Preis und wir zahlen ihn mit jedem Spiel, das wir spielen.

Allen führt mich weiter herum, während die Schauspieler eine der Szenen proben. Es ist ein absurdes Gefühl, zu sehen, wie meine Worte durch die Münder dieser Schauspieler lebendig werden. Es ist wie ein Traum, nur viel echter. Die Schauspielerin, die für die Rolle von Maria gecastet wurde, ist atemberaubend. Sie hat diesen bezaubernd traurigen Gesichtsausdruck, deprimiert, aber auf eine charmante Art. Ich sehe, wie ihr Blick zu mir wandert, als Allen und ich uns nähern. Doch ich weiß es besser. Trotz ihrer Schönheit bin ich hier nur ein Beobachter, ein Tourist auf Durchreise, und ich habe nicht die Absicht, Teil irgendeines Dramas am Drehort zu werden. Die Worte, die ich geschrieben habe, sind die Stars der Show, nicht irgendeine flüchtige Attraktivität. Das ist es einfach nicht wert.

Wenn ich all die Menschen am Set beobachte, fühlt es sich an, als wäre der Zirkus in der Stadt. Überall Headset-tragenede Menschen, die auf Anweisungen reagieren, auf Bildschirme starren oder Kabel über den Boden ziehen. Und dann bin da ich, mitten im Chaos, ohne echten Zweck, einfach nur wartend. Alles scheint ewig zu dauern; das würde mich verrückt machen. Geduld war noch nie meine Stärke.

Allen fängt an, mir von all den verschiedenen Kameras und Objektiven zu erzählen, die sie verwenden. Er ist total begeistert, als wäre es die faszinierendste Sache der Welt. Aber ich verstehe kein einziges Wort von dem, was er sagt. Diese technischen Begriffe und Fachausdrücke gehen völlig an mir vorbei, und ich fühle mich wie ein kompletter Idiot. Ich nicke nur und tue so, als würde ich verstehen, was er sagt, weil ich nicht unhöflich oder ignorant wirken will.

Allein die Tatsache, dass Allen mich zum Dreh eingeladen hat, ist schon verdammt cool. Wir Autoren sitzen normalerweise alleine in unseren Büros oder Wohnungen und tippen auf unseren Laptops herum. Aber am Set zu sein, ist eine völlig neue Welt für mich, und ich sauge jedes Detail auf wie ein Schwamm. Schließlich ist meine Arbeit getan. Ich suche mir einen Platz und beobachte das Geschehen, fühle mich wie ein Geist - unsichtbar und unbedeutend. Sie richten die Kameras, das Licht und die

Tonausrüstung ein. Alles ist so präzise, so organisiert, und ich bin beeindruckt, wie all diese Puzzleteile zusammenpassen.

Plötzlich ist es so weit: Der Dreh beginnt. Der Regieassistent ruft durch sein Megaphon: „RUHE AM SET, BITTE!" Der Kameramann sagt „Kamera läuft!" und der Tontechniker meldet: „Ton läuft." Kurz darauf tritt der Typ mit der Filmklappe in Bild und nennt die Szenennummer. Dann ertönt die Stimme des Regisseurs „Action!" und schon werden wir in die Szene hineingesogen.

Alles fügt sich nahtlos zusammen. Die Takes kommen und gehen und die Szene spielt sich vor meinen Augen ab - jedes Wort und jede Handlung so, wie sie im Drehbuch steht. Es ist, als würde ich ein Stück meiner eigenen Geschichte von außen betrachten, durch die Augen eines Fremden.

Und dann, als großes Finale, endet die Szene mit einer meiner liebsten Zeilen aus dem Buch, und ich spüre, dass ich Tränen in den Augen habe „Wie sollen wir uns treffen und uns verlieben, wenn ich so verdammt beschäftigt bin und du nicht existierst?"

Schnitt.

27

Stell dir Folgendes vor: Es ist Sommer '98 und die Luft knistert vor Energie. Es ist Freitag, der letzte Schultag vor den Sommerferien, und du sitzt in einem Klassenzimmer fest und zählst ungeduldig die Minuten bis zur Freiheit. Endlich läutet die Glocke und du stürmst mit allen anderen nach draußen. Das bedeutet das Ende eines weiteren Schuljahres und den Beginn eines Sommers voller Abenteuer und unvergesslicher Erinnerungen. Mit deinem Rucksack auf dem Rücken schwingst du dich auf dein Fahrrad und fährst zur örtlichen Blockbuster-Videothek.

Es ist ein heißer Tag, die Art von Tag, an dem du dich lebendig fühlst, während du mit deinen beiden besten Freunden neben dir durch die sonnendurchfluteten Straßen fährst. Der Wind weht durch dein Haar wie eine wilde Fahne. Als du die Tür der Videothek aufstößt, strömt sofort kühle, erfrischende Klimaanlagenluft über dich hinweg. Der Duft von abgestandenem Popcorn, neuem Plastik und Frischhaltefolie steigt dir in die Nase.

Das vertraute blau-gelbe Farbschema umgibt dich und heißt dich in einer Welt willkommen, in der Freitagabende heilig sind. Du gehst an Gängen voller Videokassetten vorbei und spürst, wie die Aufregung in dir aufkommt, während du dich auf den Weg zur

Videospielabteilung machst. Und dann bist du da und durchstöberst eifrig die Reihen mit PlayStation-Spielen. Jeder Titel verspricht verführerischen 3D-Spaß und Abenteuer.

Du nimmst die Hülle in die Hand, studierst das Cover-Artwork und liest die Rückseite. Die Wahl, welches Spiel du ausleihst, ist eine wichtige Entscheidung - sie könnte die nächsten Tage, vielleicht sogar deinen ganzen Sommer bestimmen. Und dann siehst du es. Und dann siehst du es: Das Cover sticht dir ins Auge, und du nimmst es in die Hand. Ein neues Game namens *Road Rash 3D*. Ein Rennspiel, bei dem du andere Spieler mit Waffen schlagen und angreifen kannst? So etwas hast du noch nie gespielt, zumindest nicht in 3D. Dies ist das Spiel, das dich verschlingen wird. Ohne zu zögern, gibst du es dem Kassierer und leihst es aus.

Zurück in deinem Zimmer sitzt du im Schneidersitz auf deinem Bett, während die Sonne beginnt unterzugehen. Die Geräusche der Nachbarschaft dringen durch das offene Fenster und schaffen eine beruhigende Kulisse für deine Gaming-Session. Neben dir steht ein Glas frisch gemachter Limonade von deiner Mutter, deren süß-saurer Geschmack auf deiner Zunge explodiert, und eine Tüte Chips liegt griffbereit. Während das Spiel startet und der Soundtrack deine Ohren mit seinen mitreißenden Beats erfüllt, wirst du in die virtuelle Welt der Geschwindigkeit und der Gefahr entführt.

In diesem Moment verblasst die Außenwelt; Du brauchst nichts anderes, denn genau jetzt ist alles perfekt.

Tage, an denen sich die Zeit wie ein endloses Band zu dehnen schien und die Sorgen der Welt nicht mehr als flüchtige Gedanken war. Die lebhaften Erinnerungen daran, an dieses Gefühl der Unbeschwertheit, das man nur in den goldenen Tagen der Jugend erleben kann. Es fühlt sich fast wie ein Traum an, eine ferne Erinnerung, die kaum greifbar ist, aber dennoch irgendwo in den Tiefen deines Geistes verweilt. Und wir würden alles tun, um uns wieder so zu fühlen.

Heute sitzen Danny und ich im Gameroom unseres luxuriösen Hauses in der Stadt der Engel. Wir spielen genau das gleiche Spiel auf einer alten PlayStation und einem Röhrenfernseher. Wir sind weit gekommen seit den Tagen, in denen wir Spiele bei Blockbuster ausgeliehen haben. Aber es geht nicht nur darum, ein Spiel zu spielen; Es geht darum, einen Moment aus unserer Vergangenheit wieder zu erleben, einen Moment, an dem wir mit jeder Faser unseres Seins festhalten.

Heute ist mein 40. Geburtstag und ich könnte mir keine bessere Art vorstellen, ihn zu verbringen. Und in diesem Moment fühle ich mich genauso unbeschwert wie damals. Das liegt nicht nur daran, dass ich mit meinem besten Freund alte Videospiele spiele, oder an meinem Erfolg und dem Geld auf meinem Konto. Es gibt noch etwas Einfacheres, das dazu beiträgt: ein Supplement namens Phenibut. Als Emily mir das erste Mal Xanax anbot, war das Gefühl zwar schön, aber ich wusste, welchen Schaden es langfristig in meinem Gehirn anrichten könnte. Also suchte ich im Internet nach einer Alternative und dabei stieß ich auf Phenibut. Es erhöht den GABA-Spiegel im Gehirn und sorgt für einen Zustand der Ruhe, ohne langfristigen Schaden anzurichten. Doch die Gefahr lauert weiterhin im Schatten, da es süchtig machen kann.

Ich nehme es nur zu besonderen Anlässen, extrem selten. Aber wenn ich mal wieder dieses reine Glücksgefühl erleben möchte, nehme ich diese magische 2-Gramm-Dosis, und es ist wie eine Zeitmaschine zurück in diese unschuldigen Tage der Jugend. Und heute ist einer dieser Tage.

Als die Sonne untergeht, wird der Raum nur noch vom flackernden Licht des Fernsehers erhellt. Danny hat ein paar Bier getrunken und ich merke, dass auch er sich verdammt gut fühlt. Wir teilen eine unkomplizierte Freude, die aus einer Zeit stammt, in der das Leben einfacher war und das Glück wenig kostete.

Danny dreht sich zu mir und sagt „Alter, die Musik aus dem Unterwasser-Level in *Donkey Kong Country*...".

Ich weiß, worauf er anspielt, und sage „Ja, Mann, lieben wir!"

Doch je später der Abend wird, desto schwerer werden meine Augenlider, und ich weiß, es ist Zeit, ins Bett zu gehen. Das Phenibut hat seinen Zweck erfüllt und eine Müdigkeit erzeugt, die nur aus völliger Entspannung entstehen kann, und ich begrüße sie mit offenen Armen. Ich sage Danny gute Nacht und gehe ins Bett, dankbar für solche Abende. Die Einfachheit des Ganzen ist es, die es so perfekt macht. Und während ich in den Schlaf gleite, fühle ich mich zufrieden, weil ich weiß, dass ich genau da bin, wo ich sein soll; Dies ist das Leben, das ich mir für mich vorgestellt habe.

Standbild.

Klick.

Die Nacht endet abrupt, als ein hartnäckiges Klopfen an meiner Tür mich aus meinem tiefen, synthetischen Schlaf reißt. Das Morgenlicht sticht durch das Fenster wie Millionen Glasscherben und blendet mich. Die Helligkeit ist so intensiv, dass ich kaum die Augen offenhalten kann. Plötzlich höre ich Dannys Stimme von der anderen Seite der Tür „Richard?" Irgendetwas fühlt sich komisch an. Mit einem verschlafenen „Ja?" antworte ich, während ich nach meinem Handy greife und sehe, dass ich 20 verpasste Anrufe von einer unbekannten Nummer habe.

Danny betritt den Raum, sein Gesicht in einer Weise verzerrt, die ich noch nie zuvor gesehen habe. Er sieht aus wie Atlas, der das Gewicht der Welt auf seinen Schultern trägt. Es ist fast, als ob er versucht, allein durch seinen Gesichtsausdruck eine Botschaft zu vermitteln, aber ich kann sie nicht entziffern.

Verwirrt sehe ich ihn an und frage „Was ist los?", ein schwacher Versuch, das Schweigen zu durchbrechen. Er antwortet nicht sofort. Da weiß ich, dass etwas ganz und gar nicht stimmt. Die Spannung in der Luft ist erdrückend, wie ein dichter Nebel. Schließlich bringt Danny die Worte hervor, die ich niemals hören wollte. „Deine Mutter ist gestorben."

Mein Herz hört auf zu schlagen und mein Verstand wird leer.

DANIEL RUCZKO

28

Ich sehe meine Mutter an, ihre Augen erfüllt von einem überwältigenden Stolz, wie ich ihn noch nie zuvor gesehen habe - zumindest nicht in diesem Ausmaß. Ihre Worte treffen mich wie eine Tonne Ziegelsteine. „Ich bin so stolz auf dich; Ich habe dir gesagt, dass du alles schaffen kannst, was du willst." Das Gewicht ihrer Worte dringt tief in mich ein, und plötzlich scheint alles möglich zu sein. Neben Danny, ist sie die einzige Person auf der Welt, die wirklich an mich glaubt, diejenige, die immer an meiner Seite war und mich dazu gedrängt hat, besser zu werden. Und jetzt stehe ich hier vor ihr, als lebender Beweis für ihren unerschütterlichen Glauben. Ich spüre, wie mir die Tränen in die Augen steigen, als mir die Bedeutung ihrer Worte bewusst wird. All die langen Nächte, die Opfer, die harte Arbeit - all das hat sich gelohnt, wenn ich sie diese Worte sagen hörte. In diesem Moment weiß ich, dass ich sie stolz gemacht habe, und das ist das schönste Gefühl der Welt.

Ich schrecke abrupt auf, geweckt vom schrillen Ton des Warnsystems im Flugzeug, das bevorstehende Turbulenzen ankündigt. Orientierungslos und verwirrt schaue ich mich in der abgedunkelten Kabine um, während das Brummen der Triebwerke in meinen Ohren dröhnt. Ich bin auf dem Weg nach

Seattle und alles an dieser Reise fühlt sich so verdammt falsch an. Mein Kopf ist ein Durcheinander aus Gedanken; Erinnerungen an das lächelnde Gesicht meiner Mutter überfluten meinen Geist. Ich schaue aus dem Fenster und sehe nichts als Dunkelheit und das entfernte Funkeln der Lichter einer Stadt weit unter uns. Die Stimme der Flugbegleiterin knistert durch die Sprechanlage: „Meine Damen und Herren, wir nähern uns einigen Turbulenzen. Bitte legen Sie Ihre Sicherheitsgurte an und bleiben Sie bis auf Weiteres sitzen."

Als ob ich einen Fick gebe.

Während das Flugzeug anfängt zu wackeln, sehe ich Menschen, die sich mit zitternden Händen an ihren Armlehnen festhalten. Manche haben Schweißperlen auf der Stirn. Aber ich kann das nicht nachvollziehen. Vielleicht liegt es an meiner aktuellen mentalen Verfassung, an der Tatsache, dass ich vier Gramm Phenibut genommen habe, oder vielleicht ist es nur meine natürliche Veranlagung, aber ich hatte noch nie Angst vor dem Fliegen. Nicht einmal ein bisschen. Ich genieße die Turbulenzen sogar. Es hat etwas Beruhigendes, wenn das Flugzeug hin- und hergeschaukelt wird, als würde man in den Schlaf gewiegt. Ich bin einfach wie betäubt, emotional abgeschaltet.

Es ist ein seltsamer Gedanke, ich weiß, aber ich hatte schon immer das Gefühl, dass der Tod bei einem Flugzeugabsturz irgendwie passend für mich wäre. Die Schlagzeile „Autor Richard Bryght stirbt bei Flugzeugabsturz" klingt einfach besser als die

Banalität, in der Dusche auszurutschen und sich das Genick zu brechen. Ich weiß, das ist verdammt makaber, aber schließlich bin ich auf dem Weg, die Beerdigung meiner Mutter zu arrangieren. Wenn es jemals eine Zeit gab, sich mit dem Gedanken an den Tod zu befassen, dann ist es jetzt.

Das letzte Mal, dass ich sie lebend sah, war, als ich sie am LAX abgesetzt habe. Wenn ich das nur gewusst hätte, hätte ich sie niemals gehen lassen. Ich wäre nicht so sorglos mit unserer gemeinsamen Zeit umgegangen. Danny bot mir sofort an, mit nach Seattle zu kommen, um mich zu unterstützen. Aber ich lehnte ab; Ich muss das alleine machen.

Ich konnte ihm ansehen, dass er sich schuldig fühlte, weil er derjenige war, der mir die schreckliche Nachricht überbracht hat. Doch die Wahrheit ist: Es gibt keinen richtigen Weg, solche Informationen zu erhalten. Egal, wie sanft oder hart sie überbracht werden, sie tun weh. Und es tat es. Es tat höllisch weh. Tut es immer noch. Aber ich muss den Schmerz fühlen und mich von ihm verschlingen lassen. Vielleicht kann ich eines Tages darauf zurückblicken und irgendeinen Sinn darin finden. Aber im Moment kann ich nur versuchen, es zu überleben.

An dem Tag, an dem meine Mutter starb, ließ ihre Betreuerin sie für die Nacht alleine in der engen Wohnung. Dann bekam meine Mutter wohl Hunger und wollte sich noch eine Kleinigkeit zu essen machen, bevor sie ins Bett ging. Was dann geschah, war eine Tragödie jenseits aller Vorstellungskraft. Auf dem Herd brannten zwei Flammen, und auch der Backofen war unbemerkt in Betrieb. Die Flammen verbrauchten den Sauerstoff in der winzigen Wohnung, und meine Mutter erstickte im Schlaf. Die fest verschlossenen Fenster boten keine Möglichkeit, der erstickenden Hitze zu entkommen. Erst am nächsten Tag, als die Betreuerin zurückkam, um nach ihr zu sehen, wurde die grausame Entdeckung gemacht. Die Wohnung hatte sich in ein rauchendes, erstickendes Grab verwandelt. Und meine Mutter war tot. Der Gedanke, dass sie so allein sterben musste, ist fast unerträglich.

Die Schuldgefühle sind unerbittlich und nagen von innen heraus an mir. Wie ein Parasit, der sich in meiner Seele eingenistet hat. Ich greife in meine Tasche und hole die kleine Flasche Phenibut heraus. Ich drehe den Verschluss auf, kippe den Inhalt eines weiteren Gramms in meine Hand und schütte das weiße Pulver unter meine Zunge. Es löst sich fast augenblicklich in meinem Speichel auf. Der Geschmack ist bitter, aber das ist mir egal. Es muss nur schnell wirken. Ich weiß, dass das nicht der richtige Weg ist. Meine Mutter ist tot und ich betäube mich selbst mit einem Supplement, das ich kaum verstehe.

Nachts in diesem Flugzeug zu sitzen, fühlt sich an wie in einer Leere zu schweben, losgelöst von allem anderen - genau wie die dunkle Wohnung, in der meine Mutter starb.

Die Substanz zieht mich in einen luziden Traum, der so lebendig ist, dass er sich wie eine Halluzination anfühlt. Sie versetzt mich zurück in den letzten Sommerurlaub, den ich vor einer Ewigkeit mit meiner Mutter verbracht habe. Die Sonne war heiß, und der Sand brannte an meinen Füßen. Es ist schwer zu glauben, dass ich das war: ein rebellischer Teenager, der dachte, Familienurlaube seien nur etwas für Loser. Jetzt weiß ich, dass ich mich geirrt habe, und ich erkenne, wie wertvoll diese Erinnerungen sind. Es ist so schmerzhaft, das mitzuerleben, irgendwo zwischen Schlaf und Wachsein.

Wir wissen, dass unsere Eltern nicht ewig leben werden; das ist eine universelle Wahrheit, eine Unausweichlichkeit, die wir so lange wie möglich zu ignorieren versuchen. Und wir halten an der Hoffnung fest, dass wir noch ein wenig mehr Zeit mit ihnen haben - ein paar weitere wertvolle Momente, die wir teilen können, bevor sie für immer weg sind. Doch tief im Inneren wissen wir, dass die Zeit begrenzt ist, dass wir alle nur auf der Durchreise sind und dass das Leben so verdammt vergänglich und zerbrechlich ist. Dennoch leben wir weiter, als wären wir unbesiegbar, als wäre der Tod etwas, das anderen Menschen passiert, nicht uns.

Doch eines Tages, zerbricht diese Illusion. Die Nachricht trifft uns wie ein Vorschlaghammer, eine plötzliche und brutale Erinnerung an unsere Sterblichkeit. In diesem Moment können wir nur noch trauern, bedauern und uns wünschen, wir hätten mehr Zeit. Mehr Zeit, um die Dinge zu sagen, die wir hätten sagen sollen, um die Dinge zu tun, die wir hätten tun sollen, um die Menschen zu sein, die wir hätten sein sollen.

Fuck.

DANIEL RUCZKO

222

29

Der Regen hämmert wie eine Million Fäuste auf das Kirchendach. Es ist fast, als würde der Himmel um meinen Verlust weinen. Die Kirche ist brechend voll und ich ersticke darin. Während ich den Mittelgang hinuntergehe, sehe ich Gesichter, die ich nicht kenne. Menschen, die ich seit meiner Kindheit nicht mehr gesehen habe oder vielleicht nie zuvor getroffen habe. Ich fühle mich, als wäre ich in einer Kiste gefangen, zusammen mit einem Haufen Menschen, die ich nicht kenne und die mir völlig egal sind. Am liebsten würde ich einfach schreien.

Ich spüre, wie sich alle Blicke auf mich richten. Sie sind hier versammelt, um um meine Mutter zu trauern, und dennoch scheinen sich mehr für den Sohn zu interessieren, den sie hinterlassen hat. Es ist, als ob sie alle stillschweigend über mich urteilen und sich fragen, wie ich mit ihrem Tod umgehe, als ob sie ein Recht darauf hätten, das zu wissen. Vielleicht erkennen mich einige von ihnen nicht als den trauernden Sohn, sondern als den Autor Richard Bryght. Es ist ein seltsames Gefühl, von Fremden erkannt zu werden, die keine Verbindung zu mir haben außer durch meine Worte auf einer Seite. Vielleicht bin ich aber auch einfach nur paranoid.

Meine Mutter liebte es, in die Kirche zu gehen. Für mich hingegen war es eine Qual. Ich erinnere mich, dass sie mich jeden Heiligabend zur Mitternachtsmesse mitnahm und ich dort die Minuten zählte, bis es endlich vorbei war. Der Sohn, der die Kirche hasst, stand immer ganz hinten, wie ein Angeklagter bei seinem eigenen Prozess. Aber sie hat nie aufgegeben, mich bekehren zu wollen. Sie dachte, wenn sie mich oft genug hierher brachte, würde irgendwann etwas hängenbleiben und ich würde vielleicht endlich "das Licht" sehen.

Ich habe nie an Gott geglaubt. Die Vorstellung eines allwissenden, allmächtigen Wesens, das über uns wacht, erscheint mir einfach zu weit hergeholt für meinen rationalen Verstand. Religion ist der Versuch, ein bisschen Kontrolle zu behalten, wenn alles andere im Leben schief läuft. Aber hey, jeder wie er's mag. Ich bin mir nicht sicher, woran ich glaube, aber ich muss zugeben, dass ich auch den Wert darin erkennen kann. Wenn der Glaube an einen Gott jemanden dazu inspirieren kann, ein besserer Mensch zu werden, oder ihm die Kraft gibt, einen weiteren Tag zu überstehen, dann bin ich voll dafür. Ich habe erlebt, wie Menschen, die sonst totale Arschlöcher waren, durch ihren Glauben zu besseren Menschen wurden. Sie engagierten sich ehrenamtlich, spendeten für wohltätige Zwecke, nur weil sie glaubten, dass es Gottes Wille ist. Und das kann ich ihnen nicht vorwerfen.

Aber die Tatsache, dass ich gerade in dieser Kirche bin, bei der Beerdigung meiner Mutter, bringt mich nicht gerade dazu, meine

Meinung über Religion zu ändern. Ich will noch immer nicht hier sein. Wenn überhaupt, bestärkt es nur meinen Unglauben. Die Zeremonie wirkt hohl, ohne wirkliche Bedeutung, die kaum über die Wiederholung von Ritualen hinausgeht. All die Gebete und Lieder - sind nur leere Worte. Sie können weder meine Mutter zurückbringen noch den Schmerz über ihren Verlust lindern. Und so bleibe ich mit denselben Fragen zurück, die jede trauernde Seele quälen - wenn es eine höhere Macht gibt, warum sollte sie einen so wunderbaren Menschen aus meinem Leben reißen? Es fühlt sich grausam an. Sollte Gott nicht eigentlich gut sein? Die Unschuldigen beschützen? Aber ich glaube nicht an diesen Scheiß, also habe ich kein Recht, Antworten auf diese Fragen zu fordern oder mich zu fühlen, als hätte Gott mich verraten.

Also denke ich eher: Scheiß auf Gott.

Im Vorfeld gab es so viele Entscheidungen zu treffen. Offener oder geschlossener Sarg? Wie sollte der Gottesdienst ablaufen? Welche Lieder sollten gespielt werden? Es war endlos. Und alles, was ich wollte, war, es einfach hinter mich zu bringen. Aber es gibt keinen Weg, den Prozess des Abschiednehmens zu beschleunigen, keine Abkürzungen. Es ist wie der Versuch, durch Treibsand zu laufen. Je mehr man sich anstrengt, desto langsamer kommt man voran. Die Entscheidungen müssen getroffen werden, egal wie überwältigend sie erscheinen mögen.

Ich starre das vergrößerte Foto meiner Mutter an, das neben ihrem Sarg steht. Ihr Lächeln ist ansteckend und ich fühle mich unerklärlich von ihrem Gesicht angezogen. Es ist fast so, als würde sie mir sagen, dass ich mir keine Sorgen machen soll, dass alles gut wird. Aber alles ist weit davon entfernt, in Ordnung zu sein. Die ganze Situation fühlt sich an wie ein verdammter Albtraum, aus dem ich nicht aufwachen kann. Nach dem Gottesdienst kommen die Leute auf mich zu und sprechen mir ihr Beileid aus. Ich weiß die netten Worte zu schätzen, aber sie fühlen sich leer an.

Ein Typ kommt auf mich zu, behauptet, mein Cousin zu sein, und sagt „Richard, mein herzliches Beileid. Lass uns mal wieder reden. Dein Buch hat mir sehr gut gefallen."
Willst du mich verarschen? Bei der Beerdigung meiner Mutter? Verpiss dich.

Der Regen prasselt unaufhörlich auf das frische Grab, während sie den Sarg meiner Mutter langsam neben dem meines Vaters in die Erde senken. Es fühlt sich an, als würde ich zusehen, wie mein Herz mit ihr begraben wird. Der Schmerz ist unerträglich, ich fühle mich in diesem Moment vollkommen allein. Und dann, wie aus dem Nichts, legt sich eine Hand auf meine Schulter. Ich drehe mich um und sehe Danny, der genau das tut, was ein bester Freund tun sollte - ignorieren, was ich ihm gesagt habe, wie ein wahrer Bruder.

Er versteht mich besser als jeder andere. Er erkennt, dass ich ihn brauche, selbst wenn ich es nicht wusste oder nicht darum bitten konnte. Und er muss nichts sagen. Seine bloße Anwesenheit reicht in diesem Moment aus; Ich bin so dankbar für ihn. Meine Augen sind immer noch nass von Tränen, als ich ihn umarme.

Stunden später sitzen Danny und ich wieder in der Bar, die wir letztes Jahr besucht haben. Der Ort hat sich kaum verändert, aber wir schon. Statt meines üblichen zuckerfreien Red Bulls nippe ich an einem Glas Whisky. Etwas, das ich nur selten anrühre. Aber es fühlt sich angemessen an.

Leicht angetrunken wende ich mich zu Danny und sage „Laut meiner Mutter waren die ersten Worte, die ich je gesagt habe, 'Mir egal'."

Danny lacht laut und antwortet „Das glaube ich sofort." Dann sieht er mich mit seinen besorgten Augen an und fragt „Geht es dir gut?" Und einen Moment lang zögere ich.

Offensichtlich geht es mir nicht gut, und das weiß er auch, also antworte ich einfach mit einem schlichten „Ja, man."

In Gedanken versunken wandern meine Augen durch die Bar, und da entdecke ich ein Gesicht, das mir seltsam vertraut vorkommt. Es ist der Typ, mit dem ich früher gearbeitet habe, der, dessen Namen ich mir nie merken konnte. Das nervt mich schon seit Jahren und es ist mir egal, wie unangenehm die Situation sein könnte. Entschlossen gehe ich zu ihm hinüber. Sobald sich unsere Blicke treffen, ruft er „Richard!"

Ich kann es nicht glauben. Der Typ kennt meinen Namen. Ich weiß, dass wir uns irgendwann mal vorgestellt wurden, aber trotzdem. Hat er ihn die ganze Zeit gewusst? Habe nur ich seinen vergessen? Ich fühle mich wie ein Idiot und frage „Woher kennst du meinen Namen?"

Er sieht mich an, als wäre ich ein Idiot, und sagt „Naja, ich habe *Serendipity* gelesen und dich im Fernsehen und auf Social Media gesehen."

Ach ja, logisch. Ich habe vergessen, dass ich jetzt mehr in der Öffentlichkeit stehe als damals, als ich in der alten Firma gearbeitet habe.

Neugierig frage ich ihn „Wie heißt du eigentlich?" Er sagt mir, er heißt Nick, ziemlich einfach. Und ich fühle eine gewisse Erleichterung, endlich die Antwort zu haben. Dann erzählt er mir, wie ich unwissentlich sein Leben beeinflusst habe. Nach unserem Gespräch im Büro begann er sich mehr für Bitcoin und Web3 zu interessieren. Als die alte Firma ihn schließlich auch entließ, brachte ihn das dazu, seine eigene Firma zu gründen, die sich auf Krypto-Investitionen spezialisiert hat. Er sagt, er sei nie glücklicher gewesen. Er drückt seine Dankbarkeit aus und besteht darauf, mir einen Drink zu spendieren. Ich bin froh, dass mein kleines bisschen Wissen einen so großen Einfluss auf das Leben eines Mannes haben konnte, dessen Namen ich bis vor fünf Minuten nicht mal kannte.

Während wir unseren dritten Drink teilen, spüre ich eine plötzliche Welle der Übelkeit in meinem Magen aufsteigen, wie ein Vulkan, der kurz vor dem Ausbruch steht. Phenibut mit Alkohol zu mischen war ziemlich dumm. Ich versuche, es zu unterdrücken, aber es ist zu spät. Mein Körper verkrampft sich und mein Magen entleert seinen Inhalt über den gesamten Tresen, was die Aufmerksamkeit aller Anwesenden auf sich zieht. Mitten in meiner Demütigung bemerke ich einen Typen, der mich mit seinem verdammten Handy filmt. Aber bevor ich etwas tun kann, springt Danny von seinem Platz auf, wirft seinen Stuhl um und schreit den Typen an. „Mach das scheiß Ding aus!" Aber der Kerl filmt weiter und ignoriert Dannys Drohungen - was ein Fehler ist. Als Reaktion darauf landet Dannys Faust direkt auf dem Kiefer des Typen. Ich höre das dumpfe Geräusch des Schlages, und der Kerl geht zu Boden wie ein Sack Kartoffeln. Fight Club Style.

Das nächste, was ich weiß, ist, dass meine Gedanken schwimmen und mein Kopf leer ist. Es ist, als hätte jemand den Reset-Knopf für mein Bewusstsein gedrückt.

Dann höre ich eine Stimme, die durch die Dunkelheit hallt. „Richard, geht es dir gut?"

Wenn dich Leute ständig fragen, ob es dir gut geht, dann tut es das vermutlich nicht.

DANIEL RUCZKO

30

Als ich den Regen auf Seattle niederprasseln sehe, wird mir klar, dass ich dieses Scheißwetter - trotz seiner Düsternis und Trostlosigkeit - tatsächlich vermisst habe. Während ich die Wohnung meiner Mutter betrete, ist der vertraute, süßliche Geruch, der einst die Luft erfüllte, durch den stechenden Restgestank von Gas ersetzt worden, der ein unangenehmes Gefühl in mir auslöst. Es ist seltsam, wie der Geruch eines Ortes solche Emotionen hervorrufen kann, fast so, als hätte sich die Essenz ihres Zuhauses über Nacht verwandelt.

Als ich mich vorsichtig durch die Überreste ihres Lebens bewege, überkommt mich ein überwältigendes Gefühl der Leere. Die Wohnung umgibt mich mit einer unheimlichen Stille, abgesehen von dem monotonen Ticken der Uhr und dem rhythmischen Klackern des Heizkörpers alle paar Minuten. Es fühlt sich an, als ob sie immer noch hier wäre, aber das ist sie nicht. Die Stille ist ohrenbetäubend. Es fühlt sich an, als würde ich durch eine Museumsausstellung gehen, die dem Leben meiner Mutter gewidmet ist. Jeder Gegenstand erzählt eine Geschichte über ihre Freuden und ihren Kummer. Doch es ist nicht alles Nostalgie und Erinnerungen. Die harte Realität setzt ein, als ich auf Gegenstände stoße, die mich an ihre Krankheit und Sorgen erinnern - Dutzende von leeren Alkoholflaschen. Einige sind in den Tiefen von Schränken und Ecken versteckt, während andere hinter Vorhängen lauern.

Dann stoße ich auf eine große Kiste, verborgen in einem Schrank. Darin befindet sich ein alter Projektor mit mehreren 8-mm-Filmrollen. Sie sind mit handbeschrifteten Etiketten versehen, auf denen verschiedene Urlaubsziele oder Feiertage stehen, teilweise ergänzt durch Jahreszahlen. Die staubbedeckten Filme dienen als Zeitkapseln, die längst verblasste Erinnerungen und Emotionen der Vergangenheit bewahren.

Ich setze mich auf die Couch und finde es seltsam, ohne sie in dieser Wohnung zu sein. Ich kann mich an keine Zeit erinnern, in der ihr Fernseher nicht eingeschaltet war und den Raum mit sinnlosem Lärm erfüllte. Zu meiner Rechten liegt ihr Laptop, still und unbenutzt; er war ihr so "wichtig", aber sie hat ihn nie wieder benutzt, nachdem ich ihn optimiert hatte. Ich weiß, dass ich anfangen sollte, die Kisten und Gegenstände durchzugehen, aber ich bleibe in diesem Schwebezustand stecken, überwältigt von einem inneren Wirbelsturm. Schließlich zwinge ich mich, anzufangen, um nichts Wichtiges zu übersehen.

Es gibt hier einfach so viel Zeug und es fühlt sich falsch an, die persönlichen Dinge einer Person zu durchwühlen; Es fühlt sich übergriffig an, als würde ich ihre Privatsphäre verletzen. Aber ich erinnere mich daran, dass dies das letzte Mal ist, dass ich in dieser Wohnung bin - meine letzte Gelegenheit, die Fragmente des Lebens meiner Mutter zu sammeln und sie zusammenzusetzen.

Dann entdecke ich in einer kleinen Schachtel einen Umschlag, in dem sich ein Brief befindet. Als ich ihn lese, erfüllt mich eine Mischung aus Schock und Verwirrung. Es ist der Abschiedsbrief meines Vaters. Ich hatte keine Ahnung, dass er sich das Leben genommen hat. Es ist, als würde eine Bombe explodieren, die das Verständnis meiner Familiengeschichte in Trümmer legt. Plötzlich ergibt der jahrelange Kampf, den meine Mutter mit seiner Lebensversicherung führte, einen Sinn. Während ich den Abschiedsbrief in den Händen halte, steigt eine seltsame Mischung aus Emotionen in mir auf, und ich kann nicht wirklich definieren, was ich fühle. Ist es Schock? Ist es Wut? Vielleicht ist zu viel Zeit vergangen, oder ich bin einfach nur so betäubt von allem, dass ich diese Enthüllung gar nicht verarbeiten kann. Es ist fast so, als würde mein Gehirn versuchen, mich vor dem Ausmaß des Ganzen zu schützen.

Das Letzte, was ich mitnehme, ist die Vase, die ich meiner Mutter geschenkt habe. Als ich die restlichen Kisten in mein Auto geladen habe, stehe ich nun an der Schwelle ihrer Wohnung und werfe einen letzten Blick zurück. Auf die nun leeren Räume, die einst mit Erinnerungen und der Präsenz meiner Mutter gefüllt waren. Es ist an der Zeit, weiterzugehen. Vielleicht eine letzte Erinnerung.

Halte den Atem an.

Standbild.

Klick.

Schweren Herzens schließe ich die Tür hinter mir, und der Klang hallt durch den leeren Flur. Ich atme tief durch und mache mich auf den Weg die Treppe hinunter.

Ich kann nicht genau sagen, warum ich meine Wohnung hier in Seattle behalten habe oder mein altes, beschissenes Auto. Vielleicht ist tief in mir der Gedanke, dass ich, falls in LA alles zusammenbrechen sollte, jederzeit in mein altes Leben zurückkehren könnte. Der Gedanke an ein Scheitern schwebt wie ein Schatten in meinem Kopf, aber es ist wie ein Sicherheitsnetz, von dem ich weiß, dass es da ist, auch wenn ich inständig hoffe, dass ich es niemals benutzen muss.

Als ich die Kisten in meine Etage trage, trifft mich plötzlich das Gewicht von allem mit voller Wucht. Ich bin erschöpft, sowohl körperlich als auch mental. Ich stoße die Tür auf und trete in meine Wohnung, begrüßt von der vertrauten, abgestandenen Luft. Mit einem dumpfen Geräusch lasse ich die Kartons auf den Boden fallen und setze mich auf die Couch. Einen Moment lang sitze ich einfach nur da. Beim Scrollen durch mein Handy stoße ich auf das Foto von meiner Mutter und mir am LAX. Es ist eine bittersüße Erinnerung, die ich mit der Welt teilen möchte. Also poste ich es auf Instagram, bevor ich nach der Fernbedienung greife. Ich schalte den Fernseher ein und suche nach etwas, um die Leere zu füllen. Schließlich ist heute Heiligabend, da sollte ich wohl *Kevin - Allein zu Haus* schauen. Als der Bildschirm zum Leben erwacht, bemerke ich, dass der weiße Fleck auf dem

Fernseher wieder gewachsen und jetzt noch deutlicher zu sehen ist. Er ist wie ein Krebsgeschwür, das langsam den Bildschirm auffrisst. Je länger ich ihn anstarre, desto mehr habe ich das Gefühl, dass er auch mich anstarrt und mit seiner bloßen Existenz verspotten.

Ich drücke auf Play und die Titelmusik füllt den Raum. Die nostalgische Melodie versetzt mich sofort zurück in meine Kindheit. Zum ersten Mal seit Tagen muss ich nicht daran denken, dass meine Mutter gestorben ist. Ich kann tatsächlich atmen, ohne das Gefühl zu haben, die Luft sei aus Beton.

Doch plötzlich beginnt der Fernseher zu flackern, der Bildschirm pulsiert wie ein hektisches Stroboskop. Das Flackern wird intensiver, häufiger und aggressiver, begleitet von einem Summen, bis das Bild vollständig schwarz wird. Ich sitze im Dunkeln, sowohl im wörtlichen als auch im übertragenen Sinne. Es ist, als ob das Universum sich einen kranken Scherz mit mir erlaubt, um mir zu sagen, dass ich diesen verdammten Ort hinter mir lassen soll. Vielleicht ist es aber auch einfach nur ein defektes Gerät und ich interpretiere zu viel hinein.

Ich springe von der Couch auf, greife mir den kaputten Fernseher und stelle ihn auf den Boden. Dann greife ich nach einer der Kisten meiner Mutter und spüre ihr Gewicht in meinen Händen - es ist die Kiste mit dem Projektor. Ich packe ihn aus, nehme die Teile heraus und ordne sie auf dem Couchtisch an. Ich nehme eine zufällige Filmrolle ohne Etikett, ohne Hinweis, was darauf ist. Und ohne nachzudenken fädle ich den Filmstreifen in das Gerät ein.

Der Projektor startet, die Filmrolle beginnt sich zu drehen und wirft ein schimmerndes Licht an die Wand. Die Aufnahmen sind schwarz-weiß, ohne Ton. Ich sehe eine sechsjährige Version von mir selbst durch unser Haus laufen, mit Spielzeug in der Hand, kichernd und unbeschwert. Das Bild ist eindringlich, fast gespenstisch, und es ist, als würde ich die Erinnerungen eines Fremden statt meiner eigenen betrachten. Fuck, ich will wieder sechs Jahre alt sein. Ich vermisse die Einfachheit, als mein größtes Problem war, wie ich meine Mutter dazu bringen konnte, mir diese verdammten Ninja-Turtle-Actionfiguren zu kaufen. Als meine einzigen Sorgen darin bestanden, welche Samstagmorgen-Cartoons ich schauen und welche Cornflakes ich zum Frühstück essen sollte. Ich beneide mein jüngeres Ich um dessen Unschuld und Unbekümmertheit. Er wusste nicht, was auf ihn zukommt und was ihn erwartet - und genau das ist der Grund, warum er sich so fühlen konnte.

Und plötzlich ist sie da, auf meine Wand projiziert: meine Mutter. Jung, schön und voller Lebensfreude. Es fühlt sich an, als wäre sie hier bei mir, und ich spüre, wie mir die Tränen in die Augen steigen. Sie war immer so stark, selbst wenn das Leben schwierig war. Aber jetzt, mit dem Wissen über den Tod meines Vaters und wie sie das alles allein bewältigen musste, sehe ich sie als noch stärker. Ein tiefer Schmerz durchzieht mein Herz, eine Mischung aus Liebe und Verlust. Ich wünschte, ich könnte in die

Vergangenheit reisen, um ihr zu sagen, wie viel sie mir wirklich bedeutet hat. Doch dafür ist es jetzt zu spät. Alles, was bleibt, sind diese flackernden Bilder an meiner Wand und die Erinnerungen, die sie mit sich bringen.

Meine Gedanken werden abrupt durch das Vibrieren meines Handys auf dem Tisch unterbrochen. Ich greife danach und sehe eine Nachricht von Maria. „Richard, ich habe gerade deinen Post gesehen, es tut mir so leid. Ich bin für dich da, falls du reden möchtest."

Ich überlege für den Bruchteil einer Sekunde. Dann gebe ich meinem Impuls nach und tippe eine kurze Antwort. „Danke, ich weiß das zu schätzen."

Ja, ich bin mir völlig bewusst, was es bedeutet, einem Narzissten nachzugeben und ihm genau das zu liefern, wonach er sich sehnt - Aufmerksamkeit. Das Monster zu füttern. Aber jetzt, in diesem Moment, als ich an Heiligabend allein in meiner Wohnung sitze, ist mir das scheißegal. Vielleicht hat sie sich verändert und an sich gearbeitet; Vielleicht ist sie nicht mehr dieselbe Person wie früher. Oder vielleicht suche ich einfach nur verzweifelt nach irgendeiner Art vertrauter Verbindung in dieser Welt, die sich so schmerzhaft einsam anfühlt.

Das konstante Rattern des Projektors wird zu meinem Hintergrundgeräusch. Ich schaue eine Filmrolle nach der anderen und versinke in einer Welt aus schwarz-weißen Erinnerungen. Aber irgendwann werden die Bilder unerträglich, und ich muss den Projektor ausschalten. Ich falle auf mein Bett, müde von den

Turbulenzen des Tages. Ich greife nach meinem Handy und starte *„Kevin - Allein zu Haus"*. Ich wälze mich hin und her, gefangen in dieser Endlosschleife von Gedanken und Gefühlen, bis die Erschöpfung schließlich überhandnimmt und ich in einen unruhigen Schlaf falle.

Fade out.

31

Mein Leben zu verschwenden, scheint ewig zu dauern. Es ist der erste Weihnachtstag und die Tradition bleibt bestehen. Das Ziel bleibt dasselbe, aber es fühlt sich ganz sicher nicht gleich an. Dieses Mal bin ich allein. Die Luft ist eiskalt und mein Atem bildet eine Nebelwolke vor mir, während ich durch das Friedhofstor gehe. Seit meinem letzten Besuch ist genau ein Jahr vergangen, doch jetzt stehe ich vor zwei Gräbern statt vor einem. Zu allem Überfluss ist die Ernüchterung über den Tod meines Vaters zu einem unwillkommenen Gast in meinem ohnehin schon belasteten Herzen geworden. Hier zu stehen, fühlt sich wie ein schlechter Traum an, der mir die Schwere dessen vor Augen führt, was ich verloren habe.

Warum denken wir immer, wenn jemand stirbt, automatisch an das letzte Mal, als wir die Person gesehen haben? Was haben sie gesagt? Was haben wir gesagt? Es fühlt sich an, als wären wir in einem verdrehten Spiel gefangen, in dem wir Bruchstücke zusammensetzen, um verzweifelt eine Geschichte zu erschaffen, die das Chaos erklärbar macht. Aber spielt das alles am Ende überhaupt eine Rolle? Ändert es etwas an der Tatsache, dass die Person nicht mehr da ist? Nein, verdammt, das tut es nicht. Plötzlich erscheinen all die kleinen Dinge, über die wir uns früher

Sorgen gemacht haben oder die uns wütend gemacht haben, so unbedeutend. Es ist alles nur Lärm. Und wir stehen hier auf einem Friedhof und fragen uns, was das alles zu bedeuten hatte - falls es überhaupt etwas bedeutete.

Seit ich gestern Abend auf Marias Nachricht geantwortet habe, haben wir lockeren SMS-Kontakt, aber seien wir ehrlich - es ist absolut nichts daran locker. Jede Nachricht ist eine Granate. Irgendwie macht dieser simple Akt, mit ihr zu kommunizieren, das ganze Chaos ein kleines bisschen erträglicher. Es ist, als würde ich nach etwas Vertrautem greifen, etwas, das ich kenne, auch wenn ich weiß, dass es nicht das Beste für mich ist. Wie emotionales Fast Food.

Trotz unserer komplizierten Vergangenheit ist für mich der Gedanke, sie auf einen Kaffee zu treffen, sobald ich wieder in LA bin, seltsamerweise beruhigend.

Es scheint, als hätten wir ein unausgesprochenes Verständnis dafür, dass wir beide kaputte Seelen sind. Und genau das macht es leichter, eine Verbindung herzustellen.

Während ich hier stehe und auf die beiden Gräber starre, habe ich das Gefühl, meine Pflicht gegenüber der Tradition erfüllt zu haben. Ich atme tief durch und verlasse den Friedhof. Der Klang meiner Schritte hallt in der Stille nach wie ein einsamer Herzschlag. Während ich durch die Reihen der Grabsteine gehe, wird mir klar, dass ich der Einzige bin, der hier ist. Alle anderen sind draußen, bei ihren Familien, und genießen die Feiertage.

Ich höre ein Flugzeug über mir und wünschte, an Bord zu sein. Aber wohin geht man, wenn man nirgendwo sein will?
Bei mir zu Hause höre ich alte Weihnachtsmusik auf meinem Handy. Ich versuche, mich in die festliche Stimmung zu zwingen, aber es funktioniert nicht wirklich. Es ist, als würde ich versuchen, mir selbst eine Lobotomie zu verpassen. Ich fühle mich immer noch beschissen. Als ich nach meiner Flasche Phenibut greife - den kleinen Kapseln, die alles ein bisschen leichter machen -, stelle ich fest, dass sie leer ist. Fuck. Obwohl es ein unreguliertes Supplement ist, kann ich es nicht einfach in der Apotheke kaufen, sondern muss es online bestellen. Doch dann erinnere ich mich an das kleine Geschenk, das Emily mir für „Notfälle" gegeben hat: ein paar 2-mg-Xanax-Riegel. Und wenn das kein Notfall ist, was dann? Im Moment könnte mein Gehirn wirklich eine warme Umarmung gebrauchen. Ich zögere einen Moment, wäge die Konsequenzen ab, doch dann breche ich ein Viertel ab und lege es mir auf die Zunge, ohne weiter darüber nachzudenken.

Frohe verdammte Weihnachten.

DANIEL RUCZKO

242

32

ch verbringe den Großteil der Feiertage allein, mein einziger Begleiter ist der Laptop meiner Mutter. Ich sehe mir darauf einen Marathon an Weihnachtsfilmen an und widme den Rest meiner Zeit dem Schreiben. Die Tage vergehen wie im Flug und ehe ich mich versehe, sind die Feiertage vorbei.

Wenn ich schreibe, passiert etwas Seltsames. Es fühlt sich an, als würde ich die Zeit nach meinem Willen biegen und sie so manipulieren, dass sie meinen Bedürfnissen entspricht. Stunden können wie Sekunden vergehen, während sich Tage endlos in die Länge ziehen können. Das ist meine Superpower. Ich habe über 80 Seiten geschrieben, mit denen ich ziemlich zufrieden bin - oder vielleicht sind sie auch kompletter Bullshit. Wer weiß das schon? Aber man könnte sagen, dass die tiefgründigsten und schönsten Kreationen oft aus den Abgründen des Schmerzes entstehen - und genau deshalb bin ich hier.

Nach meinem Instagram-Post vor ein paar Tagen wurde meine Inbox wieder einmal mit DMs überschwemmt. Darunter waren auch Nachrichten von Frauen aus Seattle; Einige von ihnen behaupteten, ich sei ihr "Lieblingsautor" und schlugen vor, sich zu treffen. Ich konnte der Versuchung nicht widerstehen, ein wenig Spaß zu haben und mich damit von meinem Selbstmitleid abzulenken. Also beschloss ich, einige von ihnen zwischen meinen Schreibsessions einzuladen. Und ich sehe daran nichts Verwerfliches. Sie fühlten sich zwischen den Feiertagen wahrscheinlich genauso einsam wie ich. Also lenkten wir uns gegenseitig ab. Es war eine ehrliche Transaktion, nicht mehr und nicht weniger. Sie hatten Sex mit ihrem „Lieblingsautor", und ich genoss ein bisschen Gesellschaft.

Betäubt von den Benzodiazepinen schlendere ich durch die kalten Straßen Seattles. Es ist eiskalt hier draußen, aber ich mag es irgendwie. Als ich an der Buchhandlung *Secret Garden* vorbeigehe, bemerke ich meinen Roman *Serendipity* im Schaufenster. Darunter steht ein Schild mit der Aufschrift *Bald als Kinofilm zu sehen - Wir sind stolz auf unsere lokalen Autoren* - das macht mich glücklich. Egal, wie chaotisch die Dinge sind, ich will niemals vergessen, woher ich komme. Dann entdecke ich etwas noch Besseres. Direkt neben meinem Buch liegt ein weiteres mit dem Titel *Art in Your Heart* von Laura Barlowe - derselben Frau, die das letzte Mal hier war und ihre Arbeit vorstellte. Dieselbe Laura, deren Worte etwas in mir ausgelöst haben, das ich nicht recht beschreiben konnte, und scheinbar hatten meine Worte eine ähnliche Wirkung auf sie. Endlich hat wahre Kunst ihren Weg in die Öffentlichkeit gefunden und ihre Arbeit erhält die Anerkennung, die sie verdient. Ihr Buch neben meinem zu sehen, erfüllt mich mit so viel Freude.

Ich betrete den Laden, fest entschlossen, ein Exemplar von Lauras Buch zu kaufen. Und das erste, was mir auffällt, ist der plötzliche Ansturm von Menschen und Stimmen. Es ist Freitag, fällt mir ein. Selbst direkt nach den Feiertagen wimmelt es hier von Amateur-Autoren, die ihre neuesten Werke präsentieren möchten.

Als ich mich dem Tisch „Lokale Autoren" nähere, sehe ich Lauras *Art in your heart,* das stolz in der Mitte steht. Als ich danach greife, unterbricht mich die Stimme einer jungen Frau.

„Entschuldigen Sie, sind Sie Richard Bryght?" fragt sie mit einem Hauch von Nervosität in der Stimme.

Ich drehe mich um, nicke und lächle „Ja, das bin ich."
Sie stellt sich als Amber vor, ihr Gesicht leuchtet auf, als sie ein Exemplar meines Buches aus ihrer Tasche zieht und schüchtern fragt, ob ich es signieren könnte. Natürlich willige ich ein. Während ich das Buch signiere und wieder einmal feststelle, wie schrecklich meine Handschrift ist, stellt sie mir eine Frage, die mich unvorbereitet trifft. „Warum heißt Ihr Buch *Serendipity*?"

Ich halte einen Moment inne und denke über meine Antwort nach. Sie ist eigentlich ganz einfach, aber das hat mich noch nie jemand gefragt. Ich sage „Es ist mein Lieblingswort in der englischen Sprache. Und genau darum geht es in dem Roman - die unerwarteten Wendungen und Momente des Schicksals, die das Leben lebenswert machen."

Ich gebe ihr das signierte Buch zurück und sie dankt mir. Sowohl für das Autogramm als auch für die Antwort auf ihre Frage. Ich bemerke ein leichtes Funkeln in ihren Augen, fast als ob meine Anwesenheit sie einschüchtert. Für mich ist das verrückt; ich bin doch nur der kleine Richard. Irgendwie bin ich immer noch derselbe Typ, der ich mit zwölf war - nichts Besonderes. Aber es ist liebenswert und ich schätze, das ist die Macht der Kunst - man weiß nie, welche Wirkung die eigene Arbeit auf andere haben kann. Ich sehe zu, wie Amber weggeht, ihre Schritte sind leicht und ihr Lächeln breit, aber sie wirkt nach wie vor etwas nervös.

Dann suche ich mir einen Platz in der Stuhlreihe vor dem Podium, um die Lesungen des Abends zu verfolgen. Als ich mich umschaue, stelle ich fest, dass einige der anderen Autoren mich zu erkennen scheinen. Die Angst nagt weiter an mir, krallt sich in mein Inneres wie ein tollwütiges Tier. Instinktiv greife ich nach der Xanax-Packung, breche eine halbe Tablette ab und schlucke sie hinunter, in der Hoffnung, dass es mich beruhigt. Plötzlich fangen die Leute an zu klatschen und ich hebe meinen Blick, um Amber am Podium stehen zu sehen, ein Stück Papier in ihren zitternden Händen. Dann wird mir klar, dass ihre Nervosität nicht auf mich zurückzuführen ist, sondern auf die Tatsache, dass sie vor Publikum lesen wird. Wow, jetzt komme ich mir wirklich ziemlich arrogant vor. Nachdem sie sich vorgestellt hat, beginnt sie zu lesen - ihre Stimme zittert zunächst, wird dann aber sicherer, je weiter sie fortfährt. Es ist offensichtlich, dass das, was sie geschrieben hat, persönlich, roh und voller Emotionen ist. Während sie liest, ertappe ich mich dabei, wie ich an jeder Silbe hänge und mein eigener Schmerz und meine Trauer vermischen sich mit ihrer. Die Zeit scheint stillzustehen, und es gibt nur noch ihre Worte und die kollektive Stille des Publikums. Ich spüre, wie mir die Tränen in die Augen steigen, und bemerke, dass ich nicht der Einzige bin. Andere wischen sich die Augen, schniefen und versuchen, die Fassung zu bewahren. Und dann, als sie fertig ist, bricht der Raum in Applaus aus. Nicht nur für den Mut, etwas so Persönliches vorzutragen, sondern auch für die Verbindung, die wir alle durch ihren Schmerz fühlten. Es ist, als hätten wir alle etwas verloren, und für einen Moment tragen wir diese Bürde gemeinsam. Als Amber vom Podium heruntersteigt, treffen sich unsere Blicke - in ihren Augen schimmern Tränen, und ich erwidere ihre Emotion mit einem Daumen hoch und einem Nicken. Bei diesem Austausch spüre ich ein gegenseitiges Verständnis und eine Verbindung zwischen uns. Es ist, als wären wir beide ein bisschen weniger allein in unserer Trauer. Ihre Worte haben etwas in mir entzündet, ein Feuer in meinem Inneren, und ich weiß, was ich zu tun habe. Auch ich muss etwas Persönliches offenbaren.

Der Friedhof ist in Dunkelheit gehüllt, und ich kann die Inschrift auf dem Grabstein kaum erkennen. Wieder stehe ich vor dem Grab meiner Eltern, getrieben von dem Drang, völlig verletzlich zu sein. Ich greife nach meinem Handy, das künstliche Licht wirft einen unheimlichen Schein auf die Grabstätten um mich herum und schneidet wie eine Klinge durch die Dunkelheit. Meine Finger wischen auf dem Bildschirm herum und blättern durch meine Notizen, bis ich die Worte finde, die in mir gereift sind. Mit zitternden Händen in der frostigen Luft und jedem sichtbaren Atemzug räuspere ich mich leise und beginne zu lesen. Die Worte fließen aus mir heraus wie ein Strom aus Emotionen.

„Liebe Mom. Neulich habe ich den Friedhof allein besucht, um unsere Tradition am Leben zu erhalten. Ich kann immer noch nicht glauben, dass du nicht mehr da bist. Es fühlt sich an wie ein schlechter Scherz, als ob du dich irgendwo versteckst und darauf wartest, herauszuspringen und mich zu überraschen. Aber das ist nicht der Fall, oder? Das ist die Realität, und du kommst nicht zurück. Dich in Seattle zurückzulassen, um in LA meinen Träumen nachzugehen, war ein notwendiges Übel, aber es fällt mir schwer, mich deswegen nicht schuldig zu fühlen. Ich schätze, ich habe zwar Erfolg, aber zu welchem Preis? War es das wert? Deine Erinnerungen löschten sich täglich aus, während ich in der Sonne vor mich hin tippte.

Du warst immer meine größte Unterstützerin, mein größter Fan. In gewisser Weise war alles, was ich geschrieben habe, für dich - es hat nur so lange gedauert, bis ich das wirklich erkannt habe. Etwas, das ich dir nie gesagt habe: Ich wollte dir ein Haus kaufen, um dir all die Liebe und Unterstützung zurückzugeben, die du mir über die Jahre gegeben hast. Aber das Schicksal hat eine makabere Art, über unsere Pläne zu lachen.

Was Dads Selbstmord betrifft... Ich weiß es jetzt und ich verstehe, warum du es mir verheimlicht hast. Du wolltest mich schützen. Ich wünschte, ich hätte mehr für dich da sein können, Mom. Aber du sollst wissen, dass du der wichtigste Mensch in meinem Leben warst - und ich liebe dich. Ich hoffe wirklich, dass du das Licht gefunden hast.

Richard"

Als ich fertig bin, schnappe ich nach Luft. Tränen strömen über mein Gesicht. Die Worte sind roh und uneditiert, getränkt mit dem Gewicht all der Dinge, die ich nie sagen konnte. Aber als ich sie in der Dunkelheit des Friedhofs laut vorlas, hatte ich für einen kurzen Moment das Gefühl, sie könnte mich hören. Als wäre sie vielleicht, nur vielleicht, noch hier bei mir und würde jedes Wort mit anhören. Ich halte inne, starre auf das Grab, als würde ich auf irgendein Zeichen warten, dass meine Botschaft angekommen ist.

Folge deinem Herzen und du stirbst jeden Tag.

DANIEL RUCZKO

TEIL III

33

Nach LA zurückkehren, als würde man heimkehren zu einer dysfunktionalen Familie: Sie treibt einen in den Wahnsinn, aber tief im Inneren weiß man, dass man sie vermisst hat. Als ich am LAX aussteige und die Luft einatme, erfüllt von Smog und Sehnsüchten, habe ich das Gefühl, wieder dort zu sein, wo ich hingehöre.

Zurück im Land der gebrochenen Versprechen und zerschmetterten Träume, wo jeder nur ein Meeting, ein Drehbuch, einen Deal davon entfernt ist, groß rauszukommen. Klar, es mag für Los-Angeles-Verhältnisse im Januar kälter sein als sonst, aber gegenüber dem grauen, regnerischen Himmel in Seattle, den ich gerade hinter mir gelassen habe, ist es immer noch ein großer Fortschritt.

Mein Uber hält am Bordstein. Ich steige aus und spüre die vertraute Wärme Kaliforniens, die mich willkommen heißt. Ein warmer Empfang in einer kalten Realität. Die Sonne scheint, die Palmen wiegen sich im Wind - es ist gut, wieder hier zu sein. Als ich mich meinem Haus nähere, fällt mir auf, wie still es ist. Danny scheint noch zu schlafen, also versuche ich, ihn nicht zu wecken. Nach unserem kleinen "Bar-Zwischenfall" ist er zurück nach Los Angeles geflogen. Und obwohl Weihnachten war, wollte ich etwas Zeit für mich allein haben, um die Sachen meiner Mutter und meine eigenen Emotionen zu sortieren.

Ich gehe in mein Zimmer, stelle meine Taschen ab und lasse mich aufs Bett fallen. Mein Handy vibriert in meiner Tasche und ich sehe eine Nachricht von Maria, die fragt, ob ich sicher in L.A. angekommen bin. Ich antworte schnell und bestätige, dass ich es geschafft habe. Dann nehme ich meinen letzten Xanax-Riegel aus meinem Handgepäck. Während die Tablette auf meiner Zunge zergeht, schließe ich die Augen und lasse die Droge wirken. Es war eine lange Reise; Ich bin erschöpft und schlafe sofort ein.

Mein Handy klingelt und ich schrecke hoch. Verschlafen greife ich danach und sehe, dass ich fünf Stunden durchgeschlafen habe. Auf dem Bildschirm blinkt Emilys Name. Noch halb benommen antworte ich „Hey."

„Hi! Bist du wieder in LA?" fragt Emily.

„Ja, ich bin zurück."

„Super! Hör mal, eine Freundin und ich gehen heute Abend zu einem Rave in Downtown. Wir dachten, du möchtest vielleicht mit uns kommen? Es wird bestimmt lustig - ein kleines Wiedersehen!"

Ich zögere. Denn das Letzte, worauf ich Lust habe, ist ein überfüllter Club. „Ich weiß nicht, Em. Nach den beschissenen Feiertagen in Seattle ist mir nicht wirklich danach."

„Komm schon, wir werden uns um dich kümmern und dich aufmuntern, das verspreche ich!" drängt Emily.

Ich seufze und gebe nach. „Okay, scheiß drauf. Let's do it."

Nachdem ich aufgelegt habe, beschließe ich, Danny zu fragen, ob er mitkommen möchte. Ich klopfe an seine Tür, aber erhalte keine Antwort. Vielleicht schläft er, oder er ist schon unterwegs. Ich klopfe noch einmal, aber nichts rührt sich. Sieht so aus, als wären es heute Abend nur die Frauen und ich. Könnte schlimmer sein. Meine Laune ist weiterhin schlecht, aber die Show muss weitergehen. Ich zucke mit den Schultern und bereite mich auf den Abend vor.

Als ich vor dem Club, der 1720 heißt, ankomme, sehe ich, dass die Schlange schon wahnsinnig lang ist. Die harten Beats von drinnen dröhnen durch die Wände und in die Nacht hinaus. Als ich mich der Schlange nähere, sehe ich Emily und ihre Freundin, die mir zuwinken. Beide sehen umwerfend aus, ihre Haare perfekt gestylt und die Outfits betonen jede Kurve. Nichts daran ist Zufall. Emily schlingt sofort ihre Arme um mich. „Das mit deiner Mom tut mir leid, Babe", flüstert sie mir ins Ohr, bevor sie mir einen sanften Kuss auf die Lippen drückt. Es ist eine kleine Geste, aber sie bedeutet mir sehr viel. Emily stellt mich schnell ihrer Freundin April vor, die ohne zu zögern lächelt und mich umarmt. Wir verstehen uns auf Anhieb.

Mit einem verschmitzten Grinsen erklärt Emily „Wir sind deine Dates für heute Abend" während April enthusiastisch nickt. Sie nehmen jeweils einen meiner Arme und wir gehen selbstbewusst zum Eingang. Ich fühle mich privilegiert, in der Gesellschaft dieser beiden wunderschönen Frauen zu sein - vielleicht ist das doch genau das, was ich gerade brauche.

Als wir uns den Türstehern nähern, schiebt Emily mir heimlich, wie ein Ninja, eine Pille in die Hand, während sie weitergeht. Sie wirft mir einen flüchtigen Blick zu. Ich weiß, was es ist; ich muss nicht einmal fragen. Ohne groß nachzudenken, stecke ich mir die Pille in den Mund und fühle mich wie ein totaler Junkie.

Dank Emily stehen unsere Namen auf der Gästeliste, sodass wir die Schlange umgehen und direkt reinkönnen. Der Club gleicht einem dunklen Lagerhaus mit freiliegenden Rohren, blinkenden Stroboskoplichtern und einem Soundsystem, das Tote erwecken könnte. Es ist wie eine Szene direkt aus einem dystopischen Film. Die Beats dröhnen so heftig, dass ich sie tief in meiner Brust spüren kann. Es ist eine physische Kraft, die mich völlig einnimmt. Die DJs spielen die ganze Nacht Half-Time Drum & Bass und Dubstep. Die stark verzerrten tiefen Frequenzen verschmelzen mit den wummernden Drums zu einem verrückten Klangerlebnis. Der Körper tanzt, der Kopf schreit, aber keiner hört zu.

Ein Typ erkennt Emily und April als Pornostars und bittet um ein Foto. Er ist offensichtlich nervös und fummelt an seinem Handy herum. Aber die beiden sind absolute Profis und posieren für das Foto mit ihren Armen umeinander. Doch sobald das Foto gemacht ist, wenden sie sich wieder ganz mir zu. Es ist, als wären beide hyperfokussiert und darauf bedacht, dass es mir gut geht.

Um uns herum tanzen und schwitzen die Leute, die Luft ist dick und klebrig, vermischt mit einem Geruch von Alkohol und schwitzenden Körpern. Ich sehe zu Emily und April, die leidenschaftlich miteinander rummachen. Die Stroboskoplichter flackern und beleuchten ihre Gesichter und Körper, während die Bässe durch den Club vibrieren. Es ist eine fesselnde Szene.

Emily bemerkt, dass ich sie beobachte, und wirft mir einen kurzen Blick zu, bevor sie mich mit einem Lächeln zu sich zieht. Ohne zu zögern presst sie ihre Lippen auf meine und ich spüre, wie ihre Zunge in meinen Mund gleitet. Bald kommt ein weiteres Paar Lippen hinzu - es ist April. Ihr Mund ist fordernd und aggressiv und ich spüre, wie ihre Hände meinen Körper hinunterwandern. Unsere Lippen treffen sich in einem ständigen Kreislauf - meine, dann Emilys, dann wieder meine. Ich spüre die Blicke der Fremden auf uns, doch ich bin so sehr in diesem Moment verloren, dass es mir vollkommen egal ist. Ich befinde mich mitten in einer zum Leben erwachten Fantasie. Ich bemerke, dass einige Leute Fotos oder Videos machen, vermutlich um sie zu posten, aber das interessiert keinen von uns. Die Musik, gemischt mit dem Xanax, das mein Gehirn umarmt, und das Gefühl, zwei wunderschöne Frauen gleichzeitig zu küssen - alles verschwimmt.

Ich spüre Emilys Atem an meinem Ohr, als sie flüstert: „Lass uns von hier abhauen." Bevor ich überhaupt antworten kann, ziehen sie und April mich Richtung Ausgang. Wir kämpfen uns durch die Menge, Körper drängen sich gegen uns, bis wir endlich in der kühlen Nachtluft stehen. Wir springen in einen Uber; Unsere Knutschsession geht fast sofort weiter. Plötzlich holt Emily weitere Pillen aus ihrer Handtasche und steckt mir eine in den Mund. Und es kommt mir vor, als wäre sie eine wandelnde Apotheke. Ich frage nicht mal, was es ist - ich schlucke sie einfach hinunter und spüre, wie die Chemikalien in meinen Blutkreislauf eindringen. Beide Frauen nehmen auch eine.

Ehe ich mich versehe, sind wir in Emilys Wohnung in Santa Monica angekommen. Ich stolpere aus dem Auto und lasse mich von den Frauen wie einen verlorenen Welpen auf Molly führen. Scheiße, warum habe ich gerade Molly gedacht? Das fühlt sich nicht wie Xanax an. Ich drehe mich zu Emily und frage, was sie uns gegeben hat, aber ich kenne die Antwort schon, bevor sie überhaupt den Mund öffnen kann. Es war scheiß Molly. Aber egal.

Wir machen uns auf den Weg ins Schlafzimmer. Emily und April küssen abwechselnd mich und einander, ihre Hände erkunden jeden Zentimeter meines Körpers. Als das Molly uns trifft, scheint die Zeit jede Bedeutung zu verlieren. Die nächsten Stunden sind wie ein verrückter, verschwommener Traum, ein

Wirbel aus Sex und Drogen, Körperteilen und oralen Genüssen. Das ist nicht mein erster Dreier, aber mein erster mit zwei Pornostars - und das auch noch auf Molly.

Eins ist sicher: Emily hat ihr Versprechen, sich um mich zu kümmern, gehalten.

Aber ist das wirklich der Grad an intensiver Stimulation, der nötig ist, um den Tod meiner Mutter für ein paar Stunden auszublenden?

Wenn ja, dann habe ich ein Problem.

Die Nacht vergeht, die Drogen lassen nach und die Sonne geht auf. Ich öffne mühsam die Augen, der abgestandene Geschmack von Schuld und die verweilenden Gedanken an die Eskapade der letzten Nacht mischen sich in meiner Kehle. Mein Kopf hämmert, ein unerbittlicher Presslufthammer, der meinen Schädel zu spalten droht. Vorsichtig schiebe ich die beiden nackten Körper neben mir zur Seite und greife nach meinem Handy. Die Benachrichtigungen explodieren und fordern meine Aufmerksamkeit. Instagram, der Sumpf des Narzissmus unserer Generation. Ich scrolle durch den endlosen Strom von Kommentaren, Shares und Markierungen. Noch ein Video, noch ein Foto - Emily, April und ich, wie wir im Club rummachen, als gäbe es kein Morgen. Es ist überall auf Social Media. Aber es ist mir egal. Nicht wirklich.

Dann sehe ich eine Nachricht von Maria, die mich in die Realität zurückholt: „Sieht aus, als hättest du eine gute Nacht gehabt :) Wann wollen wir Kaffee trinken gehen?"

Ich erinnere mich daran, dass es mir scheißegal sein sollte, was sie denkt. Schließlich könnte sie jetzt glücklich verheiratet sein, mit drei Kindern und einem narzisstischen Hund namens Charlie. Wir sind seit Jahren nicht mehr im Leben des anderen. Ich bereue die letzte Nacht kein bisschen. Ich bin momentan einfach mental im Arsch und wollte nur etwas Ablenkung. Also sollte es mir scheißegal sein.

Aber irgendwie ist es das nicht.

Ändert sich die Musik, ändert sich auch der Tanz.

34

Mehr als zwei Jahre sind vergangen, seit ich Maria das letzte Mal gesehen habe. Zwei Jahre des Schweigens und der Distanz, die sich wie ein ganzes Leben anfühlen. Und jetzt bin ich hier, kurz davor, sie zum ersten Mal seit einer gefühlten Ewigkeit zu treffen. Ich habe keine Ahnung, was mich erwartet. Ist sie noch die gleiche Person, die ich kannte? Scheiße, ich hoffe nicht. Ich weiß zumindest, dass ich nicht mehr derselbe bin. Ursprünglich wollten wir uns ganz zwanglos auf einen Kaffee treffen, aber dann verlegte Maria den Treffpunkt spontan in eine Bar und fragte, ob das okay sei. Das ist genau, was Narzissten tun. Sie will die Kontrolle haben.

Ich steige aus dem Uber und atme tief durch, um die kühle Abendluft zu genießen. Die Bar, die Maria ausgesucht hat, liegt direkt am Sunset Boulevard und der Eingang ist mit Neonröhren beleuchtet. Die Atmosphäre ist angenehm, doch meine Angst kriecht immer wieder hervor und lauert wie ein dunkler Schatten in den Tiefen meines Geistes. Der Gedanke an eine Xanax ist verdammt verlockend, aber ich habe keine mehr, und vielleicht ist das auch besser so.

Ich betrete die Bar und versuche, Maria ausfindig zu machen, aber es scheint, als wäre sie noch nicht da. Der Laden ist voll besetzt, und die Leute strömen sogar auf den Bürgersteig hinaus. Es ist eine stylische Bar, größtenteils aus Holz - dunkle Eiche, glaube ich. Ein schöner Kontrast zu den metallischen Akzenten und den Glasflächen, die im Raum verteilt sind. Trotz des Chaos gelingt es mir, einen leeren Tisch im hinteren Bereich zu finden. Ich bahne mir einen Weg durch die Menge und steuere direkt darauf zu. Ich setze mich hin und greife nach meinem Handy.

Ich bin eigentlich nie nervös, wenn ich eine Frau treffe, aber bei Maria ist es anders. Sie hat immer noch eine gewisse Macht über mich, auch wenn ich es eigentlich nicht zugeben will. Ich schaue mich in der Bar um und dann, wie aufs Stichwort, schwingt die Tür auf und Maria kommt herein. Fuck. Sie sieht umwerfend aus - vielleicht sogar noch mehr, als ich sie in Erinnerung hatte. Ich treffe in LA jeden Tag schöne Frauen, so viele, dass ich fast schon abgestumpft bin, aber Maria sticht heraus. Es liegt nicht nur an ihrem Aussehen; Es ist ihre Ausstrahlung, diese Selbstsicherheit, ihr Charme. Sie ist mein Kryptonit, und ich hasse es, dass ich mir dessen so schmerzlich bewusst bin.

Sobald sie mich sieht, ist ihr Lächeln wie ein Sonnenstrahl, der den ganzen Raum durchflutet, und sie kommt auf mich zu. Ich spüre eine Welle der Aufregung und Vorfreude, begleitet von einem Hauch von Nervosität. Maria war früher Model, und ihr Aussehen erklärt sofort, warum. Doch sie ist weit mehr als nur ein hübsches Gesicht - sie vereint Intelligenz, Humor und Ehrgeiz nahtlos miteinander. Dennoch entschied sie sich, den Laufsteg gegen den Gerichtssaal einzutauschen. Und, wie ich höre, macht sie dort eine ebenso gute Figur. In einer Stadt, in der sich viele Menschen an den Traum klammern, Model oder Schauspieler zu werden, um der Monotonie ihres Alltagsjobs zu entkommen, hat sie dem Rampenlicht den Rücken gekehrt. Ihre Entscheidung war keine Folge von Misserfolg, sondern ein kalkulierter Schritt.

„Richard!" ruft sie, kommt schnell näher und umarmt mich. Es fühlt sich an wie ein Déjà-vu. Und doch so anders. Es ist fast so, als wären wir in einem Paralleluniversum gelandet, in dem alles möglich zu sein scheint.

Als sie sich von mir löst und einen Schritt zurücktritt, wandern ihre Augen über meinen Körper. „Wow, du siehst verdammt heiß aus!", sagt sie. Ich erwidere das Kompliment und nehme mir einen Moment Zeit, um alles in mich aufzusaugen. Wir unterhalten uns wie in alten Zeiten, als hätte es all den Herzschmerz und die letzten zwei Jahre des Schweigens nie gegeben. Sie ist mühelos charmant; es ist, als wäre sie nie weg gewesen. Sie gratuliert mir zu meinem Erfolg und sagt mir, wie stolz sie auf mich ist. Und es fühlt sich authentisch an. Ich habe nicht wirklich darüber nachgedacht, mich auf diese Weise wieder mit ihr zu verbinden.

Dennoch schweift mein Blick kurz zu ihren Händen, auf der Suche nach einem Anzeichen für einen Ring. Aber verdammt, sie trägt so viele Ringe, dass es schwer ist zu sagen, welcher, wenn überhaupt, ein Ehering sein könnte. Ist sie verheiratet? Geschieden? Single? Wer weiß das schon. Es ist, als würde man versuchen, einen Geheimcode zu entschlüsseln, und ich bin nicht mal sicher, ob ich die Antwort wissen will.

Ich beschließe, die Sache auf sich beruhen zu lassen, und konzentriere mich auf den gegenwärtigen Moment. Ich genieße die Gesellschaft dieser Frau, von der ich dachte, sie nie wiederzusehen.

Während sie spricht, streifen ihre Hände ab und zu meine, und die Anziehungskraft, die sie auf mich ausübt, ist unbestreitbar. Trotzdem versuche ich, mir nichts anmerken zu lassen. Wir reden über alles Mögliche, tauschen mit natürlicher Leichtigkeit Geschichten aus, und die Worte fließen so mühelos wie der Wein. Inmitten des Smalltalks hält sie plötzlich inne und wirft mir einen mitfühlenden Blick zu. „Das mit deiner Mutter tut mir sehr leid", sagt sie leise. Ich nicke nur und murmle ein leises „Danke."

Ich habe eine Philosophie, wenn es darum geht, zu viele Fragen zu stellen, eine Art „Weniger ist mehr"-Ansatz. Wenn jemand möchte, dass ich etwas weiß, wird er es mir sagen. Wenn nicht, dann geht es mich wahrscheinlich nichts an. Aber dann wirft Maria mit einer präzisen Frage jene Philosophie über den Haufen „Und, datest du einen der beiden Pornostars?" Ich lache und versuche es herunterzuspielen, indem ich ihr sage, dass die beiden nur Freunde sind, mehr nicht.

Sie lacht und sagt „Du hast echt interessante Freunde."

Meine Angst nimmt zu. Sie merkt es sofort - wir hatten schon immer diese gemeinsame Fähigkeit, die Gedanken und Gefühle des anderen wie ein Buch zu lesen.

„Was ist los?", fragt sie direkt.

Zögerlich gebe ich zu, dass ich in letzter Zeit mit Angststörungen zu kämpfen habe. Schnell zieht sie eine Xanax-Packung aus ihrer Tasche - ein gängiges Accessoire in dieser Stadt - und bietet mir eine an. „Willst du eine?" fragt sie, während sie mir eine kleine weiße Tablette reicht. Ich nehme sie in die Hand und drehe sie nachdenklich hin und her.

Ihr Blick ist verständnisvoll. „Es ist okay. Behalte sie und nimm sie, wenn du sie brauchst," sagt sie. "Weißt du was, behalte einfach die ganze Dose. Ich habe noch mehr zu Hause", fügt sie hinzu und drückt sie mir in die Hand.

Ich nehme die Packung und fühle eine Mischung aus Dankbarkeit und Unbehagen. Aber im Handumdrehen ist das Unbehagen verflogen. Wir lachen und reden weiter, bis die Nacht schließlich zu Ende geht. Während wir draußen auf ein Uber warten, bedankt sich Maria für den Abend. Sie nimmt meine Hand, schaut mir tief in die Augen und fragt: „Können wir das bald wiederholen?"

Ich möchte sofort ja sagen, aber ich bin ein vorsichtiger Mensch. Ich muss erst wissen, wo sie steht. Nach einem kurzen Zögern sage ich schließlich „Ja, klingt gut."

Doch plötzlich verändert sich etwas in der Luft. Marias Gesichtsausdruck wandelt sich, ihre Stimme zittert, und sie scheint mit ihren Gedanken zu ringen. „Es gibt noch etwas, was ich dir sagen muss," beginnt sie, und allein der Ton ihrer Stimme lässt mein Herz sinken. Ich kann sehen, dass etwas Schweres auf ihr lastet und dass es nicht nur der Einfluss des Alkohols ist. Es scheint kein leichtes Geständnis für sie zu sein. Sie hat Tränen in den Augen und es nagt an ihr. Sie zögert noch einmal, bevor sie beginnt. „Du warst immer so gut zu mir, du verdienst es zu wissen", sagt sie. Ihre Stimme bricht.

Ich lege meinen Arm um sie und versuche, sie zu trösten. „Was ist los?", frage ich leise, in der Hoffnung, die Spannung zu lindern.

Und dann, endlich, platzt sie zwischen Schluchzern heraus. „Es tut mir so leid. Als wir zusammen waren, hattest du recht. Ich habe dich betrogen. Bitte hasse mich nicht, aber ich MUSSTE es dir sagen."

Meine Gedanken rasen und ich habe Mühe, das eben Gehörte zu verarbeiten. Damals nannte sie mich verrückt, paranoid und eifersüchtig. Damals nannte sie mich paranoid, eifersüchtig, verrückt. Jetzt weiß ich, dass ich die ganze Zeit recht hatte. Wut und Schmerz mischen sich in mir, aber auch eine seltsame Erleichterung. Die Wahrheit ist endlich ans Licht gekommen, auch wenn es zu spät ist. Spielt es überhaupt noch Rolle? Warum sollte sie das ausgerechnet jetzt gestehen? War das der einzige Grund, warum sie sich mit mir treffen wollte? Unzählige Fragen wirbeln durch meinen Kopf, aber ich bringe es nicht über mich, auch nur eine davon zu stellen.

Maria schluchzt unkontrolliert und entschuldigt sich ausgiebig für die Bombe, die sie gerade hat platzen lassen. Mein Herz ist schwer, während ich versuche, die Nachricht zu verarbeiten. Doch gleichzeitig erkenne ich an, wie viel Mut es sie gekostet haben muss, mir die Wahrheit zu gestehen.

„Es ist okay." sage ich, auch wenn ich nicht sicher bin, ob ich es so meine.

Als das Uber vorfährt, zögert Maria. Sie sieht mich mit flehenden Augen an und hofft auf eine Art Vergebung.

„Du solltest einsteigen", sage ich ruhig, „Wir reden." Nickend und mit Tränen in den Augen steigt sie ins Auto und fährt mit einem letzten Schluchzen davon. Ich starre ausdruckslos auf die leere Straße, mein Kopf ein Chaos aus Gedanken. Ich greife nach der Xanax-Packung in meiner Tasche und schüttele eine einzelne Pille heraus, bevor ich sie mir schnell in den Mund stecke.

Die Person, die man am meisten liebt, kann zur Person werden, die man am wenigsten liebt.

DANIEL RUCZKO

35

Man kann mit Drogen tanzen, so viel man will, aber man darf nie vergessen, dass sie die Führung übernehmen. Ich weiß, dass mein Xanax-Konsum in letzter Zeit etwas extrem war, und die Tatsache, dass Maria mir beiläufig eine ganze Packung gegeben hat, macht die Situation nicht gerade besser. Es ist oft einfacher, Ja zu sagen als Nein. Aber ich habe auch bemerkt, dass Xanax meine Kreativität erstickt. Jedes Mal, wenn ich versuche zu schreiben, während ich es nehme, fühlt es sich an, als hätte jemand mein Gehirn in eine Zwangsjacke gesteckt. Um also von den Benzodiazepinen wegzukommen, habe ich online Phenibut bestellt.

Ich bin auf dem Weg zu einem Meeting mit Alessa, um die Buchveröffentlichung zu besprechen. Danny sollte eigentlich mitfahren, aber er hat mir in letzter Minute eine Nachricht geschickt und gesagt, dass er mich dort treffen wird. Seit meiner Rückkehr nach LA hat sich unsere Kommunikation auf ein bloßes Hin- und Hertexten reduziert. Es ist nichts vorgefallen; er verbringt nur viel Zeit in seinem Zimmer und schläft. Es ist, als wären wir zwei Fremde, die in verschiedenen Zeitzonen leben, obwohl wir im selben verdammten Haus sind.

Als ich die Lobby von Alessas Büro betrete, werde ich von Taras strahlendem Lächeln begrüßt. Die letzten Monate waren ein emotionales Chaos, aber endlich scheint sich etwas positiv zu entwickeln.

In ihrem Büro läuft Alessa mit leuchtenden Augen auf und ab. „Richard! Schön, dich zu sehen!" Sie umarmt mich kurz, bevor sie auf den Ledersessel vor ihrem Schreibtisch deutet. Sobald wir uns setzen, beginnt Alessa mit den guten Nachrichten. „Der Verlag hat die Wiederveröffentlichung von *Serendipity* beschleunigt und will es vor dem Film herausbringen", sagt sie und lehnt sich in ihrem Stuhl zurück. „Wir rechnen mit einem Erscheinungstermin in drei Monaten."

Drei Monate? Das ist Wahnsinn. Aber auch wenn wir Fortschritte machen, werde ich das Gefühl nicht los, dass etwas fehlt. Danny hätte hier sein sollen, aber er ist nirgendwo zu sehen. Schließlich ist er mein Manager, und das ist eine ziemlich große Sache.

„Wow, das ist fantastisch", antworte ich, bemüht, meine Begeisterung zu zügeln. „Ich kann dir gar nicht genug danken, dass du das möglich machst."
Alessa lächelt und winkt mit einer abweisenden Hand. „Ach was, das ist mein Job", sagt sie, als ob es keine große Sache wäre.

Wir tauchen in die Details der Buchveröffentlichung ein: das Cover, die Marketingstrategie und die Interviews. Alessa hat an alles gedacht, und ich habe das Gefühl, dass ich in guten Händen bin.

„Wir werden dieses Buch zu einem Bestseller machen, Richard. Warts nur ab." sagt sie, und ihr Lächeln zeigt, dass sie es ernst meint.

Mein Kopf dreht sich von all den Details, die sie mir gerade erklärt hat, aber ich bin genauso überwältigt von Alessas Organisationstalent und wie mühelos sie alles erscheinen lässt. Doch dann kommt die gefürchtete Frage: „Was steht als Nächstes an?" Sie will wissen, was ich für mein nächstes Projekt geplant habe, noch bevor das erste veröffentlicht ist. Verlegen gebe ich zu, dass ich über die Feiertage einige Ideen aufgeschrieben, aber noch kein festes Konzept habe. Sie sagt „Ich bin sicher, dass es dir bald von selbst einfallen wird."

Seit dem Tod meiner Mutter funktioniere ich auf Autopilot, aber ich weiß, dass ich da rauskommen muss. Ich nehme mein jetziges Leben nicht als selbstverständlich hin. Keine Sekunde. Ich habe mir den Arsch aufgerissen, um hierher zu kommen, und das Letzte, was ich will, ist, das alles zu versauen. Das Einzige, worauf ich Einfluss habe, ist meine Arbeit, und darauf werde ich mich konzentrieren. Jeder konstruierte Absatz wird zu einem Sprungbrett, einer Spur aus Brotkrumen, die mich zurück ins Land der Lebenden führt. Es gibt eine schmale Grenze zwischen Selbstverwirklichung und Selbstzerstörung.

Ich werde es nicht verkacken.

Ich werde es nicht verkacken.

Ich werde es nicht verkacken.

Als ich aufstehe, um zu gehen, unterbricht mich Alessa mit einer letzten Neuigkeit. „Oh, und Richard", sagt sie mit einem schelmischen Grinsen, „Wir sind im Gespräch, um ein Kapitel deines Buches im Playboy zu veröffentlichen."

Das Playboy-Magazin? Dieselbe Publikation, die die Träume von Teenagern zierte, eine verbotene Frucht, die heimlich von jugendlichen Händen geteilt wurde. Trotz der Tatsache, dass ich sexuelle Begegnungen mit einer Frau hatte, die das Cover dieses Magazins zierte, hätte ich nie gedacht, dass meine eigenen Worte auf diesen ikonischen Seiten landen würden, zwischen Parfumproben und verführerischen Blicken von Centerfolds. Die Verbindung zwischen meinem jugendlichen Ich und dem Mann, der ich heute bin, kollidiert mit einer perversen Synchronizität.

Ich versuche, die Fassung zu bewahren, cool zu bleiben, aber ich spüre, wie ein Grinsen mein Gesicht in zwei Hälften teilt. „Das ist... das ist unglaublich, Alessa. Ich danke dir." Die Aufregung ist mir anzusehen. „Ich halte dich auf dem Laufenden", sagt sie und winkt mich ab. Sie macht keine halben Sachen.

Als ich Alessas Büro verlasse, bin ich noch ganz aufgeregt wegen der surrealen Neuigkeiten. Auf dem Weg zu meinem Auto vibriert mein Handy in der Tasche. Es ist Maria. Ihr Name leuchtet auf dem Display, begleitet von den Worten „Wie geht's dir?". Einfach, aber voller unausgesprochener Bedeutung.

Ich kann nicht lügen - das Treffen mit ihr hat mich verwirrt. Ihre täglichen Messages gehen mir langsam auf die Nerven. Ich spüre die Schuldgefühle, die durch jedes verpixelte Wort sickern wie eine dicke, zähflüssige Schicht, die sich an mein Bewusstsein heftet. Aber was soll ich damit anfangen? Das ist nicht so einfach. Als ich mich auf den Fahrersitz setze, nagt das Verlangen nach einer Xanax an mir, hartnäckig und unerbittlich, wie ein Juckreiz, der unbedingt gekratzt werden will. Der Gedanke an diese winzige Pille, ein Trostpflaster, das vorübergehend Linderung verschafft, lockt mich mit einem verführerischen Flüstern.

Aber ich bin schlauer als das; ich muss meine Kreativität bewahren - Betäubung ist keine Option.

Zuhause angekommen, ist Danny nirgends zu finden.

Unbeirrt gehe ich in den Gameroom und schalte die PlayStation 2 ein. Das vertraute Summen und Leuchten des Bildschirms erinnert mich daran, dass man manchmal am besten entkommt, indem man in eine andere Welt eintaucht - weit weg vom Griff chemischer Krücken. Eskapismus. Schließlich haben wir diesen Raum genau dafür eingerichtet. Der Raum ohne Morgen, meine Flucht vor der Außenwelt, wo man seine Probleme an der Tür lässt.

Wie viele Tage haben wir bereits damit verschwendet, uns über Dinge Sorgen zu machen, die „vielleicht" passieren *könnten*? Aber höchstwahrscheinlich nie eintreten werden. All diese Horrorszenarien, die sich unser Gehirn ausdenkt, als ob wir uns grundlos quälen würden. Wir müssen unseren Fokus auf die Gegenwart richten und all die unnötigen Sorgen loslassen. Wie das alte Sprichwort sagt: „Mach dir keine Sorgen um die Zukunft, sie ist noch nicht eingetreten." Also scheiß drauf.

Ich entscheide mich dafür, den gegenwärtigen Moment zu genießen und *Silent Hill 2 zu* spielen. Einfach, weil ich es verdammt noch mal kann. Meine Karriere läuft großartig, und jeder muss hin und wieder auf „Pause" drücken, um seinen Geist für ein paar Stunden zur Ruhe kommen zu lassen. Das ist kein Vermeiden, das ist Überleben.

Ich erinnere mich, dass ich dieses Spiel gleich nach seiner Veröffentlichung gespielt habe. Da ich ein großer Fan des Originals war, konnte ich die Fortsetzung kaum erwarten. Es war nicht nur ein Spiel - es war ein komplettes Erlebnis. Die Story, die Musik, das Sounddesign - alles war außergewöhnlich. Es war einfach so anders und einzigartig, vor allem für die Zeit.

Und jetzt, 22 Jahre später, bin ich noch immer genauso begeistert wie beim ersten Mal. Das Intro verursacht bei mir nach wie vor Gänsehaut - „In meinen ruhelosen Träumen sehe ich diese Stadt, Silent Hill". Es ist, als würde das Spiel nach mir greifen und mich an diesen alptraumhaften, geisterhaften Ort zurückrufen.

Ist es nicht die perfekte, verdrehte Ironie? In diesem Spiel, in dem nichts so ist, wie es scheint, trägt eine der Hauptfiguren zufällig den Namen der Person, die in letzter Zeit meine Gedanken heimsucht - Maria, die selbst nicht das ist, was sie zu sein scheint. Das hatte ich völlig vergessen. Damals konnte ich mich stundenlang in einem Videospiel verlieren und alles andere um mich herum ignorieren. Aber jetzt, selbst wenn ich die Zeit habe, lässt mein Geist es nicht zu, dass ich so tief in diese Welt eintauche wie früher.

Vielleicht ist es die Last der Verantwortung, die mit dem Alter kommt, das Wissen, dass es immer andere Verpflichtungen zu erfüllen gibt. Vielleicht ist es aber auch nur ein Zeichen dafür, dass mein Gehirn zu vollgestopft ist, zu sehr von den Anforderungen des modernen Lebens in Anspruch genommen wird, um sich ganz der Fantasie eines Videospiels hinzugeben. Aber ich vermisse das. Während alle ständig von Achtsamkeit reden, sehne ich mich im Gegensatz dazu nach Gedankenlosigkeit.

Die Tür knarrt, und Danny schlurft herein wie ein Zombie. „Da ist er", sage ich, „mein Manager... DJ Fluxx." Ich bin erleichtert, ihn lebend zu sehen, obwohl er aussieht, als wäre er durch einen Fleischwolf gedreht worden. Sein Gesicht ist ein Abbild von Stress und Erschöpfung; die Tränensäcke könnten all seine weltlichen Besitztümer tragen. Also scherze ich „Du siehst richtig scheiße aus, homie."

Aber er ignoriert es völlig, tut so, als wäre nichts passiert und als hätte er unser Meeting heute Morgen nicht vergessen. „Ich liebe dieses Spiel", sagt er und deutet auf *Silent Hill 2*, das vor uns auf dem Bildschirm läuft. Und einen Moment lang sitzen wir einfach nur schweigend da. Es ist seltsam - ich kenne Danny seit Jahren, aber in letzter Zeit fühlt es sich an, als würden uns Welten trennen. Er ist distanziert und abwesend geworden.

„Du hast das Meeting verpasst", sage ich; Meine Worte kommen wie ein Schlag heraus, aber ich kann nicht anders.

Danny sieht aus, als hätte man ihn mit der Hand in der Keksdose erwischt. „Fuck, das tut mir leid", antwortet er, und ich kann das echte Bedauern in seiner Stimme hören. Aber das ändert nichts an der Tatsache, dass er in letzter Zeit Vieles verkackt hat.

„Geht es dir gut? Was ist denn los?", frage ich. Es ist eine schwere Frage, das weiß ich.

Danny zuckt mit den Schultern und lacht halbherzig, bevor er antwortet „Nichts, was eine Lobotomie nicht beheben könnte."

Ich sehe ihn an, sehe ihn zum ersten Mal wirklich an, und ich kann die Dunkelheit in seinen Augen sehen. Wie konnte ich nur so blind für sein Leiden sein? Die Anzeichen waren da, aber ich war zu sehr in meinem eigenen Scheiß vertieft, um es zu bemerken. Das Gewicht meiner Schuld legt sich wie Blei auf meinen Magen. Ich fühle mich wie ein Stück Scheiße.

Danny dreht sich zu mir um, Schuld steht ihm ins Gesicht geschrieben. „Ich weiß, dass ich scheiße gebaut habe", gibt er zu. Ich will ihm versichern, dass es in Ordnung ist, aber bevor ich etwas sagen kann, fragt er „Wie ist das Meeting gelaufen?" Ich beginne meinen Rückblick auf alles, was er verpasst hat - letzte Woche in Richard's Leben: die Buchveröffentlichung, das mögliche Feature im Playboy-Magazin - und ich sehe, wie seine Augen vor Begeisterung aufleuchten.

„Der verdammte Playboy?", sagt er und seine Stimme steigt vor Begeisterung. „Das ist crazy!" Plötzlich sehe ich, wie das Funkeln in seine Augen zurückkehrt.

Er sieht mich an und sagt „In einer Zeit, in der wir ständig mit massenproduzierten Inhalten bombardiert werden, die darauf ausgelegt sind, konsumiert und gleich wieder vergessen zu werden, wie beschissenes Fast Food für den Geist, entscheidest du dich für das Gourmet-Dinner und schreibst Bücher. Die richtigen Leute werden das zu schätzen wissen." Und wieder schafft er es, einfach so eine Bombe platzen zu lassen.

Seine Aussage trifft mich wie eine Welle, ein unerwarteter Schub an Bestätigung, von dem ich nicht eimal wusste, dass ich ihn brauchte.

Ich reiche ihm den Controller und für eine Weile vergessen wir die Welt da draußen; wir drücken auf „Start" für das Spiel und gleichzeitig auf „Pause" für das Leben.

Klick.

DANIEL RUCZKO

36

Kreativität ist der Treibstoff, der meinen Motor am Laufen hält. Sie ist das, was mich aus dem Bett springen lässt, bevor der Wecker klingelt, und was mich vergessen lässt, dass fünf Uhr morgens schon etwas nach meiner Schlafenszeit ist. Dieses Gefühl, etwas aus dem Nichts zu erschaffen, ist mit nichts zu vergleichen, was ich bisher erlebt habe.

Doch jetzt sitze ich hier und starre auf einen leeren Bildschirm vor mir, unfähig, irgendetwas zu erschaffen. Ich habe nie an eine Schreibblockade geglaubt; ich hielt sie für eine Ausrede von faulen oder Möchtegern-Autoren. Aber jetzt bin ich selbst ein Opfer davon. Dieses Gefühl ist neu für mich und es ist beunruhigend. Die Worte, die früher mühelos aus meinem Kopf auf die Seite flossen, fühlen sich jetzt gefangen an, weggesperrt von einer unsichtbaren Kraft. Es ist, als ob ich an kreativer Impotenz leide - ich habe das Bedürfnis, den Antrieb, aber ich kriege ihn einfach nicht hoch, um etwas zu erschaffen, das sich wirklich befriedigend anfühlt. Vielleicht ist es nur eine Phase, eine vorübergehende Delle im großen Ganzen. Und vielleicht ist es der Druck, der auf mir lastet. Aber egal was es ist, ich bin verzweifelt auf der Suche nach einer Lösung.

Ich komme im *Chateau Marmont* an, dem Inbegriff des alten Hollywood-Glamours, einem Ort, der mehr Sterne gesehen hat als der Nachthimmel. Während ich durch die luxuriöse Lobby gehe, mit ihren Plüschmöbeln und den exquisiten Kronleuchtern, die von der Decke hängen, fallen mir die Porträts berühmter Gäste an den Wänden auf. James Dean, Marilyn Monroe, Jim Morrison - sie alle haben diesen Ort mit ihrer Anwesenheit beehrt. Es ist wie eine Hommage an die Geschichte Hollywoods.

Mit ihrer mühelosen Schönheit und Eleganz wirkt sie wie eine Hollywood-Diva. Wenn jemand hierher gehört, dann sie. Als ich mich nähere, schaut sie auf und schenkt mir ein Lächeln, das die ganze Stadt erhellen könnte. Wir umarmen uns und plaudern über unser Leben, über Arbeit und Beziehungen, doch wie immer driften unsere Gespräche bald ins Unkonventionelle ab.

Lana erzählt mir von ihrem neuesten Fiasko. Offenbar ist sie neulich mit einem Auto zusammengestoßen, was ihre ohnehin schon hohen Versicherungskosten weiter in die Höhe getrieben hätte. Sie erzählt, wie der Mann aus dem Auto stieg und sie ihre Telefonnummern tauschten - ein Standardvorgehen nach einem Blechschaden. Die Geschichte nimmt jedoch eine unerwartete Wendung, als sie nach Hause kam und der Mann ihr später eine Nachricht schickt „Ich glaube, ich kenne dich." Sie befand sich in einer seltsamen Situation und tauschte schließlich Sex gegen niedrigere Versicherungstarife.

Sie besteht darauf, dass es sich um einen ehrlichen Tausch handelte, und zog diese unorthodoxe Lösung der Alternative vor.

Der Mann konnte sich eine seiner Fantasien erfüllen, während sie mit einem Schnäppchen davonkam, zumindest ihrer Meinung nach.

Ich nehme an, das sind die Vorteile, wenn man ein A-Listen-Pornostar ist. Ich lache über ihre Geschichte und ihren einzigartigen Geschäftssinn, Sex als Währung einzusetzen.

Während wir unsere Drinks schlürfen, erzähle ich ihr von meinen jüngsten kreativen Problemen. Ich erzähle, wie ich mich blockiert und unproduktiv fühle, und Lana nickt verständnisvoll. Dann erzählt sie mir von Microdosing - einer Praxis, mit der sie experimentiert hat und bei der sie kleine Mengen von Psychedelika einnimmt, um Kreativität und Fokus zu steigern. Einen Moment lang denke ich, dass wir über so etwas wahrscheinlich nicht in der Öffentlichkeit reden sollten, aber wir sind hier im Chateau und jeder hier ist wahrscheinlich auf irgendetwas.

Plötzlich fragt sie mich ganz ernst „Willst du etwas Penisneid?"

„Was meinst du?", frage ich und überlege, ob ich sie richtig verstanden habe.

Sie erklärt, dass es sich um eine bestimmte Pilzsorte handelt, die hochwirksam ist und von der sie Kapseln in Mikrodosen hat.

Ich zögere zunächst und erkläre, dass ich in zwei Stunden ein Fotoshooting für mein Buch habe und das Letzte, was ich will, ist, dabei auf einem Trip zu sein.

Aber Lana versichert mir, dass Microdosing subtil ist und ich nichts spüren werde - es ist gerade genug, um meinem Geist einen sanften Schubs in die richtige Richtung zu geben. „So etwas machen die Typen aus dem Silicon Valley schon lange", sagt sie. „Sie nehmen alle Arten von Psychedelika wie LSD, Psilocybin und Meskalin in Mikrodosen."

Lana reicht mir die große grün-gelbe Kapsel und ich spüle sie mit einem Schluck Wasser hinunter. Ich warte, erwarte irgendeine Art von sofortiger, bewusstseinserweiternder Wirkung. Wird die Welt um mich herum plötzlich in leuchtenden Neonfarben erstrahlen?

Aber auch nach einer Stunde ändert sich nichts. Die Welt um mich herum bleibt so alltäglich wie immer und ich fühle mich nicht anders als vorher. Und wahrscheinlich ist genau das der Sinn der Sache.

Ich schaue auf meine Uhr und merke, dass mein Fotoshooting bald beginnt. Vielleicht ist es besser so, dass ich gerade nicht auf einem Trip bin, der mein erstes professionelles Fotoshooting ruinieren könnte.

Ich verabschiede mich von Lana und bedanke mich bei ihr für eine weitere interessante Begegnung. Bevor sie geht, sieht sie mich an und sagt „Lass mich wissen, wie es dir gefällt." Ich nicke und mache mich auf den Weg.

Der Valet bringt mir mein Auto und ich mache mich auf den Weg, während die normale, langweilige Landschaft an mir vorbeizieht. Wer weiß, vielleicht werde ich eines Tages zu den Silicon-Valley-Typen gehören, die sich ihren Erfolg durch Mikrodosierung sichern. Aber fürs Erste ist es nur eine weitere seltsame Erfahrung in der wunderlich-verrückten Welt, in der ich lebe.

Als ich im Fotostudio ankomme, das Alessa mir vermittelt hat, mischen sich Aufregung und Nervosität in mir. Ich war noch nie ein Fan davon, vor einer Kamera zu stehen und mich fotografieren zu lassen, aber ich verstehe, dass das für die Promotion notwendig ist. Ich steige aus meinem Auto und blicke auf das Gebäude vor mir. Von außen sieht es unscheinbar aus, nur ein weiteres altes Lagerhaus, wie jedes andere unscheinbare Gebäude, das man in diesem Teil der Stadt findet. Doch sobald ich eintrete, ist es eine ganz andere Welt. Der Raum hat sich in ein Paradies für Fotografen verwandelt. In dem modernen, schlichten Innenraum sind verschiedene Kulissen und Hintergründe verteilt, und es gibt Unmengen an Equipment - Lampen, Kameras, Objektive, Requisiten - alles sorgfältig organisiert und bereit zur Benutzung.

Als ich das Studio betrete, werde ich von der Belegschaft begrüßt, als wäre ich ein alter Freund, auf dessen Ankunft sie sehnsüchtig gewartet haben.

Und ich bin mir der Tatsache bewusst, dass dieser Fotograf, Charlie Shaw, bereits jedes große Celebrity-Gesicht dieser Welt abgelichtet hat. Jetzt bin ich an der Reihe. Charlie ist ein Profi, kein Zweifel, und er scheint nett zu sein, aber er hat eine gewisse Arroganz an sich, die mir nicht gefällt. Aber ich muss ja nicht mit dem Kerl befreundet sein, also ist es keine große Sache.

Ein Angestellter führt mich zu einer Umkleidekabine. Als ich eintrete, sehe ich eine leuchtend rote Couch und bemerke etwas Seltsames. Die Farben wirken gesättigter, als sie sein sollten, und jetzt, wo ich darüber nachdenke, fühle ich mich ein bisschen komisch. Scheiße, fangen die Pilze an zu wirken?

Allein der Gedanke daran lässt mich lachen und ich spüre, wie sich ein warmes, kribbelndes Gefühl in meinem Körper ausbreitet. Es wird immer schwieriger, das idiotische Grinsen zu unterdrücken, das mein Gesicht übernehmen will.

Meine Gedanken fühlen sich gleich an, aber es ist, als ob jede Farbe heller, jedes Geräusch klarer und jede Berührung elektrisierender ist. Mein Körper fühlt sich an, als ob er vor Energie brummt, wie eine gespannte Feder, die bereit ist, auszubrechen. Es ist wirklich eher ein Körper-High. Und alles scheint einfach... lustig.

Ein Klopfen an der Tür unterbricht meine Gedanken „Richard, wir sind soweit." Ich trete aus dem Zimmer in das helle Licht des Fotostudios und kämpfe gegen den Drang an, wie ein Idiot zu grinsen. Charlies Assistentin, eine zierliche Blondine mit einem Klemmbrett, begrüßt mich, und ich folge ihr wie ein verlorener Welpe auf *Penisneid*. Mit jedem Schritt intensivieren sich diese Empfindungen. Fuck. Und ja, ich erkenne hier das Muster - entweder nehme ich unwissentlich Drogen oder ich nehme einfach zu viele.

Charlie und sein Team sind bereit, ich nehme meinen Platz vor der Kamera ein und versuche, mich so normal wie möglich zu verhalten. Aber allein der *Versuch*, normal zu sein, ist ein sicherer Weg, alles zu vermasseln. Mein Körper verrät mich, mein Gesicht verrät mich und ich weiß, dass ich mich auf einem Kollisionskurs mit dem Absurden befinde. Charlie bellt mir Anweisungen zu und je ernster er mich haben will, desto schwerer fällt es mir, ernst zu bleiben. Ich entschuldige mich immer wieder, aber das Lachen und Grinsen will einfach nicht aufhören. Es ist, als würde ich versuchen, einen Ballon in einem Hurricane festzuhalten. Jedes Mal, wenn der Auslöser klickt, fühle ich mich wie eine tickende Zeitbombe. Charlie schreit mich an, aber ich kann ihn wegen meines eigenen Lachens nicht hören.

Ich weiß, dass ich es gerade verkacke, aber ich kann nichts dagegen tun.

Er ist frustriert und das Team wird unruhig, aber ich habe hier absolut keine Kontrolle. Nicht mehr. Und in diesem Moment wird mir klar, dass vielleicht, nur vielleicht, mein wahres Ich derjenige ist, der nicht aufhören kann zu lachen, der nichts allzu ernst nehmen kann. Okay, nein, es sind wahrscheinlich nur die Drogen. Entweder war das keine Mikrodosierung oder ich bin einfach viel zu empfindlich für solche Substanzen.

Doch während Charlies Linse meinen veränderten Zustand weiterhin einfängt, kann ich nicht anders, als die ganze Situation urkomisch zu finden. Ich lasse meine Hemmungen fallen und lasse das Lachen einfach raus; Nimm den Scheiß einfach hin, er ist authentisch. Und plötzlich verwandelt sich Charlies finsterer

Blick langsam in ein Grinsen, und selbst die Crewmitglieder können sich das Lachen nicht verkneifen.

Nachdem das Eis gebrochen ist, möchte ich nicht, dass Charlie und das Team denken, ich sei ein Arschloch oder wüsste ihre Arbeit nicht zu schätzen. Also beschließe ich ehrlich zu sein. „Es tut mir leid", sage ich, bemüht, aufrichtig zu wirken. „Ich habe Pilze genommen - ich wollte Mikrodosieren, um weniger nervös zu sein. Sorry, Leute. Es ist der Penisneid."

Der Raum explodiert vor Lachen, die restliche Spannung löst sich auf, als wäre sie nie da gewesen. Alle scheinen volles Verständnis zu haben und wir setzen das Fotoshooting fort. Im Nachhinein betrachtet hätte ich ihnen wahrscheinlich von Anfang an von den Pilzen erzählen sollen. Aber jetzt, wo die Wahrheit draußen ist, ist die Atmosphäre leichter, und wir alle haben eine gute Zeit.

Endlich, nach einer gefühlten Ewigkeit, ist die Fotosession vorbei. Ich bin erschöpft und mein Gesicht schmerzt vom übermäßigen Lächeln. Ich taumle zurück in die Umkleide, fühle mich, als hätte ich gerade einen Marathon hinter mir. Als ich mich im Spiegel betrachte, stelle ich fest, dass ich wie eine Mischung aus einem Clown und einem Wahnsinnigen aussehe.

Bevor wir gehen, ruft mich Charlie zu seinem Computer und zeigt mir ein paar der unbearbeiteten Fotos. Zu meiner Überraschung ist es uns tatsächlich gelungen, inmitten des Chaos einige Aufnahmen zu machen, die gar nicht so schlecht sind. Sie sind sogar verdammt gut. Einen Moment lang vergeht mein

Lächeln und wird durch einen ungläubigen Blick ersetzt. Charlie bemerkt meine Reaktion und lacht. „Ja, Mann, wir haben ein paar gute Sachen. Du siehst toll aus."

Ich habe es immer gehasst, fotografiert zu werden, aber hier bin ich nun, high auf Pilzen, und habe es irgendwie geschafft, ein anständiges Shooting hinzulegen. Wahrscheinlich ist das der Grund, warum Charlie ein Profi ist, der 25.000 Dollar pro Kunde verdient. Fuck it, es ist nur Geld. Alle im Studio scheinen mit dem Ergebnis zufrieden zu sein, ihr Lächeln ist echt und breit. Ich bedanke mich bei jedem Einzelnen für die harte Arbeit und das Verständnis und verlasse das Studio mit einem Peace-Zeichen.

Die Tür schließt sich hinter mir und ich trete in das helle Sonnenlicht, während sich die Ereignisse des Tages in meinem Kopf wie ein chaotischer, surrealer Film abspielen. Aber man sagt ja: Manchmal sind es die ungeplanten Dinge, die am besten ausgehen. Serendipität. Eine glückliche Fügung. Manche Dinge sind einfach zu große Zufälle, um sie als solche zu bezeichnen. Vielleicht war es Serendipität, die Alessa dazu brachte, mir diesen Fotografen zu besorgen, die mich dazu brachte, mich high auf Pilzen fotografieren zu lassen, was es mir wiederum ermöglichte, auf diesen Fotos mein wahres Ich zu zeigen. Vielleicht war es auch Serendipität, die Lana dazu brachte, Sex gegen günstigere Versicherungstarife zu tauschen.

Möglicherweise war es nur eine Reihe schlechter Entscheidungen, die irgendwie doch alle ihren Platz fanden - durch Serendipität.

37

Wenn man mir im Alter von elf Jahren gesagt hätte, dass ich eines Tages ein Buch schreiben würde, das verfilmt werden würde, hätte ich gesagt, dass man mir Scheiße erzählt und mich vor Lachen gekrümmt. Ich hätte es nicht geglaubt. Fuck, ich kann es immer noch nicht glauben. Aber hier bin ich, Jahre später, und die Reste dieses Lachens klingeln immer noch in meinen Ohren. Die Dreharbeiten für *Serendipity - Der Film* sind offiziell abgeschlossen und heute Abend findet die Filmabschlussparty statt. Als Allen mich einlud, war es keine Frage - ich musste kommen. Ich wollte Danny mitbringen, aber er hatte keine Lust, also wurde Emily meine Begleiterin für den Abend. Noch weiß ich nicht, ob der Name meines Buches für den Film beibehalten wird, aber wen interessiert's, solche Dinge können sich in letzter Minute ändern.

Es ist gut zwei Monate her, dass ich zuletzt etwas geschrieben habe. Und das Microdosing hat sicherlich dazu beigetragen, mich wieder auf die Spur zu bringen; Ich habe die Dosierung jetzt perfektioniert, sodass ich keine seltsamen Nebenwirkungen spüre - genau so, wie es sein soll. Als zusätzlichen Bonus scheint es meine Stimmung zu heben, aber irgendetwas fehlt noch. Vielleicht muss ich erst noch etwas leben, bevor ich ein weiteres

Buch schreiben kann. Wer weiß. Vielleicht wird heute eine gute Nacht dafür sein.

Emily sieht umwerfend aus, wie immer, mühelos sexy, mit einem schwarzen Kleid, das ihre schlanke Figur perfekt umrahmt. Doch es ist ihr Lächeln, das mir wirklich den Atem raubt.

Die Türen des Aufzugs gleiten auf und geben den Blick auf eine Dachterrasse frei, den Nachthimmel über uns und die Stadt unter uns ausgebreitet. Die Aussicht ist sowohl aufregend als auch beunruhigend und Emily und ich tauschen nervöse Blicke aus. Insgeheim hoffen wir beide, dass der Abend nicht damit endet, dass jemand von der Kante springt. Sowohl im wörtlichen als auch im übertragenen Sinne. Als wir durch die Tür gehen, erkenne ich ein paar bekannte Gesichter vom Set und wir tauschen ein paar Worte aus. Der Raum ist offen und voll Leute aus der Branche, die Gespräche und die Musik erfüllen die Luft. Die Beleuchtung ist gedämpft, was dem Ganzen eine intime Atmosphäre verleiht. Und dann sehe ich Allen - er unterhält sich gerade mit jemandem, aber als er mich und Emily sieht, entschuldigt er sich und kommt auf uns zu.

Er begrüßt mich herzlich, aber sein Blick wandert schnell zu Emily. Er sieht sie an, als würde er versuchen, sie einzuordnen. „Kenne ich Sie von irgendwoher?", fragt er.

Emily schüttelt den Kopf, ihre Lippen verziehen sich zu einem Lächeln. „Ich glaube nicht", antwortet sie, ihre Stimme ist sanft wie Seide.

„Ich habe das Gefühl, Sie schon einmal gesehen zu haben", sagt er, aber Emily zuckt nur mit den Schultern und ich weiß sofort, was los ist. Wahrscheinlich kennt er ihre "Arbeit" aus einsamen, nächtlichen Surf-Sessions im Internet. Ich finde es lustig und ich weiß, dass es Emily auch nichts ausmacht. Sie trägt ihren Beruf mit Stolz und schert sich einen Dreck um die derjenigen, die sie verurteilen würden. Und außerdem - heutzutage hat doch sowieso jede zweite Frau einen OnlyFans-Account, besonders in dieser Stadt.

Ich sage Allen, dass wir uns erst mal umsehen und die Atmosphäre der Dachparty genießen wollen. Emily und ich mischen uns unter die Leute und erkunden die Location. Der Film ist abgedreht, und alle sind gut gelaunt. Emily hat ein paar Drinks gehabt und ich merke an ihrem Kichern und Flirten mit mir, dass auch sie sich prächtig amüsiert. Zwischendurch zieht sie mich zu sich und drückt mir einen Kuss auf die Lippen. Diese Frau ist wirklich etwas Besonderes.

Ich bleibe bei Wasser, da ich uns später nach Hause fahren werde. Keine Benzos, keine bewusstseinsverändernden Drogen, kein Gar-nichts - einfach nur das ungefilterte, ganz normale Ich. Emily leicht angetrunken zu erleben, ist Unterhaltung genug für mich. Sie tanzt, sie ist wie ein Energizer-Hase und dann kommt sie zu mir zurück, mit diesem verschmitzten Lächeln auf den Lippen. „Ich kann es kaum erwarten, später meinen Fahrer zu verführen", flüstert sie mir ins Ohr.

Ich nicke nur grinsend. „Danke, dass du mich hierher mitgenommen hast", sagt sie, „Es macht so viel Spaß."

Im Laufe des Abends unterhalte ich mich mit einigen Mitgliedern der Crew und verschiedenen Leuten, die ich bereits kennengelernt habe, während Emily weiter tanzt und ihren Körper mit fließender Eleganz im Takt bewegt. Plötzlich vibriert mein Handy. Es ist eine Nachricht von Maria und ich kann das Gewicht der Nachricht spüren, bevor ich sie überhaupt gelesen habe. „Hey, was machst du gerade? Hast du Zeit, mir bei etwas zu helfen?"

Ich tippe eine schnelle Antwort, meine Daumen fliegen über das Display „Ich bin gerade auf der Wrap-Party vom Film; was ist los?" Ich sende die Nachricht ab und wende mich wieder Emily zu, die weiterhin tanzt und das Leben genießt. Doch in meinem Hinterkopf weiß ich, dass Marias Nachricht wie eine tickende Zeitbombe ist, bereit hochzugehen und diesen perfekten Abend zu zerstören. Maria antwortet sofort „Oh Scheiße, tut mir leid, ich wollte nicht stören. Viel Spaß noch." Sie weiß genau was sie tut und natürlich beiße ich an. Ich wende mich zu Emily, die gerade eine Pause vom Tanzen macht und an einem Drink nippt. „Hey, ich muss mich schnell um etwas kümmern", sage ich ihr und halte mein Handy hoch. „Ich bin gleich wieder da." Sie nickt und schenkt mir ein Lächeln, aber ich kann nicht verhindern, dass ich ein schlechtes Gewissen bekomme, als ich gehe. Ich wähle Marias Nummer und als sie abnimmt, höre ich, wie ihre Stimme zittert und sie hörbar schluchzt. „Hey, was ist los?" frage ich besorgt.

Sie sagt „Ich möchte dir wirklich nicht den Abend verderben", was bereits in vollem Gange ist.

Aber dränge sie, mir zu sagen, was los ist. Schließlich erzählt sie mir, dass sie einen heftigen Streit mit ihrem Mann hatte und wegwill, aber er hat das Auto mitgenommen. Jetzt kann ich aufhören, mich zu fragen, in welcher Situation sie steckt; diese neue Information trifft mich wie ein Schlag. Ich zögere, während sie sich dafür entschuldigt, mich kontaktiert zu haben. Ja, ich weiß, dass sie mich manipuliert, und ich lasse es trotzdem zu. Sie sagt, ich sei die einzige Person, die sie sehen will. Ich schaue zu Emily hinüber, die wieder wie ein freier Vogel tanzt. Ich muss eine Entscheidung treffen: angetrunkene Pornodarstellerin oder narzisstische Ex? Ich bin so ein verdammter Idiot.

Nach einem kurzen Moment sage ich „Schick mir die Adresse, dann hole ich dich ab." Kaum habe ich die Worte ausgesprochen, spüre ich einen Stich des Bedauerns. Maria hat es schon immer geschafft, mich zurückzuholen.

Ich lege auf; und Emily schaut mich neugierig an. „Ist alles in Ordnung?", fragt sie.

„Ein Freund ist in Schwierigkeiten und braucht meine Hilfe", erkläre ich und versuche, die Dinge so vage wie möglich zu halten.

Emily lächelt mich an: „Du bist so ein guter Kerl", sagt sie, offensichtlich beeindruckt von meiner Bereitschaft, alles stehen und liegen zu lassen und einem „Freund" zu helfen. Ich spüre, wie sich in meinem Magen ein Knoten bildet. „Ich bin so ein dummer Kerl", denke ich. Ich biete ihr an, ihr ein Uber zu rufen, aber sie schüttelt den Kopf und sagt, sie wolle noch ein bisschen auf der Party bleiben. Sie lächelt mich an und versichert mir, dass sie selbst nach Hause kommt. Ich sage ihr „Pass nur auf, dass niemand springt, okay?" Vielleicht war es etwas zu früh dafür, aber sie lacht. Ich umarme sie kurz und bitte sie, mir später zu schreiben. Trotzdem plagt mich mein schlechtes Gewissen, als ich Emily zurücklasse, um meiner Ex zu helfen. Und ich frage mich, ob ich das Richtige tue.

Als ich bei Marias Haus ankomme, wartet sie bereits draußen auf mich. Es ist dunkel und die Straßenlaternen werfen einen gelblichen Schimmer auf ihr Gesicht. Ihr Make-up ist vom Weinen verschmiert. Sie steigt ins Auto und umarmt mich fest - zu lange, um es als normale Begrüßung durchgehen zu lassen. Sie entschuldigt sich erneut dafür, dass sie mich angerufen hat, aber ich sage ihr, dass es okay ist. Ich frage sie, wie es ihr geht, aber merke im gleichen Moment, dass das eine dumme Frage ist.

Ich spüre ihre Anspannung, während sie über den Streit mit ihrem Mann erzählt. Es ist seltsam, das alles von ihr zu hören, vor allem, weil wir früher zusammen waren. Und bis vor einer Stunde wusste ich nicht einmal sicher, dass sie verheiratet ist. Ich versuche, sie zu unterstützen und ihr zu sagen, dass alles gut werden wird, auch wenn ich es selbst nicht wirklich glaube. Ich weiß nichts über die Beiden und die Wahrheit ist, dass Beziehungen kompliziert sind. Sie können wunderschön und erfüllend sein, aber auch chaotisch und schmerzhaft. Und manchmal, egal wie sehr man sich bemüht, klappt es einfach nicht.

Dann erzählt sie mir, dass er die Scheidung eingereicht hat. Wie aus dem Nichts lehnt sie sich für eine weitere Umarmung zu mir, und ich lasse es zu. Doch plötzlich küsst sie mich. Ihre Lippen pressen sich auf meine und für den Bruchteil einer Sekunde fühle ich mich in eine Zeit zurückversetzt, in der die Dinge zwischen uns einfacher waren. Doch genauso schnell werde ich wieder in die Realität zurückgeholt. Ich ziehe mich sanft, aber bestimmt zurück. Sie ist nicht einmal geschieden, und ich bin ihr Ex. Das Letzte, was ich will, ist, den Problemen, mit denen sie bereits zu kämpfen hat, eine weitere Ebene hinzuzufügen. Sie entschuldigt sich erneut und ich kann das Bedauern in ihrer Stimme hören. Es ist nicht so, dass ich sie nicht wollen würde, aber manche Dinge sollte man besser in der Vergangenheit lassen. Sie ist impulsiv, sucht vielleicht einfach nach etwas Vertrautem. Ich atme tief durch, versuche, mich zu sammeln, bevor ich spreche, und versichere ihr, dass alles in Ordnung ist.

Als ich Maria anschaue, sehe ich, dass sie ein Wrack ist. Es ist offensichtlich, dass sie im Moment nicht in ihrem eigenen Haus sein möchte. Vielleicht ist es für sie zu viel, allein an einem Ort zu sein, der sie an ihre zerbrochene Ehe erinnert. Ohne wirklich darüber nachzudenken, platzt es aus mir heraus „Willst du bei mir übernachten? Wir haben ein Gästezimmer. Da hast du etwas Ruhe und Zeit, um deinen Kopf freizubekommen."

Sie sieht zu mir auf, ihre Augen sind rot und geschwollen. „Bist du sicher?"

Ich nicke. „Klar."

Ihre Augen weiten sich vor Überraschung. „Ja, das wäre wirklich nett. Danke", sagt sie leise. Ich starte den Motor und wir fahren los. Die Fahrt zu mir nach Hause ist nicht lang, aber sie kommt mir vor wie eine Ewigkeit, weil eine erdrückende Stille in der Luft liegt.

Als wir bei mir ankommen, schaut Maria auf und staunt über die Größe des Hauses. „Wow", murmelt sie leise vor sich hin; Es ist zwar keine Villa, aber beeindruckend genug. Vor allem für LA. Ich schließe die Tür auf und führe sie hinein. Das Haus ist still, nur das leise Summen der Klimaanlage füllt die Luft. Keine Spur von Danny.

Ich zeige ihr das Gästezimmer und sie schaut sich um. „Es ist wirklich schön hier", sagt sie.

Ich nicke, unsicher, was ich sagen soll. „Wenn du etwas brauchst, sag mir Bescheid."
Ihre Augen treffen meine für einen kurzen Moment, bevor sie wegschaut. „Danke", sagt sie mit kaum hörbarer Stimme.

Ist es wirklich eine gute Idee, sie hier übernachten zu lassen? Was ist, wenn sie auf falsche Gedanken kommt? Fuck, was ist, wenn ich auf falsche Gedanken komme? Ich lasse Maria im Gästezimmer, damit sie sich etwas ausruhen kann. Es fühlt sich seltsam an, sie nach all der Zeit in meinem Haus zu haben. Ich gehe ins Wohnzimmer, setze mich auf die Couch neben Salem, der schläft, und schalte den Fernseher ein. Aber ich beachte ihn nicht wirklich. Es ist nur Hintergrundgeräusch, etwas, das mir Gesellschaft leistet, während ich versuche, die Situation zu verstehen.

Wenige Minuten später taucht Maria im Wohnzimmer auf. Sie bleibt kurz stehen, ihr Blick wandert zum großen Fenster, das den Blick auf das nächtliche Los Angeles freigibt, dessen Lichter wie Millionen Glühwürmchen funkeln. Wortlos kommt sie zu mir und fragt, ob es mir etwas ausmacht, wenn sie sich zu mir setzt. Ich verneine und sie lässt sich neben mir nieder. Eine Zeit lang sitzen wir gemeinsam da und schauen auf den Fernseher. Irgendwann lehnt sie sich zu mir und legt ihren Kopf auf meine Schulter. Ich spüre das Gewicht ihres Kopfes gegen mich, und für einen Moment scheint der Raum stiller zu werden.

Ich spüre eine Vibration an meinem Handgelenk; Als ich auf meine Uhr schaue, sehe ich eine neue Nachricht von Emily. „Ich habe es nach Hause geschafft; ich hoffe, deinem Freund geht es besser." Bevor ich die Worte auf dem Bildschirm überhaupt verarbeiten kann, spüre ich, wie sich Marias Hand langsam auf meine zubewegt. Und obwohl ich weiß, dass ich es tun sollte, kämpfe ich nicht dagegen an. Ich lasse sie meine Hand halten, wissend, dass das ein Fehler ist, aber unfähig, der Anziehung ihrer Berührung zu widerstehen.

Mit einer Ex wieder anzubandeln ist, als würde man die Hand in einen Müllschredder stecken und hoffen, dass es beim zweiten Mal weniger schmerzhaft endet.

38

ch drehe die Lautstärke von *"New York State of Mind"* von Nas auf, während ich durch die Straßen West Hollywoods fahre. Die warme Abendsonne scheint auf mein Gesicht und ich fühle mich lebendig. Mit heruntergelassenen Fenstern und lauter Musik durch LA zu cruisen - das wird einfach nie alt. Diese Stadt schläft nie und ich auch nicht; ich träume nur. Ich bin auf dem Weg zu *Book Soup*, meinem Lieblingsbuchladen am Sunset Boulevard, wo ich heute Abend eine Lesung haben werde. Alessa und Allen halten es für eine clevere Idee, etwas Hype für den kommenden Film und die Neuveröffentlichung des Buches zu generieren, und ich bin voll dafür. Ich habe mein Lieblingskapitel ausgewählt und freue mich darauf, es mit allen zu teilen, die kommen.

Als ich den Buchladen betrete, nehme ich mir einen Moment Zeit, um die Szene zu betrachten. Ich bemerke eine kleine Menschenmenge, die sich bereits versammelt hat, und schaue mich im Raum um. Ich suche die Anwesenden nach Danny ab, der eigentlich hier sein sollte, um sich um die Logistik zu kümmern. Aber wie so oft in letzter Zeit ist er nirgends zu finden. Wieder einmal lässt er mich hängen. Doch zu meiner Überraschung entdecke ich Alessa, die am hinteren Ende des

Raumes steht. Ein kleines Lächeln schleicht sich auf mein Gesicht, als ich mich auf den Weg zu ihr mache, dankbar, ein bekanntes Gesicht inmitten der Fremden zu sehen.

„Du hast es geschafft", sage ich und bin erleichtert, sie zu sehen.

„Ich würde es um nichts in der Welt verpassen wollen", antwortet sie mit einem breiten Lächeln. Mit ihr an meiner Seite kann ich mich endlich auf meine Lesung konzentrieren. Es ist meine erste in LA, und sie fühlt sich anders an als die letzte, die ich in Seattle hatte.

Alessa beugt sich vor und fragt mich, ob ich nervös bin. Ich antworte „Ein bisschen." Aber es ist die gute Art von Nervosität - die Art, die einen auf Trab hält und sicherstellt, dass man es nicht verkackt.

Ich blicke auf die Ansammlung von Leuten und mein Herz schlägt schneller. Es sind mehr Menschen hier, als ich je erwartet hätte.

„Man sollte meinen, niemand gibt mehr einen Scheiß auf Buchlesungen", sage ich zu Alessa, „aber diese Leute hier beweisen das Gegenteil."

Sie nickt und klopft mir aufmunternd auf die Schulter. „Du wirst das rocken, ich weiß es." Und verdammt, ich fühle mich tatsächlich gleich besser. Ich meine, es ist eine Buchlesung und kein UFC-Kampf, aber trotzdem ist es schön, ein wenig moralische Unterstützung zu haben. Schließlich kommt ein Mitarbeiter des Buchladens auf mich zu und kündigt meinen Namen an. Das Publikum fängt an zu klatschen und ich atme tief durch, bevor ich zum Podium schreite. Neben mir hängt stolz ein vergrößertes Cover meines Buches, das mich herauszufordern scheint, es zu verkacken. Aber ich habe keine Zeit zu zweifeln oder zu zögern. Ich stelle mich mit selbstbewusstem Ton vor und beginne zu lesen.

Die Worte sprudeln aus mir heraus und es ist seltsam. Ich habe sie vor so langer Zeit geschrieben, als ich ein anderer Mensch war und sie eine andere Bedeutung hatten. Als ich das Kapitel beende, mache ich eine Pause und sauge die Stille in mich auf. Ich spüre, wie die Aufmerksamkeit der Menge auf mich gerichtet ist. Dann liefere ich meine Lieblingszeile „Wie sollen wir uns treffen und uns verlieben, wenn ich so verdammt beschäftigt bin und du nicht existierst?"

Dann kommt der Applaus wie eine Welle. Ich sehe Alessa, die mit stolzem Gesichtsausdruck klatscht. Während ich auf die Menge blicke, bemerke ich, dass einige von ihnen Exemplare meines Buches mitgebracht haben, in der Hoffnung auf ein Autogramm. Es schüchtert mich etwas ein, zu denken, dass etwas, das ich geschrieben habe, diesen Leuten wichtig genug ist, um zu erscheinen und meine Unterschrift zu wollen. Alessa kommt auf mich zu, mit diesem Lächeln im Gesicht, das alles sagt, was sie nicht zu sagen braucht. Sie beglückwünscht und umarmt mich, wie eine kuschelige Decke an einem kalten Tag. Dann zieht sie sich zurück und sagt „Ich muss gehen, aber das war unglaublich!" Als sie sich zum Gehen wendet, höre ich ihre letzten Worte: „Kümmere dich um deine Fans", begleitet von einem verschmitzten Zwinkern. Ich winke Alessa kurz zu und sehe ihr nach, bevor ich mich wieder der Menge zuwende.

Nachdem ich die letzten Bücher signiert und höflich mit den letzten Fans gesprochen habe, leert sich der Buchladen, und ich wandere ziellos zwischen den Regalen umher. Fuck, ich liebe Buchläden.

Dann höre ich eine Stimme sagen „Du musst eine große Nummer sein", Ich drehe mich in die Richtung der Stimme und sehe eine braunhaarige Schönheit, die mich mit einem Buch in der Hand anstarrt. Sie ist umwerfend.

Ich antworte mit einem Lachen „Ich bin kein Hemingway, nur ein Typ, der ein paar Worte aufschreibt und hofft, dass sie bei jemandem ankommen."

Sie lächelt mich an und fährt fort „Nun, all diese Leute, die Schlange stehen, um dich zu treffen, zeigen, dass du darin nicht scheiße bist."

Ich gehe auf sie zu und stelle mich ihr vor. Sie sagt mir, dass sie Emilia heißt. Ihr Duft hat etwas Berauschendes an sich.

Wir beginnen, über Bücher zu reden, und ich merke sofort, dass sie intelligent und schlagfertig ist. Ich bin von ihr fasziniert und das Gespräch fließt mühelos. „Die letzte Zeile, die du gelesen hast, hat mir sehr gut gefallen." Sie hat eine stille Selbstsicherheit, die schwer zu ignorieren ist.

„Danke", antworte ich, „Aber das ist nicht mein Verdienst, ich habe sie aus einem Glückskeks geklaut."

Wir lachen gemeinsam, und um das Gespräch am Laufen zu halten, frage ich sie „Was ist deine Geschichte? Was machst du, wenn du nicht gerade in Buchhandlungen rumhängst?"

Sie lehnt sich zurück, fährt sich mit den Fingern durch die Haare und sagt „Ich bin Krankenschwester". Es ist erfrischend, eine Frau zu treffen, die nicht in das typische LA-Schema passt. Ich war sofort angetan, als sie sagte „Ich bin weder ein Model noch eine Schauspielerin." Das hört man in dieser Stadt selten, auch wenn sie leicht beides sein könnte. Kein Pornostar, keine manipulative Ex-Freundin - einfach eine normale Frau aus der realen Welt, mit Terminen und einem Wecker, der gestellt werden muss. Sie versucht nicht krampfhaft, jemanden zu beeindrucken. Sie ist einfach sie selbst, und genau das macht sie so faszinierend für mich. Ich will nicht um den heißen Brei herumreden, also frage ich sie direkt, was sie nach dem Buchladen vorhat. Sie hebt eine Augenbraue und sieht mich neugierig an. „Ich habe eigentlich keine Pläne", sagt sie und zuckt mit den Schultern. „Warum fragst du?"

Ich versuche, lässig zu wirken, und sage „Ich dachte, wir könnten vielleicht etwas trinken gehen oder so. Mehr über Glückskekse reden."

Sie lacht, und verdammt, das klingt gut. „Klar, ich könnte einen Drink vertragen", sagt sie, „Aber nicht zu lange; ich muss morgen früh meinen Freund vom Flughafen abholen." Und so einfach zerbricht die Fantasie. Wie ein Keks.

„LAX?", frage ich, und sie nickt.

„Du weißt, dass es ernst ist, wenn sie ihn vom LAX abholt", sage ich mit einem Hauch von Sarkasmus und versuche, cool zu bleiben.

Sie kichert und weiß genau, was ich meine. „Ja, ich denke schon".

Die Bar liegt direkt gegenüber von *Book Soup*. Wir sitzen an einem Tisch, die Neonlichter spiegeln sich auf der glänzenden Oberfläche und der Geruch von Zigarren liegt in der Luft. Emilia und ich teilen uns einen Drink. Ich habe keine Hintergedanken, keine Absichten. Ich respektiere die Tatsache, dass sie einen Freund hat. Genieße einfach ihre Gesellschaft, und ich merke, dass es ihr genauso geht. Nach einer Weile spüre ich, dass das Gespräch zu Ende geht, und ich weiß, dass es Zeit für Emilia ist, zu gehen. Ich biete ihr an, einen Uber zu rufen, da ich nicht der Grund dafür sein will, dass sie zu lange wegbleibt. Schließlich habe ich sie zum Trinken gebracht; Das Mindeste, was ich tun kann, ist, sicherzustellen, dass sie gut nach Hause kommt. Sie sieht mich an und nickt mit dem Kopf, wobei sich auf ihren Lippen der Hauch eines Lächelns abzeichnet.

Wir gehen nach draußen, der Klang von Motoren und Gelächter füllt die Luft, wie ein Soundtrack der Stadt, die niemals schläft. Während wir warten, halten wir Smalltalk und ich kann nicht anders, als zu bewundern, wie bodenständig und authentisch sie wirkt. Dann sehe ich den Uber vorfahren. Ich öffne die Tür für sie und beobachte, wie sie einsteigt und mir ein Lächeln zuwirft.

„Danke, das war nett." Ihre Worte hallen in meinem Kopf nach wie eine bittersüße Sinfonie.

Als der Uber losfährt, bleibt ihr Duft noch in der Luft. Ich nehme mir einen Moment Zeit, um die kühle Nachtatmosphäre aufzusaugen. Ich weiß nicht, wie es passiert ist, aber nach dem letzten Treffen mit Maria haben meine Worte wieder begonnen zu fließen. Vielleicht sind es die Erinnerungen an unsere turbulente Vergangenheit, die meine Kreativität beflügeln, oder vielleicht sind es die neuen Gefühle, die sie in mir geweckt hat. Aber es lässt sich nicht leugnen - irgendetwas hat sich in mir verändert, seit wir wieder aufeinandergetroffen sind. Sie ist wie eine abgefuckte Muse, die mich auf eine Weise inspiriert, die ich nicht ganz verstehe. Spieglein, Spieglein an der Wand, wer ist der Abgefuckteste im ganzen Land?

Ich drehe mich zur Bar um und sehe eine Gruppe wunderschöner Frauen, die kichernd mit den Männern um sie herum flirten.

Ich weiß, dass ich wieder eine Entscheidung treffen muss: Sex oder Schreiben? Lust oder Kreativität? Jeder Weg ruft mich mit seiner eigenen verführerischen Stimme. Die attraktiven Frauen an der Bar sind verlockend, aber ebenso der Ruf der leeren Seite. Fuck it, ich drehe mich um und gehe zu meinem Auto. Die Nacht verschluckt mich, die Fenster sind runtergekurbelt. Neonlichter durchbrechen die urbane Symphonie aus streunenden Seelen und vorbeirasenden Autos, die den pulsierenden Rhythmus der schlaflosen Stadt bestimmen.

Zu Hause parke ich mein Auto, steige aus und spüre Erleichterung. Es ist ein gutes Gefühl, zu Hause zu sein. Ich gehe auf das Haus zu und fummle einen Moment mit meinen Schlüsseln. Es ist dunkel und still, als ich reinkomme, abgesehen von den gedämpften Sounds aus dem Gameroom. Danny konnte sich nicht die Mühe machen, zu meiner Lesung zu kommen, aber für Videospiele hat er alle Zeit der Welt. Ich schüttle ungläubig den Kopf, aber ich will mich heute Abend nicht damit beschäftigen. Als ich in mein Zimmer gehe, ist die einzige Lichtquelle mein Laptop, den ich gerade hochfahre. Einen Moment lang starre ich einfach nur auf den leeren Bildschirm. Doch dann beginnen die Worte zu fließen, als wären sie schon immer da gewesen und hätten nur darauf gewartet, geschrieben zu werden. Das Tippen auf den Tasten wird zum einzigen Geräusch, während ich mich im Schreiben verliere. Ich liebe diesen Scheiß.

Für mich ist Schreiben wie Sex; Wenn es dir keinen Spaß macht, machst du es falsch.

39

Runyon Canyon, das Epizentrum der Instagram-Träume und Selfie-Sticks. Ich war nur eine Handvoll Male hier und jedes Mal ist es wie ein Laufsteg für die attraktivsten Menschen von Los Angeles; fast wie ein soziales Experiment, um festzustellen, wer der heißeste von allen ist. Sie kommen hierher, um zu wandern und ihre durchtrainierten Körper, Designer-Sonnenbrillen und teure Sportkleidung zur Schau zu stellen. Maria fragte nach einem Treffen, also schlug ich ihr vor, mich hier zu begleiten. Ehrlich gesagt versuche ich einfach, nicht zu oft mit ihr allein zu sein, und ein öffentlicher Ort wie dieser ist ideal, um unangenehme Situationen zu vermeiden. Ich spüre ein unbehagliches Gefühl in meiner Brust, als ich sie in ihrer engen Yogahose und der tief ins Gesicht gezogenen Baseballkappe auf mich zukommen sehe. Sie sieht unglaublich aus, aber ich versuche, kein Interesse zu zeigen.

Die Sonne brennt auf uns herab, als wir unseren Hike beginnen. Maria und ich schaffen es geschickt, das Gespräch oberflächlich zu halten und die Minenfelder unserer gemeinsamen Vergangenheit sowie ihre aktuelle Situation zu umschiffen. Wir sind inzwischen beide Experten in diesem Tanz und der Smalltalk fließt reibungslos. Trotz allem finde ich seltsamerweise Trost darin, mit ihr zu sprechen, als ob sie mich auf eine Weise versteht, wie es sonst niemand tut. Aber ich darf mich nicht täuschen lassen, es ist alles nur Fassade, meisterhaft inszeniert, um mich in ihren Bann zu ziehen. Plötzlich klingelt mein Handy, und auf dem Display erscheint Alessas Name. Ich gehe ran „Hey, Alessa, was gibt's?"

„Hey", sagt sie mit einem Hauch von Frustration in der Stimme. „Weißt du, wo Danny ist? Ich habe versucht, ihn zu erreichen."

Ich werfe einen Blick auf Maria, die lässig an ihrem Getränk nippt, während ihre Augen auf mich gerichtet sind.

„Keine Ahnung. Warum?", gebe ich zu.

Alessa seufzt schwer. „Er hat unser Meeting schon zwei Mal verschoben und jetzt taucht er nicht auf.."

Überrascht antworte ich „Ich wusste gar nicht, dass ihr ein Meeting habt."

„Ich weiß, dass ihr Freunde seid, aber er ist in letzter Zeit wirklich unzuverlässig. Ich wollte es vorher nicht ansprechen, aber es wird so langsam zum Problem." Während sie spricht, muss ich daran denken, dass Danny sich in letzter Zeit in seinem Zimmer vergräbt, wahrscheinlich mitten in einer depressiven Episode. Jemandem zu helfen, der in einer Depression versinkt, ist wie der Versuch, Rauch zu greifen; Er gleitet einem durch die Finger, eine dunkle Wolke, die sich nicht bändigen lässt. Er ist mein bester Freund und ich fühle mich verdammt hilflos.

„Ich rede mit ihm, wenn ich nach Hause komme", versichere ich ihr, während sich das Gewicht der Situation auf mir absetzt.

„Danke", sagt sie und wir beenden das Gespräch. Ich stecke das Handy zurück in meine Tasche und wende mich wieder Maria zu, die mich mit einer Mischung aus Sorge und Neugierde mustert.

„Alles in Ordnung?", fragt sie, wobei sich eine perfekt geschwungene Augenbraue hebt.

„Ja", sage ich und zwinge mich zu einem Lächeln. Maria und ich reden weiter, aber meine Gedanken sind meilenweit entfernt, fixiert auf die unausweichliche Konfrontation mit Danny. Ich verliere mich mal wieder in endlosen Gedanken und merke, wie ich dadurch den Moment ruiniere.

Während wir weiter das unebene Terrain durchqueren, navigieren wir gekonnt um das Thema ihrer bevorstehenden Scheidung, bis sich das Gespräch so sehr verengt, dass es sich fast erstickend anfühlt.

„Wie geht's dir?", frage ich und versuche, ein sicheres Gesprächsthema zu finden.

„Ich... komme klar", sagt sie. „Aber die Arbeit läuft gut."

Ich nicke. „Das freut mich."

Einen Moment lang laufen wir schweigend nebeneinander, die Spannung in der Luft so dicht, dass man sie mit einem Messer schneiden könnte. Plötzlich bleibt Maria stehen und holt tief Luft, als würde sie sich darauf vorbereiten, in unbekannte Gewässer einzutauchen. Ich drehe mich zu ihr um und mache mich auf das gefasst, was kommen mag.

„Kann ich ehrlich sein?", fragt sie.

„Natürlich."

Sie atmet aus und lässt die Schultern hängen, als ob sie eine Last loslässt, die sie meilenweit getragen hat. „Ich habe absolut keine Ahnung, was ich tun soll", sagt sie mit brüchiger Stimme, „Und ich kann mit niemandem darüber reden."

Einen Moment lang weiß ich nicht, was ich sagen soll. Und mir wird klar, dass Maria unter ihrer polierten und selbstbewussten Fassade genauso verloren und verwirrt ist wie wir alle. „Hey", sage ich leise und versuche, ihren Blick einzufangen. „Keiner von uns weiß wirklich, was er tut."

Maria lacht. „Ja, wahrscheinlich hast du recht."

„Weißt du, bei Danny dreht sich alles um Manifestationen", beginne ich und ein leichtes Lächeln auf den Lippen. „Er sagt immer, dass alles gut wird, solange du daran glaubst. Und bisher hat er recht gehabt. Es ist nur manchmal schwer zu erkennen, wenn es Scheiße regnet." sage ich und lache.

„Du bist ein toller Mensch", sagt sie mit gesenktem Blick. „Und ich habe alles versaut."

Ihre Worte treffen mich wie ein Stich ins Herz, aber ich sage nichts. Ein Teil von mir will sie beruhigen, ihr sagen, dass alles vergeben und vergessen ist, aber das wäre gelogen. Wenn es so wäre, würde es sich nicht so anfühlen, wie es sich anfühlt.

Kopf, ich liebe dich. Zahl, ich mag dich nicht einmal.

In diesem Moment unterbricht Marias Telefon die unangenehme Stille und ich danke dem Teufel dafür. Sie nimmt den Anruf entgegen und beginnt zu reden, aber ich schalte bewusst ab, entschließe mich, dass Unwissenheit in diesem Fall wirklich ein Segen ist. Ich will einfach nicht mehr wissen, als mir gesagt wird.

Nach ein paar Momenten legt sie auf und entschuldigt sich „Tut mir leid, aber ich muss mich um etwas kümmern. Eine Arbeitsangelegenheit."

Ich winke ab und sage „Alles gut".

Wir drehen um und machen uns auf den Rückweg. Und kann nur daran denken, dass ich eine unangenehme Situation gegen eine andere tausche. Die Spannung mit Maria wird durch das Gespräch ersetzt, das ich mit Danny führen muss, sobald ich zu Hause bin. Es wirft wieder die Frage auf: Wohin gehst du, wenn du nirgendwo sein willst? Meine Apple Watch vibriert und informiert mich, dass ich mein Bewegungsziel erreicht habe, aber vermutlich ist es nur meine Angst, die meinen Puls beschleunigt hat.

Während ich mich durch die kurvenreiche Strecke des Mulholland manövriere, denke ich an die ersten Wochen in LA mit Danny. Alles war so neu und aufregend, doch die Dinge haben sich verändert. Früher war er mein Co-Pilot, aber jetzt fliege ich meistens alleine. Und ich will das ändern; vielleicht kann ich ihm irgendwie helfen.

Ich halte vor dem Haus, die Reifen meines Autos knirschen auf dem Kies, als ich parke.

Ich betrete das Haus und rufe „Danny?", bekomme aber keine Antwort. Vielleicht ist er nicht da und wir können die Sache verschieben. Ich gehe in mein Zimmer und suche Zuflucht vor der Welt da draußen. Und dort, auf dem Nachttisch, liegt die kleine Xanax-Packung, die mir Maria vor Kurzem gegeben hat. Ich hatte sie fast vergessen. Sie scheint mich anzustarren, flüstert leise Versprechen von vorübergehender Erleichterung von der aufgestauten Angst.

Ich zögere einen Moment, meine Hand schwebt über der Packung. Dann, mit einem leisen Seufzer, hebe ich sie auf und fummele unbeholfen an der Öffnung herum. Die Pille fällt in meine Handfläche, ihre kreidige Textur hebt sich von meiner Haut ab. Ich schlucke sie trocken hinunter, der bittere Geschmack bleibt auf meiner Zunge haften, während ich mich auf die bevorstehende Konfrontation vorbereite, sobald Danny sich endlich nach Hause schleppt. Als das Xanax beginnt, seine subtile Magie zu entfalten, entspannt sich mein Körper und sinkt in den weichen Komfort meines Bettes. Jetzt bleibt mir nur noch zu warten, bis Danny zurückkommt, während ich mich mental auf den Sturm vorbereite, der sich zwischen uns zusammenbraut. Ich will ihn als Freund unterstützen, aber seine Doppelrolle als mein Manager macht die Sache komplizierter. Seine Fehler häufen sich, und es wird immer schwerer, das eine vom anderen zu trennen. Eine Tür knallt wie eine Schrotflinte und reißt mich aus dem Bett in den Flur. Dort steht er, mein bester Freund, mein Manager - ein menschliches Wrack, das aussieht, als hätte das Leben ihn durchgekaut und ausgespuckt.

„Yo!", rufe ich und er zuckt zusammen, wie ein Reh im Scheinwerferlicht. Er grüßt mich mit einem zitternden Nicken. Meine Stimme, streng, aber besorgt, durchbricht die angespannte Stille „Wir müssen reden." Wir bewegen uns in Richtung Wohnzimmer, wobei Danny den Weg anführt. Der Gestank von Alkohol haftet an ihm wie ein Geist, der schlechte Entscheidungen hinter sich herzieht. Das schwindende Sonnenlicht wirft lange Schatten und schafft eine unheimliche Kulisse für den unvermeidlichen Showdown zwischen Freunden. Wir lassen uns auf getrennte Sofas sinken, einander gegenüber, während die unausgesprochenen Gedanken und ungefragten Fragen schwer auf uns lasten. Ich sammle mich, atme tief ein und versuche, eine gewisse Ruhe auszustrahlen.

„Wie gehts dir?", frage ich sanft.

Er blickt auf, sein Gesicht von Unglauben gezeichnet, als wäre meine aufrichtige Frage nichts weiter als ein kranker Scherz. Aber hieran ist absolut nichts lustig.

„Sprich mit mir, man", bitte ich ihn, meine Stimme getränkt von der Sorge eines Freundes, der verzweifelt versucht zu verstehen. Doch er schweigt, seine Augen leer, die Lippen zu einer dünnen Linie zusammengepresst. Jede Sekunde in dieser Stille ist eine Qual, die die ohnehin schwierige Situation noch unerträglicher macht.

„Ich will dir helfen, ich will dich verstehen", sage ich, und meine Worte driften durch die angespannte Luft zwischen uns, auf der Suche nach dem Schlüssel, um die Verbindung, die wir einst hatten, wiederherzustellen.

Der Raum scheint kleiner zu werden, als er den Mund öffnet und leise beginnt zu sprechen. Seine Stimme ist kaum mehr als ein Flüstern und es ist, als hätte er Angst, jemand anderes könnte ihn hören. Aber ich höre ihn laut und deutlich. „Willst du wirklich wissen, wie es mir geht?", fragt er. Meine Augen treffen seine, und ich nicke leicht. Er atmet tief ein und fährt fort, jedes Wort strömt aus ihm heraus wie ein geheimes Geständnis „Es ist, als wäre ich in einem endlosen Albtraum gefangen", sagt er mit leicht zitternder Stimme. „Die Welt um mich herum hat all ihre Farbe verloren. Alles ist grau und hoffnungslos." Ich sehe den Schmerz in seinem Gesicht, und die Worte formen ein düsteres, monochromes Bild seiner Realität. Er fährt fort: „Jeden Morgen sterbe ich aufs Neue. Mein Verstand sagt mir, ich soll aufstehen, produktiv sein, etwas Sinnvolles tun, aber mein Körper ist wie erdrückt von der Last der Traurigkeit und Hoffnungslosigkeit."

Ich bin sprachlos. Seine Worte schneiden wie das präzise Skalpell eines Chirurgen. In diesem Moment weiß ich, dass ich Zeuge von etwas Rohem und Echtem bin. Etwas, das schon seit langem in ihm schwelt und ihn von innen heraus zu töten droht. Die Worte platzen aus mir heraus, dringlich und entschlossen „Wir müssen dir Hilfe holen." Unsere Blicke treffen sich, die Verbindung zwischen uns ist untrennbar, als ich fortfahre und seine eigenen Lehren aufgreife „Du hast mir immer gesagt, dass sich alles zum Guten wenden wird - dass letztlich alles gut wird."

Er antwortet mit einem niedergeschlagenen Flüstern „Niemand kann mir helfen. Nichts wird gut werden, zumindest nicht für mich."

Mein Herz krampft sich zusammen, während Frustration und Angst an meinen Eingeweiden zerren. Ich schieße ungläubig zurück „Und was jetzt? Willst du einfach verkümmern, während ich danebenstehe und zusehe?" Die Worte zerreißen uns beide. Ein Schwall von Emotionen überflutet mich - Wut, Verzweiflung, Hilflosigkeit. Seine Augen treffen meine und einen Moment lang ist es, als könne er den Kampf sehen, der in mir tobt. Und während wir dort sitzen, gefangen in diesem stillen Kampf, wird mir klar, dass es nicht nur darum geht, ihn zu retten. Es geht darum, uns beide zu retten. Ich dachte, ich hätte den Tiefpunkt erreicht, als meine Mutter starb. Aber Danny scheint in einem noch tieferen Abgrund zu stecken. Egal wie schlecht die Dinge stehen, es gibt immer jemanden, der noch beschissener dran ist als du. Was besonders schmerzhaft ist, wenn es dein bester Freund ist.

Also atme ich tief durch, sammle mich und strecke meine Hand noch einmal nach ihm aus. Mit fester Stimme und unerschütterlicher Entschlossenheit sage ich „Wir werden einen Weg finden, das zu überstehen. Gemeinsam." Ich sage ihm „Hör zu, man, du musst einen Schritt zurücktreten. Du kannst nicht deine ganze Energie darauf verwenden, mich zu managen, wenn du selbst kämpfst."

Er sieht mich mit einem Blick an, der seine Wut verrät. „Wovon zum redest du? Willst du mich jetzt ersetzen, nur weil ich ein paar scheiß Meetings verpasst habe? Nach allem, was ich für dich getan habe?" Seine Worte brennen wie Säure.

Ich versuche, ihn zur Vernunft zu bringen, aber er ist bereits zu weit weg, gefangen in seinen Emotionen. „Nein, du bist mein Bruder. Es geht nicht darum, dich zu ersetzen. Es geht darum, dass du einen Schritt zurücktrittst und dich auf dein eigenes Wohl konzentrierst. Ich will helfen.", sage ich ruhig. Aber er versucht nicht einmal, es zu hören.

„Wie willst du mir helfen? Du bist derjenige, der sich mit Benzos vollballert und Pornostars fickt, um sich von der Ex abzulenken, über die du nicht hinweg bist", erwidert er. Obwohl seine Worte tief schneiden, ist mir bewusst, dass er seinen eigenen Schmerz auf mich projiziert. Ich versuche mein Bestes, es nicht persönlich zu nehmen. „Ohne mich wärst du nicht einmal in diesem verfickten LA", fügt er hinzu, wobei seine Stimme zittert. „Wer war für dich da, als deine Mutter starb? Wer war die ganze verdammte Zeit an deiner Seite?"

Und natürlich hat er Recht. Jeder will für die Party da sein, aber nur echte Freunde bleiben, wenn du dich in ein komplettes Arschloch verwandelst. Er war in einigen der schwierigsten Zeiten meines Lebens für mich da. Aber das ist genau das, was ich für ihn zu tun versuche. „Genau das meine ich", sage ich, „Ich bin dir dankbar für alles, was du für mich getan hast, und jetzt bin ich dran." Ich versuche, ihn zur Vernunft zu bringen, aber es ist, als würde ich mit einer Wand reden. Er ist zu sehr von seiner Wut zerfressen und weigert sich, auf die Vernunft zu hören. „Komm schon, man, sei nicht so, ich will dir doch nur helfen", flehe ich.

Plötzlich springt er auf und dreht sich zu mir um, sein Gesicht vor Wut verzerrt. „Fick dich! Helf dir selbst. Du bist so verdammt selbstverliebt. Nimm doch noch eine scheiß Xanax!", sagt er und wirft die Hände in die Luft. „Ich brauche diesen Scheiß nicht. Ich brauche dich verdammt noch mal nicht." Mit diesen Worten stürmt er aus dem Zimmer und knallt die Tür hinter sich zu.

Ich bleibe allein zurück, mit nichts als dem Echo seiner Wut, das von den Wänden zurückprallt.

Depression ist ein verdrehter Tanzpartner, der sein Opfer zunächst im Kreis führt; Doch je mehr man versucht, sich zu lösen, desto fester wird ihr Griff.

Auf Dannys Rat hin gehe ich in mein Zimmer und nehme noch eine Xanax.

316

40

Ein beschissener Tag in Los Angeles ist immer noch besser als ein beschissener Tag an den meisten anderen Orten der Welt. Wir mögen auch hier unsere Probleme haben, aber zumindest scheint die Sonne. Und selbst wenn die Dinge schlecht laufen, sehen sie immer noch verdammt gut aus.

Heute hat Emily ein Shooting und mich eingeladen, sie zu begleiten. Was soll ich sagen, ich bin ein Schriftsteller, ein Mann der Neugier. Meine Kreativität kann sich die Chance nicht entgehen lassen, ein Pornoset zu besuchen und zu erkunden. Außerdem ist es eine gute Ablenkung von dem Streit mit Danny. Ich lasse ihm zwar Freiraum, jedoch lindert das keineswegs den Schmerz in meiner Brust.

Ich fahre die Hills vom Laurel Canyon hinauf und komme an einer Villa an, die wie ein architektonisches Meisterwerk aussieht. Die strahlend weiße Fassade steht im Kontrast zum üppigen Grün, das sie umgibt. Es ist die Art von Ort, die man normalerweise nur in Filmen oder auf den Seiten von Hochglanzmagazinen sieht - oder eben bei einer Fahrt durch LA. Als ich aus meinem Auto steige, nehme ich mir einen Moment Zeit, um den Panoramablick auf die Stadt unter mir zu genießen.

Mit der Sonnenbrille auf der Nase gehe ich durch die offenen Türen und werde vom Klang von Lachen und Musik begrüßt. Das Innere der Villa ist ein Zeugnis des Überflusses: Marmorböden, vergoldete Möbel und raumhohe Fenster, die den Raum mit goldenem Sonnenlicht durchfluten. Drinnen herrscht reges Treiben, ein chaotisches Ballett aus Menschen, die herumlaufen und Kameras und Lichter aufstellen. Meine Anwesenheit scheint Aufmerksamkeit zu erregen, ein ungewohntes Zahrad in dieser gut geölten Maschinerie. Ein Typ mit einem Klemmbrett kommt auf mich zu, er sieht besorgt aus. „Bist du der neue PA?", fragt er und mustert mich von oben bis unten, als würde er meine Nützlichkeit einschätzen wollen.

Ich schüttele den Kopf und lächle schief. „Nein, ich bin nur hier, um Emily zu sehen."

Er entspannt sich leicht und entschuldigt sich für die Verwechslung, bevor er mich durch das organisierte Chaos zum Make-Up-Bereich führt. Wir schlängeln uns zwischen halbnackten Darstellern und hektischen Technikern hindurch. Als ich den Raum betrete, sehe ich Emily anmutig auf einem Stuhl sitzen, umringt von zwei Frauen, die an ihrem Haar und Make-Up arbeiten. Als sie mein Spiegelbild erblickt, leuchten ihre Augen auf und eine echte Wärme breitet sich auf ihrem Gesicht aus. Die beiden Frauen, die an ihr arbeiten, treten zur Seite, als sie sich erhebt und auf mich zugeht.

„Hey, du hast es geschafft!", sagt sie und umarmt mich.

„Natürlich", sage ich ihr. „Du siehst umwerfend aus!"

Ihr Lachen ist leicht und aufrichtig, als sie antwortet: „Danke. Innere Schönheit hat mich bis jetzt nicht wirklich weit gebracht."

Ich lache über ihren cleveren Kommentar und sehe ihr T-Shirt mit der Aufschrift „Ehemaliges Baby, zukünftiger Geist".

Ich zeige darauf. „Nettes Shirt."

Sie antwortet mit einem verspielten Lächeln. „Ich bin fast fertig", sagt sie und deutet auf die Aktivitäten um sie herum. „Fühl dich wie zu Hause. April müsste auch irgendwo hier sein. Und ich komme gleich zu dir", Dann dreht sie sich um und lässt die beiden Frauen ihre Arbeit fortsetzen. Ich nicke und fange an, durch das Set zu gehen, um die Details der luxuriösen Villa in Augenschein zu nehmen. Ich gehe auf den Poolbereich zu, umgeben von Palmen und der heißen Sonne. Die Crewmitglieder sind alle höflich zu mir, nicken mir zu und grinsen mich freundlich an. In einer Ecke blättert ein Mann lässig in einer Zeitschrift, seine Erektion ist ein bizarr normaler Teil der Umgebung. Auf der Terrasse, die einen atemberaubenden Blick auf den Canyon bietet, fällt mir etwas ins Auge - ein großes Bett mit einer Kamerakonfiguration, wie ich sie noch nie zuvor gesehen habe, mit zwei Kameras, die direkt nebeneinander montiert sind.

Plötzlich höre ich Schritte hinter mir, drehe mich um und sehe April, die nur in Unterwäsche bekleidet auf mich zukommt und ihren perfekten Körper zur Schau stellt. Sie begrüßt mich mit einer herzlichen Umarmung und einem Kuss auf die Wange. Nachdem wir ein paar Worte gewechselt haben, zeige ich auf die

Kamerakonfiguration und frage, wofür sie sei. Sie lächelt und erzählt mir, dass es für eine VR-Szene ist. Meine Augen weiten sich vor Neugier.

„VR-Porno?", rufe ich aus. „Heilige Scheiße, kein Nerd wird jemals wieder seinen Keller verlassen."

April lacht und antwortet „Naja, sie sind irgendwie nervig zu drehen. Aber es ist definitiv das nächste große Ding in der Branche." Sie fährt fort „Obwohl du nicht gerade unsere Zielgruppe bist."

Mir schwirrt der Kopf vor lauter Möglichkeiten, als ich versuche, mir die Technologie des VR-Pornos zu vergegenwärtigen. Die Implikationen sind verblüffend.

In diesem Moment betritt eine weitere Frau die Terrasse, gekleidet in einen Jogginganzug, mit Sonnenbrille und einem Smoothie von *Erewhon* in der Hand.

„Oh, da ist die andere", sagt April und deutet auf den Neuankömmling.

„Wie viele Szenen dreht ihr denn?", frage ich sie, bemüht, mich auf das Wesentliche zu konzentrieren.

„Nur eine", antwortet sie. „Aber mit drei Frauen".

Ich ziehe eine Augenbraue hoch und sage „Glücklicher Kerl." Auch wenn es verdammt anstrengend klingt. Während es in der Fantasie von jemandem, der noch nie einen hatte, fantastisch klingen mag, kann ein Dreier schon überwältigend sein, was die Sinne angeht.

April zeigt auf einen großen afroamerikanischen Mann, der am Pool sitzt. Er trägt ein schwarzes T-Shirt, seine Arme sind von Tattoos bedeckt, und er hat einen ernsten Gesichtsausdruck. Sie sagt „Ja, das ist er." Dieser Kerl könnte mich wie einen Zweig zerbrechen, wenn er wollte.

Sie fährt fort „Er ist total süß. Du solltest ihn mit den Mädchen sehen. Er ist wie ein Teddybär."

Ich lache und sage „Scheint so."

Ich starre April ungläubig und fasziniert an.

"Ich bin diejenige, die in der Szene Anal mit ihm macht," sagt sie beiläufig. Mein Verstand versucht zu begreifen, wie das überhaupt passen könnte. Bevor ich das verarbeiten kann, fügt sie hinzu „Es wurde meine Spezialität, fast wie ein Partytrick. So nach dem Motto: 'Hey, guck mal, was ich machen kann.'" Sie grinst, ein verschmitztes Funkeln in den Augen. „Und es bringt mehr Geld."

„Wow", sage ich, „Du bist echt der Harry Houdini der Riesenschwänze" April lacht über meinen dummen Witz. Plötzlich werden wir auf einen Tumult aufmerksam, der die dritte Schauspielerin betrifft. Wir bekommen das Gespräch zwischen ihr und der Assistentin mit. Sie weigert sich, das Freigabeformular zu unterschreiben, und die Assistentin will wissen, warum. „Merkur ist gerade rückläufig", erklärt sie, als ob das allgemein bekannt sein sollte. „Ich kann bis zum 15. Mai nichts unterschreiben. Das musst du verstehen."

Ich kann nicht anders, als über die Absurdität der Situation laut loszulachen. Das ist LA-Wahnsinn auf einem ganz neuen Level.

Wie aus dem Nichts kommt Emily auf uns zugerannt. Ihr Make-up ist makellos, ihre Augen glänzen vor Aufregung und sie hält etwas in der Hand. Sie umarmt mich fest, und der Duft ihres Parfüms steigt mir in die Nase. „Oh, herzlichen Glückwunsch! Warum hast du mir das nicht gesagt?" Ihre Stimme klingt sowohl vor Freude als auch mit einem Hauch spielerischer Anklage.

Ich bin verwirrt und ziehe die Augenbrauen zusammen, als ich versuche, ihre Worte zu entziffern. „Dir was sagen?", frage ich aufrichtig verwundert.

„Playboy-Magazin?" Es dauert einen Moment, bis ich ihre Worte registriere. Die Ausgabe mit meinem Kapitel darin ist erschienen. Als Emily das Magazin hochhält, rast mein Herz vor Aufregung. Ich blättere schnell durch die Hochglanzseiten, meine Augen überfliegen die Artikel, bis ich es endlich sehe. Da ist es, mein Kapitel. Mein Name starrt mich in fetten Buchstaben an. Es fühlt sich surreal an, als würde ich in einem Traum leben.

„Heilige Scheiße!" sage ich.

Emily und April grinsen mich an, ihre Augen glänzen vor Stolz. „Ich bin so stolz auf dich", sagt Emily und umarmt mich fest.

Ihre Begeisterung ist ansteckend. Mit strahlenden Augen zieht April ihr Handy hervor und sagt „Kommt, wir machen ein Foto zusammen mit der Zeitschrift!" Innerhalb von Sekunden machen wir das Foto und verewigen den Moment auf Instagram.

Die Aufregung währt jedoch nicht lange, denn mein erster Instinkt wäre, Danny anzurufen - die Person, mit der ich diesen Moment wirklich teilen möchte. Ich nehme mir vor, ihm die Zeitschrift zu zeigen, wenn ich nach Hause komme. Dann beobachte ich, wie der Produzent die Frauen zusammenruft und sie bittet, zu ihm zu kommen, um Fotos zu machen. Auch „Merkur-Rücklauf" gesellt sich zu ihnen. Ich setze mich und beobachte die Szene, die sich vor mir abspielt. Anscheinend dauern Fotos länger als die eigentliche Szene, doch die Mädchen wirken unbeeindruckt. Sie sind Profis und bereiten sich vor wie Soldaten auf eine Schlacht. Ich blättere noch einmal im Playboy, um mich zu vergewissern, dass mein Kapitel tatsächlich dort steht und das alles nicht nur ein Hirngespinst ist. Aber da ist es noch immer, in gedruckter Form, für die ganze Welt zu sehen.

Halte den Atem an.

Standbild.

Klick.

Ich sehe ein Crewmitglied mit einem VR-Headset. Von meiner Neugier getrieben gehe ich zu ihm hinüber. Er nimmt es ab und bemerkt mein Interesse. „Hast du das schon mal ausprobiert?", fragt er und bietet es mir an. Ich schüttle den Kopf und er setzt es mir vorsichtig auf.

Plötzlich befinde ich mich in einer anderen Realität. Ich weiß, das ist Sinn der Sache, aber es ist trotzdem verrückt. Ich sehe einen Körper, der meiner sein soll, und dann erscheint Emily in der Szene. Es ist ein surreales Gefühl, fast wie ein luzider Traum.

Ich kann mich in 360 Grad umsehen und fühle mich, als wäre ich wirklich dort, während Emily langsam auf mich klettert. Ich verstehe, warum die Nerds von dieser Technologie besessen sind. Aber für mich ist es einfach nur seltsam. Ich hatte tatsächlich schon mehrfach Sex mit dieser Frau im echten Leben. Ich schätze, April hat Recht - ich bin definitiv nicht die Zielgruppe dafür. Trotzdem ist es verdammt beeindruckend.

Der Tag am Set zieht sich in die Länge, eine unerbittliche Parade von Körpern und Stöhnen, bis er schließlich zu Ende geht. Emily rutscht neben mich und fragt mich, ob ich mit zu ihr nach Hause kommen möchte. Es ist schwer zu glauben, dass sie nach einem ganzen Tag voller entblößter Körper und gespielter Ekstase immer noch Lust auf mehr hat. Fuck, ich bin mir nicht mal sicher, ob ich in der Stimmung dafür bin. Ich habe für heute genug gesehen - buchstäblich. Auch wenn Aprils "Partytricks" ziemlich beeindruckend waren. Aber ich sage Emily, dass ich besser nach Hause gehen sollte. An mir nagt noch die ganze Sache mit Danny, mit der ich mich auseinandersetzen muss, ein Versuch, das zerrissene Gewebe unserer Verbindung wieder zusammenzunähen. Sie nickt und drückt ihre Lippen zärtlich auf meine. Ich verabschiede mich von den Darstellerinnen und der Crew; Das vielstimmige „Auf Wiedersehen" ist ein Zeugnis der seltsamen Faszination des Tages. Dann werfe ich einen letzten Blick zurück und mache mich auf den Weg.

Die Sonne steht tief am Himmel und wirft einen warmen, goldenen Schein auf die sich ausbreitende Stadt der verlorenen

Engel, während ich mich durch das Straßenlabyrinth bewege. Der Wagen brummt unter mir, das vertraute Summen des Motors dient als Hintergrund für meine Gedanken. Ich kann es nicht leugnen - der heutige Tag war eine einzigartig faszinierende Erfahrung. Das Kaleidoskop der Begegnungen tanzt durch meinen Kopf, ein Technicolor-Mosaik des Ungewöhnlichen und Unerwarteten.

Ich fahre vor dem Haus vor und sehe Dannys Auto in der Einfahrt. Doch als ich eintrete, ist nichts zu hören.

Es ist still, zu still. Das einzige Geräusch ist das sanfte Schnurren Salems, der zu mir herüberhüpft, um gekrault zu werden. Aber irgendetwas stimmt nicht. Dannys Auto ist da, aber das Haus ist leer? Ich rufe seinen Namen, aber erhalte keine Antwort. Mit wachsender Unruhe durchstreife ich das stille Haus. Es fühlt sich an, als würde ich durch eine Filmkulisse gehen, nachdem der Regisseur „Cut!" gerufen hat. Ich durchsuche jeden Raum, aber Danny ist nirgends zu finden. Niedergeschlagen lasse ich mich auf die Couch im Wohnzimmer fallen. Da sehe ich den Zettel auf dem Couchtisch. Mein Herz sinkt, als ich Dannys Worte lese. Offensichtlich ist er zurück nach Seattle gegangen und will nicht, dass ich ihn kontaktiere.

Ich kann es nicht fassen. Niemals hätte ich gewollt, dass die Dinge zwischen uns so eskalieren. Aber es ist klar, dass Danny Abstand braucht, und natürlich muss ich seine Wünsche respektieren. Ich sitze eine Weile da, starre auf den Zettel und versuche, alles zu verarbeiten. Es fühlt sich an, als würde die Welt um mich herum zusammenbrechen, auch wenn ich weiß, dass ich weitermachen muss. Mit schwerem Herzen stehe ich auf und gehe zu Salem, der sich an mein Bein schmiegt. Die Sonne ist jetzt vollständig untergegangen und der Raum liegt in Dunkelheit. Das ist eine passende Metapher dafür, wie ich mich fühle - allein, im Dunkeln und verloren.

Aber ist man verloren, wenn niemand nach einem sucht?

41

Niemand wird jemals sagen: „Das ist die Zeit deines Lebens, genieße sie, solange du kannst!" Es ist jetzt zwei Wochen her, dass Danny gegangen ist, und ich versuche immer noch, das Ganze zu begreifen. Ich habe getan, was jeder beste Freund tun sollte: Ich habe genau das getan, was ein bester Freund tun sollte: Seine Worte ignoriert und trotzdem versucht, ihn anzurufen, ihm zu schreiben und ihm zu mailen. Aber keine Reaktion. Ich kann nicht anders, als es weiter zu versuchen. Das Haus, das einst durch Dannys Anwesenheit belebt wurde, ist jetzt eine leere Hülle, heimgesucht vom Geist unserer Freundschaft. Sein Zimmer, ein Schrein unserer gemeinsamen Erinnerungen, wirkt wie in der Zeit eingefroren - das Bett bleibt unberührt, und seine Sachen liegen still da, langsam unter einer Schicht Staub versinkend.

Während ich den Flur auf und ab gehe, das Telefon wie eine Rettungsleine ans Ohr gepresst, frage ich mich, ob ich einem Geist hinterherjage. Ich fühle mich wie der Protagonist im dritten Akt von *Fight Club*, der versucht, Tyler Durden zu verfolgen. Ich rufe jede letzte gewählte Nummer an, fliege zu jedem zuletzt bereisten Flughafen. Vielleicht sollte ich einfach nach Seattle fliegen und mit ihm von Angesicht zu Angesicht reden. Wäre das zu viel? Würde er mich überhaupt sehen wollen? Ich setze mich in den Gameroom und versuche, einen klaren Kopf zu bekommen. Ich setze mich ins Game Room und versuche, meinen Kopf freizubekommen. Aber ich kann an nichts anderes denken; Ich fühle mich geistig ausgelaugt, während ich versuche, das Chaos zu entwirren. Vielleicht weiß Danny, dass er überreagiert hat, aber die Last seiner Entscheidung hat ihn gelähmt - unfähig, die Hand auszustrecken und einzugestehen, dass er einen Fehler gemacht hat. Aber ich werde nicht aufgeben. Ich werde hartnäckig weiter anrufen, schreiben und die Mauern einreißen, die er aufgebaut hat, bis ich ihn erreiche. Dennoch kann ich mich dabei nicht selbst verlieren. Gerade jetzt nicht.

Ich nippe an meinem kalten Kaffee, dessen bitterer Geschmack von Koffein und Bedauern meine Zunge überzieht, während ich mit weit aufgerissenen Augen den Kalender anstarre. Die Tage scheinen schneller zu verfliegen, während die Neuveröffentlichung meines Buches näher rückt, und ich fühle mich jetzt schon leicht überfordert. Ohne Manager, der das Chaos meines Lebens regelt, bin ich auf mich allein gestellt. Nur ich und meine chaotischen Tendenzen.

Jetzt, wo Danny nicht mehr da ist, wird mir klar, wie viel Scheiße er für mich erledigt hat. Manchmal merkt man erst, dass jemand die eigene Welt zusammengehalten hat, wenn er nicht mehr da ist. Alles ist wichtig, und nichts kann warten. Ich bin Sisyphus, der den Felsbrocken den Berg hinaufrollt, nur damit er wieder hinunterrollt. Ich habe diesen Monat ein Fernsehinterview mit einer lokalen Morgenshow, die mich ausfragen will. Außerdem gibt es eine Handvoll Podcasts. Ich hab sowas noch nie gemacht, denke jedoch, dass ich es schon hinkriegen werde. Ich bin ziemlich gut darin, selbstbewusst so zu tun, als wüsste ich, wovon ich rede, auch wenn ich völlig ahnungslos bin; Im Bullshitten mache ich den Besten Konkurrenz.

Mitten im Gameroom, umgeben von allen Konsolen und Videospielen, die ich mir in den 90er Jahren gewünscht hätte, fühle ich mich plötzlich wie ein Eindringling. Allein hier drin zu sein ist seltsam und erinnert mich daran, dass Videospiele eine Aktivität sind, die mir nur mit meinem besten Freund Spaß macht. Völlig allein mitten in einer Millionenstadt. Es ist wie nach einer schmerzhaften Trennung - nur noch schlimmer. Selbst Emily, meine Lieblingsablenkung, ist nicht in der Stadt. Und Maria? Die kommt gerade auch nicht infrage, angesichts ihrer laufenden Scheidung. Ich habe versucht zu schreiben, aber die Worte fließen einfach nicht. In einer so großen Stadt mit endlosen Möglichkeiten sollte man meinen, ich hätte etwas Besseres zu tun, als herumzusitzen und mich selbst zu bemitleiden. Aber *wir sind alle Sonderfälle.*

Ich ziehe mein Handy heraus und beginne, durch Social Media zu scrollen. Die Flut an Benachrichtigungen ist überwältigend, und ich komme kaum hinterher. Alles, was ich jemals wollte, passiert gerade, aber es fühlt sich an, als würde ich es von außen beobachten; es fühlt sich hohl an, ohne Danny an meiner Seite.

Eine Message von Maria taucht auf; sie fragt, ob ich heute Abend Zeit habe, mich mit ihr zu treffen. Ich bringe es nicht über mich, zu antworten. Wenn etwas Schreckliches passiert, glauben wir manchmal, dass die Zeit stehenbleiben würde. Aber warum eigentlich? Wegen uns? Warum sind wir so arrogant? Die Zeit interessiert sich einen Scheiß für uns. Sie geht einfach weiter, so oder so. Die eigentliche Frage ist, ob du sie nutzt. Und im Moment tue ich das nicht. Ich verschwende sie nur. Scheiß drauf.

Ich schnappe mir meine Schlüssel und springe in mein Auto, drehe die Lautstärke des Radios auf und lasse Marilyn Mansons *The Mephistopheles of Los Angeles* laufen. Mein Kopf nickt im Takt der treffenden Lyrics, während ich den Freeway in Richtung Santa Monica hinunterfahre. Die Sonne knallt herunter, macht die Ledersitze meines Autos klebrig und unbequem. Aber das ist mir egal - ich muss einfach nur raus.

Als ich auf dem Parkplatz des Santa Monica Piers ankomme, erfüllt die salzige Meeresluft meine Lungen, und ich sehe schon das Chaos. Überall wimmelt es von Touristen, die Fotos schießen und überteuertes Fast Food von den Ständen kaufen. Ich mache mich auf den Weg zum Rand des Piers und starre hinaus auf die unendlich weite blaue Fläche. Die Wellen des Ozeans schlagen gegen die Felsen unter mir, und ich spüre den Nebel leicht auf meinem Gesicht. Für einen Moment verblasst alles andere, während ich mich in der Schönheit und Kraft der Natur verliere. Ich bin dankbar, dass das hier nur 30 bis 90 Minuten entfernt ist - je nach Tageszeit. Genau das habe ich gebraucht. Diese Momente erinnern mich daran, warum ich mich in diese Stadt verliebt habe.

Nachdem ich den Anblick und die Geräusche der tosenden Wellen aufgesogen habe, wende ich mich vom Wasser ab und gehe zum Venice Beach Boardwalk. Ich beobachte die lebhaften Charaktere, die den Weg säumen und die Freiheit genießen, sie selbst zu sein.

Schließlich biege ich ins *Sidewalk Café* ein und steuere auf den angrenzenden Buchladen *Small World Books* zu, der sich diskret daneben befindet. Ein Zufluchtsort, der sich im Schatten des umliegenden Chaos verbirgt. Der Duft alter Bücher steigt mir in die Nase, als ich den schwach beleuchteten Laden betrete, der von Regalen mit Taschenbüchern und Hardcovern gesäumt ist. Der hippe Typ an der Kasse begrüßt mich mit einem Nicken, als ich an ihm vorbeigehe. Im Raum selbst ist es ruhig, bis auf das leise Rascheln der Seiten, die von ein paar verstreuten Kunden umgeblättert werden. Ich nähere mich einem Regal und beginne, die Titel zu durchblättern, auf der Suche nach etwas, das mein Interesse wecken könnte. Dann entdecke ich es - mein Buch, *Serendipity*. Die selbstveröffentlichte Ausgabe, die ich selbst zusammengestellt habe. Ich nehme eines der Exemplare in die Hand, streiche mit den Fingern über das Cover und erinnere mich daran, wie ich einen Typen auf Fiverr beauftragt habe, es für mich zu designen. ahnungslos, wie ich es selbst machen sollte. Es ist zwar nicht perfekt, aber es ist meins.

Während ich durch die Seiten blättere, erinnere ich mich an die Nächte, in denen ich geschrieben, editiert und formatiert habe. Und dann sehe ich mein Eigenporträt auf der Rückseite, wie es mich anstarrt. Seltsam, mich so in der Zeit eingefroren zu sehen, unverändert, während sich alles um mich herum verändert hat. Ich komme mir vor wie ein Arschloch, das mitten in der Buchhandlung steht und seine eigenen literarischen Kreationen betrachtet. Aber es ist eher wie ein Blick in eine Zeitkapsel - ein Schnappschuss von dem, der ich war, als ich es geschrieben habe. Ich hatte nie den Wunsch nach Kindern, und doch fühlt sich jedes Stück, das ich geschrieben habe, wie ein Nachkomme an, ein Fragment meiner Seele, das auf Papier manifestiert wurde.

Als ich mein "Kind" im Arm halte, dringt eine süße Stimme an mein Ohr. „Richard?" Ich drehe mich um und erblicke Emilia. Bezaubernd wie immer und mit diesem berauschenden Parfum.

Ich begrüße sie und sie schaut lächelnd auf das Buch in meinen Händen. „Wie gefällt es dir?"

Ich lache und sage „Naja, Ich habe gehört, der Autor ist ein selbstverliebter Idiot. Aber es eignet sich hervorragend, um meinen wackeligen Küchentisch zu stabilisieren."

Emilias Lachen klingt wie Musik in meinen Ohren. „Willst du mit mir etwas trinken?", fragt sie und neigt ihren Kopf leicht zur Seite.

„Kein gestrandeter Freund am LAX heute? Oder hast du gerade Pause?", frage ich.

Ihr Lächeln wird breiter und enthüllt ihre perfekten Zähne. „Ex-Freund!", korrigiert sie mich. Ich tue überrascht und lege eine Hand auf meine Brust. „Das tut mir leid?", sage ich, wobei meine Stimme ansteigt, als würde ich eine Frage stellen. Emilia lacht.

„Also, Drinks? Ich zahle", sagt sie.

„Ich habe eine bessere Idee", antworte ich und wir verlassen gemeinsam die Buchhandlung.

Als wir den Mulholland Overlook erreichen, steht die Sonne schon tief am Himmel und bietet wie immer einen atemberaubenden Ausblick. Ich hole die Flasche Wein heraus, die wir auf dem Weg bei Whole Foods gekauft haben, zusammen mit zwei billigen Plastikbechern. Wir legen uns auf die Motorhaube meines Autos, spüren die Wärme des Metalls an unserem Rücken und beobachten, wie sich die Farben des Himmels verändern. Ein weiterer perfekt inszenierter Moment in Paradise City. Emilia und ich teilen Gedanken und Geschichten, von tiefgründig und bedeutungsvoll bis hin zu leicht und lustig. Dann erzählt sie mir, dass ihr Ex ihr gestanden hat, sie betrogen zu haben, nachdem sie ihn vom Flughafen abgeholt hatte. Überraschenderweise scheint sie von all dem unbeeindruckt zu sein, was mir ganz recht ist. sie mit ein paar Witzen bei Laune zu halten.

Wir reden und lachen so lange, bis der Wein ausgetrunken ist und die Temperatur um ein paar Grad sinkt. Die Vernunft sagt mir, dass ich nicht fahren sollte, aber mein Haus ist nur drei Minuten entfernt und die Versuchung, den Abend fortzusetzen, ist zu stark. Also frage ich Emilia, ob sie mich zu mir nach Hause begleiten möchte. Mit einem Nicken und einem Lächeln stimmt sie zu und wir machen uns gemeinsam auf den Weg.

Das Hollywood Sign mag tagsüber glänzen, aber die wahren Geschichten beginnen, wenn die Sterne herauskommen.

Ich liebe die Nächte - einige meiner besten Tage waren Nächte.

42

Der Klang von Laubbläsern und zwitschernden Vögeln vor meinem Fenster weckt mich und ich werde von einem strahlend blauen Himmel begrüßt. Als ich aus dem Bett steige, bemerke ich die leicht zerknitterten Laken - eine Erinnerung an Emilia, die letzte Nacht wieder hier übernachtet hat. Sie ist ein Geschöpf der Welt da draußen, mit einem echten Job, gebunden an Verpflichtungen und Verantwortlichkeiten, ein scharfer Kontrast zu meinem eigenen chaotischen Leben. Aber irgendwie scheint es zu funktionieren, zumindest für den Moment. Wir haben uns in den letzten zwei Wochen ein paar Mal getroffen und ich mag sie wirklich. Doch zwischen uns herrscht ein stillschweigendes Verständnis, eine unausgesprochene Vereinbarung, dass wir nichts Ernstes suchen. Dieses „Welpen"-Ding wieder. Derzeit haben wir beide einfach keine emotionale Kapazität für eine andere Person. Fuck, ich bin nicht mal für mich selbst emotional verfügbar. Also lassen wir uns einfach treiben.

Ich verlasse mein Schlafzimmer, noch müde von der Nacht, und vergesse komplett, welcher Tag heute ist. Als ich auf mein Telefon schaue, erinnere ich mich - heute ist der Tag. Der Tag der Wiederveröffentlichung meines Buches. Ein Werk, das schon eine

Weile da draußen war, fast unsichtbar. Jetzt erhebt es sich wie ein Phönix aus der Asche, mit einem neuen Cover, neuer Promotion, einem frischen Anstrich. Und professionell veröffentlicht. Es fühlt sich an, als wäre ich vorher im Untergrund gewesen und würde nun endlich das Licht sehen. Der Übergang von übersehen zu anerkannt.

Die Zahnräder von Alessas Plan sind in Bewegung - eine dreistufige Operation: Zuerst die Wiederveröffentlichung meines Debütromans, gefolgt von der Verfilmung in den Kinos und schließlich, sechs kurze Monate später, wird mein brandneues Buch *Hard to Find, Easy to Lose* auf die Welt losgelassen werden. Geld ist kein Sorgenfaktor mehr. Mein Handy vibriert unaufhörlich, explodiert vor Social-Media-Posts und Erwähnungen über mein Buch, während meine Nachrichten mit Glückwünschen überflutet werden, darunter eine Nachricht von Maria - aber keine von Danny. Das hinterlässt einen bitteren Nachgeschmack in meinem Mund, den auch das Geld nicht wegspülen kann.

Es ist schon seltsam, wie ein so kleines Detail die ganze Euphorie dämpfen kann. Ich zwinge mich, das alles trotzdem zu genießen, das Hier und Jetzt. Eckhart Tolle würde es so wollen.

Ich mache mich bereit für mein erstes Interview zur Promotion der Veröffentlichung - ein Podcast. Es scheint, als ob jeder und seine Mutter während der Pandemie einen Podcast gestartet hat. Als ob die ganze Welt verzweifelt versucht hätte, gehört zu werden, um die Leere, die durch den Mangel an menschlicher Verbindung entstanden war, mit dem Klang ihrer eigenen Stimmen zu füllen. Heute spreche ich hingegen mit jemandem, der schon Jahre vor diesem Trend dabei war. Und es handelt sich wirklich nicht um irgendwen. Dieser Typ hat Millionen von Zuhörern. Ich habe eine Modafinil genommen, um meine kognitive Leistung zu steigern, eine Phenibut, um mich zu entspannen, und eine Alpha GPC für Fokus und Gedächtnis.

Das Studio liegt in West Hollywood, in einem generischen Gebäude, das von einer Zahnarztpraxis bis zu einem Scientology-Rekrutierungszentrum alles sein könnte. Drinnen sind die Wände mit Aufklebern und Kritzeleien übersät, den Relikten unzähliger Gäste, die ihre Spuren in einer sich ständig verändernden Welt hinterlassen haben. Das Team heißt mich herzlich willkommen und begleitet mich in den Aufnahmeraum, wo ich Larry, den Moderator, zum ersten Mal treffe. Er ist ein großer, kräftiger Typ mit langen Haaren und einer ansteckenden Ausstrahlung. Ich kann sofort verstehen, warum die Leute ihm gerne zuhören.

Als ich mich auf meinem Platz niederlasse, lehnt sich Larry - ein Mann mit einer Stimme wie Whiskey und Kies - in seinem Stuhl zurück und trommelt ungeduldig mit den Fingern auf den Tisch.

„Na gut, dann legen wir los", brummt er, und ich bereite mich auf die Flut an Fragen vor. Gleichzeitig frage ich mich, wie interessant alles, was ich zu sagen habe, wirklich sein kann - oder ob das nur mein Impostor-Syndrom ist, das sich bemerkbar macht.

Meine erste Frage an Larry „Darf ich hier fluchen?"

Er hält einen Moment inne, als würde er über die Frage ernsthaft nachdenken, und bricht dann plötzlich in Gelächter aus. „Fuck, ja!" Er grinst von einem Ohr zum anderen. Erleichtert grinse ich zurück, froh, dass ich mein ungefiltertes Selbst sein kann. Mit einem leichten Lachen fährt er fort „Weißt du, wir haben hier tatsächlich einen ‚Fuck'-Zähler, sagt er. „Wir zählen jedes „Fuck", das unsere Gäste fallen lassen. Der Rekord liegt bei 88 in einem Interview. Es war ein Rapper."

Schmunzelnd nehme ich die Herausforderung an, diesen Rekord zu brechen, ohne gezwungen zu klingen. Das Leuchten eines roten Schilds erhellt den Raum und signalisiert, dass unsere Sendung live ist und in die Ohren von Zuhörern in aller Welt übertragen wird. Larry stellt mich vor, und dann ist es an mir, ihm für die Einladung zu danken. Als ich meine eigene Stimme durch die Kopfhörer höre, klingt sie wie die eines Fremden, völlig ungewohnt.

Was Interviews angeht, mag ich eine Jungfrau sein, aber Larry geht sehr behutsam mit mir um. Innerhalb einer Minute bin ich im Game, als hätte ich nie etwas anderes gemacht. Wir decken alle Grundlagen ab - wo ich geboren wurde, wann ich mit dem Schreiben angefangen habe - und er geht auf meine Kindheit ein. Das Interview gleicht einem Beichtstuhl und ich schütte meine Seele für die ganze Welt aus.

Larry hört aufmerksam zu und nickt, während ich spreche. Unser Gespräch verläuft, als wären wir nur zwei Freunde, die sich unterhalten, und ich vergesse völlig die Millionen von Zuhörern, die jedes unserer Worte mitverfolgen.

Dann fragt mich Larry plötzlich „Also, von wem handelt dein Buch?"

Die Frage überrascht mich irgendwie, obwohl es klar war, dass sie kommen würde. Natürlich geht es in dem Buch um Maria. In jedem Wort auf jeder Seite steht ihr Name, ohne dass ich ihn je explizit erwähnt hätte. Und ich weigere mich, ihren Narzissmus zu füttern, ihr die Genugtuung zu geben, zu wissen, dass sie der Star der Show ist. Ihr Ego ist schon groß genug. Meine Worte stolpern und fallen mir wie einem betrunkenen Stepptänzer von meinen Lippen.

„Das ist nur eine Figur, die ich mir ausgedacht habe", lüge ich und versuche, lässig zu klingen. „Es ist alles Fiktion, weißt du."

Larry hebt eine Augenbraue, offensichtlich nicht überzeugt. Aber er belässt es dabei und wir gehen nahtlos zum nächsten Thema über. Ehe ich mich versehe, ist die Zeit verflogen. Ich fühle mich elektrisiert, als hätte ich gerade einen Berg bestiegen. Plötzlich schreit Larry „Oh wow, du hast es geschafft, du hast den Rekord gebrochen. 95!" Und ich kann nicht lügen - ich bin seltsam stolz auf diese Leistung.

Ich fahre den Sunset Boulevard hinunter, begleitet von lauter Musik, und fühle mich wieder einmal unbesiegbar. Dann fällt mir aus dem Augenwinkel ein Billboard ins Auge. Aber es ist nicht irgendeine Werbung - es ist für mein Buch. Der Anblick überrascht mich so sehr, sodass ich fast ausweiche und gegen den

Bordstein fahre. Überall, wo man hinschaut, gibt es Bildboards und Anzeigen, die lautstark nach Aufmerksamkeit schreien und für neue beschissene Superheldenfilme, lokale Marihuana-Shops oder Serien werben. Und mittendrin, direkt am Sunset Boulevard, ragt es heraus - ein Billboard für ein Buch. MEIN fucking Buch. Ich bin mir sicher, dass sie es noch mehr gepusht haben, um ein bisschen Hype für den kommenden Film zu erzeugen. Ich bin nicht böse drum. Wer weiß? Vielleicht bemerkt es jemand, der gerade vorbeifährt, und beschließt, meinem Buch eine Chance zu geben.

Ich halte am Straßenrand, starre das Billboard ein paar Minuten einfach nur an und nehme die surreale Erfahrung in mich auf. Es fühlt sich an wie ein wahr gewordener Traum, ein Moment, den ich nie vergessen werde. Ich hole mein Handy raus und mache ein Foto für Instagram. Klick. Ich poste es mit der Bildunterschrift „Bruh!". eindeutig an Danny gerichtet.

Eine Nachricht holt mich abrupt aus meinem Billboard-Traum. Es ist Emilia, die fertig mit der Arbeit ist und fragt, wann ich sie abhole. Alessa hat mich für heute Abend zu einer kleinen Feier anlässlich der Veröffentlichung meines Buches eingeladen und ich habe Emilia eingeladen, mich zu begleiten.

Wir erreichen das Restaurant im Herzen von Hollywood. Der Laden wirkt edel, mit sanfter Beleuchtung und geschmackvoller Dekoration.

Alessa empfängt uns an der Tür mit einem breiten Lächeln im Gesicht und gratuliert mir. Der Innenhof ist ausschließlich für unsere Gruppe reserviert. Es ist eine intime, aber bedeutungsvolle Veranstaltung mit nur etwa zwanzig Anwesenden, die sich alle für mich freuen. Die Verkaufszahlen meines Buches stehen zwar noch nicht fest, aber das spielt in diesem Moment keine Rolle.

Emilia, elegant gekleidet in ihrem schwarzen Kleid, nimmt alles mit großen Augen in sich auf. Dies ist ihre erste Begegnung mit der Hollywood-Szene, alles ist neu für sie, aber sie scheint es zu genießen.

Ich bestelle einen Drink und lehne mich an die Bar. Das Lachen und die Gespräche der Gäste erfüllen den Raum, alle scheinen sich zu amüsieren. Alessa kommt mit selbstbewusster Miene auf mich zu.

„Ich weiß, dass das eine große Sache wird, Richard", sagt sie.

Ich ziehe eine Augenbraue hoch und warte darauf, dass sie das näher ausführt. „Wieso bist du so sicher?"

„Weißt du warum?", fragt sie und lehnt sich dicht an mich heran. „Weil du a) ein großartiger Autor bist und b) jeder schon mal eine ‚Maria' in seinem Leben hat oder hatte. Dein Buch spricht die Menschen auf einer tiefen, emotionalen Ebene an. Und genau das macht es besonders."

Ihre Worte voller Überzeugung lassen mich lächeln, ich fühle mich gut und danke ihr für ihre freundlichen Worte.

„Deine Freundin?", fragt sie und deutet auf Emilia.

Ich zucke mit den Schultern. „Meh...".

Alessa lacht und schüttelt amüsiert den Kopf. „Sie ist sehr hübsch", sagt sie und schaut zu Emilia hinüber. Ich nicke zustimmend, meine Augen ebenfalls auf sie gerichtet. Und doch muss ich unwillkürlich wieder an Maria denken. Ich weiß, dass es unfair ist, die beiden zu vergleichen, vor allem, weil es nicht einmal die echte Maria ist, sondern eine beschissene idealisierte Version von ihr, die mein Verstand erschaffen und auf ein Podest gestellt hat - so wie ich sie haben will. Warum kann ich die Vergangenheit nicht loslassen und die Gegenwart annehmen? Das ist mein ständiger Kampf. Ich fühle mich, als bräuchte ich eine verdammte Lobotomie, um sie aus meinem Gedächtnis zu löschen.

Alessa wechselt das Thema und fragt „Hast du etwas von Danny gehört?"

Die Erwähnung seines Namens durchschneidet mich wie ein Messer. Er ist die einzige Person, die mich besser kennt als jeder andere in dieser scheiß Stadt. Er sollte direkt neben mir stehen und diesen Moment mit mir feiern. Ich schüttle den Kopf. „Nein", sage ich, meine Kehle trocken und rau.

Alessa legt mir tröstend die Hand auf die Schulter. „Es tut mir leid", sagt sie. Ich bringe ein schwaches Lächeln zustande, dankbar für ihre Freundlichkeit, aber innerlich schmerzt es weiter. Emilia kommt auf mich zu und beugt sich vor, um mir einen sanften Kuss auf die Lippen zu drücken - vor den Augen aller Anwesenden. Und zu meiner Überraschung lasse ich es ohne zu zögern geschehen. Scheiß auf das Chaos in meinem Kopf, denke ich mir, das ist nur Lärm. Ich bin hier, um den Moment zu genießen, um die Veröffentlichung meines Buches mit einer großartigen Frau an meiner Seite zu feiern. Im Laufe des Abends gelingt es mir, diese Gedanken zu verdrängen, und es fühlt sich an wie ein kleiner Sieg inmitten eines Meeres aus Unsicherheiten.

Emilia und ich nehmen ein Uber zu mir nach Hause und sie schläft während der Fahrt mit dem Kopf auf meiner Schulter ein. Das Motorengeräusch brummt im Hintergrund wie ein monotones Schlaflied. Dann spüre ich ein Vibrieren in meiner Tasche, ziehe mein Handy heraus und sehe Marias Namen auf dem Display. Diese verdammten Synchronizitäten. Ich werfe einen Blick auf Emilia, deren Gesicht friedlich schläft, und entscheide mich schließlich, den Anruf zu ignorieren und auf die Mailbox gehen zu lassen. Aber es ist leicht, so zu tun, als ob man über jemanden hinweg ist, wenn man mit jemand Neuem zusammen ist.

Irgendwann waren wir beide Fremde, aber sie war fremder als ich, was ungewöhnlich war.

DANIEL RUCZKO

43

Die Sonne scheint und wirft ein warmes Licht auf mein Gesicht, während ich auf das Bürogebäude zugehe. Montagmorgen - vor allem, wenn der Wecker viel zu früh klingelt - sind normalerweise so gar nicht mein Ding. Doch das heutige Wetter hebt meine Laune spürbar und ich freue mich sogar auf den Tag, der vor mir liegt. Mit einem Gefühl von Entschlossenheit nehme ich den Aufzug nach oben ins Büro. Als ich ankomme, fällt mir auf, dass noch nicht viele Leute da sind. Fuck, bin ich zu früh? Ich schaue auf meine Uhr und stelle fest, dass das tatsächlich der Fall ist. Die wenigen Leute, die hier sind, scheinen beschäftigt zu sein, mit gesenktem Kopf, konzentriert auf ihre Aufgaben. Sie leben in ihren eigenen kleinen Welten, ohne Aufmerksamkeit für alles um sie herum. Während ich das Büro scanne, nehme ich das monotone Klacken der Tastaturen und das Summen der Drucker wahr.

Dann bemerke ich einen Mann, der allein im Pausenraum steht und in Gedanken versunken auf das Essen starrt. Ich beschließe, zu ihm zu gehen - er scheint der Einzige zu sein, der nicht zu beschäftigt ist, um zu plaudern. Zugegeben, er ist ein gutaussehender schwarzer Typ, das fällt sofort auf, aber es ist seine Ausstrahlung, die ihn wirklich von der Menge abhebt. Es ist die Art von Charisma, die einen in den Bann zieht, ohne dass er es überhaupt versucht. Und ich kann jetzt schon sagen, dass er nicht wie der Rest dieser Bürodrohnen hier ist. Als ich mich ihm nähere, dreht er sich um und begrüßt mich mit einem Lächeln, das perlweiße Zähne entblößt, die einen zu blenden scheinen. „Was geht ab?", fragt er lässig.

Ich begrüße ihn mit einem Nicken, dann zeigt er mit einem angewiderten Gesichtsausdruck auf das Essen.

„Sieh dir diesen Mist an. Das ist alles vegan. Ich brauche Fleisch!", ruft er.

Ich kann nicht anders, als über seine heftige Reaktion zu lachen. „Also könnte man sagen, du hast Beef mit Veganern?", frage ich und bin ziemlich stolz auf meinen Wortwitz.

Der Mann bricht in Gelächter aus, als hätte ich gerade die Pointe des Jahrhunderts geliefert. „Guter Joke. Du bist echt witzig!", sagt er und grinst.

Er streckt seine Hand aus und stellt sich vor „Ich bin Daniel, aber die meisten Leute nennen mich Danny." Ich schüttle seine Hand und stelle mich als Richard vor.

Seine Augenbrauen ziehen sich überrascht nach oben. „Ah, du bist der Neue, der Hacker", sagt er, seine Stimme eine Mischung aus Belustigung und leichter Überheblichkeit. „Freut mich, dich kennenzulernen, alter."

Wir unterhalten uns weiter, tauschen Witze und Geschichten aus, als würden wir uns schon ewig kennen. Unser schräger Sinn für Humor und unsere gemeinsamen Interessen an Musik und Filmen verbinden uns sofort. Danny ist die Art von Mann, der selbst die banalsten Aufgaben in ein Abenteuer verwandeln kann. Selbst bei der Zulassungsstelle hätte er bestimmt seinen Spaß. Und schon entsteht eine Verbindung - eine Verbindung, die dazu bestimmt scheint, mehr zu werden als nur eine flüchtige Begegnung zwischen Fremden in einem Büro, eine Verbindung, die über das Alltägliche hinausgeht, die größer ist als das Leben selbst.

Heute, ein Jahrzehnt später, sind wir beste Freunde und gemeinsam durch alle Höhen und Tiefen des Lebens gegangen. Und hier bin ich nun, jage ihm wie eine verrückte Ex-Freundin in eine andere Stadt hinterher. Es ist bereits dunkel, und ich weiß, dass mein Verhalten extrem wirkt. Aber ich habe wirklich alles versucht, um ihn zu kontaktieren, ohne Antwort, und ich bin verzweifelt. Danny hat dasselbe für mich bei der Beerdigung meiner Mutter getan und das ist das Mindeste, was ich tun kann. Die Erinnerung an seine tröstende Anwesenheit, seine unerschütterliche Unterstützung und seine Loyalität durchfluten meine Gedanken und treiben mich an, mich noch mehr anzustrengen. Als ich aus dem schwarzen Uber steige, prasseln kalte Regentropfen wie kleine Dolche auf meine Haut. Und es ist verdammt noch mal Juli.

Der graue Himmel über mir scheint die Düsternis widerzuspiegeln, die ich empfinde, während ich die düstere Stadtkulisse Seattles betrachte. Ich habe das Gefühl, dass etwas nicht stimmt, dass Danny mich genauso braucht, wie ich ihn damals gebraucht habe.

Ich erreiche den Eingang von Dannys Apartmentkomplex und drücke die Klingel, in der Hoffnung, dass er antwortet. Aber ich erhalte mal wieder keine Antwort, nur das Geräusch des Regens, der auf den Bürgersteig prasselt. Dann, wie ein Zeichen des Universums, verlässt ein anderer Hausbewohner das Gebäude und ich schlüpfe unbemerkt hinein. Ich mache mich auf den Weg zum Aufzug, nervös, was mich erwarten könnte.

Vor seiner Wohnung angekommen, klingele ich erneut. Nach wie vor erhalte ich keine Antwort. Mein Herz sinkt, eine lähmende Schwere legt sich auf meine Brust. Ich hebe meine Faust, um zu klopfen, halte jedoch zögernd inne und versuche, mich an unser letztes Gespräch zu erinnern.

„Danny, ich bin's, Richard", sage ich, während ich klopfe. Meine Stimme ist heiser vor Aufregung. Keine Antwort.

Ich versuche es erneut, diesmal klopfe ich fester, in der Hoffnung, dass er mich hören wird. Aber wieder nichts. Als ich merke, dass ich keine andere Wahl habe, ziehe ich den Ersatzschlüssel heraus und stecke ihn ins Schloss. Als ich ihn drehe, steigt mein Puls und meine Handflächen beginnen zu schwitzen. „Ich komme rein", verkünde ich, nur für den Fall, dass er drin sein sollte. Meine Stimme zittert leicht. Mit einem tiefen Atemzug schiebe ich die Tür langsam auf. Die Wohnung ist dunkel und still, das einzige Geräusch kommt vom Regen draußen. Vorsichtig trete ich ein und rufe Dannys Namen. Aber es kommt keine Antwort, nur das leise Summen der Geräte und das gleichmäßige Ticken der Uhr an der Wand. Meine Schritte hallen durch den leeren Raum, als ich mir einen Weg durch die Wohnung bahne, mein Herz klopft, während ich nach einem Zeichen meines Freundes suche. Ein Gefühl des Unbehagens erfüllt mich, aber ich unterdrücke es und gehe weiter.

Das Wohnzimmer ist leer, die Küche makellos und das Badezimmer unbewohnt. Doch eine Tür bleibt geschlossen - die zum Schlafzimmer. Meine Hand zittert, als ich anklopfe, und mein Magen zieht sich zusammen, während ich auf eine Antwort warte. Aber es herrscht nur Stille. Ich greife nach dem Türknauf und stelle fest, dass die Tür verschlossen ist. Eine dunkle Vorahnung steigt in mir auf, während sich Panik in meinem Inneren ausbreitet - irgendetwas stimmt hier ganz und gar nicht.

Ich weiß, dass ich es nicht tun sollte, aber ohne darüber nachzudenken, mache ich einen Schritt zurück und trete die Tür ein. Das Holz splittert und bricht unter meinem Fuß, und ich stolpere in den Raum. Bevor ich etwas sehe, ist das Erste, was mich trifft, der Geruch. Es ist ein fauliger Gestank von Verwesung und Tod, der meine Sinne überwältigt. Ich spüre, wie sich Galle in meiner Kehle sammelt. Als ich mein Gleichgewicht wiederfinde, bietet sich mir ein Anblick, der mir das Blut in den Adern gefrieren lässt. Da hängt Danny an der Decke, sein lebloser Körper schwingt sanft wie ein makabres Pendel, sein Kopf zur Seite geneigt. Es ist offensichtlich, dass er schon seit Tagen hier hängt - seine Haut verfärbt und aufgequollen, Fliegen schwirren um seinen Körper wie ein grotesker Heiligenschein und unter seinen baumelnden Füßen ist ein dunkler Fleck zu sehen.

Der Anblick jagt mir einen Schauer über den Rücken, wie eine eiskalte Hand, die mein Herz packt. Ich bedecke mein Gesicht und versuche, nur durch den Mund zu atmen - doch es ist zwecklos. Der Gestank scheint an mir zu haften.Ich zwinge mich, einen Schritt nach vorne zu machen, um ihm näher zu kommen, aber jeder Zentimeter fühlt sich an, als würde ich durch Treibsand waten. Die Fliegen sind überall, landen auf meinem Gesicht und meinen Armen und lassen meine Haut kribbeln. Ich kann es nicht mehr ertragen. Ich stolpere zurück und kämpfe verzweifelt gegen den Drang an, mich zu übergeben. Die Szene vor mir wirkt wie aus einem Horrorfilm, aber das hier ist erschreckend real. Mir ist klar, dass ich die Polizei anrufen muss, aber meine Hände zittern so sehr, dass ich mein Handy kaum halten kann.

Alles um mich herum verblasst, während ich wie erstarrt vor Schock und Unglauben dastehe. Das Einzige, was ich höre, ist der Klang meines eigenen Herzschlags, der wie eine Trommel in meinen Ohren pocht. Das Bild von Danny, wie er dort hängt - leblos und allein in seinem eigenen Zufluchtsort -, ein verdrehtes Zeugnis der Dunkelheit, die ihn verschlungen hat.

Schließlich trete ich aus der Wohnung in den Flur. Mit zitternden Händen fummele ich an meinem Handy herum und versuche, den Notruf zu wählen. Die Notrufzentrale meldet sich, und ich ringe darum, die richtigen Worte zu finden, um zu erklären, was ich gerade entdeckt habe. Meine Stimme zittert, ich bringe die Worte kaum heraus. Mir wird versichert, dass Hilfe unterwegs sei, und ich lege auf. Ich fühle mich taub und hilflos. Danny hatte Recht; Niemand kann ihm helfen. Zumindest jetzt nicht mehr.

Ich setze mich auf den Bordstein vor dem Gebäude und warte. Der Regen wird stärker und durchnässt meine Kleidung bis auf die Haut. Sirenen hallen aus der Ferne, werden lauter und kommen näher. Alles fühlt sich wie ein Albtraum an. Als die Sanitäter und die Polizei eintreffen, beobachte ich sie aus der Ferne und fühle mich wie ein Fremder in meinem eigenen Körper. Sie eilen in das Gebäude und ich bleibe dort sitzen, allein mit meinen Gedanken und meiner Schuld. Unser letztes Gespräch hat ihn aus der Stadt getrieben. War das von Anfang an sein Plan?

Als die Rettungskräfte seinen leblosen Körper aus der Wohnung tragen, wird mir bewusst, dass ich komplett allein bin. Ich weiß, dass sich mein Leben für immer verändern wird. Mein bester Freund ist tot und ich werde nie dazu in der Lage sein, das zu begreifen. Alles, was ich jetzt tun kann, ist, einen Abschluss zu finden und zu versuchen, die Welt ohne ihn zu verstehen.

Es scheint, dass manchmal der Schmerz des Lebens die Angst vor dem Sterben überwiegt.

Halte den... Fuck it.

DANIEL RUCZKO

TEIL IV

44

Liebe Norma, ich weiß nicht, wie ich diesen Brief beginnen soll, denn die Last meiner Entscheidung, diese Welt zu verlassen, ist überwältigend. Ich weiß, dass es euch mehr Schmerz bringen wird, als ich mir jemals vorstellen kann. Es tut mir alles so leid. Dass ich nicht der Ehemann war, den du verdient hast, nicht der Vater, den Richard gebraucht hätte, und nicht der Mann war, der ich sein wollte. Du warst immer stärker als ich, und ich weiß, dass du dich besser um unseren Sohn kümmern wirst, als ich es je könnte. Der Gedanke, dass er mit einem Vater wie mir aufwachsen müsste - gebrochen und verloren -, war mehr, als ich ertragen konnte. Wie konnte ich jemals erwarten, anderen zu helfen, wenn ich nicht einmal mir selbst helfen kann? Meine Dämonen verfolgen mich schon viel zu lange und ich kann nicht länger vor ihnen davonlaufen. Ist das ein würdevoller

Abgang? Nein, es ist ein feiger. Aber gib dir bitte nicht die Schuld an dem, was passiert ist. Es ist meine Entscheidung und nur meine. Es tut mir leid für die Fragen, die nie beantwortet werden, und für die Jahre, die wir nie gemeinsam erleben werden. Aber ich hoffe, dass du mit der Zeit wieder Glück findest.

Ich liebe dich mehr als Worte sagen können, selbst im Tod.

Stephen."

Mein Vater hatte zumindest den Anstand, meiner Mutter einen Brief zu hinterlassen - einen letzten Abschied, der so etwas wie einen Abschluss darstellte. Aber Danny hinterließ nichts, keine Nachricht, keine E-Mail, keine Erklärung. Nur seinen leblosen Körper, der wie ein makabres Ornament von der Decke hing.

Durch seine Sachen zu gehen, ist ein schmerzhafter Reminder an seine Abwesenheit. Jeder Gegenstand ist ein Teil des Puzzles, das nie vollständig sein wird. Ich suche verzweifelt nach etwas, irgendetwas, das mir einen Hinweis, einen Anhaltspunkt, eine Erklärung für das Geschehene geben könnte.

Aber da ist nichts. Es ist, als hätte er sich in Luft aufgelöst und mich mit einem wirren Netz von Rätseln zurückgelassen. Es ist frustrierend, es macht wütend, und vor allem ist es herzzerreißend. Jemanden zu vermissen ist, als würde man mit einem Phantomschmerz leben - obwohl sie fort sind, bleibt der Schmerz und vergeht niemals ganz.

Ich starre aus dem Fenster, meine Augen fixiert auf die trostlose Spiegelung des bewölkten Himmels. Seattle, diese verdammte Stadt, trägt jetzt einen bitteren Beigeschmack. Sie ist zum Synonym für die schlimmste Art von Schmerz und Verzweiflung geworden. Und ich werde sie ab jetzt immer mit den furchtbaren Gründen in Verbindung bringen, die mich hierhergebracht haben. Diese Stadt hat mir alles genommen und eine Leere hinterlassen, die niemals gefüllt werden kann - eine Leere, die mich jetzt definiert. Alles wirkt verschwommen, als würde ich die Welt durch eine beschlagene Linse sehen. Der Schmerz jedoch ist kristallklar, scharf und unerbittlich. Ich greife nach dem Xanax in meiner Tasche, in der Hoffnung, es würde den Schmerz betäuben. Aber es gibt nicht genug Xanax auf diesem Planeten, um das Leid zu lindern, das an meinen Eingeweiden kratzt. Danny ist weg und nichts fühlt sich real an.

Als ich weitersuche, stoße ich auf sein Testament. Es ist ein kurzes und einfaches Dokument; Seine letzten Wünsche sind klar - keine Beerdigung, kein Gedenken, nur eine direkte Einäscherung. War das sein Weg, uns den Schmerz eines öffentlichen Abschieds zu ersparen? Oder war es ein letzter Akt der Rebellion gegen eine Gesellschaft, die ihn nie ganz akzeptiert hat? Es bricht mir das Herz.

Ich ertappe mich dabei, wie ich auf das Cover von *The Secret* - das Buch, das Millionen von Exemplaren verkauft hat und für Danny wie eine persönliche Bibel war. Es liegt auf dem Couchtisch. Er hat immer gesagt, dass das Gesetz der Anziehung ihm alles bringen würde, was er sich jemals wünscht, dass er die Macht hätte, alles zu manifestieren. Aber was nützen jetzt all diese verdammten Affirmationen? Das Buch fühlt sich an wie ein grausamer Scherz, eine kranke Erinnerung an all die Dinge, die Danny wollte, aber nie haben konnte, an all seine zerbrochenen Träume. Ein Buch voller Versprechen, aber ohne Erfüllung.

Er hatte kaum Familie und ich muss die Situation allein bewältigen. Nach einigen Bemühungen gelingt es mir, eine entfernte Tante namens Laura ausfindig zu machen, die seit über zehn Jahren nichts mehr von Danny gehört hat. Im Laufe unseres Gesprächs erfahre ich, dass er den Kontakt zu den meisten seiner Verwandten abgebrochen hat und nur ein paar verstreute Brotkrümel geblieben sind, um ihn aufzuspüren. Laura weint, als sie vom tragischen Schicksal von Dannys Vater erzählt, einem Mann, der ebenfalls an Depressionen litt und schließlich das Leben nahm. Und nun ist Danny in seine Fußstapfen getreten. Es ist, als hätten Danny und ich eine Verbindung, von der wir nicht einmal wussten. Einen gemeinsamen Schmerz, der uns einander näherbringt, selbst im Tod.

Laura fragt mich nach Danny, sucht nach Einblicken in seinen Charakter und danach, wie sein Leben ausgesehen hat. Ich erzähle ihr von unserem Umzug nach LA, wie Danny mein Manager wurde und wie er mir half, mich in der Entertainmentbranche zurechtzufinden. Aber es fühlt sich alles so oberflächlich an, als würde ich ein Bild mit ein paar groben Pinselstrichen malen und all die feinen Details übersehen, die Danny zu dem machten, was er war. Es ist seltsam; Ich war ihm eigentlich näher, als sie es jemals war. Wir können mit Menschen blutsverwandt sein und dennoch absolut nichts über sie oder ihr wahres Wesen wissen. Die Welt ist voll von diesen verborgenen Verbindungen, von denen wir nie wussten, dass sie existieren, bis es zu spät ist.

Irgendwann gibt es nichts mehr zu sagen und wir legen auf, beide gefangen in der gleichen Qual. Die Schuldgefühle in mir fressen sich wie ein Virus in meine Seele, weil ich weiß, dass unser letztes Gespräch in einem großen Streit endete. Vielleicht hatte er Recht; ich war zu egoistisch, um ihm eine helfende Hand zu reichen. Aber jetzt ist es zu spät, das zu ändern.

Hier gibt es nicht mehr viel - Dannys Besitz ist spärlich und verstreut, die meisten seiner Sachen sind in LA. Als ich mich umsehe, greife ich nach *The Secret* und stecke es in meine Tasche. Es hat ihm so viel bedeutet; es scheint nur richtig, es mitzunehmen. Nun ist es an der Zeit, diesen Ort hinter mir zu lassen, damit Danny in Frieden ruhen kann. Leb wohl, mein Bruder.

Als ich das Gebäude verlasse, werfe ich einen letzten Blick auf den leeren Raum - eine ernüchternde Erinnerung daran, wie zerbrechlich das Leben sein kann.

Ich sitze wieder in meinem Auto und fahre zu meiner beschissenen Wohnung, als mein Handy auf dem Beifahrersitz vibriert. Ich sehe eine E-Mail-Benachrichtigung des Verlags. In der Betreffzeile steht: „Erste Verkaufszahlen". Wen interessiert's? Die Zahlen sind hoch, sie haben selbst unsere kühnsten Erwartungen übertroffen, aber all das ist bedeutungslos. Ein tiefer Seufzer entweicht mir, während ich mein Telefon zurück auf den Sitz werfe, das dumpfe Geräusch hallt durch das Auto. Es ist nicht so, dass ich undankbar wäre. Doch Erfolg allein kann nicht alle Probleme lösen.

Ich schließe die Wohnungstür auf und betrete den Ort, der sich einst wie ein Zuhause anfühlte, jetzt aber einer leeren Hülle gleicht. Der künstliche Weihnachtsbaum steht immer noch in der Ecke, eine Erinnerung an die Feiertage, die ich nach dem Tod meiner Mutter allein verbracht habe. Die Einsamkeit und Leere, die ich damals empfand, sind die gleichen Gefühle, die ich jetzt empfinde. Langsam mache ich mich auf den Weg zur Couch und lasse mich darauf sinken, die Kissen fühlen sich viel zu weich unter mir an. Hier hat alles angefangen. Hier habe ich mein Buch geschrieben, hier haben Danny und ich unzählige Nächte damit verbracht, Filme zu schauen und über dumme Witze zu lachen. Plötzlich fühlt sich die Couch zu groß an, als würde sie mich gleich verschlucken. Die Nacht scheint endlos, als hätte die Zeit aufgehört, voranzuschreiten. Ich lehne mich zurück und starre an die Decke. Mir wird klar, dass dieser Ort nicht mehr zu meiner Seele passt. Er ist wie ein altes Paar Schuhe, das sich früher bequem anfühlte, aber jetzt an den Füßen schmerzt. Ich gehöre nicht mehr hierher; ich bin diesem Ort und allem, was damit verbunden ist, entwachsen. Sobald ich alles geregelt habe, werde ich die Wohnung verkaufen und nie wieder zurückblicken. Ich brauche kein Sicherheitsnetz mehr. LA ist jetzt mein Zuhause.

Nachdem ich diese Entscheidung getroffen habe, greife ich zu meinem MacBook und öffne ein leeres Dokument. Es ist an der

Zeit, etwas Neues zu beginnen, ein neues Kapitel im Buch meiner Existenz. Die letzten zwei Jahre sind ein verschwommenes Durcheinander aus Erinnerungen, Erfahrungen und Emotionen, und ich muss sie zu Papier bringen, bevor sie völlig verblassen. Es ist auch eine Möglichkeit, Danny und unsere langjährige Freundschaft zu verewigen. Ich tippe den ersten Satz und plötzlich strömen die Worte aus mir heraus wie Wasser aus einem gebrochenen Damm. Der Cursor bewegt sich über die Seite und formt Sätze und Absätze, die die Essenz meines Lebens einfangen. Ich halte mich nicht zurück und schütte meine Seele auf die digitalen Seiten. Die Liebe, der Verlust, die Drogen, der Sex, die Streitereien, einfach alles. Unzensiert.

Folge deinem Herzen und du wirst jeden Tag sterben.

DANIEL RUCZKO

45

Zuhause ist da, wo der Herzschmerz wohnt. Bevor ich mich darauf vorbereitet hatte, Seattle zu verlassen, hatte ich Leute damit beauftragt, alles in meiner Wohnung zusammenzupacken - ein unpersönlicher, mechanischer Vorgang, aber einer, der notwendig war. Die Möbel, die kleinen Erinnerungsstücke, die Vergangenheit - alles ließ ich zurück, ich hatte keine Verwendung dafür. Die wenigen Dinge, die ich behalten wollte, wurden nach LA verfrachtet. Jetzt steht meine Wohnung zum Verkauf - das letzte Band, das mich an eine Stadt gebunden hat, von der ich einst glaubte, ich würde sie lieben. Der schwerste Teil war der endgültige Abschied von meinem besten Freund Danny. Nach seiner Einäscherung wusste ich, dass ich einen Weg finden musste, ihn zu ehren. In gewisser Weise wollte ich die beiden Menschen vereinen, die mir auf dieser Welt am meisten bedeutet haben. Also nahm ich die Vase, die ich einst für meine Mutter gekauft hatte, und ließ Dannys Asche darin einfüllen. Zwei der wichtigsten Menschen in einem Gefäß - verschmelzende Trauer. Es fühlte sich richtig an - ein letzter Akt der Liebe und des Tributs an diejenigen, die diese Welt verlassen haben. Ich machte einen kurzen Abstecher zum Friedhof, der letzten Ruhestätte meiner Eltern. Da ich nicht wusste, wann oder ob ich jemals zurückkehren würde, musste ich auch ihnen die letzte Ehre erweisen und mich fürs Erste verabschieden.

Als ich das Flugzeug nach Los Angeles besteige, bleibt die Vase an meiner Seite - eine seltsame und doch beruhigende Präsenz auf dem Sitz neben mir, fast so, als ob Danny mich auf dieser Reise begleiten würde. Ich hatte sogar ein zusätzliches Ticket für sie gekauft.

Trauer ist wie eine dunkle Wolke, die mich überallhin verfolgt - selbst als ich in das sonnenverwöhnte Chaos von Los Angeles zurückkehre. Aber ich liebe LA wirklich, denn diese Stadt ist abgefuckt kaputt wie ich.

Ich gehe durch die Eingangstür meines Hauses und atme tief ein. Salem miaut und streicht mir um die Beine. Ich nehme ihn hoch und drücke ihn an mich, während ich seine Wärme an meiner Brust spüre. Emilia hat sich in meiner Abwesenheit täglich um ihn gekümmert, aber ich bin erleichtert, dass sie gerade nicht hier ist. Ich muss mit meinen Gedanken allein sein, um alles, was passiert ist, zu verarbeiten. Ich setze Salem wieder ab, und er rennt los, um einen Sonnenstrahl durch den Raum zu jagen.

Das Haus fühlt sich anders an - und das nicht nur, weil ich eine Weile weg war. Es ist seltsam, in LA zu sein, jetzt, wo Danny nicht mehr da ist. Auch das Sicherheitsnetz, jederzeit nach Seattle zurückkehren zu können, existiert nicht mehr. Mit einem dumpfen Geräusch stelle ich meinen Rucksack ab und setze mich auf die Couch. Ich greife nach der Vase und lasse meine Finger über ihre glatte Oberfläche gleiten. Es ist bittersüß, Dannys Asche bei mir zu haben - was die Realität des Verlustes umso realer macht. Einen Moment lang halte ich die Vase in meinen Händen, verloren in Gedanken, bevor ich sie auf dem Tisch vor mir abstelle.

Ich wische durch die Benachrichtigungen auf meinem Handy. Mein Buch sorgt für viel Aufsehen, und ich weiß den Support zu schätzen. Aber obwohl alle meine Situation zu verstehen scheinen, weiß ich, dass es noch viel zu tun gibt. Ich sollte Alessa anrufen, um einzuchecken. Allen möchte „wann immer ich bereit bin" mit mir sprechen. Aber nicht jetzt; Jetzt bin ich verdammt nochmal nicht bereit. Ich muss mich auch bei Emilia melden; Sie soll nicht denken, dass ich sie nur als Katzensitterin missbrauche. Emily bietet mir an, mich sexuell abzulenken, und das ist verdammt verlockend, genauso wie eine Xanax in diesem verletzlichen Zustand so verdammt verlockend wäre. Die Versuchung, nichts zu spüren. Aber ich glaube, ich muss diese Situation voll und ganz fühlen, ohne Ablenkungen und ohne Fluchtmöglichkeiten. Ich muss zulassen, dass es mich verschlingt, mich völlig zerstört, bis nichts mehr übrig ist außer der rohen, ungefilterten Wahrheit. Also lehne ich ihr Angebot höflich ab. Marias Nachricht habe ich bewusst nicht einmal gelesen. Fuck. Im Moment ist das Einzige, was ich will, zu schreiben. Mit Salem, der sich neben mir niederlässt, öffne ich meinen Rucksack und ziehe meinen Laptop heraus. Ich beginne zu tippen, und das Geräusch der Tasten vermischt sich mit Salems beruhigendem Schnurren. Während ich mein Herz und meine Seele auf die Seite schütte, spüre ich eine Art Katharsis - eine Befreiung von all den Emotionen, die sich in mir angestaut haben. Es ist kein Heilmittel, aber ein Anfang. Ich habe mir das Schreiben nicht ausgesucht, es hat mich gewählt.

Die Stunden vergehen wie im Flug, während ich weiter schreibe. Die untergehende Sonne wirft lange Schatten auf das Wohnzimmer und lässt den Raum nur durch das helle Licht meines Computerbildschirms erstrahlen. Plötzlich höre ich, wie sich die Haustür öffnet und Schritte, die durch das Haus hallen. Ich blicke auf und sehe Emilia hereinkommen.

„Hey, du bist wieder da!", ruft sie mit einem Hauch von Überraschung in der Stimme aus.
Fuck, ich habe ihr nicht mal gesagt, dass ich zurückkomme. Ich bin so ein Arschloch.

„Ja", antworte ich und fühle mich schuldig. „Es tut mir leid, dass ich dir nicht Bescheid gesagt habe."

„Alles gut", sagt sie und lächelt. Als sie zu mir hinübergeht, gibt sie mir einen Kuss auf die Lippen. Es fühlt sich intim und nach Beziehung an. Ich frage mich, ob sie nur nett sein oder mehr von mir will. Ich löse mich von dem Kuss und sehe sie an, auf der Suche nach irgendeinem Hinweis.

„Danke, dass du dich um Salem gekümmert hast", sage ich und versuche, das Thema zu wechseln.

„Natürlich, kein Problem", antwortet sie und setzt sich neben mich auf die Couch. „Gehts dir gut?"

„Ja, aber es war hart."

„Das tut mir so leid", sagt sie und legt mir eine Hand auf die Schulter. „Kann ich irgendetwas tun?"

Ich schüttle den Kopf. „Nein, ich brauche nur etwas Zeit, um alles zu verarbeiten."

Sie steht auf und geht in die Küche. „Willst du etwas essen oder trinken?"

„Nein danke, alles gut." Ich tippe weiter und spüre ihre Augen auf mir, während sie den Kühlschrank durchwühlt. Sie weiß offensichtlich nicht, was sie in dieser Situation tun soll, was verständlich ist. Die Atmosphäre ist irgendwie beunruhigend, aber ich sage nichts. Schließlich kommt sie mit einer Flasche Wasser zurück und setzt sich wieder auf die Couch, wobei ihre Finger sanft über meinen Rücken streichen.

Dann sagt sie „Ich habe dich vermisst." Ich spüre, wie meine Haut vor Unbehagen kribbelt. Auch wenn ich Emilia mag und ihre Bemühungen, für mich da zu sein, schätze, beginnt ihre Anwesenheit, mich zu nerven.

„Ja", antworte ich knapp. „Ich habe dich auch vermisst." Aber habe ich das wirklich? Oder war es nur die Bequemlichkeit, jemanden zu haben, der sich um Salem kümmert, und ich versuche höflich zu sein? Ich hatte zu viel Scheiß im Kopf, um sie wirklich zu vermissen. Ich atme tief durch und versuche, das unangenehme Gefühl abzuschütteln, das sich über mich legt.

„Können wir reden?", fragt sie. Ich weiß, was jetzt kommt.

„Was ist los?" sage ich und versuche, meine Stimme ruhig zu halten.

„Ich weiß, wir haben nie wirklich darüber gesprochen, was das zwischen uns ist, aber ich kann meine Gefühle für dich nicht kontrollieren", gesteht sie. Hier ist er, der Moment der Wahrheit. Houston, wir haben so viele verdammte Probleme. Ich wusste, dass das kommen würde, aber ich habe nicht erwartet, dass es so früh passiert.

„Emilia", beginne ich, aber sie unterbricht mich.

„Bitte, hör mir zu", fleht sie. „Du machst gerade eine schwere Zeit durch, aber ich möchte für dich da sein. Du bist mir wichtig und wirklich mehr, als nur ein Fuckbuddy."

Ich habe ihr von Anfang an gesagt, dass ich keine Beziehung will - zumindest glaube ich das; Bei allem, was gerade los ist, bin ich mir nicht sicher. Das Letzte, was ich im Moment brauche, ist der zusätzliche Druck einer Verpflichtung. Ich verstehe, dass sie versucht zu zeigen, wie sehr sie sich kümmert, aber ich brauche einfach Freiraum. Als ich den Mund öffnen will, um zu antworten, unterbricht sie mich wieder mit einer schnellen Entschuldigung.

„Tut mir leid, vergiss, was ich gesagt habe. Ich weiß, es ist nicht der richtige Zeitpunkt, ich war impulsiv."

Man, selbst in diesem Moment ist sie cool. Und das Letzte, was ich will, ist, ihre Gefühle zu verletzen.

„Sag mir Bescheid, wenn du allein sein willst", sagt sie leise. „Ich wollte dich nicht so überrumpeln. Es tut mir wirklich leid." Sie ist zu cool für ihr eigenes Wohl und das verwirrt mich.

Ich zögere, unsicher, was ich will. Aber dann wiederum sollte ich vielleicht auch mal aufhören, so verdammt egoistisch zu sein. „Nein, bleib", sage ich schließlich und klappe meinen Laptop zu. Und so sitzen wir da, zwei verlorene Seelen in einer Welt, die sich nicht zu kümmern scheint. Ich erzähle ihr von Danny - wie wir uns kennengelernt haben, von all den verrückten Abenteuern, die wir erlebt haben, und von den Momenten, die uns geprägt haben. Emilia hört mir aufmerksam zu und nickt, als könne sie den Schmerz verstehen, den ich mit mir herumtrage. Es fühlt sich tatsächlich gut an, über ihn zu sprechen, diese Erinnerungen mit jemandem zu teilen, der sich wirklich für mich interessiert.

Im Laufe des Abends, als sich das Gespräch auf leichtere Themen verlagert, wird mir klar, dass Emilia immer noch hier ist, immer noch zuhört und immer noch cool ist.
Vielleicht bin ich doch nicht so allein, wie ich dachte. Vielleicht gibt es noch Hoffnung für mich.

Stunden später wache ich plötzlich auf. Salem schläft an meinen Füßen und ich spüre die Wärme von Emilias Körper neben meinem. Ihr Atem ist ruhig und gleichmäßig, während sie tief schläft. Dann leuchtet mein Handy auf dem Nachttisch auf und wirft ein bläuliches Licht durch den Raum. Ich greife danach und sehe, dass ich fünf verpasste Anrufe und drei Nachrichten habe - alle von Maria. Um 3 Uhr morgens. Fuck, das kann nicht gut sein.

Mein Herz beginnt zu rasen, als ich ihren verzweifelten Hilferuf lese. Ohne Emilia zu wecken, schlüpfe ich aus dem Bett und schleiche leise zur Tür, das Telefon in der Hand. Ich fühle mich wie ein Eindringling in meinem eigenen Haus, der mitten in der Nacht herumschleicht. Mit einer Mischung aus Angst und Adrenalin wähle ich Marias Nummer. Mit einer Mischung aus Angst und Adrenalin wähle ich Marias Nummer. Sie nimmt beim dritten Klingeln ab, ihre Stimme klingt angespannt und hektisch. „Gott sei Dank bist du wach. Es tut mir so leid, dich anzurufen", sagt sie, und ich höre, dass es ihr nicht gut geht. Sie erzählt mir, dass ihr zukünftiger Ex-Mann sie geschlagen hat. Einen Moment bin ich wie gelähmt. Irgendetwas kommt mir komisch vor, aber ich kann kein Arschloch sein und das hinterfragen.

„Ich habe die Polizei gerufen", schluchzt sie. „Aber er ist schon weg." Egal, wer du bist oder was deine Gründe sein mögen - niemand sollte jemals die Hand gegen eine Frau erheben. Ohne Ausnahme. Aber sie ist bekannt dafür, zu übertreiben. Heult sie mir nur etwas vor? Und die Tatsache, dass ich das überhaupt denke, ist schon ein Warnsignal. Fuck it.

„Okay, ich komme", sage ich entschieden, bevor ich den Anruf beende. Ich schaue zu Emilia, die immer noch fest schläft, und einen Moment lang denke ich darüber nach, sie zu wecken. Aber das ist nicht ihr Problem. Es ist meins, zumindest mache ich es zu meinem. Schnell ziehe ich mich an, schnappe mir meine Schlüssel und mache mich auf den Weg in die Nacht.

Die Stadt ist lebendig, selbst zu dieser unchristlichen Stunde, und ich spüre, wie das Adrenalin durch meine Adern pumpt. Ich fahre wie auf Autopilot, bis ich schließlich vor Marias Haus anhalte. Der Motor läuft im Leerlauf, während ich darauf warte, dass sie aus dem Schatten tritt. Als sie herauskommt, sehe ich, dass sie eine kleine Tasche bei sich hat. Sie klettert ins Auto und drückt sich zitternd an mich, während sie mich fest umarmt. Ich schweige, drehe einfach den Schlüssel im Zündschloss und fahre auf die Straße. Während wir fahren, erzählt sie mir die ganze Geschichte, ihre Stimme zittert vor Emotionen. Sie erwähnt, dass die Polizei alles aufgenommen hat. Ich schaue zu ihr hinüber und sehe, wie sich ein blaues Auge bildet. Sie weiß noch nichts von Danny und es ist nicht der richtige Zeitpunkt, sie mit meinem Kummer zu belasten.

Ich versichere ihr, dass sie bei mir bleiben kann, dass sie bei mir sicher sein ist. Und meine es ernst.

Als wir bei mir ankommen, bemerke ich, dass die Lichter aus sind - ein Zeichen dafür, dass Emilia noch schläft. Drinnen führe ich Maria in das Gästezimmer und sorge dafür, dass sie alles hat, was sie braucht. Sie bedankt sich leise, und ich sage ihr, sie solle sich ausruhen, und dass ich gleich am Ende des Flurs bin, falls sie etwas braucht. Sie umarmt mich zärtlich, um mir eine gute Nacht zu wünschen. Ihre Umarmung dauert wieder ein wenig zu lange, und ich spüre, wie ich mich unwohl fühle. Mit einem Blick auf die Tür zum Schlafzimmer, wo Emilia friedlich schläft und nichts von der Situation draußen mitbekommt, löse ich mich sanft aus der Umarmung und sehe zu, wie Maria durch die Tür geht.

Ich stoße einen tiefen Seufzer aus und mache mich auf den Weg in den Flur, ahnend, was auf mich zukommt. Ich kann die unangenehme Situation am Morgen schon vor mir sehen - gefangen zwischen zwei Frauen, mit keiner von ihnen in einer Beziehung, und doch irgendwie mit beiden liiert. Es ist ein einziges Chaos und ich weiß, dass ich mir über meine Prioritäten klar werden muss, bevor mir das alles um die Ohren fliegt.

Heute Nacht werde ich auf keinen Fall schlafen können, also gehe ich ins Wohnzimmer.

Für einen kurzen Moment habe ich das Gefühl, nicht allein zu sein. Ich könnte schwören, dass ich Danny auf der Couch sitzen sehe, eine geisterhafte Erscheinung, die mich mitten in der Nacht heimsucht. Er würde auf jeden Fall über diese Situation lachen können. Doch genauso schnell, wie das Bild auftaucht, verblasst es auch wieder im Nichts. Es ist nur mein Verstand, der mir einen Streich spielt. Ich lasse mich auf der Couch nieder und greife nach meinem Laptop und spüre die kühle Oberfläche an meinen Fingern, als ich ihn öffne.

Ich versuche, mich auf mein Schreiben zu konzentrieren, aber meine Gedanken schweifen immer wieder zu den beiden Frauen in meinem Haus. Eine in meinem Schlafzimmer, die andere im Gästezimmer. Ich werde das Gefühl nicht los, dass ich in zwei verschiedene Richtungen gerissen werde. Eine definitiv gesünder als die andere. Aber im Moment kann ich nur schreiben und versuchen, das Chaos um mich herum zu vergessen.

Wir bekämpfen Dämonen aus unserer Vergangenheit, nur um uns neuen Monstern zu stellen.

46

Wusstest du, dass die meisten Lebensversicherungen in den USA eine Selbstmordklausel enthalten? Die Versicherung verweigert die Auszahlung, wenn sich der Versicherte innerhalb eines bestimmten Zeitraums nach Vertragsbeginn das Leben nimmt - in der Regel zwei Jahre. Mein Vater wusste das nicht.

Nur ein Jahr, bevor er seinem Leben ein Ende setzte, hatte er seine Versicherungspolice gewechselt. Damit besiegelte er unwissentlich sein Schicksal und zwang meine Mutter in einen langen, unerbittlichen Kampf, den sie nie wollte. Offensichtlich war sein Selbstmord kein kalkulierter Schachzug, sondern eher das verzweifelte Strampeln eines Mannes, der in seinem eigenen Elend ertrank - und ein verworrenes Chaos aus Bürokratie hinterließ.

Meine Mutter blieb zurück, um die Scherben aufzusammeln, und kämpfte mit allen Mitteln gegen die frühere Versicherungsgesellschaft, um das Geld zu bekommen, von dem sie glaubte, dass es ihr rechtmäßig zustand. Es wurde ein jahrelanger, von Trauer getriebener Krieg, in dem sie gegen einen

Konzern antrat, der sich einen Dreck um die zerstörten Leben scherte, die mein Vater zurückgelassen hatte.

Es ist ein perverser Tanz, dieser Kampf mit einer Firma, die uns nicht als Menschen, sondern nur als Zahlen auf einer Bilanz sieht. Eine groteske Erinnerung daran, dass selbst, wenn unsere Welt zusammenbricht, die Mahlsteine des Lebens unbarmherzig weiter mahlen, gleichgültig gegenüber dem Staub und den Trümmern, die zurückbleiben. Die Zeit schert sich einen Dreck um uns.

Damals war ich zu jung, um die Tragweite des Todes meines Vaters zu begreifen, zu unschuldig, um das verworrene Netz aus Trauer und Gier zu verstehen, in dem meine Mutter gefangen war. Ich hatte keine Ahnung, wie mein Vater starb, und meine Mutter sprach nur selten darüber. Ich sah den Kampf mit den Augen eines ahnungslosen Kindes und konnte dessen Bedeutung und Komplexität nicht begreifen. Heute erscheint es mir so klar, die Puzzleteile passen perfekt zusammen.

Heute bekomme ich einen Anruf von Dannys Lebensversicherung. Offenbar hat er die Police abgeschlossen, kurz bevor wir beschlossen, zusammen nach LA zu ziehen. Warum hat er das getan? Für wen war sie bestimmt? Sicherlich nicht für seine Familie. Der Versicherungsvertreter sagt mir, dass Danny mich als alleinigen Begünstigten eingesetzt hat. Da der Vertragsabschluss jedoch weniger als zwei Jahre her ist, wird es keine Auszahlung für eine selbst zugefügte Verletzung geben. Natürlich geht es mir nicht ums Geld. Es ist der Gedanke dahinter, der tief schneidet und einen bitteren Nachgeschmack von Liebe und Freundschaft hinterlässt. Ich wusste, dass Danny mit Depressionen zu kämpfen hatte, aber ich hätte nie gedacht, dass es so weit kommen würde. Das tut vermutlich niemand.

Der Tag schleppt sich dahin, mein Körper folgt gehorsam, aber meine Gedanken sind woanders. Ich bin auf dem Weg zu einem Treffen mit Allen, obwohl mir nicht besonders danach ist. Arbeit ist die beste Ablenkung. Wir treffen uns bei *Laurel Tavern,* so wie ich es vorgeschlagen habe. Ich mag den Laden - er hat diese bodenständige, unprätentiöse Atmosphäre, die mir gefällt.

Als ich die Tür öffne, schlägt mir der vertraute Duft von abgenutztem Leder und schalem Whiskey entgegen. Beruhigend. Anton arbeitet heute wieder. Ich mag ihn wirklich - er ist einer dieser Typen, die wissen, wann man reden sollte und wann man einen Mann in Ruhe lassen sollte.

Ich lasse mich auf einen Barhocker gleiten und begrüße ihn mit einem einfachen „Hey, Anton!"

„Wie gehts, man?", antwortet er und zeigt ein breites Grinsen. „Lange nicht mehr gesehen."

Ich bestelle einen Old Fashioned, den Anton gekonnt und mit geübter Leichtigkeit zubereitet. Wir unterhalten uns, das Gespräch bleibt leicht und einfach - eine willkommene Abwechslung von der Schwere der letzten Tage. Er erwähnt, dass er mein Buch gelesen hat und dass es ihm gefallen hat. Ein Lächeln umspielt meine Lippen, eine Seltenheit in letzter Zeit. Ich bedanke mich und erinnere mich an seine Hilfe bei meinem ersten Drehbuch. Der Mann hat ein Händchen fürs Geschichtenerzählen.

Nachdem ich einen Schluck meines Getränks genommen habe, sehe ich Allen hereinkommen. Er trägt wie üblich Anzug und Krawatte und verkörpert damit perfekt das Bild eines erfolgreichen Hollywood-Produzenten. Er kommt auf mich zu und bevor ich mich versehe, tut er etwas, das für LA-Verhältnisse eher untypisch ist - er entschuldigt sich für die Verspätung. Eine eigentlich einfache Geste, aber in einer Stadt, in der es tausend Ausreden gibt - wo der Verkehr als perfekter Sündenbock für Verspätungen dient - ist seine Entschuldigung so erfrischend wie eine kühle Brise an einem heißen Tag.

Er zieht mich in eine Umarmung, die sich echt und ehrlich anfühlt. Eine lange Umarmung, die Art, die nur von jemandem kommen kann, der weiß, was sein Gegenüber durchgemacht hat. Er rief mich sofort an, nachdem er von Danny gehört hatte, und wir haben lange geredet.

Er setzt sich auf den Hocker neben mir und sagt „Ich hoffe, die Stadt der Engel behandelt dich wie einen Sohn.” Seine Stimme, eine beruhigende Mischung aus Aufrichtigkeit und Showbiz-Charme, lässt den Satz wie eine seltsame Art von Poesie klingen, aber ich mag es.

Er fragt mich, wie es mir geht, und senkt dabei seinen Tonfall, so wie man es tut, wenn man eine Frage stellt, von der man weiß, dass sie schwerwiegende Antworten nach sich ziehen wird. Nach ein paar belanglosen Worten kommt Allen dann zum eigentlichen Grund dieses Treffens.

„Woran arbeitest du zurzeit, Richard?"

Ich erzähle ihm, dass ich mich im Labyrinth meines nächsten Romans verirrt habe und versuche, die Fragmente einer Geschichte zusammenzufügen, die ich noch nicht ganz verstanden habe. Die Worte purzeln heraus, eine Art Geständnis, die Klage eines Schriftstellers über die Geschichte, die noch keine Identität hat.

Er nickt und fragt „Würdest du das Drehbuch für unseren nächsten Film schreiben?"

Das ist es, ein Angebot, getarnt als Frage. Er will den Hype um mein Buch ausnutzen und den Schwung beibehalten. Hollywood schläft nicht; es wartet nur auf das nächste große Ding. Träume verkaufen. Und ich kann nicht lügen - Es ist ein schönes Gefühl, möglicherweise als das nächste große Ding zu gelten. Allen fügt hinzu „Dafür gibt es natürlich mehr Geld." Aber ich gebe einen Scheiß auf Geld. Und ich weiß, das ist leicht gesagt, wenn man es hat. Ich bin keineswegs reich, aber ich lebe bequem. Und Geld treibt mich nicht an. Darum ging es mir noch nie.

Ich nehme einen Schluck von meinem Drink und versuche, mir etwas Zeit zum Nachdenken zu verschaffen. Die Eiswürfel klirren im Glas, ein Geräusch, das in dem ansonsten stillen Moment widerhallt.

Allen spürt mein Zögern. Er beugt sich vor und spricht in einem leiseren Ton. „Hör zu, ich weiß, dass es schwer für dich

375

war. Aber das Schreiben ist deine Gabe. Es ist das, wofür du geboren wurdest. Ich denke, dieses Projekt könnte das perfekte Ventil für dich sein und wir sind bereit, dir komplette kreative Kontrolle zu geben."

Verdammt, dieser Typ weiß wirklich, wie man verkauft und Fäden zieht. Ich finde mich auf dem schmalen Grat einer Entscheidung wieder, wie ein Münzwurf, der in der Luft schwebt. Das Timing ist strategisch und kalkuliert. Einerseits bittet er mich um ein weiteres Drehbuch, noch bevor der erste Film in die Kinos kommt, bevor die Kritiken und Einspielergebnisse vorliegen. Das könnte ein Segen oder ein Fluch sein. Wenn der Film ein massiver Erfolg wird, wirkt dieses Angebot wie Kleingeld. Wenn er hingegen floppt und mit einem lauten Knall auf dem harten Beton des Hollywood-Boulevards aufschlägt, könnte es sein, dass ich nie wieder ein solches Angebot bekomme. Geld spricht, Stolz aber auch.

Ich wäge meine Optionen ab wie ein gottverdammter Narr. Soll ich das Risiko eingehen und ein weiteres Drehbuch schreiben? Oder auf Nummer sicher gehen und abwarten, wie der Film ankommt? Es ist ein Glücksspiel, eine Runde russisches Roulette, ich kann fast das Drehen der Trommel und das Klicken des Hammers hören. Ich nicke langsam, immer noch unsicher. Dann denke ich über die Alternative nach. Allein in meinem Haus zu sitzen und in meinem Kummer und Selbstmitleid zu ertrinken. Zumindest habe ich mit diesem Projekt etwas, auf das ich mich konzentrieren kann, etwas, das mich vorantreibt. Es gibt keinen Druck für das nächste Buch.

„Fuck it", sage ich mit fester Stimme, während mein Herz den Takt einer rebellischen Trommel schlägt. „Ich machs."

Allens Gesicht verzieht sich zu dem Grinsen einer Grinsekatze. „Großartig", schnurrt er zufrieden. „Du kannst morgen mit einem Angebot rechnen."

Und einfach so, zwischen halbherzigem Smalltalk und dem abgestandenen Geruch von verschüttetem Bier, ist unser Schicksal besiegelt. Letztlich setzen wir alles auf einen Traum, der sich erst noch beweisen muss. Und ich weiß, dass meine Anwältin Ava das Angebot bis aufs Blut aushandeln und hochtreiben wird. Sie ist mehr Hai als Frau und umkreist die Gewässer dieses Hollywood-Meeres mit gefletschten Zähnen, beim Geruch eines frischen Vertrags.

Zuhause angekommen, mit einem potenziellen neuen Deal in der Tasche, schließe ich die Tür auf und trete ein. Das einzige Geräusch ist das leise Summen der Klimaanlage. Ich gehe durch das Wohnzimmer, lasse meine Schlüssel auf den Tisch fallen und bemerke Salem, der zusammengerollt auf dem Sofa liegt, die Augen halb geschlossen, während er die Wärme des Raumes genießt. Er miaut leise, als er mich sieht, rührt sich aber nicht.

In dieser einen Nacht habe ich Maria angeboten, jederzeit bei mir unterzukommen, wenn sie es braucht, und seitdem bewohnt sie das Gästezimmer. Gerade scheint sie jedoch nicht hier zu sein. Es ist schön, etwas Einsamkeit zu haben, und ich mache mich auf den Weg in den Gameroom. Ich setze mich vor die PlayStation 2 und starte *Burnout 3*, das Spiel, das Danny und mich oft bis in die frühen Morgenstunden wachgehalten hat.

Wenn er noch hier wäre, würde er direkt neben mir sitzen und gespannt darauf warten, alles über mein Meeting zu hören, während wir virtuelle Autos zu Schrott fahren. Dieses Spiel macht immer noch Spaß, selbst nach all den Jahren.

„Nur noch ein Rennen", denke ich mir immer wieder. Die Stunden schmelzen dahin wie Wachs auf einem heißen Herd, aber ich beschwere mich nicht.

Plötzlich knarrt die Tür und durchbricht den Bann. Es ist Maria, die mit einem Lächeln auf dem Gesicht dasteht. Die Geräusche des Fernsehers müssen sie auf meine nächtliche Gaming-Session aufmerksam gemacht haben.

„Du bist noch wach", sagt sie mit einem Hauch von Belustigung in der Stimme. Ich frage sie nach der Uhrzeit und versuche, lässig zu klingen, aber in Wahrheit habe ich das Zeitgefühl völlig verloren. Sie sagt mir, dass es 2 Uhr morgens ist. Fuck. Ein Teil von mir will sie fragen, wo sie gewesen ist, aber ich erinnere mich daran, dass es mich einen Scheiß angeht.

Da ich weiß, dass sie nicht wirklich auf Videospiele steht, drücke ich auf Pause und frage sie „Wollen wir einen Film gucken? Falls du nicht zu müde bist..."

Sie nickt, und ich kann sehen, dass sie einen harten Tag hinter sich hat. „Klar. Und etwas Wein, falls du welchen hast."

Ich hole zwei Weingläser und eine Flasche Rotwein aus der Küche, öffne sie mit einem befriedigenden Ploppen, schenke uns beiden großzügig ein und reiche Maria ein Glas.

Wir lassen uns auf der Couch nieder und scrollen durch unzählige Horrorfilme auf Netflix, ein Genre, das wir beide mögen. Schließlich entscheiden wir uns für einen zufälligen Film und ich drücke auf Play. Der Wein fließt reichlich, und ehe ich mich versehe, öffne ich bereits die zweite Flasche. Es ist, als hätte sich meine „Nur noch ein Rennen"-Mentalität auch hier eingeschlichen, und ich merke, wie der Raum sich leicht zu drehen beginnt, während ich einen weiteren Schluck nehme. Der Film läuft zwar, aber ich achte nicht mehr wirklich darauf. Alles, woran ich denken kann, ist, wie nah Maria mir kommt. Sie behauptet, der Film sei zu gruselig, und rückt bei jedem Jump-Scare näher. Ein aufgeladenes Schweigen herrscht zwischen uns.

Und dann, ohne Vorwarnung, dreht sie sich plötzlich um und küsst mich. Fuck. Ich spüre die Wirkung des Alkohols, was das Ganze noch surrealer erscheinen lässt. Obwohl ich weiß, dass das alles ziemlich beschissen ist, kann ich mich nicht dazu bringen, aufzuhören. Unsere frühere sexuelle Chemie gewinnt die Oberhand; es ist, als hätten wir nie eine Pause gemacht. Es ist eine Flucht aus der Realität, eine Chance, den ganzen Scheiß in unserem Leben zu vergessen und einfach nur in der Gegenwart zu leben. Scheiß drauf.

Ich bin Ikarus, der zu nah an der Sonne fliegt und zusieht, wie das Wachs seiner Flügel schmilzt.

47

ch sitze in einem kleinen Café in Glendale, und die nostalgische Atmosphäre fühlt sich an, als wäre es direkt einer Folge von *Twin Peaks* entsprungen. An den Wänden hängen alte Schwarzweiß-Fotos von Hollywood-Stars und der Duft von frisch gebrühtem Kaffee liegt in der Luft. Ich liebe es. Doch der Grund, warum ich hier bin, ist weit weniger idyllisch.

Emilia wohnt in diesem Teil der Stadt und ich habe ihr vorgeschlagen, uns in einem Café zu treffen - einem neutralen Ort, der wie eine emotionale Rüstung wirken soll. Maria und ich haben erst kürzlich miteinander geschlafen und jetzt treffe ich mich mit einer anderen Frau, von der ich weiß, dass sie Gefühle für mich hat. Es fühlt sich an, als würde ich ein verdammt krankes Spiel emotionaler heißer Kartoffel spielen. Und obwohl ich technisch gesehen mit keiner von beiden zusammen bin, überkommt mich dennoch eine Scham, die wie eine Million winziger Spinnen über mich krabbelt. Deshalb finde ich es nur fair, mit Emilia zu sprechen. Ich kann den Gedanken nicht ertragen, ihr etwas vorzumachen. Sie glauben zu lassen, es gäbe eine Chance für uns, wenn es doch offensichtlich keine gibt. Ich meine, wer bin ich, dass ich mit den Gefühlen anderer spiele, als wären sie mein persönliches Spielzeug?

Ich bin ein verdammter Idiot. Emilia ist ein echter Mensch mit Hoffnungen, Träumen und einer Zukunft, in die ich mich durchaus hätte einfügen können. Und doch bin ich hier und säge sie ab wie ein faulendes Gliedmaß bei einem Diabetiker. Ich könnte versuchen, das mit Maria als betrunkenen Fehler abzutun - eine Nacht verschwommener Linien und unklarer Entscheidungen mit meiner Ex. Aber wem mache ich etwas vor? Es ist nur eine Frage der Zeit, bis sie mich wieder in ihren Strudel aus Chaos und Zerstörung zieht. Fuck, ich bin doch schon längst drin.

Wir alle kennen den Tanz mit einer Ex - eine Choreografie aus Nostalgie und blinder Hoffnung. Wir schwören uns, dass es dieses Mal anders wird. Reden uns ein, dass wir das Blatt wenden können, dass das Ende neu geschrieben werden kann. Aber wir bereiten nur die Bühne für einen noch größeren Fall vor. Fuck. Die Vergangenheit ist ein Bumerang der unaufhaltsam und voller Wucht zurückkehrt - doch dieses Mal steht nicht nur mein Herz in der Schusslinie. Sondern auch Emilias.

Ich schaue auf mein Handy, um zu gucken, wie spät es ist. In diesem Moment betritt Emilia das Café und durchbricht das monotone Summen des Alltags. Mein Blick hebt sich von der abgenutzten Tischplatte und trifft auf ihre Augen. Es ist, als würde ich sie zum ersten Mal sehen. Der Duft ihres Parfüms erreicht mich, bevor sie es tut - eine sanfte Welle, die den Sturm ankündigt. Sie setzt sich mir gegenüber, ihre Augen weich und fragend. Die ganze Situation ist eklig klischeehaft, wie eine Szene aus einer mittelmäßigen Romcom. Aber die Sache ist, wir sind nicht zusammen. Also gibt es technisch gesehen keine Beziehung zu beenden. Trotzdem sind wir hier, gefesselt an diesen Moment, durch das Gewicht dessen, was noch kommen wird.

„Wie geht es dir?", fragt sie, ein kleines Lächeln umspielt ihre Lippen - mit einem Blick, als wüsste sie, dass ein Sturm aufziehe, aber sie könne die dunklen Wolken am Horizont nicht ganz erkennen.

„Ich kann mich nicht beklagen", antworte ich, wobei mir die Worte wie ein altes Lied auf der Zunge liegen. Wir tauschen gezwungene Höflichkeiten aus, jeder Satz sorgfältig gewählt, wie Trittsteine in einem Fluss des Unbehagens. Aber das Unvermeidliche lässt sich nicht lange hinauszögern. Ich atme tief durch und spreche die Wahrheit aus.

Ich erzähle ihr von Maria, davon, dass wir miteinander geschlafen haben, und von der überwältigenden Schuld, die mich verfolgt. Emilias Lächeln erstarrt, das Licht in ihren Augen verblasst leicht. Sie sagt nichts, sondern blinzelt mich nur an und verarbeitet die Worte. In Eile plappere ich meine einstudierte Standardausrede heraus: „Emilia, ich habe dir von Anfang an gesagt, dass ich keine Beziehung suche." Ich weiß, dass es beschissen ist, so etwas zu sagen. Und ich habe es schon so oft gesagt, zu so vielen Frauen. Fast wie eine erfundene Versicherungsklausel, um mich selbst davon zu überzeugen, dass ich kein Arschloch bin. Es ist, als hätte ich sie mit einer Wahrheit erschlagen, die sie schon wusste, aber nicht hatte hören wollen.

Emilia ist ruhig, beunruhigend ruhig. Zerdenkt sie gerade, was ich zerdacht habe? Sie sieht mich mit großen Augen an und für einen Moment schwöre ich, etwas Verletzliches und Verwundetes darin zu erkennen. Doch in der nächsten Sekunde verschwindet es, ersetzt durch etwas anderes.

Dann bricht sie das Schweigen, ihre Stimme so präzise wie die Hand eines Chirurgen. „Es ist unfair, was du tust", sagt sie, ihre Augen in meine gebohrt, ein Funken Trotz in ihrem Blick. „Jemand wie du - intelligent, charmant, kreativ - zeigt einem gewöhnlichen Menschen deine Welt, und dann... das ist einfach verdammt unfair."

Gewöhnlich? Nichts an ihr ist gewöhnlich. Es sticht wie ein Schlag ins Gesicht, eine rohe Ehrlichkeit, auf die ich nicht vorbereitet war.

„Jemand wie ich hat keine andere Chance, als sich in dich zu verlieben, egal wie sehr du darauf bestehst, dass du keine Beziehung willst", fährt sie fort, die Worte strömen heraus wie ein Wasserfall aus Frustration und Schmerz.

„Du zeigst mir etwas, das ich nicht behalten darf, das ist beschissen, man." Sie lehnt sich in ihrem Stuhl zurück und fährt sich mit einer Hand durch die Haare, genau wie bei unserem ersten Treffen. „Du kannst mich nicht einfach in deine Welt lassen, Chaos verursachen und mir dann sagen, ich solle mich verpissen. Ich glaube, du hast einfach Angst vor irgendwas Echtem." Eine Pointe, vorgetragen mit dem Timing eines erfahrenen Komödianten; Nur ist dieser Witz nicht lustig. Er ist so roh und bitter wie der Kaffee, der zwischen uns abkühlt. Aber sie hat Recht. Es ist, als wäre ich mit verbundenen Augen durch ein Minenfeld gelaufen und die Explosionen würden mich langsam einholen. Die Splitter meiner eigenen Dummheit und meines Egoismus regnen auf mich herab. Aber ich kann es nicht ändern. Ich habe ihr nie mehr als eine lockere Affäre versprochen. Und doch ist sie hier und schüttet mir ihr Herz aus, mitten in einem verdammten Café.

„Ich weiß, dass es unfair ist", sage ich und versuche, mitfühlend zu klingen. „Ich wollte dich nie verletzen." Jetzt liegt es an ihr.

„Absichten bedeuten einen Dreck, Richard", erwidert sie. „Und Taten sprechen lauter als Worte." Ich bin der Bösewicht in dieser Geschichte, der Architekt dieses Chaos, und es gibt keine Möglichkeit, die Wahrheit zu bestreiten. Der Moment zieht sich in die Länge, gespannt wie ein Drahtseil, bevor ich sehe, wie Emilia sich von ihrem Platz erhebt. Der Stuhl schabt über den Boden, ein harsches, knirschendes Geräusch, das sich durch das leise Summen des Cafés fräst.

„Leb wohl, Richard", sagt sie mit fester Stimme, sachlich, als würde sie über den Verkehr sprechen und nicht über das Ende von... was auch immer das war. Dann dreht sie sich um und fügt hinzu „Viel Glück mit deinem verfickten Buch", ihr Ton ist kalt und endgültig, ein bisschen zu scharf. Es ist ein Abschiedsgruß, ein Schuss, der sein Ziel wie ein Scharfschütze trifft. Und ich kann es ihr nicht verübeln. Selbst wenn wir die richtigen Entscheidungen treffen, hallt es nach.

Sie schaut nicht zurück, als sie die Tür aufstößt und in die Welt hinausgeht, mich in der Stille nach dem Zusammenstoß zurücklässt. Die Glocke über der Tür läutet, ein fröhlicher Ton, der völlig unpassend klingt. In diesem Moment scheint sogar mein Bedauern sinnlos zu sein. Es ist, als würde ich Glasscherben schlucken - ekelhaft, bitter - aber irgendwo in der Tiefe meines Bauches weiß ich, dass es die einzig mögliche Entscheidung war.

Ich setze den Kaffeebecher an meine Lippen. Ein bitterer Abschiedskuss, der letzte Akt dieses tragischen Stücks. Entschlossen schiebe ich die leere Tasse von mir und starre auf den ringförmigen Fleck, den sie hinterlässt. Während ich aufstehe, lege ich ein paar zerknitterte Scheine auf den Tisch - die Währung meiner Schuld.

Als ich das Café verlasse, bleibt die Welt draußen apathisch. Die Sonne brennt gnadenlos hell, die Vögel zwitschern ihre fröhlichen Melodien. Sie haben das Memo wohl nicht erhalten - ihre Welt hätte aufhören sollen, sich zu drehen.

Das sind die Momente, in denen ich normalerweise zum Telefon greife und Dannys Nummer wähle, bereit, mein Herz auszuschütten. Ich kann seine Stimme fast hören, wie er einen Witz reißt oder eine clevere Metapher findet, um mich aufzumuntern. Aber das ist jetzt ein Anruf, der mit einem Freizeichen endet. Ja, ich könnte jetzt wirklich einen von Dannys Sprüchen gebrauchen.

Erinnerungen an ihn, so lebendig wie die Neonlichter der Stadt, blitzen in meinem Kopf auf. Sein Lachen, laut und ungehemmt, hallt durch die Wände meines Kopfes. „Fuck", murmle ich, meine Stimme geht im Lärm der Stadt unter, „du würdest wissen, was zu sagen ist."
Es ist, als wäre ich allein in einem überfüllten Raum. Und ich frage mich, ob Danny sich genauso gefühlt hat, bevor er starb.

Ich sitze am Steuer meines Autos, navigiere durch den Verkehr der Stadt der Engel. Mein Handy vibriert in meiner Tasche, und ich ziehe es heraus, um eine E-Mail von Ava zu sehen. Sie enthält Allens Angebot für das neue Drehbuch, eine finanzielle Erklärung seines Glaubens an mein Talent: 500.000 Dollar, ausgedrückt in kalten, emotionslosen Zahlen. Die Summe fühlt sich surreal an, wie die fiktive Währung in einem Videospiel. Plus eine größere Beteiligung als beim letzten Mal, die noch bestätigt werden soll. Und das, bevor Ava überhaupt angefangen hat, Arme zu verdrehen und Kniescheiben zu brechen. Die Deadline von sechs Monaten wirkt wie eine offene Einladung, großzügig und einladend.

Los Angeles findet immer einzigartige Wege, dir zu zeigen, warum du hierhergehörst. Eine Stadt, die weiß, wie man das Spiel spielt, wie man blufft, wie man es schafft, dass man alles riskiert, selbst wenn die Chancen gegen einen stehen. Sie ist eine ständige, unerbittliche Erinnerung daran, dass dies die Stadt ist, in der Träume wirklich wahr werden können.

Trotzdem ist da ein nagendes Gefühl, ein stechendes Unbehagen, das sich allmählich an mich heranschleicht und sich wie ein heimtückischer Eindringling anschleicht. Diese Angst, mein blinder Passagier, hat sich angeschnallt, um mitzufahren. Sie lauert in den Schatten, zaubert falsche Szenarien herbei, ein gestaltloses Monster, das sich von Zweifeln und Unsicherheiten ernährt und mit jedem Tag stärker wird. Ich hasse diese Scheiße. Aber das ist die seltsame Bipolarität meines Lebens - die berauschenden Höhen und die niederschmetternden Tiefen. Auf der einen Seite ist meine Karriere wie eine Rakete, die zu den Sternen fliegt. Und auf der anderen Seite ist mein Privatleben ein verdammtes Minenfeld. Tote Freunde, Ängste, toxische Ex-Freundinnen, potenzielle Freundinnen - sie alle liegen auf der Lauer und sind bereit, beim kleinsten Fehltritt zu explodieren. Ihre potentiellen Detonationen hallen durch die Schluchten meines Verstandes.

Das Adrenalin des Erfolgs mischt sich mit der Angst vor emotionalen Erschütterungen, und ergibt einen seltsamen Cocktail, der mich taumeln lässt. Es ist ein Paradoxon, ein innerer Konflikt, ein Kampf zwischen dem Beruflichen und dem Persönlichen, zwischen der Aufregung der Zukunft und den Geistern der Vergangenheit. So fühlt es sich wohl an, alles zu haben und trotzdem verloren zu sein. Aber ich lache trotzdem. Ich lache angesichts der Absurdität, des schieren Wahnsinns, den das alles inszeniert.

Während die Sonne über einem weiteren Tag voller Triumphe und Prüfungen untergeht, ziehe ich meinen Hut vor dem Chaos, bereit, das Labyrinth meiner Existenz zu durchqueren.

Auf das Durcheinander... Los gehts! Ich bin bereit, verdammt.

Zumindest glaube ich das.

DANIEL RUCZKO

48

ie Stadt draußen summt wie eine leise elektrische Sinfonie, die niemals verstummt. Doch in den Wänden meines Hauses gibt es nur Salem und mich, meine nachtschwarze Katze - das einzige Geschöpf in LA, das nichts über die Basics hinaus von mir verlangt. Mein Kopf ruht auf seinem Körper, und sein Fell wärmt meine Wange. Sein Körper hebt und senkt sich in einem langsamen Rhythmus, ein lebendiges Metronom, das nicht nur den Takt hält, sondern mich auch im gegenwärtigen Moment verankert. Ich schließe die Augen und konzentriere mich auf den Klang des sanften Schnurrens, das aus seiner Kehle dringt. Meine persönliche Version von weißem Rauschen - mein pelziger Zen-Meister, der mir die Kraft der Einfachheit lehrt. Manchmal, wenn die Nacht zu still und die Gedanken in meinem Kopf zu laut sind, wird die Schlaflosigkeit zu meinem unerwünschten Gast und ich finde Trost in diesem Ritual. Ich bin es leid, müde zu sein und nicht schlafen zu können - als hätte ich vergessen, wie man schläft.

Heute Morgen hallten die letzten Tastenanschläge des Drehbuchs in der Leere meines Hauses wider. Ich drücke auf „Senden" und es ist, als würde ich einem digitalen Vogel beim

Abheben zusehen - ein verpixelter Phönix, der aus der Asche meiner langen Nächte und unzähliger Tassen Kaffee aufsteigt. Damit ist der erste Entwurf an Allen und sein Team abgeschickt. Sechs Monate Arbeit später und eine coole halbe Million Dollar mehr auf meinem Konto. 125 Seiten, von denen jede 4.000 Dollar wert ist, wenn man mal nachrechnet. Ein verdammt langes halbes Jahr liegt hinter mir - eine Ewigkeit oder ein Wimpernschlag, je nachdem, wen man fragt.

Die Unruhe, das uneheliche Kind von Angst und Ungewissheit, hat ein triumphales Comeback hingelegt - und das nicht einfach so, sondern mit einem großen, theatralischen Auftritt. Wie ein Star, der viel zu lange aus dem Rampenlicht verschwunden war und jetzt wieder auf der Bühne steht und jede Minute auskostet. Aus einem Flüstern im Hinterkopf ist eine ohrenbetäubende Sirene geworden, die außer Kontrolle gerät und jeden Rest von Frieden übertönt. Und so bin ich wieder bei Xanax gelandet, meinem chemischen Schnuller. Meine Toleranz ist hoch - zwei, vielleicht drei Pillen pro Tag, nur um zu funktionieren und den Schmerz zu betäuben. Es ist verdammt schlimm und ich bin nicht stolz darauf. Aber wenn der eigene Verstand dein schlimmster Feind ist, greift man nach jeder Verstärkung, die man bekommen kann.

Und dann ist da noch Maria - eine weitere Sache, auf die ich nicht besonders stolz bin. Mit ihren frisch unterschriebenen Scheidungspapieren und einem verführerischen Lächeln tanzen wir einen chaotischen Tanz, den manche als "Dating" bezeichnen würden. Was für ein wunderschönes Desaster. Es ist, als würden wir mit dem Feuer spielen - nur dass ich eine Motte bin, die von ihrer Flamme angezogen wird. Ich bin mir des Brennens, des unvermeidlichen Schmerzes nur allzu bewusst, aber verdammt, das Licht ist zu verlockend. Im Moment befinden wir uns noch in der Anfangsphase - dem "Love-Bombing" oder der Idealisierungsphase, wie die Therapeuten es nennen. Das ist der Teil der narzisstischen Performance, in dem er einem das Gefühl gibt, sein Gegenüber sei der Mittelpunkt des Universums: seine Sonne, sein Mond und seine Sterne. Es ist eine wunderschöne Lüge und wir beide wollen sie glauben. Der Sex ist atemberaubend und ekstatisch. Die Art von Sex, die sich in dein Gedächtnis einbrennt. Ständig flüstert Maria süße Nichtigkeiten über Seelenverwandtschaft und Schicksal, aber sie sind nichts weiter als hohle und bedeutungslose Echos. Ihre Stimme ist wie Honig, der über zerbrochenes Glas gegossen wird.

Aber egal, es fühlt sich gut an. Das süße Gift, das man wissentlich trinkt, weil es für einen Moment alles etwas weniger schmerzhaft macht. Für den Augenblick ist das unsere Realität, unsere schön konstruierte Lüge. Im Großen und Ganzen ist es gar keine so schlechte Lüge, die wir leben. Aber ich weiß, was kommen wird. Ich habe diesen Film schon einmal gesehen und weiß, wie er endet. Wir haben eindeutig ein Ablaufdatum.

Darüber hinaus wache ich jeden Tag mit demselben Gedanken auf. Danny ist tot. Monate sind vergangen, aber es fühlt sich immer noch an, als wäre es gestern passiert. Das passt meiner

Seele nicht, jede Kleinigkeit erinnert mich an ihn. Der Gedanke, dass Zeit alle Wunden heilt, ist ein Märchen, das wir uns erzählen, um den Tag zu überstehen. In Wirklichkeit heilen manche Wunden nie; sie werden einfach nur ein Teil von uns. Vielleicht liegt es an diesem Kalenderblatt, das in den November übergeht, und an der Erkenntnis, dass mein erstes Weihnachten in Kalifornien bevorsteht. Ich bin Schnee und beschissenes Wetter gewohnt. Hier ist es sonnig und warm, die einzige Freude scheint von Leuten zu kommen, die Geld ausgeben, das sie nicht haben. Oder vielleicht liegt es daran, dass dies mein erster Winter ohne Danny ist - mein erstes Thanksgiving, mein erster Geburtstag, mein erstes Weihnachten und mein erstes Silvester - ohne meinen besten Freund. Ich freue mich absolut nicht darauf. Ich schätze, alles hat seinen Preis.

Das Leuchten des Displays meines Handys durchdringt die Dunkelheit meines Zimmers und unterbricht meinen schlaflosen Blick an die Decke. Emilys Nachricht, die wie ein virtuelles Post-it auf dem Bildschirm klebt „Kommst du noch?" Ich hatte es komplett vergessen, es ist ihr Geburtstag. Emily weiß von Maria und dass ich in ihrer Welt auf Messers Schneide tanze. Sie versteht das Labyrinth, in dem wir gefangen sind. Aber sie will mich dabeihaben - nicht als Liebhaber, sondern als Freund. Es ist ein Uhr morgens und trotz Salems hypnotischem Schnurren bleibt der Schlaf ein flüchtiges Phantom.

Fuck it, denke ich, als ich die Uber-App öffne. Eine kleine weiße Pille, mein Xanax-geformter Fallschirm, findet ihren Weg in meine Kehle, während ich auf „Fahrt bestätigen" drücke. Ich gehe raus in die Nacht, die so unruhig ist wie mein Geist.

Als ich in Santa Monica ankomme, hallt der Klang der Party durch die Straßen. Emilys Gesicht leuchtet auf, als sie mich sieht, ihre Begeisterung ist fast ansteckend. Sie grinst von einem Ohr zum anderen, als sie mich mit offenen Armen empfängt. Das Haus ist überfüllt mit Menschen. Die Menge bildet ein buntes Mosaik - eine Mischung aus Influencern, DJs, NFT-Künstlern, YouTubern und Frauen, die davon träumen, es in der Erwachsenenfilmindustrie zu schaffen. Alle in ihren frühen Zwanzigern. Der Duft von Gras und Alkohol weht durch die Luft. In dem Meer ihrer Gäste fühle ich mich wie ein alter Mann, eine alte Schallplatte in einer Welt voller Spotify-Playlists. Vielleicht liegt es daran, dass ich tatsächlich alt bin, oder vielleicht liegt es an den Benzos, die mich noch mehr von der Energie des Raumes abkoppeln.

Emily zieht mich durch die Menschenmassen und stellt mich ihren Freunden vor. Sie scheinen alle ganz nett zu sein, aber ich werde das Gefühl nicht los, dass ich hier nicht hingehöre. Sie stellt mich als Schriftsteller vor und ich kann nicht anders, als mich zu fragen, ob diese Kids überhaupt etwas lesen - außer Textnachrichten, Tweets oder Instagram-Captions. Noch während ich das denke, wird mir schlagartig klar, dass dies der Inbegriff von „Altmänner"-Gedanken ist.

Ich stoße versehentlich auf einen Typen namens Ryan, der darauf besteht, „Lyrical Mirage" genannt zu werden. Die Ironie seines Namens entgeht mir nicht - ein wandelnder, sprechender Widerspruch in Fleisch und Blut. Er ist einer dieser Soundcloud-Rapper, ein dünner weißer Kerl mit einem wild durcheinandergewürfelten Secondhand-Outfit. Und er hat dieses eingebildete Grinsen auf dem Gesicht, das zeigt, dass er an seinen eigenen Hype zu glauben pflegt.

„Ich werde der nächste Eminem sein", erklärt er mit einer Überzeugung, die in ihrer Naivität fast liebenswert ist. Es ist eine kühne Behauptung und ich kann nicht anders, als zu lächeln, amüsiert über seinen Größenwahn. Aber kann man dem Jungen einen Vorwurf machen, weil er große Träume hat? Wir spielen doch alle nur unsere Rollen.

Was zum Teufel weiß ich schon? Vielleicht hat er Bars, die die Sonne überstrahlen könnten. Oder vielleicht ist er ein weiterer Möchtegern, verloren im Meer der Internet-Ruhmjäger. So oder so - not my circus, not my monkeys.

Die Party tobt, ein Meer junger, hoffnungsvoller Gesichter, und ich stehe im Epizentrum neben einem Soundcloud-Rapper, der von Ruhm und Respekt träumt. Willkommen in Kalifornien. Es ist ein glorreiches, abgefucktes Durcheinander und ich bin einfach nur dabei. Dann kommt Ryan, ich meine „Lyrical Mirage", näher und rappt mir direkt ins Ohr, als würde er für mich vorsprechen. Mein Körper zieht sich unwillkürlich zusammen, aber ich setze ein falsches Lächeln auf und versuche, höflich zu sein, nicke zu seinen albernen Texten. Ich kenne Rap und ich liebe Rap. Aber er hört sich an, als würde er zu Hause über diesen 808-Autotune-

Müll singen, der heutzutage als Musik durchgeht. Ich weiß, noch eine Aussage eines alten Mannes.

Plötzlich, einem Schutzengel gleich, kommt Emily zu meiner Rettung. Sie zieht mich von dem Möchtegern-Rapper weg und drückt mir ein Getränk in die Hand.

„Trink mit mir", sagt sie; Ich frage nicht einmal, was es ist, und folge einfach ihrer Aufforderung. Mir egal, ob es mit Arsen versetzt ist, solange es mich von diesem Autotune-Albtraum fernhält. Emily stellt mich immer mehr Leuten vor und ich spüre, wie ich langsam entspanne. Mein Gedächtnis ist schrecklich, ihre Namen und Gesichter verschmelzen zu einem schmierigen Aquarell aus jugendlichem Überschwang und Ehrgeiz. Die Drinks fließen weiter, und ich bin tatsächlich froh, dass ich hergekommen bin. Der Alkohol überflutet meine Sinne und die Welt um mich herum verlangsamt sich. Einer der Anwesenden will Comedian werden, reißt einen Witz und ich lache - ein tiefes, authentisches Lachen, das mich selbst überrascht. Es ist laut und ansteckend, und bald schließen sich die anderen an. Wir lachen gemeinsam, diese Fremden und ich. Lachen wir über den Witz selbst oder über die Absurdität dieser Stadt, die uns zusammenbringt?

Jeder feiert auf seine eigene Weise, und die Drogen sind das Konfetti. Molly, Koks, X und jede andere Substanz unter der Sonne werden geschnupft, geraucht und geschluckt. Irgendwo raucht sogar jemand DMT. Ich bemerke geweitete Pupillen, wie schwarze Löcher, die das spärliche Licht aufsaugen. Ich beobachte die Menschen dabei, ihre Gedanken treiben auf den Wellen von Dopamin und Serotonin. Ich hingegen bleibe beim Alkohol - viel davon. Genug, um die Welt um mich herum wie ein verrücktes Karussell drehen zu lassen. Meine Sprache wird undeutlich, und ich bin zwei Drinks davon entfernt, ein Ouija-Brett zur Kommunikation zu brauchen.

Als ich mich durch die Menge bewege, fühlen sich meine Beine plötzlich schwach an. Ich bin mir nicht sicher, ob ich noch einen Schritt machen kann. Ich muss mich hinsetzen, bevor ich falle. Vermutlich werde ich zu alt, um mit den Kids zu feiern. Emily bemerkt schnell die Veränderung meines Verhaltens und eilt herbei.

„Geht es dir gut?", fragt sie, aber ihre Stimme klingt distanziert und verzerrt, als käme sie aus einem tiefen Brunnen. Ich öffne meinen Mund, um zu sprechen, aber es kommt nichts heraus. Sie wartet nicht auf eine Antwort, legt ihren Arm um meinen und führt mich durch die Menge. Meine Sicht verschwimmt, und ich kann kaum noch die Augen offenhalten. Wir erreichen ihr Schlafzimmer, wo ich einen Blick auf ein Pärchen mitten im Geschlechtsverkehr erhasche. Emily zuckt nicht einmal mit der Wimper, als sie die beiden unterbricht und ihnen befiehlt, zu gehen. „Er muss sich hinlegen", sagt sie in einem Ton, der keinen Widerspruch duldet.

Emily legt mich auf ihr Bett, während der Raum kippt und sich dreht. Ihre Stimme wird ein- und ausgeblendet, wie von einem schlechten DJ gesteuert, und ich versuche, mich darauf zu konzentrieren, mich an etwas festzuklammern. Und dann trifft mich die Übelkeit - eine Welle aus Erbrechen und der saure Geschmack von Galle, der mir den Rachen verbrennt.

Meine Glieder fühlen sich schwer an, unbeweglich, als wäre ich in Blei gegossen. Ich spüre, wie ich sinke, tiefer und tiefer in den dunklen Abgrund. Ich versuche, mich wieder aufzurappeln, gegen die ertrinkende Flut anzukämpfen, aber es ist, als würde ich durch Teer schwimmen. Ich habe das Gefühl, gleich zu sterben, und warte nur darauf, dass dieses helle Licht erscheint - das, das das Ende des Tunnels signalisiert.

Und dann wird alles schwarz.

Fade out.

DANIEL RUCZKO

49

Ein Orchester aus Sinnesreizen summt um mich herum, bevor ich es wage, die Augen zu öffnen. Das schrille Piepen von Maschinen und ich als passiver Zuhörer, ein Publikum aus einer einzigen Person, während ich am Rande des Bewusstseins schwanke. Der Rhythmus meines eigenen Herzens pocht in meinen Ohren, eine Erinnerung an das Leben, das noch immer durch meinen Körper fließt.

Neben mir ist das leise Tröpfeln der Infusion zu hören - tropf, tropf, tropf - ein metronomischer Rhythmus.

Ich kann es riechen, bevor ich es sehe. Das Krankenhauszimmer. Es riecht nach antiseptischer, desinfizierter Luft, nach einem sauberen, kalten Aroma. Ein Geruch, der Bilder von weißen Wänden und fluoreszierendem Licht hervorruft, von gedämpften Stimmen und widerhallenden Schritten. Mein Kopf hämmert wie verrückt, ein verzweifeltes SOS meiner Neurotransmitter, die um dringend benötigtes Cholin betteln.

Meine Zunge fühlt sich geschwollen und trocken an, auf ihr liegt immer noch der Nachgeschmack von Tabletten und Alkohol, bitter und kreidig - eine düstere Erinnerung an den Weg, der mich hierher geführt hat. Langsam, als würde ich vom Grund eines tiefen Ozeans auftauchen, stemme ich mich gegen das

Gewicht meiner Lider und öffne meine Augen, eins nach dem anderen. Die Welt wird klarer, eine Mischung aus Weiß und Grau formt sich allmählich zu dem sterilen Krankenhauszimmer, das ich mir vorgestellt habe. An meiner Seite, in der harten Realität des Neonlichts, sitzt Maria.

Als sich unsere Blicke schließlich treffen, herrscht eine Stille, lauter als jedes Wort, das wir austauschen könnten. Normalerweise ist sie diejenige, die es verkackt, es fühlt sich ungewohnt an, in der Gegenrolle zu sein. Sie ist kurz davor, mir zu erzählen, was passiert ist, aber das muss sie nicht. Ich bin mir sehr wohl darüber im Klaren, was geschehen ist. Eine Überdosis ist die Fußnote im Buch des Lebens, bei der der Protagonist beschließt, ein paar Kapitel zu überspringen - oder vielleicht sogar die ganze verdammte Geschichte.

Es handelt sich nur um ein weiteres Klischee, das erfüllt wird - ein kleines bisschen Erfolg in Hollywood und ich habe bereits meine erste Überdosis hinter mir. Auf eine tragische, verdrehte Art und Weise ist es fast lächerlich. Ein hohler, bitterer Klang - das Lachen eines Mannes, der mit dem Teufel getanzt hat und es überlebt, um die Geschichte zu erzählen. Ein weiterer Tag, eine weitere Katastrophe. Willkommen im Leben auf der Überholspur.

Marias Gesicht zeigt eine Mischung aus Erleichterung und Sorge, während ich mich mühsam aufrichte. Ich schenke ihr ein müdes Lächeln, ein schwacher Versuch, sie zu beruhigen, ihr zu zeigen, dass es mir gut geht, obwohl wir beide wissen, dass das eine Lüge ist. Man landet nicht hier, wenn es einem gut geht. Mit einem gemurmelten Entschuldigung dafür, dass ich ihr Sorgen bereitet habe, bemerke ich Tränen, die sich in ihren Augen sammeln. Ich weiß, dass sie mir vermutlich Naloxon geben mussten, je nachdem, wie schlimm meine Überdosis war. Ich muss mich auch bei Emily dafür entschuldigen, dass ich mit meinen fragwürdigen Entscheidungen ihre Geburtstagsfeier ruiniert habe.

Ich frage Maria, wann ich gehen kann, versuche, gleichgültig zu klingen, obwohl meine Eingeweide vor Angst brodeln. Sie bestätigt, was ich bereits geahnt habe - Da es kein Selbstmordversuch war, kann ich gehen, wann immer ich will. Und es ist verdammt noch mal krank: Ich bin gerade von einer Überdosis aufgewacht, weil ich Benzos mit Alkohol gemischt habe, mein Körper protestiert immer noch gegen den Missbrauch, den ich ihm zugefügt habe - und trotzdem kreist mein einziger Gedanke darum, wann ich die nächste Xanax nehmen kann.

Mit dem Gefühl, etwas vergessen zu haben, frage ich Maria nach dem Datum. Als sie antwortet, überlege ich kurz, warum der 28. wichtig sein könnte - und dann trifft es mich. Fuck, heute Abend ist die Premiere von *Serendipity*, dem Film. Ja, sie haben den Titel übernommen. Sie haben meine Worte beibehalten.

„Ich darf diese Premiere nicht verpassen", sage ich sowohl zu mir als auch zu Maria. Die Worte klingen surreal, wie die schlechte Pointe eines noch schlechteren Witzes. Gerade von einer Überdosis aufgewacht, und hier rede ich von einer verdammten Filmpremiere. Maria sieht mich an, ihre Augen sind geweitet und die Sorge steht ihr ins Gesicht geschrieben. Doch sie widerspricht nicht, erklärt mich nicht für verrückt. Ich würde so oder so nicht auf sie hören, und das weiß sie. Sie nickt nur - eine langsame, resignierte Bewegung.

Einige Stunden später hält der Uber vor dem *Chinese Theatre*, einem Relikt aus dem Goldenen Zeitalter Hollywoods, mit steinernen Drachen, die sich um die Säulen am Eingang winden und dort wie stille Wächter stehen.

Ich steige aus dem Auto und das erste, was mich trifft, sind die blitzenden Kameras der Paparazzi. Ich bin kurzzeitig geblendet von den hellen Lichtern, als wir den Walk of Fame betreten. Maria ist neben mir; sie ist umwerfend gekleidet, und mit ihrer Erfahrung als Model weiß sie genau, wie sie sich in Szene setzt. Alessa, die bereits auf uns wartet, führt uns wie ein Ninja durch das Gedränge der Fans und Fotografen. Die ganze Sache fühlt sich an wie ein präzise choreografiertes Ballett. Sie schiebt mich vorwärts und führt mich zu einem Gesicht, das ebenso überraschend wie vertraut ist: Cora, meine PR-Agentin. Sie begrüßt mich mit einem Lächeln, das eher wie eine Warnung aussieht. „Mach dir keine Sorgen wegen des Videos", beruhigt sie mich. „Ich kümmere mich um Schadensbegrenzung."

Ich versuche, einen kühlen Kopf zu bewahren, als ich sie frage „Welches Video?" Doch meine Stimme bricht, und die Angst ist nicht zu überhören.

Sie zögert einen Moment, bevor sie antwortet, ihre Worte sind sorgfältig gewählt.

„Das von letzter Nacht", sagt sie schließlich.

Anscheinend hat irgendein Typ auf Emilys Geburtstag beschlossen, meine Überdosis in einen Kurzfilm zu verwandeln und ihn mit der Welt zu teilen. Der Gedanke, dass mich jemand gefilmt hat, während ich mich in einem absoluten Tiefpunkt befand, ist verdammt ekelhaft. Das ist etwas, was ich in der Nacht meiner Filmpremiere definitiv nicht gebraucht habe. „Konzentriere dich auf die Presse", rät Cora, ihr Tonfall ist eine seltsame Mischung aus mütterlicher Fürsorge und Mechanik. Marias Hand bleibt warm in meiner, während wir über den roten Teppich gehen und versuchen, die Illusion des erfolgreichen Autors, dessen Buch verfilmt wurde, aufrechtzuerhalten. Trotzdem komme ich mir vor wie ein Betrüger, der hier steht und so tut, als wäre alles in Ordnung - als wäre ich heute Morgen nicht wegen einer verdammten Überdosis im Krankenhaus aufgewacht. Der Kontrast zwischen Realität und Wahrnehmung ist erdrückend. Maria hingegen scheint die Aufmerksamkeit zu genießen, sie sonnt sich regelrecht im Blitzlichtgewitter, als wäre sie hierfür geboren worden. Jedes Mal, wenn die Kamera klickt, hebt Cora das Schild mit meinem Namen hoch. Eine Erinnerung. Eine Marke. Selbstzerstörung, verborgen hinter Kamera-Blitzen.

Eine Überdosis am Morgen, ein roter Teppich am Abend. Nur in Hollywood.

Eine Million Fotos später kommen wir endlich am Ende des roten Teppichs an und entdecken Allen. Ich reiche ihm die Hand, um ihm zum Film zu gratulieren, und er erwidert die Geste.

Der Moment scheint perfekt, also stelle ich eine scheinbar unschuldige Frage „Hattest Du schon Zeit, das Drehbuch zu lesen?" Das Unbehagen in seinen Augen ist so deutlich wie das Hollywood-Schild in der Ferne.

„Ja", murmelt er, sein Blick schweift ab, während er sich am Nacken kratzt - ein nervöser Tick, der seine Unsicherheit offenbart. „Lass uns... Lass uns am Montag darüber reden, okay?"

Seine Worte hallen in meinem Kopf nach, ein hohles Versprechen oder eine düstere Prophezeiung - nur die Zeit wird es zeigen. Fuck, ich könnte jetzt wirklich eine Xanax gebrauchen.

Doch unerschütterlich fasst er sich wieder, legt einen Arm um meine Schulter, und sein Grinsen kehrt zurück. „Genieß die Nacht", fordert er, während sein Blick erneut ausweicht. „Das wird eine große Nummer für dich!" Dann verschwindet er im Meer der Hollywood-Elite. Währenddessen verweilt Maria an meiner Seite, sie beugt sich vor und überrascht mich mit einem Kuss, der so berauschend ist wie die zweite Xanax. Vertraut und doch fremd, ein gefährlicher Cocktail aus vergangenen Fehlern und zukünftigem Bedauern. Wir lösen uns voneinander und stehen da - zwei Außenseiter, die sich in der Welt der Illusionen verkleiden. Und ich kann es in ihren Augen sehen, das gleiche zerstörerische Potenzial, das sich in meinen eigenen widerspiegelt. Wir sind eine tickende Zeitbombe: es ist nur eine

Frage der Zeit, bis wir hochgehen. Die Frage ist nur: Wer wird sie auslösen? Denn so wie die Dinge laufen, ist alles möglich.

Wird es meine Ex mit ihrem Doktortitel in Narzissmus sein? Die Frau, die mit einer einzigen Haarbewegung all die bitteren Streitereien und den Geschmack des Verrats vergessen lassen kann? Oder wird es meine Wenigkeit sein, mit meinen neuen besten Freunden Xanax und meinen selbstzerstörerischen Tendenzen?

Es liegt eine düstere Poesie in unserer Misere - zwei zerbrochene Teile eines Puzzles, die nie ganz zusammenpassen. Die Frage ist nicht, ob, sondern wann - und wer als Erster zerbricht. Platzieren Sie Ihre Wetten, meine Damen und Herren. Die Situation ist genau wie die mit diesem gottverdammten Film. Er könnte großartig sein, ein Riesenerfolg, oder ein totaler Flop, der uns alle ruiniert.

Als wir den großen Kinosaal betreten, ist die Luft erfüllt von einer Mischung aus Popcorn, teurem Parfüm und gespannter Erwartung. Ich versuche, diese Gedanken zu verdrängen und mich auf den Moment zu konzentrieren. Wir lassen uns auf unsere bequemen Sitze gleiten, direkt in der Mitte des Kinos - der perfekte Aussichtspunkt.

Ich bin nur ein Autor, aber das hier ist surreal - ein Trip durch den Kaninchenbau in eine Welt, in der mein erstes Buch jetzt ein Hollywood-Film ist. Ich kann zusehen, wie sich meine Vergangenheit in ein Produkt verwandelt.

Maria lehnt sich zu mir, ihre Stimme ein leises Flüstern in der Geräuschkulisse der Menge. „Ich bin so verdammt stolz auf dich." Ihre Worte treffen mich wie ein reiner Schuss Wodka, und in diesem Moment wird mir das ganze Ausmaß dessen bewusst, was sich gleich entfalten wird.

Sie ist dabei, einen Film zu sehen - einen gottverdammten Film, der auf einem Buch basiert, das komplett von ihr handelt, von uns. Unsere rohe, chaotische Liebesgeschichte spielt sich auf der großen Leinwand in einem Raum voller Fremder ab. Ein Moment, in dem sich der Kreis schließt. Als ich das Buch geschrieben habe, hätte ich nie gedacht, dass ich jemals wieder mit ihr sprechen würde; Und jetzt ist sie hier, bei der Premiere, an meiner Seite. Die Lichter dimmen, die Menge verstummt, und ich werfe einen letzten Blick auf Maria.

Fuck. Ich wünschte, Danny wäre hier.

50

remieren-Albtraum: Autor Richard Bryght erleidet Überdosis bei Geburtstagsfeier eines Porno-Starlets - nur einen Tag vor dem Filmstart! So lautet die Schlagzeile. Scheiß TMZ, immer ganz vorne mit dabei, wenn es darum geht, das Leid anderer für Profit auszuschlachten. Sie waren die ersten, die das Video an die Öffentlichkeit brachten. Es verbreitete sich wie ein Lauffeuer und jetzt scheint die ganze Welt davon zu wissen. Aber was soll ich anderes von einer Kultur erwarten, die sich vom Elend und Unglück anderer ernährt? Es ist mir eigentlich egal.

Seit dem Vorfall campieren Paparazzi vor meinem Haus und warten mit ihren glasigen, unblinkenden Objektivaugen darauf, dass ich wieder verkacke. Aber auf eine seltsame Art und Weise hat diese ganze Sache dem Film vielleicht sogar geholfen. Es war wie kostenlose Werbung - die Art von PR, die man mit Geld nicht kaufen kann. Die Leute wollten sehen, was für eine Geschichte aus meinem außer Kontrolle geratenen Geist entstanden ist.

Der Film hatte ein Budget von 15 Millionen Dollar und wir haben am ersten Wochenende bereits das Doppelte eingespielt. Es ist zwar noch kein Blockbuster-Hit, aber es ist ein vielversprechender Anfang. Die Faustregel besagt, dass ein Film das 2,5-fache seines Budgets einspielen muss, um Plus zu machen, und wir sind auf einem guten Weg dorthin. Nachdem ich den Film gesehen habe, muss ich zugeben: dass er mir echt gut gefällt. Das Team hat gute Arbeit geleistet, trotzdem ist es immer noch schwer zu glauben, dass meine Worte auf der Leinwand zum Leben erwacht sind. Es fühlt sich an wie ein Traum - ein surrealer Fiebertraum auf Zelluloid.

Und dann ist da noch Maria. Man sollte denken, sie wäre sauer, aber sie liebt es. Sie weiß, dass es um sie geht. Weiß, dass sie die Muse ist, die Inspiration, der Funke, der die Geschichte hat entstehen lassen. Ihr Ego ist wie ein Skalpell, mit dem sie das Negative, das Hässliche und Unbequeme wegschneidet. Die Kritik, den Schmerz, die Teile der Geschichte, die zu nah an der Realität sind? Wahrscheinlich denkt sie, dass genau das die Fiktion ist, die Teile, die ich mir ausgedacht habe. Sie ist wie ein schwarzes Loch, das die Aufmerksamkeit aufsaugt. Also läuft es irgendwie zwischen uns.

Meine Gehirnchemie hingegen ist inzwischen komplett gefickt von all dem Xanax, das ich genommen habe. Ich bin nicht mehr so belastbar wie früher, unfähig, auch nur mit den kleinsten Problemen klarzukommen, ohne eine Pille zu schlucken. Je mehr ich nehme, desto weniger kann ich aushalten. Und je weniger ich aushalte, desto mehr nehme ich. Es ist ein endloser Teufelskreis. Ich versuche, etwas Abwechslung in die Sache zu bringen, indem ich zwischen den Xanax-Binges ein wenig Phenibut einwerfe, aber es ist nie dasselbe. Klar, es macht weniger abhängig, aber es fühlt sich wie ein ganz anderes Biest an. Es ist, als würde ich einen Dämon gegen einen anderen eintauschen und gleichzeitig versuchen, der Dunkelheit zu entkommen, die mich überallhin verfolgt.

Jetzt sitze ich hier, gestrandet in diesem kafkaesken Fegefeuer des Ungewissen, und warte auf einen Anruf von Allen. Mit seinem Feedback, seinem Urteil über das neue Drehbuch.

L.A., die Stadt, in der jeder darauf wartet, dass sein Telefon klingelt - Und ich gehöre dazu. Ich hasse es zu warten.

Dann passiert es: Das Telefon singt endlich sein Lied der Erlösung. Allens Stimme ist die gleiche wie immer, sanft wie die eines Radiomoderators, immer mit einem Hauch eines Lächelns.

Er fragt nach meinem Wochenende wie ein besorgter Elternteil, umgeht vorsichtig die TMZ-Schlagzeile und sagt mir, ich solle mir keine Sorgen machen. „Das ist alles Teil des Spiels." Dann wechselt er zum Film; Er ist zufrieden mit den Zahlen und den Kritiken. Aber er kommt nicht auf den Punkt; es ist alles weißes Rauschen, leere Kalorien. Er wärmt mich auf, erweicht mich für das, was kommen wird.

Während Allens Stimme weiter durch den Hörer dringt, greift meine Hand beiläufig nach der kleinen Flasche des Trostes. Diese Bewegung ist so natürlich geworden, so automatisiert, dass man meinen könnte, ich würde nach einer Tüte Chips greifen, während ich mir ein Football-Spiel ansähe. Ich breche eine Tablette mit geübter Leichtigkeit entzwei und schlucke sie trocken. Die Hälfte löst sich in meinem Mund auf und der bittere Geschmack bleibt auf meiner Zunge haften. Dann höre ich einen subtilen Wechsel in seinem Tonfall, und ich spüre, dass etwas aufzieht wie ein Sturm, der sich am Horizont zusammenbraut. Wir nähern uns endlich dem Elefanten im Raum, dem Drehbuch. Seine Stimme, leicht wie eine Feder in der Brise, versucht, den Schlag abzufedern. Aber ich unterbreche ihn mitten im Satz.

„Allen, sag's mir einfach direkt. Ich brauche keine Beschönigungen. Ich kann damit umgehen."

Am anderen Ende ist es still, nur ein leises Rascheln von Papier im Hintergrund. Und ich kann fast hören, wie er seine Gedanken sammelt - vielleicht sogar seinen Mut. Dann stößt er einen tiefen, schweren Seufzer aus, wie man ihn vor einem Geständnis erwartet.

„Uns... uns gefällt das ganze Ding nicht, Richard. Ganz und gar nicht."

Seine Worte detonieren in meinen Ohren, das Echo verweilt, als wäre es der dröhnende Nachklang einer Granatenexplosion. Naja, ich dachte, ich könnte damit umgehen. „Hast du Anmerkungen? Kannst du sie mir mailen?", frage ich, bemüht, die Verzweiflung aus meiner Stimme herauszuhalten. Der Vertrag beinhaltet eindeutig drei Überarbeitungen, drei Versuche, es richtig zu hinzubekommen. Alles danach kostet extra. Ich kann Änderungen vornehmen, Anpassungen vornehmen, mich anpassen, justieren.

Doch Allen ist der Sensenmann der Kreativität und mäht meine Erwartungen nieder. „Richard", sagt er, mit einem Hauch von Mitleid in seiner Stimme. „Es ist einfach... es ist zu viel. Zu viele Anmerkungen. Die ganze Herangehensweise... das ist nicht das, was wir uns vorgestellt haben."

Das ist das Problem mit kreativer Freiheit: Sie ist ein zweischneidiges Schwert - es liegt alles an mir, an meiner Vision, an meinem Versagen. Muss ich jetzt von vorne anfangen? Fuck.

Doch dann liefert Allen die eigentliche Wendung und sagt „Wir müssen schnell handeln. Und wir holen uns dafür einen anderen Autor dazu." Seine Stimme ist leicht, als würde er nur über das Wetter sprechen. „Und du kannst dich auf deinen nächsten Roman konzentrieren", fügt er hinzu, als ob das eine Art Balsam für die Wunde sein soll, die er mir zugefügt hat.

Mein Kopf schweift zu den jüngsten Schlagzeilen zurück, in denen ich mich wiedergefunden habe. Vielleicht ist das der wahre Grund dafür, dass sie mich fallen lassen. Ist dies etwa das unausgesprochene Urteil Hollywoods? Eine lautlose Bestrafung für einen Skandal, der zu öffentlich, zu roh war? Werde ich verdammt noch mal gecancelt? In der einen Minute stoßen sie auf deinen Erfolg an, in der nächsten sehen sie zu, wie du abstürzt und verbrennst. Die Liebe ist geliehen, aber der Hass ist echt.

Aber Moment - habe ich gerade wirklich eine halbe Million Dollar für ein Drehbuch bekommen, das im Mülleimer landen wird? Die Ironie entgeht mir nicht. Ein fettes Gehalt für ein Projekt, das jemand anderes auseinandernehmen wird.

„Wir bleiben in Kontakt", sagt Allen, und ich kann förmlich die Herablassung in seiner Stimme hören. Als würde er mir einen Gefallen tun, indem er mich an der kurzen Leine hält und mir das vage Versprechen auf zukünftige Arbeit vor die Nase hält. Der Anruf endet, die Leitung verstummt, und ich bleibe hier zurück, in der ohrenbetäubenden Stille meiner eigenen Gedanken, meiner eigenen Zweifel. Und dennoch atme ich weiter, kämpfe weiter, träume weiter. Denn das ist genau das, was wir tun, wir Geschichtenerzähler. Wir träumen, wir hoffen, wir lassen unser Herz auf die Seiten bluten. Und selbst wenn die Welt uns den Rücken zukehrt, machen wir weiter.

Denn die Geschichte ist nicht zu Ende.

Zumindest noch nicht.

51

Nachdem Allen mir im Prinzip gesagt hat, ich solle mich verpissen, ist zwar mein Ego angeknackst, aber ich werde schon darüber hinwegkommen. Immerhin, jetzt habe ich Zeit, weiter an meinem Buch zu arbeiten. Das Problem ist nur, die Worte wollen einfach nicht fließen. Nach Dannys Tod hatte ich einen guten Start, aber seither war ich zu sehr mit dem Drehbuch beschäftigt, das Allen am Ende sowieso gehasst hat.

Vielleicht liegt es daran, dass es nun keine Deadlines oder keinen Druck mehr gibt. Oder vielleicht liegt es daran, dass ich mir keine Sorgen mehr um Geld machen muss. Mein Buch steht kurz davor, ein Bestseller zu werden; das Geld für das Drehbuch ist nicht mehr als digitales Konfetti auf meinem Konto. Und da der Film gut läuft und mein vertraglich festgelegter Anteil dranhängt, weiß ich, dass zukünftig noch mehr kommen wird. Es scheint jedoch eine Art Sättigungspunkt zu geben, an dem der Geldbetrag, den man besitzt, irrelevant wird. Sobald man diese Schwelle erreicht, sind alle Zahlen darüber hinaus nur noch leere Ziffern auf einem Bildschirm. Zumindest für mich. Ich kenne durchaus Leute, die das anders sehen, für die das Streben nach Reichtum nie endet, wie ein Hamsterrad. Doch für mich ist es nur

Rauschen. Ein angenehmes Summen im Hintergrund - aber Rauschen bleibt Rauschen.

Mein Kopf ist so leer wie die Seite vor mir. Und außer dem Geld fließt nur meine Frustration. Normale Menschen würden an meiner Stelle wahrscheinlich Business-Class-Tickets buchen, ihre Koffer packen und sich auf eine einjährige Weltreise begeben. Sie würden ihre Instagram-Feeds mit Sonnenuntergängen in Santorin und Selfies vor dem Taj Mahal füllen, Mai Tais an karibischen Stränden trinken und die Nacht auf Ibiza durchtanzen.

Nur bin ich in dieser Hinsicht ganz und gar nicht normal. Ich tanze nicht nach demselben Rhythmus. Mit Geld kann man vielleicht ein Ticket für eine Weltreise kaufen, doch wahre Leidenschaft ist unbezahlbar. Die Freude am Schaffen, der Nervenkitzel, eine Geschichte aus dem Schoß meiner Fantasie zu gebären - das ist mein wahrer Reichtum. Kreativität ist die einzige Währung, die für mich wirklich zählt. Wenn ich nicht inspiriert bin, dann könnte es genauso gut verdammtes Monopoly-Geld sein. Und im Moment gibt es einfach nichts. Ich bin kreativ pleite. Vielleicht ist es an der Zeit, wieder mit der psychedelischen Geliebten des Mikrodosierens zu flirten. Doch ich bin nicht der Typ, der „einen Typen" hat. Ich bin der Typ, der „ein Mädchen" hat. Und ihr Name ist Lana.

Ich greife nach meinem Handy und scrolle durch meine Kontakte, bis ich sie finde. Sie ist meine Connection. Ihre Stimme, sonnig und voll von künstlichem Süßstoff, vibriert durch den

Lautsprecher; Es ist die Art von Glück, die nur LA hervorbringen kann.

„Hey, Fremder", sagt sie, als wäre ich ein lange verschollener Geliebter und nicht einfach nur ein uninspirierter Autor, der nach einem psychedelischen Muntermacher sucht. Ein Teil von mir verzieht sich innerlich. Ich fühle mich schlagartig wie der typische LA-Wichser, der sich nur meldet, wenn er etwas braucht. Aber Lana versteht das. Schließlich war sie es, die mich überhaupt erst in die Welt der Psychedelika eingeführt hat. Sie lacht nur und sagt „Natürlich, alles für dich."

Nach einem kurzen Moment des Schweigens lädt sie mich für heute Abend zu einer Party bei sich ein. In meinem Kopf blitzen sofort Erinnerungen an die letzte Porno-Star-Soirée auf.

Will ich das wirklich tun? frage ich mich und blicke auf die leere Seite vor mir.

„Klar", sage ich, noch bevor ich die Gelegenheit habe, es mir anders zu überlegen. Ein Sklave meiner eigenen selbstzerstörerischen Tendenzen. „Ich werde da sein."

„Perfekt, dann halte ich die Kapseln für dich bereit", trillert Lana durchs Telefon.

Ich frage nicht einmal, was sie feiert, aber in dieser Stadt brauchen wir keinen Anlass für eine Party.

Und langsam steigt in mir eine seltsame Vorfreude auf. Ja, ich weiß, es ist total beschissen, sich auf Drogen zu freuen. Aber Kreativität braucht ihren Treibstoff. Hier bin ich nun, der Mann, der vom Schreiben lebt, und nun auf pilzinduzierte Inspiration angewiesen ist. Aber hey, alles für die Kunst, oder?

Zumindest rede ich mir das ein. Immer und immer wieder, bis die Worte zu einem Mantra werden.

Alles für die Kunst.

Alles für die Kunst.

Alles für die Kunst.

Doch es ist nur eine armselige Rechtfertigung. Was mich natürlich an Danny erinnert. Als ob es wahr werden würde, wenn ich es nur oft genug wiederhole. Als würde es plötzlich akzeptabel sein, dass ich im Begriff bin, die Party eines Pornostars zu besuchen, nur um bewusstseinsverändernde Substanzen zu kaufen, als wären es Vitamine - alles für die Kunst. Ich beende den Anruf und schaue mich in meinem Haus um.

Ich erinnere mich nicht mehr an den genauen Zeitpunkt, an dem Maria bei mir eingezogen ist. Wir hatten nie ein klassisches Gespräch, keine Vereinbarung. Eines Tages war sie einfach da - genauso wie das emotionale Gewicht, das sie in ihren Koffer mitgebracht hat. Es ist einfach passiert. Und es ist mir auch egal. Ihre Kleider hängen jetzt neben meinen, ihr Parfüm vermischt sich mit der abgestandenen Luft in meinem Schrank und ihre Zahnbürste liegt neben meiner. Ich habe es einfach zugelassen. Ich stehe am Rand und beobachte, wie sie sich langsam immer mehr Raum nimmt.

Dannys Zimmer ist zu einem Mausoleum der Erinnerungen geworden. Alles liegt an seinem ursprünglichen Platz, unberührt, seit er gegangen ist. Es ist, als wäre die Zeit dort drin eingefroren, als könnte ich hineingehen und er wäre wieder da - lachend, lebendig. Aber dem ist nicht so. Die Leere schreit mich an, hallt durch den stillen Raum. Manchmal, wenn diese Stille zu laut wird, sitze ich einfach dort, umgeben von seinen Sachen, eingehüllt in seine Erinnerung. Vielleicht werde ich irgendwann dort schreiben.

Die Garage ist zu einem Lagerraum mutiert. Meine alte Wohnung in Seattle wurde in Kisten gepresst, die nun neben Dannys Sachen stehen. Es ist wie ein Museum der schlechten Entscheidungen, ein Denkmal unseres vergangenen Lebens. Dieses Haus sollte eigentlich ein Symbol meines Erfolges sein, aber es erinnert mich lediglich daran, was ich auf dem Weg dorthin verloren habe. Ich bin in dieser luxuriösen Hölle gefangen und ersticke unter dem Gewicht meines eigenen Ehrgeizes.

Ein weiteres verdammtes Klischee.

Ich sitze mit Salem an meiner Seite im Wohnzimmer und starre auf die Vase mit Dannys Asche, die über dem Kamin steht. Plötzlich öffnet sich die Haustür und Maria kommt herein. Sie hatte einen langen Tag, aber verdammt - sie sieht immer noch unglaublich aus. Ein einfaches „Hi" entweicht ihren Lippen. Sie kommt zu mir und gibt mir einen Kuss, der mich aus meinem melancholischen Nebel reißt.

„Wie war dein Tag?", frage ich. Ich möchte wissen, wie die Welt da draußen aussieht, aus der sie gerade zurückgekehrt ist. Es ist eine einfache Frage, aber für uns ist sie eine Brücke, die unsere getrennten Leben, unsere unterschiedlichen Realitäten miteinander verbindet. Sie beginnt, ihren Tag zu erzählen, wie sie mit Kunden und Meetings zu tun gehabt hat. Ihre Erzählung, ein lebendiges Geflecht aus Struktur und Logik, steht im krassen Gegensatz zu der chaotischen Leinwand meines Lebens. Es ist ein Tanz der Gegensätze.

Unsere Beziehung, wenn man sie so nennen kann, ist auf einem Sandfundament gebaut. Ich kann nicht leugnen, dass sie an das glaubt, was wir haben, dass ihre Gefühle auf ihre eigene verdrehte Art echt sind. Ein Narzisst lebt in einer selbst erschaffenen Realität. In ihrer Welt ist sie die Protagonistin einer großen Romanze.

Aber Fakten sind hartnäckig. Sie haben eine unbequeme Art, Aufmerksamkeit zu verlangen. So wie die Tatsache, dass sie in meinem Leben und meinem Zuhause Zuflucht gefunden hat, nachdem ihr eigenes in sich zusammengefallen ist. Ein Neuanfang nach der Scheidung mit einem Ex-Geliebten, der sich praktischerweise zu einem erfolgreichen Autor entwickelt hat, ist mehr als nur Zufall. Es ist eine Überlebenstaktik. Narzissten pendeln normalerweise zwischen zwei Personen hin und her.

„Ich gehe jetzt duschen", sagt sie und reißt mich aus meinem inneren Monolog. Dann fügt sie hinzu „Wollen wir uns danach einen Film ansehen?" Eine weitere Einladung, tiefer in unsere gemeinsame Illusion einzutauchen und uns in diese sorgfältig konstruierte Normalität zu hüllen. Wie in einer Sitcom - und ich schwöre, ich kann fast das Lachen aus dem Off hören.

Während Maria beginnt, ihre Arbeits-Persona zusammen mit ihren Kleidern abzulegen, sage ich „Eigentlich gehe ich heute Abend weg."

Ihre Hände halten auf halber Strecke inne, als sie gerade dabei ist, ihren BH zu öffnen.

„Okay?", haucht sie, leicht überrascht. „Wohin?"

„Lana hat mich zu einer Party eingeladen", sage ich und lasse den Namen wie ein brennendes Streichholz auf den benzingetränkten Boden fallen.

„Lana?" Der Name tropft von ihren Lippen, scharf und mit Säure getränkt. Sie weiß genau, wer Lana ist. Der Pornostar. Die Frau, die einen Dienstag wie einen Samstagabend erscheinen lassen kann. Die Frau, die nicht sie ist.

Beim letzten Mal bin ich im Krankenhaus gelandet, klar. Mein Blut war ein Cocktail aus guten Absichten und schlechten Entscheidungen. Aber heute Abend werde ich vorsichtig sein. Eifersucht flackert in Marias Augen, als wäre ich derjenige, der in der Vergangenheit betrogen und Vertrauen gebrochen hat. Nicht sie. Niemals sie.

Aber ich weigere mich, dieses scheiß Spiel zu spielen. Ich habe nichts falsch gemacht. Meine Karten lagen die ganze Zeit offen auf dem Tisch. „Du kannst gerne mitkommen", werfe ich halbherzig ein, wohl wissend, dass sie ablehnen wird.

Und wie erwartet, tut sie das. Sie schüttelt den Kopf. „Nein, ich habe keine Lust." Sie will einen Grund haben, um wütend zu sein. Sie baut sich ein Munitionslager aus Luft und bereitet sich auf einen Krieg vor, den ich nicht zu führen gedenke.

„Sorg einfach dafür, dass du diesmal nicht wieder in den Schlagzeilen landest", sagt sie. Eine Punchline. Ich bin der Witz, und sie ist das Publikum, das über ihre eigene Line lacht.

„Ich werde mein Bestes geben", antworte ich, denn was soll ich sonst sagen? Die Tür fällt hinter mir ins Schloss - mit einer Endgültigkeit, die durch das stille Haus hallt. Ein klarer Schlussstrich unter unserem neuesten Kapitel. Da ist sie wieder: eine weitere perfekte Nacht in der Sitcom unserer Beziehung. Lachspur, bitte.

Ich fühle eine gewisse Befriedigung, als ich aus dem Uber aussteige. Die sanfte Unterströmung aus Xanax und Phenibut in meinem Körper verstärkt dieses Gefühl. Es ist keine Euphorie, eher ein angenehmes Gefühl der Losgelöstheit, die warme Umarmung eines chemischen Freundes. Es gibt keinen Grund für mich, Alkohol zu trinken, nicht heute Abend. Ich bin hier, um alles zu erleben und dabei nichts zu fühlen. Ich nähere mich Lanas Villa in den Hills und das dumpfe Wummern generischer House-Musik dringt in die Nacht. Die Auffahrt ist zugeparkt mit luxuriösen Autos, jedes Einzelne davon auf Hochglanz poliert.

Die Haustür schwingt auf, bevor ich überhaupt klopfen kann, und da steht sie: Lana selbst, so blank poliert wie die Autos in ihrer Einfahrt. Gekleidet in etwas, das sich an sie schmiegt wie eine zweite Haut, ist sie ein lebendes, atmendes Kunstwerk. „Lana", bringe ich hervor, wobei meine Stimme stabiler ist, als ich mich fühle. Ihre Umarmung ist warm und einnehmend, eine willkommene Abwechslung von dem emotionalen Krieg, den ich gerade hinter mir gelassen habe.

Ich trete über die Schwelle in das pulsierende Herz der Party. Menschen, schöne Menschen, lachen und unterhalten sich über die Musik hinweg, eine Symphonie menschlicher Verbindung. Und mitten unter ihnen, wie ein schwarzer Schwan in einem Meer aus Weiß, entdecke ich Emily. Sie trägt ein kleines schwarzes Kleid und strahlt eine Aura von Eleganz und Selbstbewusstsein aus.

Da ich mich wegen ihres Geburtstagsfiaskos etwas unsicher fühle, überlege ich, was ich als Nächstes tun soll, entscheide mich dann aber, es direkt anzusprechen. Ich gehe auf sie zu, unsere Blicke treffen sich, und ihre Lippen verziehen sich zu einem sanften Lächeln.

„Das mit deinem Geburtstag tut mir leid", sage ich.

Sie winkt ab, ihr Lächeln macht deutlich, dass es für sie kein Problem mehr ist. „Keine Sorge", antwortet sie, ihre Stimme kaum hörbar über der Musik. „Ich bin nur froh, dass es dir gut geht. Eigentlich müsste ich mich entschuldigen. Ich hätte nie gedacht, dass jemand so tief sinken würde, dich zu filmen und es dann online zu stellen. Was für eine Scheiße."

Ich lache und sage „Ich schwöre, es war 'Lyrical Mirage'!"
Emily schmunzelt und Lana erscheint mit einem Glas in der Hand. Sie bietet es mir an, aber ich lehne ab und hebe abwehrend

die Hände. Heute Abend geht es nicht darum, Sorgen zu ertränken, es geht darum, in ihnen zu schwimmen.

„Aber wir feiern doch!", ruft sie mit einem Funkeln in den Augen.

Neugierig frage ich „Oh, was feiern wir denn?"

Sie grinst mit triumphierendem Gesichtsausdruck. „Ich ziehe mich aus dem Pornogeschäft zurück."

Ich stehe da und nehme diese Enthüllung auf, während die Party um mich herum in den Hintergrund rückt. Die Absurdität des Moments trifft mich, und ich kann nicht anders, als zu lachen. Für die meisten wäre das hier ein surrealer Ausbruch aus der Realität - für mich *ist* es die Realität. Und ich bin mir bewusst, dass mein Leben alles andere als gewöhnlich ist, aber fuck, es gibt eine verdammt gute Geschichte ab.

„Herzlichen Glückwunsch!", sage ich. Die Worte sind aufrichtig gemeint, wenngleich es seltsam erscheint, jemandem zu gratulieren, der sich aus der Erwachsenenunterhaltungsindustrie zurückzieht. Und doch fühlt es sich auf eine merkwürdige Art völlig passend an.

„Danke. Ja, ich habe genug davon, Orgasmen vorzutäuschen und mir für Geld in die Augen spritzen zu lassen", witzelt sie und lacht laut auf. Sie will in die Modewelt wechseln und plant, ihr eigenes Label zu gründen. Kein Wunder, denn bei dem Geld, das sie im Laufe der Jahre angehäuft hat, kann sie ihr Leben nach ihren eigenen Vorstellungen gestalten. Lana und Emily stoßen mit ihren Gläsern an, das kristallene Klirren schwebt durch den Raum - ein symbolischer Moment des Neubeginns.

Dann fragt Lana „Und du? Denkst du jemals daran, aufzuhören?"

Emily lacht, ihre dunklen Augen funkeln belustigt. „Nein, verdammt", antwortet sie. „Ich liebe es immer noch zu sehr. Ich bin für Pornos geboren."

Und da ist sie, eine junge Frau, die Freude an einer Branche gefunden hat, auf die die Welt herabblickt. Ich muss zugeben, dass ich von beiden verdammt beeindruckt bin. Die eine verlässt mutig ihre Komfortzone, und die andere, die ihr Leben mit offenen Armen empfängt. Die ganze Idee von „richtig" oder „falsch" gerät in Vergessenheit. Wir alle müssen unsere eigenen Entscheidungen treffen, basierend auf dem, was wir als das Beste für uns selbst erachten.

Lanas Stimme durchbricht die Gespräche in der Umgebung und sie schlägt vor, ein gemeinsames Foto zu machen - ein Stückchen Zeit, das in Pixeln verewigt wird. Sie, Emily und ich. Ein seltsames Echo des Tages, an dem Emily und ich uns zum ersten Mal begegnet sind. Wir versammeln uns, Lana in der Mitte, Emily und ich an ihrer Seite. Klick. Drei Leben, die sich in diesem einen Moment kreuzen, der nun im Binärcode verewigt ist.

Lana dreht sich zu mir, ihre Stimme samtig. „Bevor ich es vergesse", sagt sie und kramt im Labyrinth ihrer Handtasche und zieht dann ein kleines Tütchen mit gelb-grünen Kapseln heraus. Sie hält es mir entgegen. „Dein Penisneid", sagt sie mit einem

Schmunzeln. Allein die Erwähnung des Namens bringt mich zum Lachen - ein weiterer Beweis dafür, dass ich innerlich immer noch zwölf bin.

Ich nehme ihr das Tütchen aus der Hand, spüre das Gewicht und das Versprechen, das sie enthält.

Ein Grinsen schleicht sich auf mein Gesicht. „Danke", sage ich und stecke sie vorsichtig in meine Tasche. Dann vibriert meine Uhr; Ich werfe einen Blick darauf und das helle Display erleuchtet mein Gesicht. Eine Nachricht von Maria. *„Ich hoffe, du hast Spaß mit deinen Porno-Freundinnen. Ich gehe ins Bett. Ich liebe dich ..."*
Ich stoße einen Seufzer aus und frage mich, warum sie das erwähnen und strategisch mit „Ich liebe dich - Punkt. Punkt. Punkt." kombinieren muss. Eine weitere Provokation. Sie will eine Reaktion, aber ich ziehe es vor, nicht darauf einzugehen.

Stunden sind vergangen, aber ich war ein braver Junge. Widerstehe strikt der Versuchung des Alkohols und halte mich an zuckerfreien Red Bull. Die Gespräche waren interessant, das Lachen war reichlich, aber irgendwann bin ich bereit, zu gehen. Erneut bekomme ich *„Stand by Me"*-Vibes. Ich verabschiede mich von Lana und werfe ihr einen letzten Blick zu - ein stummer Tribut an unsere gemeinsame Zeit, ein stilles Einverständnis. Dann suche ich Emily, um das Gleiche zu tun. Als sich unsere Wege kreuzen, zieht sie mich in eine langanhaltende Umarmung - eine Umarmung, die sich wie ein letzter Abschied anfühlt, als ob sie die Vergänglichkeit unserer Verbindung anerkennt.

Dann, mit ein paar Berührungen auf meinem Handybildschirm, rufe ich ein Uber - und beobachte, wie sich in dem kalten Licht des Displays eine Symphonie aus Abschieden und Neuanfängen entfaltet. Ein Nicken hier, eine Umarmung dort, und ich mache mich auf den Weg zur Tür. Die Party verblasst hinter mir, während ich nach draußen trete.

Mein Uber fährt vor und ich lasse mich auf die Rückbank sinken, empfangen vom Heiligtum aus Kunstleder und der sterilen Umarmung eines viel zu starken Lufterfrischers. Der Fahrer, ein Mann mittleren Alters mit schwindendem Haaransatz, scheint in mir einen unfreiwilligen Teilnehmer an seinem einseitigen Gespräch gefunden zu haben. Ich nicke, gebe gelegentlich zustimmende Laute von mir, während mein Blick ziellos aus dem Fenster schweift. Die Stadt zieht an mir vorbei, während wir durch die Straßen West-Hollywoods fahren, eine Mischung aus Neonlicht und dunklen Gassen.

Mein Handy vibriert – eine Instagram-Benachrichtigung „Heute vor einem Jahr". Ein Bild von Danny und mir. Lächelnd. Erinnerungen an ihn durchfluten mein Gehirn, bringen die guten Zeiten zurück, die schlechten Zeiten und die Zeiten, die ich vehement versucht habe zu vergessen.

Doch alles ändert sich in dem Augenblick, als wir eine Kreuzung überqueren.

Das Quietschen von Reifen, LED-Scheinwerfer, die mich blenden, der Aufprall, der meinen ganzen Körper erschüttert. Ein schwarzer Tesla knallt in die Fahrerseite des Ubers. Die Zeit scheint sich zu verzerren und zu krümmen. Jeder Moment dehnt sich aus, quälend langsam und doch entsetzlich schnell. Das Geräusch von Metall, das sich verdreht und verbiegt, erfüllt meine Ohren, während sich die Welt um mich herum dreht. Ich nehme wahr, wie wir uns immer wieder überschlagen. Der Fahrer schreit, aber seine Stimme klingt, als wäre er unter Wasser. Sein Körper - dieser Mann, den ich nur mit seinem Vornamen kannte, ein Detail, das mir eine App mitgeteilt hat - sackt in sich zusammen wie der einer Stoffpuppe in einem makabren Ballett gebrochener Physik. Ein grotesker Tanz in flackerndem Licht. Ein warmer Spritzer seines Blutes trifft mich. Ein Rorschach-Test der Vergänglichkeit des Lebens, kunstvoll auf meinem Shirt verewigt. Ich versuche zu schreien, aber kein Ton kommt heraus. Mein Verstand ringt damit, das Geschehen zu verarbeiten, doch ehe ich mich versehe, wird die Welt schwarz.

52

ie Welt verschwimmt. Ich kann nicht sagen, ob ich träume oder ob es meine neue Realität ist. Ich bin wie gelähmt, mein Kopf ein einziges Chaos, meine Gedanken entgleiten mir wie Wasser zwischen den Fingern. Alles ist dunkel. Mein Geist fühlt sich losgelöst an, losgerissen von meinem physischen Körper. Ich scheine über mir selbst zu schweben und die Welt um mich herum wirkt surreal, jenseitig. Gefangen in einem Schwebezustand zwischen Bewusstsein und Bewusstlosigkeit, Realität und Fantasie.

Erinnerungen durchzucken mich blitzartig, eine flackernde Diashow aus Chaos und Katastrophe. Die Party, das Uber, eine unpersönliche Fahrt im Auto eines Fremden – dann der Unfall. Eine brutale Dissonanz quietschender Reifen und zersplitternden Glases, das ekelerregende Knirschen von Metall auf Metall. Das Blut des Fahrers, der zerquetschte Tesla, verdreht wie ein Croissant.

Fuck, bin ich tot? Diese Frage hallt in dem leeren Hohlraum meines Verstandes wider. Werde ich der Autor sein, der das Gefühl des Sterbens niederschreibt? Der erste, der ein lebendiges

Bild von diesem unbekannten Bereich zwischen Leben und Tod malt?

Maschinen piepen, Stimmen murmeln. Ein seltsames Gefühl, hier zu sein, aber doch nicht ganz hier, ein wirrer Zustand der Halbpräsenz. Je mehr ich mich anstrenge, desto weiter scheine ich mich von meinem Körper zu entfernen, bis ich nur noch ein unbeteiligter Zuschauer der Szene unter mir bin.

Als ich auf meinen Körper hinunterschaue, der regungslos daliegt, fühle ich eine seltsame Distanz, als würde ich einen Film meines eigenen Lebens sehen. Bin ich das wirklich? Die Zeit dehnt sich aus, jeder Sekundenbruchteil zieht sich ins Unendliche. Aber wenn das wirklich das Ende ist, dann ist es verdammt enttäuschend – eine Geschichte ohne Ende. Ein Schriftsteller, der mit einem Cliffhanger zurückgelassen wird. Unten schlummert mein Körper, eine leere Hülle. Ein Körper, der noch eine Geschichte zu erzählen hat. Ein weiteres Buch, ein letztes Wortspiel, eine weitere Wendung der Handlung, das ist es, was ich will. Ein Schriftsteller verdient ein großes Finale, einen Höhepunkt. Nicht diese Scheiße, dieses fegefeuerartige Schweben in Langsamkeit. Eine beschissene Astralprojektion, die auf das chaotische Wrack herabschaut, zu dem ich geworden bin.

Dann fällt es mir ein – vielleicht sterbe ich gar nicht. Vielleicht bin ich nur verdammt high und meine Sinne sind durch die Medikamente getrübt und verzerrt. Ich bin wieder in einem Krankenhaus, erfüllt von sterilen Gerüchen und grellen Lichtern.

Sie haben mich mit Schmerzmitteln vollgepumpt, meine Venen summen vor chemischer Erleichterung.

Ein Extraleben. So fühlt es sich an. Als hätte ich einen versteckten Cheat-Code im Spiel des Lebens entdeckt. Ich mag zwar am Boden sein, aber nicht am Ende. Ich kann auf 'continue' drücken und weiterspielen. Vielleicht musste ich erst ein bisschen sterben, bevor ich ein weiteres Buch schreiben kann.

Und das werde ich. Ich habe eine Geschichte zu erzählen.

Dann: Fade in. Mein Bewusstsein kehrt zurück in meinen Körper wie eine Spielfigur, die in einem verbuggten Game respawnt. Und hier bin ich. Der Moment, in dem meine Augen sich öffnen, das sterile Licht des Krankenhauses sich in meine Netzhaut brennt, steht in krassem Kontrast zum diffusen Dunst meiner Erinnerungen. Die Reset-Taste ist gedrückt. Ich bin zurück, Baby.

Eine Krankenschwester schwebt in der Peripherie meiner verschwommenen Sicht. Sie ist eine vage Silhouette in Blau- und Weißtönen, ein Fleck vor dem grellen Hintergrund des Zimmers. Ihre Augen fixieren mich und weiten sich leicht, als sie bemerkt, dass mein Bewusstsein zurückkehrt. Ihre Lippen formen Worte, die mein Gehirn nicht verarbeiten kann – mein System bootet noch. Dann verschwindet sie aus der Tür, ihre Schritte hallen in dem Flur dahinter wieder. Ein paar endlos lange Momente später kommt der Arzt herein und erzählt mir, was in der letzten Episode meines Lebens passiert ist – die, die ich verschlafen habe.

Sie haben mir einen Drogencocktail verabreicht–Oxycodon und Muskelrelaxantien. Synthetisches Vergessen direkt in meine Adern. Ich befinde mich im pharmazeutischen Nirwana. Noch nie zuvor habe ich Oxy genommen, aber verdammt, es ist, als würde man in ein weiches Kissen sinken und die Welt in ein verschwommenes Aquarell mit abgerundeten Ecken und sanften Farben verwandeln. Und die Muskelrelaxantien sind die Kirsche auf dem Sahnehäubchen, sie glätten jede Unebenheit und lassen jede Bewegung so anfühlen, als wäre ich aus Gummi. Aber auf eine gute Art.

Es ist eine Form der Entspannung, von der ich nie wusste, dass sie existiert. Jedes Einatmen bringt eine neue Welle der Euphorie mit sich, jedes Ausatmen gleicht einem Seufzer der Erleichterung. Der Schmerz, die Angst, die Verwirrung, all das tritt in den Hintergrund und wird durch ein tiefes Gefühl der Ruhe und des Friedens ersetzt. Es ist das ultimative Power-up, das perfekte Extraleben. Die Art von Rausch, die Hunter S. Thompson neidisch gemacht hätte.

Jedoch fühlt sich das Aufwachen im Krankenhaus an wie ein Déjà-vu, ein Murmeltiertag der schlimmsten Art. Ich war doch gerade erst hier, vor ein paar Tagen. Aber dieses Mal mit einer neuen Wendung. Ich habe keine Überdosis genommen, bin nicht aus eigenem Antrieb zu nah an den Rand getanzt. Diesmal ist es nicht meine Schuld. Ich habe auch nicht darum gebeten, dass mein Uber von einem rasenden Tesla gerammt wird. Die Wahrheit ist: Es ist ein verdammtes Wunder, dass ich noch lebe–

ich habe einen tödlichen Autounfall überlebt. Der Uber-Fahrer hatte nicht so viel Glück. Innerhalb eines Wimpernschlags war sein Leben ausgelöscht, gefangen in den deformierten Wrackteilen des Autos. Es wurde zu einer tragischen Fußnote in den Ereignissen der Nacht. Auch das Leben des Tesla-Fahrers wurde beim Aufprall abrupt ausgelöscht. Nur ein plötzlicher, gewaltsamer Abschied.

Und ich? Mein Gehirn fühlt sich an, als hätte man es durch einen Mixer gejagt, mein Nacken schreit bei jeder Bewegung vor Schmerz, und ich habe ein paar Stunden meiner Existenz verloren – als hätte sie jemand aus meinem Leben herausgeschnitten. Aber angesichts der Alternativen nehme ich das gerne in Kauf. Es gibt immer noch Geschichten zu erzählen. Ironischerweise kann ich schon die nächsten Schlagzeilen sehen: „Von der Überdosis zur Intensivstation: Richard Bryght trotzt dem Tod – zum zweiten Mal in einer Woche!" Ich schwöre, dieser Film bekommt jeden Tag mehr kostenlose PR. Vielleicht sollte ich Ava dazu bringen, meinen Anteil neu zu verhandeln.

Ein leises Klopfen reißt mich aus meinen Gedanken. Maria betritt den Raum wie die Hauptdarstellerin eines Films. Bevor sie ein Wort sagen kann, gebe ich ihr ein Peace-Zeichen - eine stumme Erklärung meines Überlebens. Ich bin noch hier, ich atme, ich bin in der Lage, eine Situation, die alles andere als einfach ist, auf die leichte Schulter zu nehmen. Trotz der groovigen Vibes des Oxys und der Muskelrelaxantien bin ich mental klar genug, um die Erleichterung zu erkennen, die über ihr Gesicht strömt.

Sie durchquert den Raum mit ein paar schnellen Schritten, und bevor ich reagieren kann, hat sie ihre Arme um mich gelegt. Ihr Kuss ist sanft und warm, fast wie ein Anker zur Realität. Als sie sich schließlich zurückzieht, ist ihr Gesicht eine Mischung aus Erleichterung und dem nur allzu vertrauten „Ich hab's dir ja gesagt"-Ausdruck. Letzterer überrascht mich nicht. Und vielleicht liegt es an den Medikamenten oder meinem Versuch, die Stimmung aufzulockern, aber ich sage „Weißt du, dasselbe hätte auch auf dem Weg zu *Whole Foods* passieren können."

Sie rollt mit den Augen, aber ich kann sehen, wie ihre Mundwinkel zucken und sie sich gegen ein Schmunzeln sträubt. „Lass uns nach Hause fahren", sagt sie bestimmt, aber sachte.

Ich nicke ihr zu. „Aber ich glaube, wir brauchen mehr Oxy", wobei meine Stimme leicht lallt. In meinem derzeitigen Zustand des glückseligen Vergessens, angetrieben von einer neu entfachten Ambition und der Realität zweier verlorener Leben – eines davon hätte meins sein können. Ich weiß, dass die ganze Sache mit Maria nur Plastik ist, eine emotionale Sackgasse. Aber das ist mir im Moment scheißegal. So beschissen sie auch sein mag, unsere "Beziehung" ist genau das, was ich gerade brauche. Sie ist gerade real genug, um mich etwas fühlen zu lassen, um mich zu erden. Und ich habe eine Vision – Einen Sinn in diesem Wahnsinn zu finden. Denn das ist es, was ich tue. Ich nehme das

Absurde, das Tragische, das wunderschöne Chaos des Lebens und verwandle es in Worte.

Das Leben ist auf seine eigene, grausame Art lustig: Es serviert dir Tragödien auf einem Silbertablett – und schiebt dir eine zweite Chance unter der Hand zu.

Wie ein geheimer Handschlag zwischen dir und dem Schicksal.

53

Das Schreiben ist meine ewige Liebe. Die mich nie im Stich lässt, die einzige Konstante in einer Welt flüchtiger Emotionen. Selbst in Zeiten der Trennung verblasst ihre Anziehungskraft nicht. Dieser kreative Prozess - ich liebe ihn mehr, als ich jemals einen Menschen lieben könnte. Die Fähigkeit, ganze Welten allein mit meinen Gedanken und ein paar sorgfältig gewählten Worten zu erschaffen. Das Schreiben besitzt eine gewisse Macht; Während du zum Beispiel diese Zeilen liest, hast du mir für einen Moment erlaubt, deine Gedanken zu kontrollieren. Ich glaube zwar nicht an einen Gott, aber wenn es nicht gottgleich ist, etwas aus dem Nichts zu erschaffen - was dann? Wir alle sind göttliche Architekten, Meister unseres eigenen Schaffens.

Es ist zwei Wochen her, dass ich das Krankenhaus verlassen habe - oder auch: 75 Seiten meines Buches später. Je nachdem, wie man es misst. Ich jedenfalls habe nichts anderes getan, als zu schreiben.

Maria ist zwar physisch anwesend, aber nicht wirklich hier. Die Gezeiten ihres Narzissmus haben sich gewendet, wir befinden uns jetzt in der Abwertungsphase - der unvermeidlichen nächsten Phase ihres Zyklus. Und ich ertrinke in den eisigen Tiefen ihrer Gleichgültigkeit, die weit entfernt ist von der Zuneigung, die sie mir noch vor zwei Wochen entgegengebracht hat. Ich merke es an der Art, wie sie mich ansieht, wie ihre Augen mit Genervtheit und Ungeduld flackern. Es ist, als wäre sie von mir gelangweilt, als wäre ich ein Spielzeug, mit dem sie genug gespielt hat. Ich bin nicht mehr der großartige Schriftsteller, von dem sie einst schwärmte; Ich bin der unvollkommene, gewöhnliche Mensch, der nicht mehr ausreicht. Die Liebe eines Narzissten ist wie der Kuss einer Klinge - süß, aber scharf. In einem Moment sind sie die strahlende Sonne, die dich mit Wärme und Licht überschüttet; im nächsten verwandeln sie sich in einen eisigen Winter und lassen dich sehnsüchtig an den verlorenen Sommer zurückdenken.

Ich weiß nicht, ob sie weiß, dass ich es weiß. Dass ich ihre Muster kenne. Vielleicht merkt sie nicht einmal, dass sie einem Drehbuch folgt. Aber ich weiß es. Das gibt mir einen Vorteil, ein kleines Gefühl der Kontrolle in einer ansonsten chaotischen Situation.

Die Ironie ist, dass das Wissen um diese Zyklen und das Verständnis für die Nuancen ihres Narzissmus es nicht weniger schmerzhaft machen. Es ist kein Schutzschild, sondern ein Vergrößerungsglas - das jede Beleidigung, jede Gleichgültigkeit noch deutlicher macht. Es ist, als würde man einen Schlag vorhersehen - aber der Schmerz bleibt trotzdem.

Trotzdem hat Marias verdrehte Manipulation etwas an sich, das mich inspiriert. Sie treibt mich an, wie eine dunkle und abgefuckte Muse, die etwas in mir entfacht. Sie gibt mir eine Tiefe an Emotionen, die ich sonst nicht hätte. Ich schreibe nicht einfach nur - ich blute auf die Seiten, schütte meine Seele aus, ein Wort nach dem anderen. Es ist zwar eine verdammt kaputte Art der Inspiration, aber dennoch: Inspiration. Vielleicht können wir diesen Schmerz in Prosa verwandeln, dieses Chaos in ein Meisterwerk. Sie tat es schon für mein erstes Buch, und jetzt, inmitten ihres emotionalen Missbrauchs, inspiriert sie mich erneut. Scheiß auf Mikrodosierung - ich bin auf einem ausgewachsenen Maria-Trip. Sie ist keine Droge; sie ist die ganze verdammte Apotheke. Und was ist daran falsch? Naja, andererseits, was zum Teufel ist richtig daran? Ich weiß es nicht.

Dann sind da noch meine neuen Gefährten, die die Festung meiner Psyche gestürmt haben. Oxy, Muskelrelaxantien - der ganze pharmazeutische Zirkus ist in die Stadt gekommen. Sie sind alle eingeladen - Xanax, Phenibut - jeder bietet eine andere Art des Vergessens, jeder fügt diesem verdrehten Rezept seine eigene Geschmacksnote hinzu. Klar, ich fühle mich verdammt miserabel - aber gleichzeitig fühle ich mich auch verdammt gut. Ich oszilliere zwischen Zuständen der Qual und der Ekstase. Es ist, als ob die Drogen und der kreative Prozess mich an Orte bringen, an denen ich noch nie zuvor gewesen bin. Ein Rausch, den man nicht in Flaschen abfüllen kann. Ein Trip, den man nicht verschreiben kann.

Doch sich „Künstler" zu nennen, ist wie eine Freikarte aus dem Gefängnis - eine Entschuldigung für jedes selbstzerstörerische Verhalten, das ich mir erlaube. Es ist alles nur zum Wohle meiner Kunst, das sage ich mir zumindest. Je mehr ich blute, desto authentischer ist meine Arbeit. Je mehr ich leide, desto tiefgründiger ist meine Stimme. Je mehr ich mich verliere, desto mehr finde ich meine Kunst. Und der Gedanke, meinen Verstand für meine Arbeit zu opfern, fühlt sich fast nobel an. Ich bin ein wandelnder Widerspruch zwischen Selbstzerstörung und künstlerischer Leidenschaft - das alles ist es wert, wenn es bedeutet, etwas wirklich Großartiges zu schaffen. *Wir sind alle Sonderfälle.*

Ich höre, wie sich die Tür öffnet und schließt. Es ist Maria, die von der Arbeit kommt. Kein Kuss, keine Umarmung - nur ein kurzes, distanziertes „Hallo", bevor sie an mir vorbeigeht. Es ist, als wäre sie allergisch gegen mich, genervt von meiner bloßen Anwesenheit. Und doch ist das mein Haus, das ich bezahlt habe und in dem sie umsonst wohnt. Sie spielt die Rolle perfekt, eine Puppenspielerin, die die Fäden unserer Routine zieht, der große 'Es ist alles in Ordnung'-Tanz in vollem Gange.

Ich versuche, die Stimmung zu lockern. „Willst du einen Film sehen?" Aber sie lehnt sofort ab und verschwindet ohne ein weiteres Wort im anderen Zimmer. Wir hatten schon eine Weile keinen Sex mehr - und das ist normalerweise ein guter Indikator für ein größeres Problem. Vielleicht liegt es an mir, vielleicht liegt es an ihr, vielleicht an uns beiden.

Fuck it, ich brauche einen Tapetenwechsel. Ich schnappe mir mein MacBook und rufe einen Uber, das ich in Richtung Laurel Tavern dirigiere. Es fühlt sich seltsam an, auf den Rücksitz eines Ubers zu klettern. Die Erinnerung an meine letzte Fahrt ist noch frisch in meinem Kopf. Aber diese Fahrt verläuft ereignislos - keine Unfälle, keine toten Menschen. Der Fahrer schweigt, bis auf ein gelegentliches Grummeln als Antwort auf meine halbherzigen Smalltalk-Versuche.

Ich stoße die Tür zur Bar auf. Es ist laut und überfüllt, aber es ist eine willkommene Abwechslung zur bedrückenden Stille in meinem Haus. Ich lasse meinen Blick durch den Raum schweifen, auf der Suche nach einem freien Tisch, einem Zufluchtsort, an dem ich in meiner eigenen Welt verschwinden kann. Schließlich entdecke ich einen Tisch in der hintersten Ecke, weit weg vom Chaos an der Bar. Ich bahne mir einen Weg durch die Menge, weiche verschütteten Getränken und stolpernden Gästen aus. Einige Leute mustern mich mit diesem Blick - als würden sie mich erkennen. Wahrscheinlich kennen sie mich aus den jüngsten TMZ-Schlagzeilen. Oder vielleicht bin ich auch wieder nur paranoid.

Schnell setze ich mich, klappe mein MacBook auf und beginne zu tippen. Die Zeit wird flüssig, die Stunden verschwimmen, während ich mich in der Welt verliere, die unter meinen Händen entsteht. Gelegentlich bemerke ich, dass mich jemand anstarrt. Aber ich ignoriere jeden, entschlossen, meine Arbeit zu beenden. Hier, im schummrigen Licht der Bar, bin ich keine Berühmtheit, keine Schlagzeile - ich bin nur ein Autor, der ganz in sein Handwerk vertieft ist.

Plötzlich tritt ein Typ an meinen Tisch und verlangt meine Aufmerksamkeit. „Bist du Richard Bryght?", fragt er. Ich nicke, ohne von meinem Bildschirm aufzusehen. In Erwartung eines unvermeidlichen Gesprächs über meinen neuesten Skandal bin ich prophylaktisch genervt. Doch anstatt sich auf eine vorhersehbare Flut von Fragen einzulassen, wirft er mir einen Curveball zu. „Ich bin Tom, Marias Ex-Mann", sagt er.

Mein Verstand setzt eine Sekunde lang aus und versucht, diese Figur mit dem Monster, das sie gemalt hat, in Einklang zu bringen. Instinktiv möchte ich ihm mein Beileid aussprechen und drücke ihm im Geiste die Daumen, für seine mentale Gesundheit.

Aber dann reißt etwas in mir und ich ertappe mich dabei, wie ich eine Frage ausspreche, die mir schon seit Monaten im Kopf herumschwirrt. „Oh, du bist der Typ, der Frauen schlägt?" Die Worte verlassen meinen Mund, bevor ich sie zurückhalten kann, angetrieben von einem Cocktail aus Wut und Medikamenten.

Er reagiert augenblicklich, sein Gesicht verzieht sich zu einem Bild des Schmerzes und der Empörung; Er sieht mir direkt in die Augen und streitet es vehement ab. „Ich habe sie nie angefasst", protestiert er. „Wahrscheinlich hat sie sich selbst geschlagen und dann die Polizei gerufen."

Und Irgendwie... glaube ich diesem Fremden.

Marias Erzählungen hatten mir ein lebhaftes und brutales Bild des Mannes vor mir gezeichnet. Doch aus der Nähe betrachtet ist er nur ein Mann. Ein Mann, der von der gleichen unerbittlichen Flut zermürbt wurde, die auch mich gerade aushöhlt. Unter normalen Umständen hätte ich seine Geschichte in Frage gestellt, aber wir reden hier von Maria. Die Frau, die die Realität so verdreht, dass sie ihren eigenen Bedürfnissen entspricht. Die sich als Opfer inszeniert, während sie die Menschen in ihrer Umgebung auf grausamste Weise emotional misshandelt. Das Kaninchenloch ihrer Lügen ist tief - und ich beginne gerade erst zu begreifen, wie weit es wirklich geht.

Während er spricht, erinnere ich mich an die Nacht, in der ich Maria abgeholt habe. Die Nacht, in der sie diese Horrorgeschichte des Missbrauchs erzählte. Ich hatte ihr mein Zuhause geöffnet, ihr Sicherheit geboten. War all das ein Plan, ein sorgfältig inszeniertes Theaterstück in Marias verdrehtem Verstand? Narzissten pendeln normalerweise zwischen zwei Personen hin und her. Und ich vermute, in Marias Fall... stehen sie sich diese beiden Menschen gerade gegenüber. Wir sind nur zwei Marionetten in ihrem Spiel, und ich erkenne die Fäden.

Ich fordere Tom auf, Platz zu nehmen. Über das Klirren der Gläser und das gedämpfte Murmeln der Bar hinweg tauschen wir Kriegsgeschichten aus - direkte Berichte von der Frontlinie von Marias erfundener Welt aus. Er erzählt von ihren Lügen, von den zahllosen Malen, die sie ihn betrogen hat. Und von ihrer verwirrenden Wut, wenn er sie dabei erwischt hatte - als wäre er derjenige, der im Unrecht ist. Es ist ein Spiegel meiner eigenen Erfahrungen - ein Muster der Manipulation, aus dem es schwer ist, sich zu befreien. Und genau jetzt ist sie in meinem Haus, in meinem Bett und in meinem Herzen.

Während Tom weiterredet, frage ich mich, warum er sich überhaupt die Mühe macht, mich anzusprechen. Er ist raus aus der Sache, frei von Marias Griff - also was will er von mir? Sucht er einfach nach jemandem, der das Gleiche durchgemacht hat wie er? Oder hat er meine TMZ-Schlagzeilen gesehen und denkt, dass meine derzeitige Situation ein direktes Ergebnis von Marias Verhalten ist? Falls er mich warnen will, vorsichtig zu sein, stoßen seine Worte auf taube Ohren. Denn die Wahrheit ist, dass es mich nicht interessiert. Ich will nicht gerettet werden. Ich kenne die Risiken. Ich kenne die Gefahr. Aber ich stecke zu tief drin. Ich benutze sie genauso, wie sie mich benutzt - eine kranke und verdrehte Art von symbiotischer Co-Abhängigkeit. Ich weiß, dass es beschissen ist, dass ich sie als Treibstoff für meine Kreativität benutze - mich selbst unglücklich zu halten, nur um inspiriert zu bleiben. Und es ist genauso beschissen, dass sie mich benutzt, als Unterkunft - um die Bestätigung und das Verlangen zu bekommen, das ich ihr bieten kann. Es ist das Schlechteste aus beiden Welten.

Das letzte Mal war ich ahnungslos, unwissend bezüglich ihrer Manipulationskunst und ihres wahren Wesens. Aber dieses Mal ist es anders - ich weiß genau, was passieren wird. Ich bin mir im Klaren darüber, dass ich es zulasse, benutzt und missbraucht zu werden. Ich sehe den Sturm und weiß, dass er kommen wird.

Trotzdem fessle ich mich an den Mast. Das ist keine Ignoranz, lediglich ein sehr bewusster Tanz mit der Katastrophe.

Vielleicht liegt es aber auch daran, dass ich zu kaputt bin, um etwas anderes zu wollen. Etwas Echtes.

Vielleicht hatte Emilia recht.

DANIEL RUCZKO

54

Ein dumpfes Pochen sitzt tief in meinem Schädel, eine unerbittliche Spannung, die da ist, seit ich mit Tom gesprochen habe. Es ist ein chronischer Zustand geworden, ein Tumor aus Wahrheit. Marias Wahrheit. Oder Lügen. Ich kann nicht sagen, welches von beiden, es scheint alles dasselbe. Sie hat mein Gehirn zu einem Knoten verdreht, meine Gedanken in einem Netz aus Täuschung und Manipulation verstrickt. Aber heute ist Thanksgiving und Maria hat das Gelände verlassen. Sie ist in ein Flugzeug gestiegen, um ihre Familie in Oklahoma zu besuchen. Und verdammt, es fühlt sich gut an. Als ob die Sonne nach einem wochenlangen Regen durch die Wolken gebrochen wäre. Diese Auszeit gibt mir den Raum, den ich zum Schreiben brauche. Keine Küsse mit dem Springmesser, keine emotionale Ausbeutung.

Der Klang der Macy's Thanksgiving Day Parade erfüllt den Raum und es gibt nur mich, meine Katze und mein MacBook - eine leere Leinwand, auf der meine Worte gestalten können. Für mich war es dann aber auch schon mit den Festlichkeiten. Ich faste gerade. Null Kalorien. Dass es eine ungewöhnliche Entscheidung für einen Feiertag ist, an dem sich alles ums Essen dreht, ist mir bewusst, aber ich habe meine Gründe. Der Nahrungsentzug macht meinen Kopf frei und lässt mich produktiver werden. Es ist wie ein mentaler Neustart, eine Möglichkeit, um alte Gedanken auszumisten und Platz für neue Ideen zu schaffen.

Allerdings muss ich während des Fastens besonders vorsichtig mit meinem Drogenkonsum sein. Mein ausgehungerter, roher Körper saugt alles auf wie ein schwarzes Loch, zieht es in sich hinein, zermalmt es und verstärkt die Wirkung. Eine halbe Xanax fühlt sich an wie zwei und ich kann es mir nicht leisten, die Kontrolle zu verlieren. Während der Rest der Welt schlemmt, webe ich ein feines Netz aus Entbehrungen und Rauschzuständen.

Es mag seltsam erscheinen, auf diese Art zu feiern, aber in diesem Moment, in dieser Stille, ist alles perfekt. Doch die Stille wird abrupt unterbrochen, als mich eine Nachricht von Maria erreicht. „Happy Thanksgiving" wünscht sie mir. Keine süßen Nichtigkeiten, kein geflüstertes „Ich liebe dich" - nichts als eine kalte, kalkulierte Nachricht. Maria entzieht mir ihre Zuneigung absichtlich, lässt mich dürsten, und sie genießt es. Als würde ich nicht nur Wasser fasten, sondern auch bewusst nicht von ihrer Liebe genährt werden. Sie tut so, als sei sie schwer zu verstehen. Das DSM-Buch, das mir mein Vater gegeben hat, liegt direkt vor mir auf dem Tisch und ich kann mir ein Grinsen nicht verkneifen. Ich brauche es nicht durchzublättern, um den Abschnitt über

„Narzisstische Persönlichkeitsstörung" zu finden - ich kenne das Ding auswendig.

Ich könnte Maria direkt damit konfrontieren, ihre Lügen entlarven und ihr die Maske vom Gesicht reißen. Ich könnte ihr Toms Geschichten ins Gesicht schleudern und sie fragen, ob die häusliche Gewalt nur ein erfundener Plot-Twist war. Nur wenn es um Narzissten geht, muss man vorsichtig sein, strategisch vorgehen. Das Timing muss perfekt sein, wie bei einem Sniper. In dem Moment, in dem man sie zur Rede stellt, drehen sie den Spieß um und verwandeln sich selbst in das Opfer. Wie kannst du es wagen, mich so zu sehen, wie ich wirklich bin? Es ist, wie mit einem Stock in ein Hornissennest zu stechen; man sollte auf den Schwarm gefasst sein. Nach der Konfrontation werden sie dich ausrangieren. Wie ein verrostetes Auto, zu kaputt, um noch repariert zu werden.

Und so lächle ich. Trage meine eigene Maske. Schweigend halte ich die Wahrheit fest wie eine giftige Schlange und warte auf den richtigen Moment, um sie loszulassen.

Nebenbei schaue ich immer wieder auf IMDb nach den Einspielergebnissen meines Films. Obwohl Mathe noch nie meine Stärke war, ist dies eine sexy Art von Mathe. *Serendipity*, der Film, hat bisher über 60 Millionen Dollar eingespielt. Zieht man die 15 Millionen ab, die für den Film ausgegeben wurden, ergibt sich ein Gewinn von 45 Millionen. Dank Ava habe ich Anspruch auf 7 % davon - satte 3.150.000 Dollar. Alessa bekommt ihre wohlverdienten 10 %, und Ava bekommt ihre 5 %. Wäre Danny noch hier, hätte er einen Anteil von 15 % bekommen. Wie gerne hätte ich ihm den überlassen. Wenn sich der Staub legt und der Film ab diesem Moment keinen Cent mehr einspielen würde, blieben mir immer noch süße 2.677.500 Dollar. Abzüglich der Steuern natürlich. Einfach verrückt. Schreiben würde ich auch umsonst tun, das tue ich seit Jahren. Man kann entweder seine Seele für einen Dollar verkaufen oder seine Kunst für ein Vermögen.

Ich stehe auf, um Salem zu füttern - schließlich fastet er nicht und es ist Thanksgiving. Also habe ich ihm das beste Katzenfutter gekauft, das ich finden konnte. Er umkreist meine Beine, seine smaragdgrünen Augen verfolgen jede meiner Bewegungen, ein schnurrender Motor der Vorfreude. Mit einem Zischen öffne ich die Packung, der scharfe Duft von Lachs und Hühnchen strömt mir entgegen und das Katzenmenü ist serviert.

Zurück an der Tastatur tanzen meine Finger über die Tasten, die Worte strömen aus meinem Kopf wie ein Wasserfall aus verdrehten Gedanken. Das Fasten hat etwas seltsam Befreiendes, weil ich nicht länger Sklave der Bedürfnisse meines Körpers bin. Es gibt mir den Raum, die Freiheit, tiefer in die Gefilde meiner Gedanken einzutauchen. Die Stunden vergehen, nur ein paar Schlucke Wasser verschaffen mir eine Pause.

Vorsichtig breche ich ein Viertel einer Xanax ab. Seit Marias plötzlicher Verhaltensänderung wird mein Benzo-Bedarf mit jedem Tag größer. Inzwischen kann man wohl mit ziemlicher Sicherheit sagen, dass ich süchtig bin. Ich kann mich nicht mehr an den letzten Tag ohne Xanax erinnern. Und ehrlich gesagt - ich habe es nicht mal versucht.

Ich greife nach meinem Handy - ein Tippen, ein Wischen, und ich tauche in die Tiefen von Social Media ein. Marias Instagram-Story mit einem gesichtslosen, lächelnden Joe taucht auf und hinterlässt einen bitteren Geschmack in meinem Mund. Ich kenne den Kerl nicht, aber genau das ist wahrscheinlich der Punkt. Eine Vorstellung, eine weitere perfekt inszenierte Szene in der Maria-Show. Ich scrolle weiter. Dann taucht Emilia auf - sie ist auf einer Wanderung. *Fryman Canyon*, wenn ich mich nicht täusche. Das ist ein Hauch frischer Luft. Ein Selfie mit dem sich hinter ihr ausbreitenden Canyon, ungeschminkt und mit atemberaubendem Blick. Wie ein Sonnenaufgang in einer Welt voller Neonlichter. Die Bildunterschrift lautet: „Ich bin dankbar für das hier! Happy Thanksgiving". Sie ist allein, genau wie ich. Und es scheint, als würde sie es genießen, genau wie ich.

Eine Wärme breitet sich in mir aus, ein flauschiges Gefühl, weit entfernt von dem kalten Stich, den Marias Post hinterlassen hat. Emilias Präsenz, wenn auch nur ein digitaler Abdruck, fühlt sich echt an.

Gibt es hier vielleicht eine Wendung in meiner Geschichte? Ist sie tatsächlich diejenige, die ich habe gehen lassen, und ich war zu verdammt dumm, es zu erkennen? Vielleicht sollte ich auch darüber schreiben. Über meine Fehler. Meine Versäumnisse.

Wenn du etwas erschaffen willst, das wirklich Bedeutung hat, dann schreib über die Dinge, über die sich niemand zu sprechen traut.

55

Es ist ein sonniger Weihnachtstag in Los Angeles - nicht zu vergleichen mit den kalten und verschneiten Feiertagen meiner Kindheit. Es ist mein erstes Weihnachten in Kalifornien, und der Sonnenschein fühlt sich falsch an, wie ein Druckfehler im Kalender. Außerdem ist es das erste Fest ohne Danny, die Realität seiner Abwesenheit trifft mich hart. Der Friedhof in Seattle, auf dem meine Eltern begraben sind, wird unbesucht bleiben. Die Traditionen entgleiten und ich fühle mich fehl am Platz, als wäre ich genau das eine Ornament, das nicht an den Baum gehört.

Trotz der vergleichsweise hohen Temperaturen liegt eine unsichtbare Kälte in der Luft, was nicht nur an den Klimaanlagen liegt. Maria, der emotionale Grinch, ist aus Oklahoma zurückgekehrt und versucht so zu tun, als wäre alles in Ordnung. Ich hatte nicht erwartet, dass sie so schnell zurückkommt, und spüre, wie sich meine Anspannung intensiviert.

Ich beobachte, wie sie versucht, normal zu wirken, so zu tun, als wäre alles in Ordnung - genau wie es jede Familie an Weihnachten macht. Sie inszeniert einen Hallmark-Feiertagsmoment, aber die Farben sind zu grell, die Gesten zu übertrieben und das Lachen einen Hauch zu aufgesetzt. Ich kann sie sofort durchschauen. Aber es ist mir egal. Ich lasse nicht zu, dass sie mir diesen Tag ruiniert. Ich habe einen riesigen Baum gekauft und lasse seit Tagen Weihnachtsmusik laufen. Eine Zwangsfütterung mit Festtagsfreuden. Ich bin bereit, das Spiel mitzuspielen. Zu schauspielern, die Illusion zu nähren, unterm Mistelzweig zu ficken.

Ich habe *Kevin - Allein zu Haus* eingeschaltet - meine persönliche Weihnachtstradition, und Maria weiß das. Der leuchtende Fernsehbildschirm verspricht eine sichere Zuflucht voller nostalgischer Feiertagsstimmung. Sie greift nach meiner Hand, ihre Berührung sanft und warm. Aber die Wärme ist eine Lüge, eine Illusion. Ein mechanischer Akt ohne jedes Gefühl und ohne Verbindung. Ich erwidere ihre Berührung und spiele die Show mit. Es ist paradox - ich hasse, dass ich sie trotz allem liebe, oder verwechsle ich das Gefühl mit etwas anderem? Ich kann es, verdammt nochmal, nicht mehr sagen.

Ich drücke auf Play und die Titelmelodie erfüllt den Raum. Der Vorspann läuft, während wir in die Sofakissen sinken. Maria dreht sich zu mir, ihre Augen - diese trügerisch schönen Fallen - treffen meine und sie sagt leise „Ich liebe dich." Ihre Stimme ist wie ein Schlaflied. Ich weiß nicht, ob es wahr ist. Aber auch das ist mir egal, ich spüre den Unterschied sowieso nicht. Vielleicht bin ich zu betäubt, denn das falsche Gefühl liegt noch immer mit demselben berauschenden Duft in der Luft. Dann küsst sie mich, bevor sie ihren Kopf an meine Schulter legt. Wir sehen uns den

Film gemeinsam an. Es ist die perfekte Szene, zumindest oberflächlich betrachtet. Made in Hollywood. Die Lichter des Baumes glitzern und verbreiten einen warmen Schein im Raum. Und für einen flüchtigen Moment fühlt es sich an, als wären wir einfach nur zwei verliebte Menschen, die die Feiertage zusammen verbringen - wie jedes andere glückliche Paar.

Doch währenddessen entfaltet sich das wahre Weihnachtswunder. Mein neues Buch ist fast fertig; Bei diesem Tempo sollte ich irgendwann kurz nach Silvester fertig sein. Ich kann das Ende riechen; Es ist nah - das letzte fehlende Puzzlestück. Das unausgepackte Geschenk unterm Baum, das Versprechen von Vollendung, von Erfolg. Es scheint, dass Kreativität in den dunklen Ecken meines Geistes gedeiht. Jeder einzelne unglückliche Moment in den letzten Monaten hat mir beim Schreiben geholfen - Treibstoff für das Feuer. Und die Flammen brennen heller als je zuvor.

Ich greife nach der Pillendose, die auf dem Tisch steht, und fische ein Muskelrelaxans heraus. Der anhaltende Schmerz in meinem Nacken ist sowohl eine ständige Erinnerung an den Unfall als auch eine gute Ausrede, mehr Drogen zu konsumieren, um mich weiter zu pushen.

Wieder fängt Maria an, mich zu küssen, ihre Lippen fordernd, drängend. Sie ist diejenige, die den Anfang macht, nicht ich. Ihre Hände, ihr Mund bewegen sich mit einer Sicherheit, die mir fremd ist. Und ich gebe einfach nach. Es ist, als wolle sie mir oder sich selbst etwas beweisen, oder vielleicht ist es ein

Ablenkungsmanöver. Sie schmeckt nach Pfefferminz und Rotwein, eine seltsame Kombination, die überraschenderweise funktioniert.

Bevor ich es realisiere, sind wir nackt, nur vom sanften Schein der Weihnachtsbeleuchtung erhellt. Es ist eine interessante Erfahrung, Sex auf Muskelrelaxantien und Xanax. Es ist, als würde ich alles durch eine dicke Schicht Watte fühlen oder als hätte ich Geschlechtsverkehr unter Wasser - alles ist langsam und verzerrt. Es ist nicht unangenehm. Im Gegenteil, es hat sogar etwas Surreales an sich. Es fühlt sich angemessen an. Und dann ist es vorbei, wie ein Schluckauf in der Zeit. Während wir nebeneinanderliegen, fühle ich mich leer und abgekoppelt. Vielleicht ist das jetzt mein Leben - eine Reihe bizarrer, bedeutungsloser Momente, die aneinandergereiht sind wie Lichterketten.

Ich ziehe mich an, während Maria nackt zur Küchentheke geht, um wie eine betrunkene Ballerina nach der Weinflasche zu greifen. Mein Handy vibriert auf der Theke neben ihr und ich frage sie, ob sie es mir bringen könne. Ihr Blick wandert instinktiv zum Bildschirm, als sie es aufhebt und sagt „Es ist von Emily", die Worte triefen vor Misstrauen und Eifersucht. Sie wirft es zu mir rüber wie eine Granate mit herausgezogenem Stift.

Die Nachricht ist unschuldig, ein einfaches „Frohe Weihnachten". Dennoch reicht sie aus, um Marias Paranoia zu triggern. Dann kommt die belastende Frage, die sie schon einmal gestellt hat „Hast du sie in dieser Nacht gefickt?"

Die Ironie ist überwältigend, weil sie von der Frau kommt, die zuvor zugegeben hat, mich während unserer Beziehung betrogen zu haben. Es ist ihre Art, ihre eigenen Probleme und Unsicherheiten auf mich zu projizieren - unsere Beziehung in eine Bühne für ihre inneren Dämonen zu verwandeln.

Ich verdrehe die Augen und seufze. „Nein, ich habe sie in dieser Nacht nicht gefickt."

Ihr Gesichtsausdruck verrät, dass sie mir nicht glaubt, aber das ist mir egal. Ich habe ihr nie einen Grund gegeben, mir nicht zu vertrauen. Und doch stehen wir hier, ein Gemälde aus Misstrauen und Verdächtigungen, eingerahmt von Lametta und blinkenden Weihnachtslichtern.

Dann fragt sie „Warum sollte ich dir glauben?"

Sie hat meinen Text geklaut. Natürlich ist die Frage rhetorisch - eine Erklärung ihres Unglaubens. Ich schüttle den Kopf und setze mich auf die Couch.

„Ich kann dir mit all deinen Fans und Pornostar-Freundinnen einfach nicht trauen", sagt sie verbittert.

Ich weiß, dass es sinnlos ist; meine Antwort auf ihre Anschuldigung ist nichts - eine Leere, ein Abgrund von Gleichgültigkeit. In diesem Moment wird mir klar, dass es mich wirklich nicht mehr interessiert. Ich bin gefühllos gegenüber ihren Worten, ihren Anschuldigungen, ihrer Wut. Und es fühlt sich befreiend an.

„Sag etwas!", fordert sie, aber mir fällt nichts ein. Unser betrügerisches Weihnachten ist zu Ende, die Illusion zerbrochen.

Stattdessen greife ich nach der Fernbedienung und suche nach *Kevin - Allein in New York*. Meine Apathie schürt ihre Wut. Es ist ein Spiegel, der ihr eigenes Verhalten reflektiert. Der bittere Geschmack ihrer eigenen Medizin. Wie, wenn man eine Xanax ohne Wasser schluckt. Sie kratzt im Hals. Maria sieht so verletzlich aus - diese Frau, die damit kämpft, ihre eigenen Emotionen zu kontrollieren - steht nun nackt da, mental und physisch entblößt. Und ich fühle ein seltsames Gefühl der Distanz.

Sie durchbricht die Stille. „Du bist so verdammt erbärmlich!" Ohne den Blick vom Fernseher abzuwenden, antworte ich mit einer einfachen Wahrheit und einem Schulterzucken: „Nein, ich bin apathisch." Ich korrigiere sie: „Das ist ein großer Unterschied."

Sie weiß nicht, wie sie darauf reagieren soll. Ich bin ständig auf Zehenspitzen um sie herumgeschlichen, habe meine Stimme immer wieder unterdrückt - nur um zu vermeiden, dass sie wütend wird. Ich denke, dass das der Anfang vom Ende ist. Und ich bin verdammt noch mal bereit. Ich lasse sie wissen, dass ich ihr auf der Spur bin. Initiere den Abgang.

„Oh und Tom lässt grüßen", sage ich beiläufig und beobachte, wie sie sich hastig bedeckt.

Verwirrt fragt sie „Was?"

Ich habe diesen 'Ich-werde-gleich-deinen-Welpen-treten'-Ton in meiner Stimme, als ich antworte „Ja, ich habe ihn bei Laurel

Tavern getroffen, und er hat mir ein paar Dinge erzählt. Ein netter Kerl."

Meine Worte klingen beiläufig, aber die Andeutung ist alles andere als das. Sie steht zwischen uns - eine stille Anschuldigung, ein gemeinsames Geheimnis, das nun ans Licht gebracht wird. Sie ist überrumpelt, ihre Schwachstellen liegen offen, ihre Sünden gnadenlos im grellen Scheinwerferlicht der Realität offengelegt. Es ist ein kleiner Sieg, ein Wendepunkt, ein Wechsel in der Dynamik. Sie explodiert vor Wut und stürmt ins Badezimmer, wo sie die Tür hinter sich zuschlägt. Ein taktischer Rückzug, um über ihren nächsten Schritt nachzudenken. Ich weiß, dass es gemein ist, aber es war längst überfällig. Und es hat sich gelohnt, für die Zeit, die es hielt. Jede verdammte Minute davon war den Ärger wert - auf so viele Arten.

Ich beende den Film und verspüre den Drang, zur Toilette zu gehen, aber Maria hat sich dort seit ihrem dramatischen Abgang verschanzt. Ich könnte eine der anderen Toiletten benutzen, aber ich beschließe, trotzdem nach ihr zu sehen.

Ich klopfe einmal, zweimal, aber es kommt keine Antwort. „Maria?" rufe ich, meine Stimme prallt an der Stille ab. Nichts. Ein ungutes Gefühl macht sich in meinem Magen breit, als ich nach dem Türgriff greife. Er lässt sich leicht drehen - die Tür ist nicht verschlossen. Ich stoße sie auf, und meine Welt kippt um die eigene Achse. Maria, nackt und blass, lehnt gegen die weißen Fliesen der Wand, während Blut aus ihrem Handgelenk sickert. Um sie herum liegen leere Pillendosen auf dem Boden. Ein sofortiger Flashback zu dem Moment, als ich Danny gefunden habe.

Ich eile an ihre Seite. Sie ist noch bei Bewusstsein, ihre Augen sind glasig und unfokussiert. Es ist offensichtlich, dass sie sich nicht tief genug geschnitten hat, um sich wirklich das Leben zu nehmen - nur genug, um zu bluten. Um eine Szene zu machen, um von den wirklichen Problemen abzulenken. Sie ist bereit, bis zum Äußersten zu gehen, um das Opfer zu sein und die Aufmerksamkeit zu erhalten, nach der sie sich sehnt. Als sie zu mir aufsieht, flüstert sie „Es tut mir leid. Ich liebe dich so sehr." Aber dieses Mal ist das Chaos-Limit erreicht. Es tut mir leid, aber ich liebe jemand anderen - jeden anderen. Eine erneute Bestätigung von allem, was ich über sie verstanden habe. Doch das Verständnis mindert nicht die Angst, die Dringlichkeit der Situation.

Meine Hände zittern, doch meine Stimme bleibt ruhig, als ich den Notruf wähle und meine Adresse durchgebe. Ich fühle mich wie betäubt, während ich auf ihre Ankunft warte. Sirenen heulen in der Ferne und werden immer lauter, bis sie vor dem Haus stehen bleiben.

Sanitäter stürmen herein, ihre geschulten Blicke erfassen die Szene sofort, ihre Hände bewegen sich mit routinierter Effizienz und heben Maria auf eine Bahre.

Alles, was ich heute wollte, war, mir Weihnachtsfilme anzusehen und weiterzuschreiben. Es sollte eine stille Nacht mit dem sanften Tippen einer Tastatur werden - kein Soundtrack aus Sirenen und erstickten Schreien.

Frohe verfickte Weihnachten.

DANIEL RUCZKO

462

56

Dies sind die trüben Übergangstage, das Limbo, wenn die Feiertage im Rückspiegel liegen und der Beginn des neuen Jahres kurz bevorsteht. Nach Marias 72-stündiger Zwangseinweisung aufgrund akuter Selbst- oder Fremdgefährdung kehrte sie kurz zurück, um die meisten ihrer Sachen abzuholen. Es war nicht nötig, sie zu konfrontieren; Ich musste weder alle Geheimnisse preisgeben, die ich erfahren hatte, noch die Wahrheit, die Tom mir mitgeteilt hatte. Sie wusste, dass ihre sorgfältig konstruierte Fassade in sich zusammengefallen war und dass ich mir ihrer Täuschung bewusst war. Trotz allem konnte sie keine Schuld zugeben; Stattdessen spielte sie ein letztes Mal die Opferrolle, gab mir die Schuld an ihrer Verzweiflungstat und unterstellte mir, dass ich für ihren Selbstmordversuch verantwortlich sei.

Glücklicherweise hatten die Paparazzi, die sonst vor meinem Haus kampierten, Feiertagspause, als Maria im Krankenwagen abtransportiert wurde. Eine Schlagzeile weniger, um die ich mir Sorgen machen musste. Sie blockierte mich sofort auf allen Plattformen und innerhalb von 24 Stunden waren wir von „Ich liebe dich" zu "Benutzer nicht gefunden" übergegangen. Kaum zu glauben, wie viel Macht sie über meine Gefühle gehabt hatte -

Und jetzt, nach ihrem Abgang, bin ich endlich glücklich. Die Luft ist leichter und die Atmosphäre von ihrer giftigen Präsenz gereinigt. Die Welt ist still und ruhig - die perfekte Kulisse für meine Kreativität. Es ist jedoch ein merkwürdiges Paradoxon: Ich bin hin- und hergerissen zwischen dem Drang, mein Buch zu beenden, und dem Wunsch, dass es nie endet. So sehr liebe ich diesen Prozess. Nach diesem Kapitel habe ich nur noch zwei weitere vor mir und die möchte ich auskosten. Also ist es Zeit für eine Pause.

Ich sammle Marias verbliebene Habseligkeiten und bringe sie in die Garage - ein stiller Trauerzug für eine längst verstorbene Beziehung. Die Garage verströmt den Geruch eines vernachlässigten Raums, eine Mischung aus muffigem Karton, abgestandener Luft und einem Hauch Motorenöl. Umgeben von Kisten voller Erinnerungen an mein altes Zuhause in Seattle wird mir klar, dass es an der Zeit ist, die Vergangenheit endgültig loszulassen. Nicht nur den Geist von Maria, sondern auch den Nachhall meines früheren Lebens. Ich stehe hier und denke nach. Warum sollte ich die Überreste meines Lebens in Seattle aufbewahren? Diese Kartons, ein Labyrinth aus Pappe, mit ihren staubbedeckten Erinnerungen und der abgestandenen Luft, erfüllen keinen Zweck. Man kann sich nicht weiterentwickeln, wenn man noch immer von den Überresten eines Lebens umgeben ist, dem man längst entwachsen ist - und doch fällt es schwer, sich davon zu trennen.

Ich muss loslassen, aber ich werde sie mir ein letztes Mal ansehen. Es ist mehr als nur eine physische Entrümpelung, es ist ein mentaler Neuanfang. Ich öffne die nächstbeste Kiste und das erste, was ich sehe, ist die goldene Trophäe, die ich für meine erste Kurzgeschichte gewonnen habe. Darunter liegen Notizbücher, die mit den rohen, ungeformten Gedanken gefüllt sind, aus denen schließlich *Serendipity* entstanden ist. Während ich durch die Seiten blättere, verliere ich mich in Erinnerungen an nächtliche Schreibsessions und Momente purer Inspiration.

Beim Aufheben eines der Hefte flattert ein zerknitterter Zettel zu Boden wie ein sterbender Schmetterling. Zwölf Wörter starren mich an: Waschbär, Entwicklung, Motor, Beschäftigung, Apfel, Dilemma, Farbe, Hockey, Kapital, Wäsche, Quiz, Problem. Es ist die Phrase für mein lange verlorene Bitcoin-Wallet. Fuck.

Mit einem neu entdeckten Gefühl der Aufregung durchwühle ich den Rest der Kisten - und da ist er, der alte Laptop meiner Mutter. Ich trage ihn ins Wohnzimmer und setze ihn vorsichtig auf den Tisch, als wäre er ein archäologischer Fund, und warte darauf, dass er hochfährt. Endlich bin ich drin; Der Desktop materialisiert sich, ich öffne die Bitcoin-Wallet und gebe die zwölf Wörter ein.

Und dann sehe ich ihn - einen digitalen Schatz von 49,90403071 BTC, der aktuell etwa 1,4 Millionen Dollar wert ist.

Es ist ironisch - die Schließung des Falles der verschwundenen Bitcoin-Wallet erfüllt mich mit größerer Freude als das Geld selbst.

Vor zwei Jahren hätte diese Summe mein Leben komplett verändert. Jetzt ist sie nur noch eine skurrile Randnotiz, ein zufälliger Bonus. Es ist nicht so, dass ich es brauche, um meine Stromrechnung zu zahlen, nicht mehr - mein Schreiben hat mich an Orte geführt, die ich nie für möglich gehalten hätte. Ich habe mir meinen Weg hierher verdient - mich durch die Tiefen gekämpft und mit Worten Welten erschaffen habe. Dieser unerwartete Schatz wird den Verlauf meines Lebens nicht wirklich verändern. Aber hey, vielleicht kaufe ich mir eine neue Kaffeemaschine, eine richtig luxuriöse mit automatischer Brühfunktion und WLAN-Anbindung. Denn - fuck, ich liebe Kaffee.

Mein Handy vibriert und tanzt über die Tischplatte; es ist Alessa, die mich über FaceTime anruft.

„Hey, Richard, wie waren deine Feiertage?", fragt sie mit heller, übersprudelnder Stimme.

Ich erzwinge ein bitteres und hohles Lachen „Ereignisreich, um es mal so zu sagen", antworte ich und lasse absichtlich die Details weg.

Alessa kommt direkt zur Sache. „Was sind deine Pläne für Silvester?"

Ich zucke mit den Schultern „Ich habe eigentlich noch nichts vor."

„Wir haben eine Silvesterparty im *Chateau Marmont*. Ich würde mich freuen, wenn du kommen würdest. Sie beginnt um 21 Uhr", schlägt sie eifrig vor.

Ohne lange zu überlegen sage ich „Ich werde da sein."

„Toll, bring ein Date mit", antwortet sie. „Wir sehen uns dort, Richard."

Wir beenden das Gespräch und ich wünschte, ich hätte ein Date. Natürlich weiß ich, wen ich mitnehmen würde. Das Pillenfläschchen klappert in meiner Hand und ich werfe eine Xanax ein. Ich entsperre mein Handy und öffne Instagram, wobei meine Finger durch eine endlose Parade von Bildern wischen. Die Zahl meiner Follower ist auf über 2 Millionen angestiegen - vollkommen surreal. Ich finde mich auf Emilias Profil wieder und scrolle wie ein Voyeur, ein verzweifelter Fan. Sie übt eine unbestreitbare Anziehungskraft auf mich aus. „Fuck it", murmle ich vor mich hin, das Xanax gibt mir Mut. Ich beschließe, ihr eine Nachricht zu schreiben, und setze auf eine zweite Chance. Meine Finger tippen „Hey Emilia, ich hoffe, du hattest eine schöne Weihnachtszeit. Falls du morgen Zeit und Lust hast - es gibt eine Party im Chateau."
Sobald die Nachricht abgeschickt ist, setzt augenblicklich die Reue ein. Was für ein dämlicher Simp-Move.

Die nächsten Minuten starre ich angespannt auf den Bildschirm und warte auf eine Antwort, die vielleicht nie kommen wird. Der Bildschirm starrt zurück, ein leeres Gesicht, das tausend mögliche Antworten verbirgt. Fuck it, einen Versuch war es wert. Manchmal muss man mehrmals gegen die Wand laufen, um sicher zu wissen, dass es die falsche Richtung ist. Und das ist okay.

Egal was auch passiert - ob Herzschmerz, Zurückweisung oder die grausame Hand des Schicksals - eine einzige Sache bleibt immer bestehen: meine Fähigkeit zu erschaffen.
Das Chaos der Existenz in etwas Greifbares zu verwandeln, etwas, das die Grenzen meiner eigenen Realität überschreitet.

Ich lege mein Handy zur Seite und greife nach dem Laptop vor mir. Meine Finger fliegen mit geübter Leichtigkeit über die Tasten. Stunden vergehen und ich merke es kaum. Die Sonne versinkt im Horizont und der Himmel taucht in tiefes Mitternachtsblau.
Ich opfere meinen Schlaf gerne für mein Schreiben - ebenso wie so viele andere Dinge.

57

ch hatte immer diese Idee, diese dumme, lächerliche Vorstellung, dass ich alles tun könnte, was ich wollte. Na ja, vielleicht nicht alles - aber zumindest alles im Bereich der Kreativität. Es ist ein hartnäckiger, unnachgiebiger Glaube, der mich vorwärtstrieb, und bis jetzt hat das Universum nicht eingegriffen, um mir das Gegenteil zu beweisen. Ich habe es immer kreatives Selbstvertrauen genannt. Sicher, ich habe auf meinem Weg Fehler gemacht. Ich bin gescheitert, gestolpert, auf die Fresse gefallen. Aber jedes Mal bin ich wieder aufgestanden, habe aus meinen Fehltritten gelernt und es erneut versucht. Und wenn es um meine Kunst ging, haben meine Instinkte mich nie enttäuscht. Ich habe gewusst, dass ich dazu bestimmt bin, Autor zu sein.

Und jetzt stehe ich hier auf dem Bürgersteig des Sunset Boulevard und schaue durch das Fenster von *Book Soup*, wo mein Buch im Schaufenster ausgestellt ist. Nicht nur das - dieses hier ist jetzt ein erfolgreicher Film. Es ist, als ob ich meine Gedanken in Technicolor erbrochen sehe, meine Worte mit aller Gewalt in die Realität gezerrt. All diese Träume, die ich in Seattle hatte, sind tatsächlich wahr geworden. Sie haben sich manifestiert. Die letzten zweieinhalb Jahre fühlten sich an wie ein Fiebertraum, eine unaufhörliche Achterbahnfahrt, alles passierte so verdammt schnell. Ich hatte nicht einmal Zeit, kurz anzuhalten und das Ganze zu verarbeiten. Es war, als hätte jemand die Vorspultaste gedrückt und alles passierte gleichzeitig.

Ich glaube, auf eine gewisse Weise war mein erstes Buch mehr Glück als alles andere. Ich wusste nicht, was zum Teufel ich tat; Ich folgte einfach meinen Impulsen, Sklave meiner Gefühle. Aber dieses neue Buch ist anders. Es ist das Produkt der letzten zwei Jahre meines Lebens. Meines Fühlens. Meines Leidens - und dem verzweifelten Versuch, all das mit meinen tintenverschmierten Händen zu greifen. Ich musste alles durchmachen - alle Höhen und Tiefen, jede verdrehte Wendung des Schicksals - um es schreiben zu können. Um meine Essenz auf jede Seite zu brennen und etwas zu erschaffen, das wirklich meins ist. Ich schulde es allen, die ich auf meinem Weg verloren habe. Den Menschen, die mir geholfen haben, hierher zu kommen. Damit dieses Buch das Beste wird, was es sein kann. Aber ich weiß, dass noch mehr zu tun ist, mehr Träume verfolgt werden müssen, mehr Bücher darauf warten, geschrieben zu werden.

Und jetzt, am letzten Tag des Jahres, spüre ich den Geschmack von Vollendung auf meiner Zunge. Es gibt nur noch ein letztes Kapitel zu schreiben, gleich hinter dem Horizont des heutigen Tages. Ich möchte den Moment noch ein wenig länger genießen, wie die letzte Note einer schönen Melodie. Aber schließlich müssen alle guten Dinge zu einem Ende kommen.

Plötzlich vibriert mein Handgelenk und holt mich in die Realität zurück. Eine Nachricht von Emilia, die nur aus einem einzigen Wort besteht „Wann?" Mein Herz macht einen Sprung und hämmert gegen meinen Brustkorb wie ein gefangener Vogel, der verzweifelt nach Freiheit sucht. Sie überlegt es sich, sie denkt tatsächlich darüber nach, zu kommen! Eine vermeintlich einfache Geste - aber die Wirkung ist monumental. Mit einem Funken neuer Selbstsicherheit antworte ich "21 Uhr!" Es ist verrückt, wie eine kurze Textnachricht den Verlauf eines ganzen Abends verändern kann.

Während die Sonne dieses Jahr langsam verabschiedet, sitze ich auf dem Rücksitz eines Ubers, das sich seinen Weg zum *Chateau* bahnt. Meine Hand gleitet in die Tasche meiner Jacke und fischt die vertraute Pillendose heraus. Doch diesmal ist es nicht die Angst, die mich zum Xanax greifen lässt, sondern eine unverfälschte, echte Nervosität - ausgelöst durch das bevorstehende Treffen mit Emilia. Ich freue mich darauf, sie zu sehen, aber genauso bin ich unsicher, wie ich mich ihr gegenüber verhalten soll. Langsam schiebe ich einen ganzen Xanax-Riegel zwischen meine Lippen und schlucke ihn hinunter wie ein Sakrament. Ich kann mich nicht erinnern, wann ich das letzte Mal wegen einer Frau nervös war. Okay, das stimmt nicht ganz. Ich weiß es. Es war, als ich Maria zum ersten Mal wiedertraf. Aber das hier ist anders. Mit Emilia gibt es das Potenzial für etwas Echtes. Der Gedanke, mich jemandem zu öffnen und verletzlich zu machen, macht mir Angst, aber das könnte es wert sein.

Beim Eintreten in das *Chateau* umhüllen mich sofort der schwere Geruch von Zigarren und die Klänge von Musik. Die Anwesenden tragen ihre feinsten Outfits, um das alte Jahr zu verabschieden und gleichzeitig die Ankunft des neuen Jahres zu begrüßen.

Als ich mich in den Innenhof begebe, scanne ich die Menge und entdecke das vertraute Gesicht von Alessa, die inmitten einer Gruppe von Filmleuten steht. Sie begrüßt mich mit einer festen Umarmung und beginnt, mich allen vorzustellen. „Das ist Richard Bryght", verkündet sie stolz und legt ihren Arm um meine Schulter. „Das Genie hinter *Serendipity*. Dem Roman *und* dem Drehbuch zum Film!" Ich versuche, die Tatsache, dass ich es hasse, so genannt zu werden, hinter einem höflichen Lächeln zu verbergen. Ich schüttle Hände, mache Smalltalk und spiele meine Rolle. Mir ist bewusst, dass ich kein Genie bin, sondern nur ein Autor, angekettet an verschreibungspflichtige Medikamente. Doch Hollywood interessiert sich nur für die Zahlen, gleichgültig gegenüber dem persönlichen Preis, der für sie gezahlt wird. Ich lasse mich trotz allem nicht davon abhalten, mich unter die Aasgeier zu mischen. Sie sind immer noch gute Leute, die einfach nur ihren Job machen.

Ich bemerke Allen in der Nähe, seine Frau steht an seiner Seite. Ich entschuldige mich aus meiner aktuellen Unterhaltung und gehe auf ihn zu, reiche ihm die Hand. „Hey, Allen. Schön, dich zu sehen." Er antwortet begeistert und streckt seine Hand aus, um sie zu schütteln. „Richard!", ruft er aus. „Schön, dass du es geschafft hast. Wie geht es mit dem neuen Buch voran?"

„Der erste Entwurf wird morgen fertig sein", sage ich lächelnd. „Wow, herzlichen Glückwunsch!", sagt er, bevor er mir seine Frau vorstellt, eine große Blondine, locker 15 Jahre jünger als er, mit scharfem Verstand und einer schnellen Zunge.

Wir unterhalten uns ein paar Minuten, tauschen Höflichkeiten aus, führen belanglosen Small Talk. Ich bin mit meinen Gedanken jedoch woanders und scanne die Gäste immer wieder nach einem Zeichen von Emilia. Die Party wird immer lebhafter und lauter, Gläserklirren und Gelächter erfüllen die Luft. Dann, aus dem Augenwinkel, sehe ich sie am Eingang stehen, wie sie den Raum absucht. Sie trägt ein umwerfendes schwarzes Kleid, ihr Haar fällt in sanften Locken auf ihre Schultern und sie zieht sofort meine Aufmerksamkeit auf sich. Mein Herz beginnt zu rasen, als sie auf mich zukommt. Ich weiß nicht, wie ich reagieren soll, aber ich zwinge mich, auf sie zuzugehen.

Sie sieht mir direkt in die Augen und sagt „Ich habe keine Ahnung, warum ich überhaupt gekommen bin."

Ohne nachzudenken, ziehe ich sie in eine feste Umarmung. „Ich auch nicht, aber ich bin so verdammt froh, dass du es getan hast", die Worte sind roh und echt. Sie weicht zurück und versucht, ein Lächeln zu verbergen, das sich auf ihrem Gesicht einschleicht. „Hör zu", sage ich. „Es tut mir wirklich leid. Alles."

Sie zeigt Richtung Bar. „Komm, gib mir einen Drink aus."

„Yes, Ma'am!", sage ich, ohne zu zögern. Wir gehen hinüber, wobei sich unsere Ellbogen leicht berühren.

Mit jedem Drink, den wir zu uns nehmen, schmilzt die Spannung ein wenig mehr. Wir reden, wir lachen, und ich reiße Witze, während Mitternacht immer näher rückt. Dieses gottverdammte Jahr - ein Jahr, in dem ich meinen besten Freund, fast den Verstand und beinahe auch mein Leben verloren habe - steht kurz davor zu enden. Emilia und ich gesellen uns zu Alessa und den anderen Gästen, die Vorfreude knistert in der Luft wie statische Elektrizität.

Der Countdown beginnt, das Echo hallt durch den Raum: „Zehn, neun, acht, sieben, sechs, fünf, vier, drei, zwei, eins... Frohes neues Jahr!" Wir rufen es gemeinsam, und ich drehe mich zu Emilia um, ziehe sie in eine feste Umarmung. „Frohes neues Jahr!" sage ich, und als wir uns aus der Umarmung lösen, spüre ich, wie mein Herz schneller schlägt. Ein Chor aus Jubelrufen und klirrenden Gläsern erfüllt die Luft. Und dann, ohne nachzudenken, beuge ich mich vor und küsse sie. Alles andere verblasst; es fühlt sich so verdammt richtig an! Ein Feuerwerk explodiert am Nachthimmel und beleuchtet die Szene, als würde es unsere Wiedervereinigung feiern.

Wir lösen uns voneinander und sie grinst. „Frohes neues Jahr!", ruft sie, bevor sie mich erneut küsst, ihre Lippen warm und weich. Ich greife nach meinem Handy und ziehe sie an mich, während sich unsere Körper aneinanderpressen. Emilia strahlt in die Kamera, als ich das Foto schieße und auf Instagram poste.

Ehe wir uns versehen, sind wir bei mir zu Hause und die nächtlichen Feierlichkeiten sind nur noch ein verschwommener Rausch. Das neue Jahr breitet sich vor uns aus, voller Ungewissheit, aber im Moment zählt nur eins: Wir sind hier. Zusammen. Und das ist mehr, als ich mir je hätte erträumen können. Ich habe viel zu viel Zeit damit verbracht, an den falschen Orten nach den richtigen Dingen zu suchen. Aber wenn ich hier mit Emilia liege, spüre ich etwas, was ich schon lange nicht mehr gespürt habe: Hoffnung. Emilia, ein Leuchtfeuer der Gnade und Vergebung, und ich, eine fehlerhafte Seele auf der Suche nach Erlösung. Es ist unmöglich vorherzusagen, was das neue Jahr für uns bereithalten wird, aber ich bin dankbar für diese Wiedervereinigung - und die Möglichkeit, unserer Verbindung genau die ehrliche und rohe Chance zu geben, die sie verdient. Auf Neuanfänge.

Frohes neues Jahr.

DANIEL RUCZKO

58

Es fällt mir immer noch schwer, das Ganze zu begreifen, aber das hier - genau das - ist das letzte Kapitel meines neuen Buches *Scherben einer zerbrochenen Seele*. Diese Worte zu tippen, fühlt sich surreal an; Ich hätte nie gedacht, dass ich jemals an diesen Punkt kommen würde, und doch sitze ich nun hier. Starre auf den blinkenden Cursor auf dem Bildschirm. Es fühlt sich fast zeremoniell an. Und ein seltsames Gefühl des Verlustes überkommt mich, als würde ich mich von einem Teil meiner Selbst verabschieden.

Doch mit diesem Verlust geht jedoch ebenso ein Gefühl der Erfüllung einher. Das Gefühl, die Dämonen besiegt zu haben, die mich überhaupt erst dazu gebracht haben, dieses Buch zu schreiben. Es ist, als stünde ich in einem abgedunkelten Kino, die letzte Szene endet und der Abspann dieses verdrehten, herzzerreißenden Dramas in Buchform beginnt zu rollen.

Ich nehme mir einen Moment Zeit, die Charaktere, die diese Seiten bevölkert haben, zu würdigen. Die Helden und Antagonisten, die gebrochenen Seelen auf der Suche nach Erlösung, die Verlorenen, die sich nach Trost sehnen. Ihre Gesichter tauchen vor meinem inneren Auge auf, jeder einzelne eine Reflexion eines zersplitterten Teils von mir selbst. Ein Spiegel, der mir die dunkelsten Abgründe meines Wesens vorhält. Und während ich im Geiste einen Namen nach dem anderen auflliste, verabschiede ich mich von ihnen, dankbar für die Lektionen, die sie mir erteilt haben. Für den Schmerz, den sie mit mir geteilt haben. Und die Hoffnung, die sie mir gegeben haben. Ich bin entschlossen, sie zu verewigen.

Im Hintergrund erklingt eine melancholische Melodie, ein Requiem für die Verlorenen, eine Hymne der Hoffnung für die Gefundenen. Das gleichmäßige Brummen des Druckers erfüllt den Raum und erweckt meine Schöpfung zum Leben. Tinte und Papier verschmelzen miteinander, Seite für Seite. Eine blutgetränkte Hochzeit der Trümmer meines Geistes. Das erste gedruckte Exemplar eines neuen Manuskripts hat für mich eine besondere Bedeutung - es ist der Moment, in dem ich meine Gedanken in den Händen halten kann. Während der Papierstapel wächst, erfüllt mich ein Gefühl des Stolzes, denn ich weiß, dass diese Worte über mich hinaus bestehen werden. Dass ich nicht in Vergessenheit geraten werde.

Diese zweieinhalb Jahre waren die intensivsten, emotionalsten und ereignisreichsten meines bisherigen Lebens. Ich habe die höchsten Höhen und die tiefsten Tiefen erlebt und es irgendwie geschafft, sie alle zu überleben. Ich bin vielleicht zu alt, um jung zu sterben, aber ich bin nicht zu alt, um in Erinnerung zu bleiben. Diese Worte, diese Seiten, sie sind mein Vermächtnis. Mein Geschenk an die Welt - an all jene, die mich geliebt oder gehasst haben, die mich verstanden oder missverstanden haben, die mich kannten oder erst jetzt von mir erfahren. Ein Echo, das bleibt, lange nachdem ich gegangen bin.

Und wenn dein Leben kein Kunstwerk ist, dann lebst du es falsch.

Doch der Abspann signalisiert auch den Beginn eines neuen Kapitels, eines Neuanfangs. Eine leere Seite mit blinkendem Cursor, die nur darauf wartet, gefüllt zu werden. Als die Musik verklingt und sich die letzten Worte von *Scherben einer zerbrochenen Seele* im Nichts auflösen, weiß ich, dass dies nicht wirklich das Ende ist. Während ich das fertige Manuskript in den Händen halte, wird mir klar, dass ich diese Jahre nie vergessen werde, egal wie viel Zeit vergehen wird. Sie werden immer ein Teil von mir sein.

Mein Blick schweift zu der Vase auf dem Kaminsims, in der Dannys Asche ruht. Eine ständige Erinnerung an sein Fehlen und den Einfluss, den er auf mich hatte. Ich weiß, wie viel ich ihm verdanke, die Tatsache, dass ich ohne ihn nicht hier wäre. Das letzte Mal, als wir in diesem Raum miteinander sprachen, gab es einen heftigen Streit, der einen bitteren Nachgeschmack hinterließ und mich dazu brachte, mein Leben zu hinterfragen. Dennoch weigere ich mich, dieses dunkle Ereignis all die guten Zeiten überschatten zu lassen, die wir hatten. Das gemeinsame Lachen, die Gamesessions, die bedingungslose Liebe. Das sind die Dinge, an denen ich festhalte und die weitermachen lassen. Und ich schwöre, in diesem Moment sieht er mich an und ist verdammt stolz auf mich - genau wie er es immer gewesen ist.

Das Gleiche gilt für meine Mutter, die mein größter Fan war. Jedes Wort, jeder Satz, jede Seite, ist für sie.

Fuck, ich vermisse die beiden so sehr.

Ich greife nach meiner Tablettendose, schraube den Deckel ab und nehme eine Oxy heraus. Ich schlucke sie herunter und spüre, wie die Bitterkeit und der beißende Geschmack meine Kehle hinuntergleiten.

Ich nehme mein Handy und blättere durch die Flut von Nachrichten, die ich erhalten habe. Ein paar stechen heraus - Emily und Lana sind unter ihnen. Diese Frauen haben mir einen Einblick in eine Welt gegeben, die sich die meisten Menschen nicht vorstellen können, und ich bin dankbar dafür. Ich habe Geschichten zu erzählen, Erlebnisse, die mich geprägt haben.

Diese Selbstbetrachtung löst eine Welle von Emotionen in mir aus und es ist kein temporärer Gefühlsausbruch; Es ist etwas, das sich seit langer Zeit in mir aufgestaut hat. Etwas, das unter der Oberfläche gebrodelt hat. Und jetzt, wo ich über die Worte nachdenke, die gerade aus meinem Mund gekommen sind, weiß ich, dass sie wahr sind.

Während ich hier sitze, umgeben von den Artefakten meines Lebens, wird mir klar, dass ich schon viel zu lange nur Zielen hinterhergejagt bin. Und es gibt einen Unterschied zwischen einem Ziel und einer Bestimmung. Ich habe mich so sehr auf den Erfolg konzentriert, darauf, mir einen Namen zu machen, dass ich meine Bestimmung aus den Augen verloren habe. Doch jetzt empfinde ich eine Klarheit, die ich seit Jahren nicht mehr gespürt habe.

Meine Bestimmung ist es, etwas zu kreieren. Geschichten zu erzählen, die Menschen berühren, die sie tief in ihrem Innersten etwas fühlen lassen. Es geht nicht um Anerkennung oder Auszeichnungen; Es geht darum, mit anderen auf einer grundlegenden Ebene eine Verbindung zu knüpfen. Dafür ist notwendig, andere an sich heranzulassen, ein Risiko einzugehen, auch wenn das bedeutet, verletzlich zu sein. Echte Verbindungen sind so verdammt selten und kostbar, und wir dürfen nicht zulassen, dass sie uns durch die Finger gleiten. Denn letztendlich sind sie es, die das Leben lebenswert machen. Ich freue mich wirklich darauf, Emilia in meinem Leben willkommen zu heißen, mein wahres Ich zu offenbaren und uns eine Chance zu geben. Eine echte Chance. Auf etwas Bedeutungsvolles. Mal sehen, wohin uns dieser Weg führt.

Es klingelt an der Tür - es ist Emilia. Eigentlich hatte ich geplant, mit ihr in ein schickes Restaurant zu gehen, um die Fertigstellung meines Buches zu feiern, aber sie hatte andere Pläne. Sie wollte einfach nur zu Hause bleiben und Wein trinken. Und wer bin ich, dass ich dazu nein sagen würde? Klingt verdammt perfekt.

Ich krame nach meinem Xanax-Döschen, schüttele eine weitere Pille heraus und werfe sie ein, in der Hoffnung, dass sie mich entspannt. Als ich die Tür öffne, steht Emilia wie eine Vision vor meiner Haustür. Sie trägt ein lässiges Outfit, elegant und bequem zugleich. In der Hand eine Flasche Wein, ihre Augen leuchten vor Aufregung. Sie begrüßt mich mit einem Kuss und ich spüre, wie mein Herz einen Schlag aussetzt.

„Herzlichen Glückwunsch zum fertigen Buch", sagt sie mit einem umwerfenden Lächeln. „Das ist unglaublich!" Wir gehen ins Wohnzimmer, nehmen auf der Couch Platz und ich schenke jedem von uns ein Glas ein. Mit einem leisen Klirren stoßen unsere Gläser aneinander und wir trinken, genießen den weichen, süßlichen Geschmack.

Die Zeit vergeht unbemerkt, die Stunden verschwimmen, imarkiert von leeren Weinflaschen, doch die Zeit kümmert mich nicht. Zum ersten Mal bin ich frei von Gedanken an Deadlines, Bücher oder irgendetwas anderes, das mich vom gegenwärtigen Moment ablenken könnte. Ich bin genau hier und es gibt nur mich und Emilia.

Als die letzte Flasche Wein geleert ist, wird mir bewusst, dass ich mich noch nie in meinem Leben so zufrieden gefühlt habe. All der Stress, all die Ängste, all die Zweifel, die mich so lange geplagt haben, scheinen sich aufgelöst zu haben. Es bleibt nur dieser Moment, dieser perfekte Abend mit der Frau, die mir Hoffnung gibt, während wir die Geburt eines neuen Projekts feiern. Ein neuer Nachkomme.

Ein Rausch durchströmt meine Adern, mein Kopf schwimmt in einem herrlichen Dunst. Wie magnetische Kräfte werden Emilia und ich zueinander gezogen, taumeln gemeinsam ins Schlafzimmer, beginnen einen wilden Tanz der Leidenschaft und des Verlangens, der sich stundenlang auszudehnen scheint. Es ist roh, es ist echt, und vielleicht ist es der beste Sex meines Lebens.

Irgendwann schläft sie ein, ihr Atem ist ruhig und friedlich. Doch je höher der Rausch, desto tiefer der Absturz. Vorsichtig löse ich mich aus Emilias weicher Umarmung und stolpere aus dem Bett, um mich auf Zehenspitzen in Richtung Badezimmer zu bewegen. Das neue Manuskript liegt stolz auf einem kleinen Tisch, seine Seiten getaucht in einen einsamen Lichtstrahl, der sich durch einen Spalt im Vorhang geschlichen hat und ihm einen ätherischen Glanz verleiht. Als ich daran vorbeigehe, kippt und schwankt die Welt um mich herum wie ein Schiff auf stürmischer See. Meine Füße stolpern, drohen mich zu Fall zu bringen, aber ich fange mich gerade noch rechtzeitig und erreiche die Zuflucht des Badezimmers.

Als ich den Lichtschalter umlege, blendet mich die plötzliche Helligkeit. Der Alkohol und der Sex fordern ihren Tribut und hinterlassen meine Gedanken in einem dichten Nebel. Ich greife nach dem Waschbecken, um mich zu stützen, und betrachte mein Spiegelbild, während das Licht über mir für einen Moment flackert. Plötzlich spüre ich, wie die Vergangenheit nach mir greift. Jede Erinnerung wie ein lebendiges Polaroid vor meinen Augen baumelnd, jedes einzelne „Klick", klar wie der Tag. Während ich in diesem luxuriösen Badezimmer stehe, sehe ich mich gezwungen, mir Fragen zu stellen, vor denen ich mich bisher gefürchtet habe: die Lektionen, die ich gelernt habe, und die Preise, die ich gezahlt habe. War es das am Ende wert? Hätte ich einfach in Seattle bleiben sollen, mich um meine Mutter zu kümmern und für meinen besten Freund da sein? Anstatt so egoistisch zu handeln? Beide wären wahrscheinlich noch am Leben, selbst wenn ich innerlich tot wäre. Diese verdammten Was-wäre-wenn-Szenarien machen mich wahnsinnig. Ich kann ihnen nicht entkommen, egal wie sehr ich es versuche. Ich fühle mich wie ein Schindler. Ein Mann, der sich fragt, ob er mehr hätte tun können, ob er mehr hätte tun müssen für die, die er zurückgelassen hat. Manchmal ist es am besten, seine Träume unangetastet zu lassen; sie sind zerbrechlich wie Schmetterlingsflügel.

Langsam öffne ich die Schublade, mein Blick ist verschwommen und meine Sicht trüb. Aber ich kann die Umrisse der Tablettenverpackungen dennoch erkennen. Meine Hände zittern, als ich nach ihnen greife und die Deckel aufschraube. Ich kann die Etiketten nicht richtig lesen, aber das macht nichts. Ich nehme von jeder eine - zur Sicherheit. Ich will einfach nur die Nacht durchschlafen und morgen frisch aufwachen, um mein neues Leben zu beginnen. Obwohl ich tief im Inneren weiß, dass ich so nicht weitermachen kann. Es muss sich etwas ändern. Ab morgen werde ich alles tun, was ich kann, um von den Pillen loszukommen. Ich werde die Dosis schrittweise verringern und mich von ihnen entwöhnen.

Aber es gibt noch eine letzte Sache, die ich tun muss: Ich muss ausnahmsweise ehrlich zu mir selbst sein. Der Mann im Spiegel, Richard Bryght, leidet an einer bipolaren Störung - Bipolar II, um genau zu sein. Mit einer Prise generalisierter Angststörung obendrauf. Kognitive Dissonanz. Ein Cocktail mentaler Kämpfe, denen ich mich nie stellen wollte, weil ich zu sehr damit beschäftigt war, die Menschen um mich herum zu analysieren. Um von meinen eigenen Problemen abzulenken. Der Spiegel ist Zeuge meines inneren Krieges, des stillen Kampfes eines Mannes, der nach Erlösung für das Leben sucht, das er geführt hat.

Folge deinem Herzen, und du wirst jeden Tag sterben.

Das sterile Glühen des Neonlichts lässt mein Gesicht im Spiegel blass aussehen und ich bin überrascht, als ich eine Träne über meine Wange laufen sehe. Ich habe seit Monaten nicht mehr geweint, vielleicht sogar noch länger. Aber es fühlt sich gut an, befreiend.

Niemand kann dich jemals auf das Leben vorbereiten, das du dir selbst vorstellst, vor allem, wenn es sich genau so entfaltet, wie du es geplant hast. Gefangen in einer sich selbst erfüllenden Prophezeiung.

Aber was wäre nötig, um dorthin zu gelangen? Was ist, wenn du an der Spitze der Welt stehst und absolut nichts fühlst? Ich starre in meine Augen im Spiegel, bis sie mir fremd erscheinen. Mit einem tiefen Atemzug spritze ich Wasser in mein Gesicht und verlasse den Raum.

Das Schlafzimmer ist in schummriges Licht gehüllt, das nur von den Strahlen der Skyline von L.A. erhellt wird, die durch die grauen Vorhänge fallen. Ein Polizeihubschrauber kreist in der Ferne über einem kleinen Gebiet irgendwo im Laurel Canyon, aber was draußen passiert, ist gerade unwichtig. Nur was im Innern passiert, zählt. Zwei verschmutzte Gläser und eine leere Weinflasche stehen auf dem Nachttisch an meiner Seite.

Ihre Silhouette in meinem Bett liegen zu sehen, fühlt sich immer noch surreal an, als würde sie verschwinden, wenn ich das Licht anmache, und das Bett wäre wieder leer. Mit ihr zu sprechen war noch vor weniger als einer Woche absolut undenkbar. Ich lege mich neben sie, küsse ihren Hals und lege meinen Arm um ihren Körper. Sie greift nach meiner Hand und hält sie fest.

In den letzten Wochen gab es Momente, in denen ich alles dafür gegeben hätte, sie nur noch einmal zu riechen. Und jetzt ist sie hier, gibt mir eine weitere Chance, und ich möchte einfach nur neben ihr einschlafen. Ich wusste es vorher nicht, aber genau dieser Moment hier ist es, worum es geht; er vervollständigt mich.

Man wird sich an mich erinnern.

Man wird sich an mich erinnern.

Man wird sich an mich erinnern.

Ich atme tief ein und schließe meine Augen.

Halte den Atem an.

Standbild.

Klick.

Fallnummer: 2024-0102-03782

Datum/Uhrzeit des Vorfalls: 2. Januar 2024, zwischen 03:00 Uhr und 07:00 Uhr

Berichtende Beamte: Officer Marisol Garcia, Abzeichennummer 8256, und Officer Vincent Reed, Abzeichennummer 5026

Beteiligte Parteien:
  Verstorben: Richard Bryght, Alter 41, männlich, Beruf: Autor
  Meldende Partei: Emilia Sinclair, Alter 34, weiblich, Verhältnis zum Verstorbenen: Nicht spezifiziert

Ort des Vorfalls:
2130 Mulholland Drive, Los Angeles, CA 90077

Zusammenfassung des Vorfalls:
Bei unserer Ankunft am Tatort wurden wir von Mrs. Emilia Sinclair empfangen, die sichtlich erschüttert und verstört war. Sie gab an, gegen 07:00 Uhr aufgewacht zu sein und Mr. Bryght leblos neben sich im Bett vorgefunden zu haben – ohne Reaktion.
Mrs. Sinclair gab an, dass sie in der vorherigen Nacht einvernehmliche sexuelle Aktivitäten mit Mr. Bryght gehabt hatte.
Der Schauplatz war ein Schlafzimmer im zweiten Stock eines gut gepflegten, modernen Hauses mit Blick auf die Stadt. Das Zimmer war ordentlich, abgesehen von einigen Gegenständen auf dem Nachttisch neben dem Bett, in dem Mr. Bryght gefunden wurde.
Auf dem Nachttisch fanden wir eine leere Weinflasche (2018 Pinot Noir aus Sonoma County), zwei halb gefüllte

Weingläser, sowie mehrere Packungen mit verschreibungspflichtigen Medikamenten.

Bei näherer Betrachtung wurden die Verpackungen als Xanax und OxyContin identifiziert, die beide Mr. Bryght verschrieben worden waren. Auf einem kleinen Tisch im Schlafzimmer wurde außerdem ein Manuskript mit dem Titel „Scherben einer zerbrochenen Seele", das den Namen von Mr. Bryght als Autor trägt, gefunden.

Im Wohnzimmer wurden weitere leere Weinflaschen gefunden.

Mrs. Sinclair teilte uns mit, dass Mr. Bryght eine Vorgeschichte des Substanzmissbrauchs hatte, einschließlich einer früheren Überdosis vor einigen Monaten. Sie erklärte, dass sie und Mr. Bryght am Abend zuvor Wein getrunken hatten und er seine verschriebenen Medikamente eingenommen hatte, wobei sie die genaue Menge nicht angeben konnte.

Mr. Bryghts Leiche wies keine sichtbaren Anzeichen eines Traumas oder eines Kampfes auf. Er wurde auf dem Rücken liegend aufgefunden, ein Arm über die Brust gelegt, der andere an der Seite.

Vorläufige Ergebnisse:

Der Gerichtsmediziner von Los Angeles County wurde an den Tatort gerufen und nahm die Leiche für weitere Untersuchungen in Empfang. Die erste Einschätzung deutet darauf hin, dass der Tod von Mr. Bryght auf eine Überdosis zurückzuführen sein könnte, möglicherweise eine tödliche Wechselwirkung zwischen seinen verschreibungspflichtigen Medikamenten und Alkohol. Die endgültige Entscheidung wird jedoch erst nach einer vollständigen Autopsie getroffen werden.

Nächste Schritte:

Die Ermittlungen dauern an. Wir warten derzeit auf den Bericht des Gerichtsmediziners. Darüber hinaus wird Mrs. Sinclair in einem formelleren Rahmen befragt werden, und wir werden uns an Mr. Bryghts verschreibenden Arzt wenden, um zusätzliche Informationen über seine Medikamenteneinnahme zu erhalten. Das Manuskript und das Notizbuch, die am Tatort sichergestellt wurden, werden analysiert, um mögliche Hinweise auf den Geisteszustand von Mr. Bryght vor seinem Tod zu erhalten.

Untersuchender Beamter: Detective Elijah Bennett

Anhänge:
- Tatort-Fotos
- Vorab-Befragung - Emilia Sinclair
- Verschreibungspflichtige Medikamente
- Manuskript - "Scherben einer zerbrochenen Seele"

Dieser Bericht ist vertraulich und ausschließlich für den Gebrauch der Person oder Einrichtung bestimmt, an die er gerichtet ist. Sollten Sie diesen Bericht irrtümlich erhalten haben, benachrichtigen Sie bitte den Systemmanager.

Das Ende.

Richard's LA Playlist

ÜBER DEN AUTOR

Daniel Ruczko ist ein preisgekrönter autodidaktischer Künstler aus Bremen, Deutschland. Er hat in verschiedenen kreativen Bereichen Anerkennung erlangt, darunter als Regisseur, Schriftsteller, Komponist, Musikproduzent und visueller Künstler. Sein Erstlingswerk, *Scherben einer zerbrochenen Seele*, erweitert seine erzählerischen Fähigkeiten über Drehbücher hinaus auf einen vollständigen Roman. Derzeit lebt Daniel in Los Angeles, Kalifornien, und ist weiterhin aktiv in den verschiedenen Bereichen seiner kreativen Arbeit tätig.

Autorenfoto von Liz Napino